# SOMEONE TO HOLD – NUR MIT DEINER LIEBE

WILD WIDOWS 2

MARIE FORCE

Originaltitel: Someone to Hold © 2022 HTJB, Inc.

Copyright für die deutsche Übersetzung: © 2023 Lotta Fabian

Lektorat: Ute-Christine Geiler, Birte Lilienthal, Agentur Libelli GmbH

Deutsche Erstausgabe

ISBN 978-1958035351



Cover: Kristina Brinton

Buchdesign und Satz: E-book Formatting Fairies

1

---

*Um in dieser Welt zu leben,*
*muss man drei Dinge können:*
*lieben, was vergänglich ist,*
*es festhalten in dem Wissen,*
*dass das eigene Leben davon abhängt,*
*und, wenn die Zeit gekommen ist,*
*es loszulassen,*
*es auch wirklich loslassen.*
*Mary Oliver*

## Iris

Sich Mut anzutrinken hat schon etwas für sich. Und es hat ebenso etwas für sich, zu wissen, dass meine Kinder mit ihren Großeltern zu Hause sind und ich die nächsten beiden Tage freihabe. Diese Freiheit habe ich nicht oft genießen können, seit ich meinen Ehemann verloren habe und über Nacht alleinerziehende Mutter geworden bin.

Als der Abend am Lagerfeuer in Bethany Beach der Nacht weicht, habe ich einen angenehmen Schwips und bin zum ersten Mal seit ewigen Zeiten total entspannt. Das letzte Mal, dass das passiert ist, ist so lange her, dass ich mich kaum noch dran erinnern kann. Später werde ich dem Alkohol die Schuld geben, aber ich bin nicht so angeheitert, dass ich nicht genau weiß, was ich tue, als ich »aus Versehen« um zwei Uhr morgens im falschen Bett lande.

Ich könnte auch dem Umstand, dass unsere beiden Zimmer ein gemeinsames Bad haben, die Verantwortung für das »Missgeschick« zuschieben, schließlich befinden wir uns in einem Ferienhaus, in dem ich noch nie zuvor gewesen bin.

Die Wahrheit lautet jedoch, dass ich diesen Mann begehre und außerdem den Verdacht habe, dass er ganz ähnlich für mich empfindet, auch wenn er aus Loyalität seiner verstorbenen Frau gegenüber nie etwas in dieser Richtung unternehmen würde. Ich verstehe diese Form von Loyalität besser, als die meisten anderen das könnten. Ich bin Mike gegenüber total loyal, genau wie der Erinnerung an das Leben, das wir gemeinsam geführt haben. Trotzdem glaube ich fest daran, dass das Leben für die Lebenden da ist, und Gage und ich haben noch jede Menge Leben vor uns.

Und es beginnt genau jetzt.

Ich stehe knapp vor einer Panikattacke, als ich in sein Zimmer schleiche und splitterfasernackt neben ihm ins Bett krieche.

Meine größte Sorge ist, dass ich als Folge hiervon einen meiner besten Freunde »danach« verlieren könnte. Als »danach« bezeichnen wir die Zeit nach dem Tod des Partners.

Meine zweitgrößte ist, dass ich nie wieder den Mut aufbringen werde, irgendwas zu riskieren, weil ich zu große Angst davor habe, einen weiteren Verlust zu erleiden.

Nichts davon darf passieren. Das werde ich nicht zulassen.

An seinem veränderten Atemrhythmus merke ich, dass Gage wach ist und ihm klar wird: Jemand ist bei ihm im Bett.

Ich halte die Luft an, während ich abwarte, was er deswegen unternehmen wird.

Er knipst das Licht an, blendet mich damit vorübergehend, was mir eine halbe Sekunde Zeit dafür gibt, meinen nächsten Schritt zu planen.

Ich stütze mich auf die Ellbogen, lasse die Decke zu meiner Taille runterrutschen und drehe mich zum Licht. »Was zum

Teufel …?« Als mein Blick auf ihn fällt, heuchle ich Schock. »He!« Ich täusche einen Schluckauf vor. »Was tust du in meinem Bett?« Zu meiner großen Enttäuschung hat er ein armeegrünes T-Shirt an. Ich hatte auf seine entblößte Brust gehofft, die echt was hermacht. Das weiß ich, weil ich ihn in meinem Pool schwimmen gesehen habe.

»Lustig«, meint er, und seine Augen richten sich auf meinen nackten Busen. »Ich wollte dich gerade das Gleiche fragen.«

»Oh, dann hab ich wohl im Bad die falsche Tür genommen. Tut mir leid.« Ich beginne mich hochzurappeln, um aufzustehen, hoffe dabei inständig, dass er mich aufhalten wird.

»Iris.«

Ich drehe mich mit hochgezogenen Brauen und barbusig zu ihm um.

»Warum bist du wirklich hier?« Wieder schaut er auf meine Brüste, die nicht schlecht sind – wenn ich das selbst sagen darf –, vor allem, wenn man bedenkt, dass ich drei Babys gestillt habe.

»Das hab ich doch erklärt: zu viel Wein im Zusammenwirken mit der falschen Tür im Bad.«

Jetzt ist er hin- und hergerissen, das erkenne ich an dem hungrigen Ausdruck in seinem Blick, mit dem er meine Brust anstarrt, und dem Feuer darin, als er ihn zu meinem Gesicht hebt. »Ich hätte nie gedacht, dass du nackt schläfst.«

»Na ja, zu Hause geht das natürlich nicht, weil die Kinder jederzeit zu mir unter die Decke krabbeln können.«

Immerhin wirft er mich nicht aus seinem Bett.

»Ich, äh … kann wieder verschwinden. Sorry, dass ich dich gestört habe.«

»Warte.«

Das beste Wort überhaupt.

»War da noch was?«, erkundige ich mich so unschuldig wie möglich, obwohl mein Herz wie verrückt klopft und meine Brustspitzen prickeln, wie ich es schon seit einer Ewigkeit nicht mehr erlebt habe.

»Was willst du wirklich?«

Ich tue so, als wüsste ich nicht, was er meint, und ertappe

mich bei dem Wunsch, das hier zu filmen, damit ich es nachher bei irgendeiner Schauspielakademie einreichen kann – als Trainingsvideo für andere Witwen, die versuchen möchten, ihr Liebesleben wieder auf Touren zu bringen. »Na ja, acht Stunden Schlaf am Stück wären cool. Die krieg ich sonst nie.«

»Und das ist es? Das ist alles, was du willst?«

Ich strecke mich wieder aus, drehe mich zu ihm, das Kinn auf eine Hand gestützt. »Gibt es denn etwas, was *du* willst?«

Seine Miene wird angespannt, und etwas, das Kummer sein könnte, legt sich über seine Züge.

Das geht gar nicht. »Vergiss es. Antworte nicht. Wir sehen uns dann morgen früh.«

»Bleib.«

Nein, Moment, *das* ist das beste Wort überhaupt. Es klingt rau, als wäre er sich nicht sicher, ob er es sagen sollte. Aber er nimmt es auch nicht zurück.

Ich lege meinen Kopf aufs Kissen, eine Hand unter meiner Wange. »Ich bin hier.«

Er stößt ein kurzes Lachen aus. »Glaub mir, das weiß ich.«

»Es war wirklich ein Versehen.«

»Ach ja?«

»Was unterstellst du mir?«, frage ich unschuldsvoll.

Er verdreht die dunklen Augen und fährt sich mit einer Hand durch das wellige, ebenfalls dunkle Haar. »So viele Dinge.«

Es gefällt mir, dass ich ihn nicht täuschen kann, er mich jedoch trotzdem nicht auffordert, zu verschwinden. »Möchtest du schlafen oder reden?«

»Gibt es noch eine dritte Möglichkeit?«, erkundigt er sich und schockiert mich für eine Sekunde.

»Immer.«

Er legt den Kopf schief, als müsse er überlegen, ob das mein Ernst ist.

Ist es. Ich bewundere ihn aus so vielen Gründen, und ich schwärme schon beinah so lange für ihn, wie ich ihn kenne. Es ist fast zwei Jahre her, dass er zu den Wilden Witwen gestoßen ist, etwa ein Jahr nach dem Unfall, bei dem ihm seine Frau und seine beiden Töchter genommen worden sind. Manchmal ist es schwer zu fassen, dass die Zeit nach einem so furchtbaren Verlust einfach weiterläuft. Sie schreitet ohne Rücksicht auf gebrochene Herzen oder zerstörte Leben voran.

Gages Verlust war schlimmer als die der meisten anderen. Seine Frau und seine achtjährigen Zwillingstöchter sind von einem betrunkenen Autofahrer getötet worden. Ich frage mich immer, wie er wohl war, bevor ihm das Schicksal diesen schweren Schlag zugefügt hat. Er lächelt nicht viel, und sein faszinierendes Gesicht verrät die Trauer, die er in sich trägt. Es ist schwierig in Worte zu fassen, was ich damit meine, aber ich kann sie sehen, wann immer ich ihn anschaue, und das schmerzt mich. Ich bin mir nicht sicher, wann sein Schmerz meiner geworden ist, doch so ist es nun schon seit einer ganzen Weile.

»Wenn ich Tor drei nehme, wird das alles zwischen uns ändern?«, erkundigt er sich.

»Das könnte es. Nur ist ›anders‹ ja nicht notwendigerweise schlecht, richtig?«

»Ich verlasse mich auf unsere Freundschaft, um die Tage zu überstehen.«

Sein ungeschminktes Geständnis berührt mich tief.

»Gleichfalls.«

»Also sollten wir vielleicht nichts tun, was das ruinieren könnte.«

Ich kann nicht sagen, woher ich den Mut nehme, denn der ist mir eigentlich längst abhandengekommen, trotzdem rutsche ich über die Matratze, bis uns nur noch wenige Zentimeter trennen. »Wenn wir uns beide darauf einigen, nicht zuzulassen, dass es irgendwas zwischen uns verdirbt, sollte alles in Ordnung sein, oder?«

Seine Hand landet auf meiner Schulter wie ein glühendes Eisen.

Ich erbebe unter seiner Berührung, während ich versuche, Gelassenheit vorzutäuschen.

»Seit Natasha bin ich mit niemandem mehr zusammen gewesen.«

»Ich weiß.«

»Woher?«

Über so was spricht er bei unseren Gruppentreffen nie, daher weiß ich nichts mit Sicherheit. Eigentlich ist es mehr eine Vermutung. »Es ist einfach so. Ich kenne dich.«

»Das macht es zu etwas Größerem, als es anderenfalls wäre.«

»Das verstehe ich.« Er und die anderen Wilden Witwen wissen, dass ich kurz nach Mikes Tod schon mal Sex mit jemandem hatte, daher plagen mich jetzt nicht die Hemmungen vor dem ersten Mal mit jemand anders. Ich hab das damals fast sofort bereut, aber jetzt bin ich irgendwie froh, es getan zu haben. »Wir können einfach schlafen. Es muss gar nichts passieren.«

Seine Hand gleitet an meinem Arm nach unten, fasst meine Hand und zieht sie auf seine Erektion. »Das hast du getan.«

Ich muss mir die plötzlich trockenen Lippen lecken, als mir klar wird, dass er überall groß ist. »Ach tatsächlich?«

Er nickt. »Was gedenkst du dagegen zu unternehmen?«

»Was soll ich denn unternehmen?«

Er zuckt die Achseln und antwortet: »Was immer du willst.«

Ich schlucke. Wir sind davon ausgegangen, dass wir den Rest unseres Lebens mit anderen Menschen verbringen würden. Egal, wie gut wir einander kennen – und ich kenne ihn besser als Leute, mit denen ich seit Jahrzehnten befreundet bin –, es ist trotzdem merkwürdig, mit irgendwem anders intim zu sein als mit Mike, oder für Gage, das mit jemand anders als Natasha zu tun.

Ich richte mich auf meine Knie auf.

Er drückt sich hoch und lehnt sich mit dem Rücken gegen das Kopfteil des Bettes.

Ich überlege, ob ich ihn bitten soll, das Licht auszuschalten, entscheide mich dann aber dagegen und strecke eine Hand aus, um ihm das Gesicht zu streicheln. Er ist immer so ernst, so verschlossen, so traurig. Mehr als alles andere möchte ich ihm eine Auszeit von der unablässigen Trauer schenken.

Etwas, das früher keine große Sache gewesen wäre, ist auf einmal genau das, als ich mich ihm rittlings auf den Schoß setze und ihn zum ersten Mal küsse. Ich halte es ganz leicht, nur ein Streifen der Lippen, weil ich sehen möchte, ob er dabei ist.

Er zieht mich mit seinen Händen an meinen Hüften näher und neigt den Kopf, um meinen Kuss zu erwidern.

In der Sekunde, in der seine Zunge meine berührt, bin ich verloren.

An wie vielen Abenden habe ich bei den Treffen der Wilden Witwen gesessen und mich gefragt, wie es wohl wäre, mit ihm im Bett zu sein? Wie oft habe ich überlegt, wie er war, bevor eine unaussprechliche Tragödie ihn für immer verändert hat? Wie viele Male habe ich mich gefragt, ob es komisch wäre, das mit einem Freund zu machen, den ich über eine Gruppe von Witwen und Witwern kennengelernt habe?

Zu viele, um sie zu zählen.

PS: Es ist nicht komisch. Es ist unglaublich sexy.

Er ist wie ein Mann, der seine Fesseln abgestreift und sein jahrelang aufgestautes Verlangen direkt auf mich gerichtet hat.

Doch dann stocke ich. Gilt das tatsächlich mir, oder liegt es einfach an der langen Trockenperiode für ihn, dass er so leidenschaftlich reagiert?

Ich schiebe diesen Gedanken beiseite, um mich ganz darauf zu konzentrieren, den Moment zu genießen. Trotzdem hallt die Frage in meinem Kopf nach und verlangt meine Aufmerksamkeit.

»Was ist los?«, fragt er, während er sich meinem Hals zuwendet, mit den Händen meine Brüste umfängt und die Brustspitzen neckt.

»Kann ich dich was fragen?«

»Sicher.«

»Bin ich es, oder hätte jede nackte Frau diese Reaktion hervorgerufen?«

Er erstarrt.

Ich bereue es sofort, die Frage gestellt zu haben, aber ich möchte es dennoch wissen.

»Natürlich bist du es. Denkst du, nach allem, was ich hinter mir habe, könnte ich das hier mit jeder x-beliebigen Frau tun?«

»Na ja, ich hab's schließlich auch mit einer Zufallsbekanntschaft getan.«

»Und daran ist nichts falsch, wenn es das war, was du zu der Zeit gebraucht hast. Nur denk bitte nicht, dass mir irgendein warmer Körper reichen würde, Iris, besonders beim ersten Mal. Denn das entspricht nicht der Wahrheit.«

»Oh. Okay. Dann fahr bitte fort.«

Er seufzt und lehnt seine Stirn an meine. »Ich hatte das Gefühl, zwischen uns könnte was sein. Du weißt schon …«

»Ach, wirklich?«

»Ich ertappe dich manchmal dabei, wie du mich anschaust, als würdest du gerne schmutzige Dinge mit mir machen.«

Ich muss lachen. »Das stimmt nicht. So gucke ich überhaupt nicht!«

»O doch.«

Ich schüttle den Kopf, dann beuge ich mich vor, um ihn wieder zu küssen. »Du bildest dir Sachen ein.«

Er drückt meinen Po, und mehr ist nicht nötig, um die Flammen wieder anzufachen. »Nein, tu ich nicht.«

»Hättest du je etwas deswegen unternommen?«

»Ich bin mir nicht sicher.« Er streicht weiter mit seinen Händen über meinen Rücken, während er mich auf die intensive Art und Weise mustert, die so typisch für ihn ist. »Ich hatte Angst, eine Freundschaft zu ruinieren, auf die ich angewiesen bin.«

»Das kann nicht passieren, Gage. Niemals.«

»Aber natürlich. Wir alle wissen, Sex ändert die Dinge.«

»Das werden wir nicht zulassen.«

»Versprochen?«

»Das wird ein Versprechen sein, das leicht zu halten ist.«

»Ich bin jedenfalls froh, dass du so getan hast, als hättest du dich im Bett geirrt.«

»Hey, ich hab nicht so getan. Es war ein echtes Versehen!«

»Das ist eine faustdicke Lüge.«

## Gage

SIE IST BEZAUBERND, wenn sie lügt, wobei sie das ja eigentlich immer ist. Doch sie ist noch so viel mehr als das. Sie ist eine der besten Freundinnen, die ich je hatte, und wahrscheinlich der entscheidende Grund, weshalb ich noch irgendwie funktioniere, nachdem ich alles verloren habe, was mir wichtig war.

Hab ich darüber nachgedacht, wie es wohl wäre, nackt mit ihr im Bett zu liegen?

Aber natürlich, oft sogar. Allerdings hab ich bestimmt nicht damit gerechnet, dass es so passiert. Ich bin einundvierzig Jahre alt und damit weit über das Alter hinaus, in dem nackte Frauen in meinem Bett auftauchen und es als Verwechslung hinstellen. Genau genommen ist mir das noch nie zuvor passiert.

Jahre nach dem Tod meiner Liebsten regt sich mein Sexualtrieb, fast wie ein Körperglied, das schmerzhaft prickelnd wieder zum Leben erwacht, nachdem es eingeschlafen war. Ich habe mir nie jemand anders gewünscht oder viel über diesen Teil von mir nachgedacht, bis Iris ohne einen Fetzen Kleidung am Körper in mein Bett gekrochen ist.

Ich begehre sie, und nicht bloß, weil sie gerade nackt und verfügbar ist.

Bei ihr fühle ich mich sicher. Ich liebe sie, und sie liebt mich. Wir achten aufeinander und kümmern uns jeden Tag umeinander, im Großen und im Kleinen.

Sie zu küssen fühlt sich richtig an. Ihre zarte Haut zu berühren, ihre Hände auf mir zu spüren … Das ist so gut, dass ich fast Schuldgefühle kriege, weil ich eine andere Frau als Natasha so sehr begehre. Alle in meinem Leben drängen mich seit Jahren, wieder auszugehen, jemand Neues zu finden. Ich kann nicht sagen, ob Iris diese Neue für mich sein wird, doch ich schiebe alle Schuldgefühle energisch beiseite, entschlossen, dafür zu sorgen, dass es gut für sie wird.

Ich konzentriere mich ganz auf sie, dann gelingt es mir vielleicht, das hinter mich zu bringen, ohne in Tränen auszubrechen oder irgendwas ähnlich Peinliches zu tun.

Ich rolle mich mit ihr zusammen herum, sodass ich oben liege. Ich küsse sie überall, streichle und liebkose sie, sodass sie zweimal kommt, bevor mir bewusst wird, dass wir verhüten müssen. »Ich hab gar kein Kondom.«

»Ist schon okay«, erwidert sie, noch atemlos von ihrem zweiten Orgasmus. »Ich nehme weiter die Pille, damit mein Zyklus regelmäßig bleibt.«

Man muss nicht extra erwähnen, dass Witwen, die Sex seit dem Tod ihres Partners in der Mehrzahl gemieden haben, sich auch nichts eingefangen haben können, daher muss ich das nicht eigens ansprechen.

Während ich also zum ersten Mal seit dem Tod meiner Frau wieder Sex habe, schaue ich Iris in das wunderschöne Gesicht, entschlossen, in der Gegenwart zu bleiben, obwohl die Vergangenheit mich mit Sirenenklängen lockt. Natasha hat immer gesagt, das Leben sei für die Lebenden da. Das war einer ihrer Lieblingssprüche. Ich muss glauben, dass sie es so gemeint hat und sich wünschen würde, dass ich auch ohne sie glücklich bin, selbst wenn das oft genug unmöglich erschien.

Iris legt ihre Hände an mein Gesicht und küsst mich mit einer süßen Hingabe, die genau das ist, was ich brauche. Sie versteht es. Sie weiß, dass das hier eine große Sache für mich ist. Mit ihr zusammen zu sein macht es leichter, als es mit jeder anderen gewesen wäre.

Ich konzentriere mich und versuche dafür zu sorgen, dass das hier nicht vorbei ist, bevor es richtig begonnen hat. Aber meine Selbstbeherrschung ist alles andere als grenzenlos, vor allem als Iris die Beine um meine Hüften schlingt und sich mit mir zusammen bewegt, als wären wir schon viel länger als zehn Minuten ein Liebespaar. Ihre Leidenschaft löst etwas in mir aus, das seit Jahren im Tiefschlaf lag, und ich lasse alle Sorgen fahren, alle Befürchtungen, alle Trauer, allen Kummer und alles Bedauern.

Ich erlaube mir, zu nehmen, was sie zu geben hat, und es bis zur Neige auszukosten.

## Iris

Als ich am nächsten Morgen in Gages Bett aufwache, liege ich auf dem Bauch, und jeder Muskel in meinem Körper schmerzt. Ich bin wund nach einer Nacht, die sich fundamental von allen anderen davor unterschieden hat.

Vier Mal.

Wir haben es vier Mal getan.

Er war wie ein Wilder, entfesselt, hemmungslos und verzweifelt, und ich war bei jedem Schritt des Weges bei ihm.

Mir ist schlecht vor Schuldgefühlen.

Ich habe meinen Mann mit jeder Faser meines Wesens geliebt. Wir hatten tollen Sex, doch was ich mit Gage erlebt habe, übersteigt alles zuvor Dagewesene.

So hätte es nicht sein sollen.

Mike war die Liebe meines Lebens, der Vater meiner Kinder, der Mann, mit dem ich bis an mein Lebensende zusammen sein wollte. Ich weigere mich, ihn oder unsere Beziehung mit irgendjemand zu vergleichen. Es gibt keinen Vergleich.

Ich höre ein Baby weinen und frage mich, wie Ronis erste Nacht mit Derek gelaufen ist, nachdem sie sich verlobt haben.

Und ich frage mich, wo Gage ist und ob seine Welt von

dem, was gestern Nacht passiert ist, ebenso erschüttert worden ist wie meine.

Ich krieche aus dem Bett und verziehe das Gesicht. Alles tut weh. Himmel, der Mann war wirklich unersättlich.

»Sei vorsichtig mit dem, was du dir wünschst, Mädchen«, murmle ich und stelle die Dusche in unserem gemeinsamen Badezimmer ganz heiß. Während ich darauf warte, dass das Wasser warm wird, bemerke ich Gages Zahnbürste und seinen Rasierer auf der Ablage über dem Waschbecken, gleich neben seinem Necessaire, was mir nur noch mal bewusst macht, wie lange es her ist, dass ich mir das Badezimmer mit einem Mann geteilt habe.

Dass ich überhaupt irgendwas mit einem Mann geteilt habe.

Dem Brennen zwischen meinen Beinen und den schmerzenden Muskeln an allen möglichen Stellen meines Körpers nach zu urteilen, bin ich, was Sex betrifft, trotz meiner täglichen Yoga-Übungen ziemlich außer Form.

Offenbar ist Yoga nichts im Vergleich mit Gage Collier.

Nachdem ich mich angezogen habe, hole ich das Handy aus der Ladestation in meinem Schlafzimmer und verspüre dabei leichte Schuldgefühle, weil ich es gestern Nacht nicht in Gages Zimmer mitgenommen habe. Was, wenn es zu Hause einen Notfall gegeben und ich nichts davon mitbekommen hätte, weil ich gerade mit einem Mann Sex hatte?

Meine Mutter hat Fotos von den Kindern geschickt, wie sie Pancakes frühstücken.

Gott sei Dank sehen alle glücklich aus, also hab ich nichts Wichtiges verpasst.

Ich antworte und danke ihr für die Fotos, bitte sie, den Kindern zu sagen, dass sie mir fehlen, auch wenn das geschwindelt ist. Sie fehlen mir nicht. Ich verbringe jeden wachen Moment mit ihnen oder damit, für sie zu sorgen oder an sie zu denken oder etwas für sie zu tun, und das geht, wenn ich morgen Abend heimfahre, auch sofort wieder weiter. Heute und morgen hingegen dreht sich alles um mich, meine Freunde, meine Bedürfnisse und meine Wünsche. Und ich habe vor, jede Sekunde davon zu genießen.

Bevor ich mich zu den anderen begebe, werfe ich einen raschen Blick auf Instagram.

Gages inspirierende Posts sind gewöhnlich das Erste, was ich mir jeden Morgen anschaue.

Heute hat er ein Foto des Sonnenaufgangs am Strand gepostet, was heißt, dass er schon seit Stunden wach ist.

*Selbst nach einem entsetzlichen Verlust kann das Leben noch schön sein*, hat er geschrieben. *Man weiß nie, was einen hinter der nächsten Wegbiegung erwartet, und alles ist möglich, selbst wenn das Schlimmste passiert ist. Es ist wichtig, dass wir uns diesen Erfahrungen öffnen, wenn sie sich uns bieten, denn sie sind eine Erinnerung daran, dass das Leben weitergeht, auch wenn man meint, das würde es nicht tun.*

Er hat die üblichen Verwitweten-Hashtags hinzugefügt und hat bereits über hundert Likes und fünfundzwanzig Kommentare. Er ist in Trauerkreisen wichtig geworden, so was wie eine Pflichtlektüre, denn er dokumentiert seinen Weg und teilt Einsichten, die viele berühren und in denen sie sich wiederfinden.

Der heutige Post ist besonders treffend, und ich bin mir sicher, dass er direkt zu mir spricht. Zumindest möchte ich das glauben.

Ich muss cool bleiben und darf keinesfalls den Eindruck erwecken, dass die letzte Nacht für mich der Beginn einer großen Romanze gewesen ist. Es war Sex. Es waren zwei Menschen, die körperliche Nähe und Entspannung gebraucht haben. Vier Mal. Mehr war es nicht, und ich schwöre, es nicht zu etwas zu machen, was es nicht ist. Ich werde mein Versprechen ihm gegenüber halten und nicht zulassen, dass es unsere Freundschaft ruiniert, die für uns beide so wichtig ist.

Ich begebe mich nach unten in die Küche, wo Hallie am Herd steht und etwas beaufsichtigt, das in der Pfanne brutzelt, während Adrian gerade eine frische Kanne Kaffee aufsetzt.

»Guten Morgen«, begrüßt mich Hallie. Sie hat vorn in ihrem kurzen blonden Haar eine lilafarbene Strähne und wirkt ausgeruht und erfrischt. »Kaffee?«

»O Gott, bitte, ja«, antworte ich.

Sie lacht und gießt mir eine Tasse ein, deutet auf Kaffeesahne, Hafermilch, Mandelmilch und mehrere Sorten echten Zucker sowie verschiedene Süßstoffe.

»Danke.« Ich entscheide mich für Mandelmilch und Stevia. »Hast du gut geschlafen?«

»Wie eine Tote. So gut wie schon ewig nicht mehr. Seit …«

Sie meint, bevor ihre Frau Gwen Selbstmord begangen hat.

»Schön, dass du eine ruhige Nacht hattest.«

»Und du?«, will Hallie wissen.

Ich befürchte kurz, ich könnte knallrot werden, was jedem sofort verraten würde, dass ich kein Auge zugetan habe, weil ich zu sehr damit beschäftigt war, Sex mit Gage zu haben. Wo steckt er eigentlich?

»Großartig. Was gibt's zum Frühstück?«

Hallie hat darauf bestanden, uns dieses Wochenende zu verköstigen, weil sie immer gerne gekocht hat, wie sie uns erzählt hat, aber in letzter Zeit gar nicht mehr dazu gekommen ist. »French Toast mit Ahornsirup aus Vermont, Würstchen, Speck und Obstsalat.«

»Lecker. Sabbere ich schon?«

Hallie beugt sich vor, um genau hinzusehen. »Bisher nicht. Du bist allerdings auch nicht wirklich weit davon entfernt.«

»Danke, dass du den Küchendienst für uns übernimmst.«

»Das tue ich gerne. Ich hatte ganz vergessen, wie viel Spaß mir das macht.«

»Du wirkst glücklich. Das freut mich.«

»Es ist schön, sich so zu fühlen. Schließlich ist es eine Weile her.«

Roni sitzt auf dem Sofa und stillt Dylan, hat schützend eine Decke über das Baby gelegt. Derek hat sich neben ihr niedergelassen und schaut was auf seinem Handy nach. Die beiden wirken ein bisschen müde und sehr zufrieden.

Ist es nicht toll, dass sie einander gefunden haben und sich der Zukunft gemeinsam stellen wollen? Ich muss zugeben, dass ich ein winziges bisschen neidisch bin. Schließlich bin ich eineinhalb Jahre länger Witwe als Roni und keinen Schritt näher daran, zu entscheiden, wie es weitergehen soll, als an dem

Tag, an dem Mikes Flugzeug abgestürzt ist. Seitdem dreht sich mein Leben eher nicht darum, irgendwelche großartigen Pläne zu schmieden. Ich habe drei trauernde Kinder, um die ich mich kümmern muss, ein Haus und tausend Entscheidungen, die jeden Tag getroffen werden müssen. Wer zur Hölle hat da Zeit fürs Pläneschmieden?

Klar, ich weiß, was für ein Glück ich habe, dass ich zusätzlich zu allem andern nicht auch noch unseren Lebensunterhalt verdienen muss. Mike hatte eine großzügige Lebensversicherung abgeschlossen, die uns über Wasser hält, bis meine Jüngste in die Schule kommt. Dann muss ich mir einen Job suchen und beginnen, fürs College zu sparen.

Es ist ganz schön einschüchternd, das Ganze. Andererseits muss ich über all das weder heute noch morgen nachdenken, daher schiebe ich es beiseite und konzentriere mich auf meine Freunde und mich und diese dringend benötigte Pause von meinem Alltag.

»Wo sind eigentlich alle?«

»Am Strand spazieren«, antwortet Joy. »Mir ist das viel zu kalt.«

»Mir auch.« Ich gehe zu Roni und Derek hinüber, setze mich zu ihnen aufs Sofa und lege mir eine Decke über den Schoß. »Ich kann ihm ein Bäuerchen entlocken, wenn du ein bisschen rumlaufen willst.«

»Bist du dir sicher?«, erkundigt sich Roni.

»Auf jeden Fall. Ich vermisse die Babyzeit. Das war schön, weil sie da noch keine Widerworte gegeben haben.«

Roni reicht mir Dylan, zusammen mit der Decke, die ich mir über die Schulter lege. »Mein Sohn wird seiner Mommy niemals Widerworte geben, oder, mein Süßer?«

»Haha, träum weiter«, entgegne ich, während sie aufsteht und die Arme reckt. »Das passiert schneller, als du dafür bereit bist.«

Adrian legt Holz im Kamin nach und verlässt das Haus, um mehr Scheite zu holen.

»Wie geht es ihm?«, frage ich die anderen.

»Ganz okay«, erwidert Kinsley. »Das Baby ist dieses

Wochenende bei seiner Schwester, die ihm seit dem Tod seiner Schwiegermutter eine große Hilfe ist. Doch sie hat einen Vollzeitjob und eigene Kinder, daher ist er immer noch auf der Suche nach jemandem, der ihm dauerhaft unter die Arme greifen kann.«

»Ich habe ihm angeboten, das zu übernehmen«, erklärt Wynter und macht es sich vor dem Feuer bequem. Sie ist die jüngste der Wilden Witwen und hat ihren ebenfalls blutjungen Ehemann an Knochenkrebs verloren.

»Was hat er geantwortet?«, erkundigt sich Joy.

»Er hat mich nicht ernst genommen, glaube ich.«

»Hast du es denn so gemeint?«, will ich von Wynter wissen.

»Klar, sonst hätte ich es ja nicht angeboten.«

Wynters gereizte Entgegnung stört mich nicht. Wir haben festgestellt, dass sie oft barsch wirkt und ganz grundsätzlich sauer auf das Leben ist, das ihr so bescheidene Karten zugeteilt hat. Und wer könnte ihr das verdenken? Ich kann mir beim besten Willen nicht vorstellen, in so jungen Jahren mit einem derart schweren Verlust fertigwerden zu müssen. Schließlich war es schon für mich schwierig genug, und ich war dreiunddreißig und hatte bereits deutlich mehr Lebenserfahrung.

Auf so etwas kann einen allerdings nichts wirklich vorbereiten. Das ist eine Lektion, die wir alle auf die harte Tour gelernt haben.

Adrian kehrt mit Brennholz beladen zurück und stapelt es neben dem Ofen. Er ist ein großer schwarzer Mann, muskulös und unglaublich attraktiv. Dass seine Frau bei der Geburt ihres Kindes gestorben ist und kurz darauf auch noch völlig unerwartet seine Schwiegermutter, war ein vernichtender Schlag, aber allmählich scheint er sich zu berappeln. Wir waren sehr froh, als er beschlossen hat, dieses Wochenende mitzukommen, und dass er das Baby bei seiner Schwester lassen konnte, sodass er tatsächlich die Verschnaufpause kriegt, die er so verzweifelt braucht.

Ich sehne mich nach einer Minute unter vier Augen mit Roni, die meine beste Freundin in der Gruppe geworden ist, weil ich ihr dringend erzählen will, was mit Gage passiert ist.

»Hast du etwas Schlaf nachholen können?«, fragt sie, als sie sich neben mich auf die Couch fallen lässt.

Mit der freien Hand schiebe ich meinen Kaffee aus ihrer Reichweite, weil sie den Geruch nicht erträgt.

»Ja. Und du?«

Ronis hübsches Gesicht wird knallrot. »Ein bisschen.«

»Ich werde mich mal erkundigen, was Maeve so treibt«, erklärt Derek und verzieht sich mit seinem Handy auf die Veranda.

»War es etwas, was ich gesagt habe?«, will ich wissen.

Roni lacht. »Er will nicht zuhören, wie wir über ihn reden.«

»Ich nehme an, es war gut?«

»Äh, ich denke, so könnte man es ausdrücken.«

»Und ist mit dir alles in Ordnung?«

Gage und ich war nicht die Einzigen in unserem Feriendoppelhaus, die zum ersten Mal noch dem großen Verlust Sex gehabt haben.

»Es geht mir erstaunlich gut, aber vermutlich liegt das daran, dass Derek und ich gewartet haben, bis es sich für mich richtig angefühlt hat. Obwohl ein Teil von mir aus anderen Gründen leidet. Patrick spielt in meinen Gedanken nach wie vor eine große Rolle, wie immer.«

»Das verstehe ich. Er ist Teil von allem, selbst von deiner Beziehung zu Derek.«

»Ja, und ich bin so froh darüber, mit Menschen zusammen zu sein, die verstehen, wie merkwürdig das alles ist.«

»Dem Himmel sei Dank für die Wilden Witwen.«

»Das sage ich mir jeden Tag.«

Hallie, Joy und Kinsley gesellen sich auf dem Sofa zu uns.

»Reden wir darüber, wie Roni sich fühlt, nachdem sie das erste Mal mit Derek geschlafen hat?«, fragt Joy und bringt damit alle zum Lachen.

»Was würden wir nur ohne dich tun, Joy?«, meint Hallie. »Du kommst immer gnadenlos direkt auf den Punkt.«

»Ihr würdet alle wie ein Haufen Katzen um den heißen Brei herumschleichen, dringend alle Einzelheiten wissen wollen, hättet jedoch Angst, es einfach anzusprechen«, stellt sie fest.

»Darum braucht ihr Mama Joy, die euch aus der Patsche hilft. Und jetzt erzähl uns alles, und lass nichts aus.«

Roni kichert. »Es war toll – und zur gleichen Zeit hat es mir schier das Herz gebrochen.« Sie zuckt die Achseln. »Ihr wisst, was ich meine.«

»Allerdings.« Kinsleys Mann ist an Bauchspeicheldrüsenkrebs gestorben, und sie muss ihre beiden Kinder allein großziehen. »Ich bin noch nicht so weit, aber vielleicht eines Tages.«

»Das wirst du sein, Kins«, antworte ich. »Natürlich wirst du das.«

»Ich bin mir nicht mal sicher, ob ich das überhaupt möchte. Allein schon die Vorstellung, mit jemand wieder von vorn anzufangen, ist erschöpfend.«

»Das mag sein, wenn es nicht der Richtige ist«, bemerkt Hallie.

»Möchtest du uns etwas mitteilen, Süße?«, erkundigt sich Joy.

»Nein, nein«, wehrt Hallie lachend ab. »Ich hab mich nur gerade an all die Verabredungen erinnert, die ich hatte, bevor ich Gwen begegnet bin, und daran, wie anders es von Anfang an mit ihr war.«

»Ich weiß genau, was du meinst«, erklärt Kinsley. »So war es auch, als ich Rory kennengelernt habe. Vom ersten Moment an anders.«

»Wohingegen ich Mike nicht ausstehen konnte, als ich ihn zum ersten Mal getroffen habe«, räume ich ein.

»Ernsthaft?«, fragt Hallie. »Das hast du uns noch gar nicht erzählt.«

»Er war ein unausstehlicher Vollidiot. Später habe ich herausgefunden, dass er sich so benommen hat, weil er mich so mochte und deswegen total nervös war.« Ich lächle, als ich an ein anderes längst zurückliegendes Wochenende mit Freunden am Strand denke. »Glücklicherweise hat er die Kurve gekriegt und mir gezeigt, wie er in Wahrheit war, bevor ich schreiend weglaufen konnte.«

»Das ist so süß«, verkündet Kinsley. »Dass er so nervös war, dass er sich komplett danebenbenommen hat.«

»Hinterher habe ich erfahren, dass unsere Freunde ihm gesagt hatten, sie wollten ihn mit mir zusammenbringen, und als er mich dann zum ersten Mal gesehen hat, hat er sich sofort in mich verliebt, wenigstens hat er das immer behauptet. Und dann hätte er es beinahe komplett in den Sand gesetzt.«

»Das ist klasse«, meint Roni seufzend.

»Ich war seine erste echte Freundin«, erzähle ich weiter. »Ich musste ihm alles beibringen. Angefangen damit, wann man einer Frau Blumen schenkt – nicht nur nach einem Streit –, bis hin zu dem Unterschied zwischen Sex und Romantik und wo sich die Klitoris befindet. Was auch immer euch einfällt, ich hab's ihm beigebracht, und er war ein sehr gelehriger Schüler.«

Die anderen lachen, als ich »Klitoris« sage, und mein Herz schmerzt für Mike, während ich mich an jene lang zurückliegenden Tage und Nächte mit ihm erinnere. Er hatte natürlich schon vor mir Sex gehabt, doch ich habe ihm den Unterschied zwischen einfachem Sex und großartigem gezeigt. Allerdings hatte ich nie in meinem Leben so viele Orgasmen wie letzte Nacht, nur kann ich das niemandem hier erzählen. Ich werde das überhaupt nie jemandem erzählen können. Und ich werde auch nie den Herzschmerz erwähnen, den Mike später in unsere in Schieflage geratene Ehe gebracht hat, als er beschloss, sein neu erworbenes Wissen an einer anderen auszuprobieren. Ich versuche, nicht an diese dunkle Zeit in unserem sonst so glücklichen Leben zu denken – oder daran, wie kräftezehrend es war, unsere Beziehung danach wieder zu kitten.

»Es ist jedenfalls eine echte Schande, so viel Arbeit in ihn zu investieren, nur um ihn dann zu verlieren«, bemerkt Joy mit völlig ernster Miene.

Darüber müssen wir alle so heftig lachen, dass wir Tränen in den Augen haben.

Ich wische mir meine ab und stelle fest, dass Gage zurückgekehrt ist und mich komisch anschaut. »Was habe ich verpasst?«

»Mädchengespräche«, antwortet Joy. »Das würdest du nicht verstehen.«

»Stimmt nicht«, sagt er und zieht sich seine warme Jacke aus. »Und das wisst ihr auch.«

Hallie steht auf, um nach dem Frühstück zu sehen, während Derek von der Veranda zurückkommt.

»Ist die Gefahr vorbei?«, will er wissen.

»Sie haben wie ein Hühnerhaufen gegackert, als ich eben zur Tür rein bin«, erklärt Gage.

Derek wirft Roni einen warnenden Blick zu. »Du hast besser nicht über mich geredet.«

»Warum?«, entgegnet sie. »Hast du Angst, dass das, was ich ihnen erzählen könnte, sie zum Lachen bringt?«

»Treffer, versenkt«, flüstert Joy und löst damit eine weitere Runde Gelächter aus.

Ich liebe sie alle so sehr.

Als Christy und ihre Freundin Taylor zuerst an mich herangetreten sind, um eine Gruppe zu gründen, die sich »die Wilden Witwen« nennt, dachte ich, das würde mir nichts bringen, denn an mir und meiner Witwenschaft war ganz sicher nichts wild, mit Ausnahme der nie enden wollenden Trauer, die mich daran zweifeln ließ, dass ich den Tod meines Mannes je verwinden würde.

Doch es hat sich herausgestellt, dass die Wilden Witwen genau das waren, was ich gebraucht habe, und das sind sie auch jetzt noch, lange nachdem Christy, Taylor und ich unser erstes Treffen als junge Witwen abgehalten haben. Traurigerweise sind wir immer mehr geworden, weil sich weitere Frauen – und Männer – mit einem ähnlichen Schicksal an uns gewandt haben. Taylor ist inzwischen wieder verheiratet und hat die Gruppe verlassen, aber Christy und ich halten sie am Laufen.

Hallie ruft uns zum Frühstück, das genauso köstlich ist, wie ich es erwartet hatte.

»Darf ich den Puderzucker mit dem Löffel essen?«, fragt Wynter.

»Bitte, tu dir keinen Zwang an«, antwortet Hallie. »Ich habe ihn extra fürs Frühstück gekauft, und das ist der Rest, der übrig ist.«

Wynter füllt sich einen Löffel mit dem Zucker und schiebt ihn sich in den Mund.

»Ach, süße Jugend«, seufzt Joy. »Wenn ich das täte, würde ich im Krankenhaus landen.«

»Stimmt, ich auch«, pflichtet ihr Naomi bei. »Und dabei bin ich gar nicht mal so viel älter als sie.« Ihr Verlobter David ist vor über zwei Jahren an Lymphdrüsenkrebs gestorben. Wir mussten ihr gut zureden, damit sie uns dieses Wochenende begleitet, und ich bin froh, dass sie schließlich nachgegeben hat. Manchmal hat sie das Gefühl, als gehörte sie nicht zu uns, weil sie und David nicht verheiratet waren. Wir haben ihr alle versichert, dass sie nicht anders zu betrachten ist als wir Übrigen. Wir müssen alle lernen, ohne den Menschen zu leben, den wir am meisten geliebt haben.

»Ihr seid ja nur neidisch«, hält uns Wynter vor, während sie einen weiteren Löffel füllt. »Wenigstens ist es kein Kokain.«

»Stimmt«, erwidert Joy. »Auch wenn Zucker genauso süchtig macht wie Kokain und andere Drogen.«

»Gönn mir doch meinen Spaß, ja?«, versetzt Wynter.

»Immer zu, lass dich nicht aufhalten«, meint Hallie. »Aber wenn dir nachher schlecht wird, dürfen wir dir alle unter die Nase reiben, dass wir dich gewarnt haben.«

»Meinetwegen.« Wynter nimmt sich einen dritten Löffel und wirft uns einen trotzigen Blick zu, bevor sie ihn sich in den Mund schiebt.

»Mir tun bereits vom Zuschauen die Zähne weh«, erklärt Gage.

»Weil deine Zähne alt sind«, entgegnet Wynter mit einem Grinsen. »Junge Zähne tun nicht weh.«

»Jetzt wirst du richtig fies«, stellt Gage fest.

Also wenn sie ihn gestern Nacht im Bett gesehen hätte, dann würde sie nie auf den Gedanken kommen, irgendetwas an ihm sei alt.

»Adrian«, beginnt Joy so beiläufig wie möglich. »Wynter, unser Zuckerjunkie, sagt, sie habe angeboten, dein Kindermädchen zu werden. Was hältst du davon?«

»Das ist total nett von ihr, doch ich bin mir sicher, sie hat Besseres zu tun, als meinen Sohn zu hüten.«

»Hab ich nicht«, antwortet Wynter. »Und ich hätte es nicht

angeboten, wenn ich mich nicht um ihn kümmern wollte. Falls du's nicht bemerkt hast, ich hab ihn ins Herz geschlossen und würde ihn echt gern versorgen, insbesondere wenn es dir helfen würde.«

Ich liebe es, wie Wynter uns alle binnen zwei Minuten erst schockieren und dann total überraschen kann. Das ist ihre besondere Gabe.

»Was meinst du, Adrian?«, wendet sich Joy an ihn.

»Das wäre ganz wunderbar, aber nur, wenn du es tatsächlich willst.«

»Mann, das habe ich doch gerade gesagt.«

»Dann ist es entschieden«, verkündet Joy und wirkt sehr zufrieden mit sich. Sie ist eine erfolgreiche Anwältin und ein Ass bei Mediationen aller Art.

»Gut gemacht, Mama Joy«, merkt Kinsley an. »Unsere Problemlöserin.«

»Das ist es, was ich den lieben langen Tag tue«, entgegnet sie.

»Hat heute Morgen schon jemand Lexi gesehen?«, erkundigt sich Hallie.

»Noch nicht«, erwidert Naomi.

Lexi hat ihren Ehemann Jim nach vierjährigem Kampf an ALS verloren, was sie nicht nur tief getroffen, sondern zu allem Überfluss auch finanziell ruiniert hat. Sie hat gesagt, sie könne sich das Wochenende am Strand nicht leisten. Wir haben ihr versichert, es sei für uns völlig in Ordnung, ihren Anteil mit zu übernehmen, aber damit hat sie sich nicht wohlgefühlt. Zwar konnten wir sie schließlich doch überreden, trotzdem ist sie ziemlich still.

»Ich wünschte, sie würde sich nicht sorgen, weil sie nicht das Geld hierfür hat«, meint Adrian. »Wen interessiert das schon? Da wir so viele sind, kostet es uns kaum mehr.«

»Genau das haben wir ihr alle gesagt«, antwortet Naomi. »Ich hoffe, sie kann sich einfach entspannen und die Auszeit genießen.«

Wenn ich von Witwen wie Lexi höre, die nach dem Verlust ihres Lebenspartners solch große finanzielle Probleme quälen, bin ich froh, dass Mike darauf beharrt hat, so vorzusorgen, dass wir auch ohne sein Gehalt auskommen können. Als Berufspilot hatte er alle Versicherungen, die er nur kriegen konnte – und dafür bin ich wirklich dankbar. Manche sind noch nicht ausgezahlt, denn wir warten weiter auf den finalen Unfallbericht von der Flugsicherheitsbehörde NTSB, aber im Moment haben wir genug, sodass es uns an nichts fehlt. Das erleichtert vieles.

Gage und ich bestehen darauf, die Küche aufzuräumen, und schicken Hallie mit Naomi, Kinsley, Joy, Wynter und Adrian für einen Spaziergang nach draußen. Roni und Derek haben Dylan mit nach oben genommen, um ihn für ein Nickerchen hinzulegen, sind jedoch nicht wieder aufgetaucht, was wir auch gar nicht erwartet haben.

»Das Frühstück war großartig«, bemerkt Gabe. »Ich bin so was von satt.«

»Hallie war hier in der Küche jedenfalls ganz in ihrem Element.«

»Es scheint ihr besser zu gehen.«

Ich kann mich kaum dazu durchringen, ihn anzusehen, weil ich ihm sofort die Kleider vom Leib reißen und da weitermachen will, wo wir aufgehört haben. »Vielleicht.«

»Iris.«

Ich schaue ihn an. »Ja?«

»Was ist los?«

## 3

### Gage

Sie hat mich kaum eines Blickes gewürdigt, seit ich vorhin vom Strand zurückgekommen bin, und jetzt fürchte ich, dass die letzte Nacht ein großer Fehler war, auch wenn es sich zu der Zeit nicht so angefühlt hat.

»Es ist nichts.«

»Warum siehst du mich dann nicht mehr an?«

In meinem früheren Leben hätte ich so ein Gespräch nie erzwungen. Ich hätte einfach abgewartet, während ich gleichzeitig gehofft hätte, dass, was immer es ist, sich nicht zu einem Riesenstreit hochschaukelt. Ich hatte sehr viel Zeit, um darüber nachzudenken, warum ich mich so verhalten habe, und der einzige Grund, der mir einfällt, ist, dass ich solche Angst davor hatte, Natasha wütend zu machen, dass ich mit ihr nicht über die Dinge geredet habe, über die wir wahrscheinlich hätten reden sollen. Ich habe es gehasst, wenn sie aus irgendeinem Grund unglücklich war, besonders wenn ich dafür verantwortlich war.

So möchte ich jedenfalls nicht mehr sein, daher meine Frage an Iris.

»Ich kann dich anschauen«, erklärt sie beinahe trotzig und erwidert meinen Blick direkt. »Siehst du?«

»Tut es dir leid?«

»Was? Nein! Ich bin ein bisschen wund, aber es tut mir nicht leid.«

»Wie wund?«

»Nicht zu schlimm. Es ist eher wie eine Erinnerung, dass da was war, als echter Schmerz. Und nicht so wund, dass ich es nicht noch mal würde tun wollen – gerade jetzt tatsächlich –, wenn wir könnten.«

Ich betrachte den leeren Raum. »Warum sollten wir nicht können?«

»Sie werden nicht lange draußen bleiben.«

»Es ist schönes Wetter, da lassen sie sich vielleicht Zeit.«

»Versuchst du mir zu sagen ...«

Ich nehme ihre Hand und ziehe sie sanft in Richtung unserer beiden Zimmer. Derek und Roni haben den großen Raum auf der anderen Seite der Küche.

Die Tür schließt sich mit einem lauten Schnappen hinter uns, gefolgt von einem Klicken, als ich den Schlüssel umdrehe.

Ich wende mich zu ihr um und mustere sie. »Du siehst müde aus.«

»Tja, warum wohl?«

Während ich sie anlächle, berühre ich ihre Lippen mit meinen. »Und hat es sich gelohnt, auf den Schlaf zu verzichten?«

»Du weißt, dass es so ist.«

Ich helfe ihr schnell aus ihren Kleidern und führe sie zum Bett, wo ich sie so positioniere, dass sie am Rand der Matratze liegt. Dann knie ich mich hin und beuge mich vor, um sie sanft mit meiner Zunge zu verwöhnen.

»Du hast den anderen nichts davon erzählt, oder?«

»Nein«, antwortet sie atemlos.

»Das hier soll nur zwischen uns sein.«

»Ja.«

Gerade als ich sie am Rand des Orgasmus habe, klingelt ihr Telefon.

»Ich, äh ... muss da rangehen. Es könnte meine Mutter wegen der Kinder sein.«

Ich helfe ihr auf und stütze sie, als ihre Beine unter ihr nachzugeben drohen. Sie nimmt ihr Handy vom Nachttisch, wo ich es gerade erst hingelegt hatte, und meldet sich.

»Oh, hi.« Nachdem sie einen Moment zugehört hat, runzelt sie die Stirn. »Hast du meine Nachricht nicht gekriegt?« Und dann: »Nein, ich hab dir geschrieben. Warte mal.« Sie stellt das Telefon auf Lautsprecher. »Mist. Ich habe den Text zwar getippt, doch nie abgeschickt. Tut mir so leid, Rob. Das ist mein Wochenende mit den Witwen. Davon hab ich dir erzählt, oder?«

Ich bin ihr so nahe, dass ich die andere Seite der Konversation mithören kann.

»Nein, ich glaub nicht. Ich bin jetzt bei deinem Haus.«

»Tut mir so leid. Die Kinder sind bei meiner Mutter, aber sie würden sich riesig freuen, wenn du vorbeischaust.«

»Das mach ich, wo ich jetzt ohnehin in der Stadt bin.«

»Prima.«

»Du klingst seltsam. Alles okay bei dir?«

»Ja, alles super. Es ist schön, mal ein Wochenende Urlaub von allem zu haben.«

»Dann genieß die Zeit. Wir treffen uns nächstes Wochenende, ich melde mich vorher.«

»Es tut mir wirklich leid, dass ich die Nachricht nicht abgeschickt habe, Rob.«

»Das muss dir nicht leidtun. Alles in Ordnung.«

»Hab dich lieb.«

»Ich dich auch.«

Während sie am Telefon ist, setze ich mich aufs Bett. Als sie sich umdreht, um mich anzusehen, wirkt sie besorgt.

Ich reiche ihr das T-Shirt, das ich ihr gerade ausgezogen hatte, und sie schlüpft hinein.

»Tut mir leid.«

»Das war Mikes Bruder, richtig?«

»Ja, er kommt uns samstags immer besuchen und spielt den ganzen Nachmittag mit den Kindern. Ich dachte, ich hätte ihm für heute abgesagt … Ich fühle mich furchtbar. Für ihn ist das eine Stunde mit dem Auto von Baltimore zu uns.«

»Es ist nett von ihm, dass er so für dich und die Kinder da ist.«

Sie setzt sich neben mich aufs Bett. »Er war von Anfang der Fels in der Brandung für mich. Er und Mike hatten eine sehr enge Beziehung.«

»Ich freue mich, dass ihr euch gegenseitig beisteht.«

»Ich auch.«

»Warum wirkst du auf einmal so unglücklich?«

»Es ist nur … was wir getan haben, als er anrief. Das fühlt sich seltsam an.«

»Wir haben nichts Falsches getan.« Außer … »Zwischen euch läuft nichts, oder? Zwischen dir und Rob?«

»Was? Nein! Er ist mein Schwager. Einer meiner besten Freunde.«

»Wäre er gerne mehr als das?«

»Natürlich nicht«, erwidert sie, doch in ihren Worten schwingt eine leichte Unsicherheit mit.

»Iris.«

Sie hebt den Blick, und in ihren Augen liegt Sorge.

»Sprich mit mir.«

»Ich glaube, er wäre gerne mehr. In der Tat bin ich mir fast sicher, dass er das möchte.«

»Aber?«

»Ich hab ihn echt gern und habe mich so unglaublich auf ihn verlassen, seit Mike nicht mehr da ist. Er war die ganze Zeit an meiner Seite, eine verlässliche Stütze.«

»Wir sind alle froh, dass du dich auf ihn verlassen kannst und dass deine Kinder ihn in ihrem Leben haben. Ich weiß, wie wichtig er dir ist.«

»Es ist alles so unfassbar kompliziert«, stellt sie mit einem tiefen Seufzer fest. »Wie einfach wäre es für mich, wenn ich mich in einen Mann verlieben könnte, der Mike so sehr geliebt hat wie ich, der bereits meine Kinder liebt und alles für mich tun würde?«

»Sehr einfach.«

»Zu einfach, oder?«

»Das kannst nur du beantworten.«

Sie ist für einen Moment still, bevor sie mich wieder ansieht. »Sosehr ich Rob auch liebe – und das tue ich wirklich –, ich hab mich nie in Versuchung geführt gefühlt, nackt zu ihm ins Bett zu steigen.«

Ich bin deutlich erleichterter, das zu hören, als ich vermutlich sein sollte. Meine Lippen zucken vor Belustigung. »Also gibst du zu, dass es geplant war?«

»Wann habe ich das gesagt?«, erkundigt sie sich unschuldsvoll.

Ich versuche, eine ernste Miene aufzusetzen, scheitere jedoch kläglich, weil sie lacht.

»Bereust du es?«, fragt sie.

»Überhaupt nicht.«

»Das ist gut«, meint sie erleichtert. »Schön.« Mit einem Blick zu mir fügt sie hinzu: »War dein Post auf Instagram heute auf mich gemünzt?«

»Zum Teil. Ich versuche immer mehr, mir bewusst zu machen, wofür ich dankbar sein kann, und heute bin ich dir dankbar und dafür, dass du mit deinem sexy nackten Körper letzte Nacht in meinem Bett warst. Und es ist schon seltsam, denn wenn du mich gestern gefragt hättest, ob ich bereit wäre, mit irgendjemandem Sex zu haben, dann hätte ich das aller Voraussicht nach verneint. Aber dann warst du da, und ich war plötzlich sehr bereit.«

»Es war eine lange Pause für dich. Wahrscheinlich hätte das jeder warme, nackte weibliche Körper bewirkt.«

Mit einem Finger an ihrem Kinn bringe ich sie dazu, mich anzuschauen. »Ich habe dir bereits erklärt, dass das nicht stimmt. Ich hätte das nie mit jemandem tun können, für den ich nicht bereits Gefühle gehabt hätte.«

»Also, was geschieht jetzt?«

»Was hättest du denn gern?«

»Ich weiß es nicht. Was meinst du?«

»Ich weiß es auch nicht. Doch ich weiß, dass sich das, was letzte Nacht passiert ist, richtig gut angefühlt hat und ich durchaus gern mehr davon hätte.«

»Ich auch.«

»Nun, da das geklärt ist … Ich bin nicht auf der Suche nach einer Beziehung, die über die Freundschaft hinausreicht, die uns bereits verbindet. Obwohl es bald drei Jahre her ist – wie ist das im Übrigen bitte möglich? –, bin ich noch nicht bereit dafür. Ich bin mir nicht sicher, ob ich das jemals sein werde, wenn ich ehrlich sein soll.«

»Das verstehe ich.«

»Du verdienst jemanden, der für dich und deine Kinder da sein kann. Ich möchte nicht im Weg stehen, wenn du das mit Rob oder irgendwem sonst haben willst, den du für diese Rolle in Erwägung ziehst.«

»Ich ziehe niemanden für diese Rolle in Erwägung. Die meiste Zeit über bin ich vollauf damit ausgelastet, irgendwie den Tag zu überstehen.«

»Ich weiß nicht, wie du das mit drei kleinen Kindern schaffst.«

»Was bleibt mir anderes übrig? Ich habe Gott sei Dank Hilfe. Meine Eltern sind toll, Rob, Mikes Eltern, meine Freunde. Es ist nur manchmal … Was vor mir liegt, erstreckt sich unendlich weit, kein Ende in Sicht. Laney ist dreieinhalb, was bedeutet, dass ich fünfzehn Jahre vor mir habe, bevor sie aufs College geht. Es ist beinahe überwältigend.«

»Ich kann mir nicht mal vorstellen, wie schwer das sein muss. Ich denke manchmal darüber nach, wie ich es geschafft hätte, wenn Natasha bei dem Unfall gestorben wäre, die Mädchen aber überlebt hätten.«

»Du hättest es geschafft. Natürlich hättest du das.«

»Ich weiß nicht. Die Mädchen zu verlieren war furchtbar, doch Natasha zu verlieren war einfach … Daran wäre ich fast zerbrochen.«

Sie legt ihre Hände um meinen Arm und lehnt den Kopf an meine Schulter. »Du hast deine Töchter sehr geliebt. Du hättest einen Weg gefunden, dich allein um sie zu kümmern. Sie hätten dir geholfen, damit fertigzuwerden.«

»Vermutlich hast du recht.«

»Ganz sicher sogar, Gage, das weiß ich. Sosehr mich das Dasein als alleinerziehende Mutter fordert, es hilft mir, morgens aus dem Bett zu kommen. Sie brauchen mich. Ich kann es mir nicht leisten, mich in meiner Trauer zu vergraben, solange ich drei hungrige Kinder habe, die darauf angewiesen sind, dass ich mich jeden Tag zusammenreiße. So wäre es auch für dich gewesen.«

»Du hast viel mehr Vertrauen in mich als ich selbst.«

»Ich kenne dich. Ich kenne dein Herz. Und wie schon erwähnt, weiß ich, wie sehr du deine Mädchen geliebt hast. Du hättest getan, was immer du für sie hättest tun müssen.«

»Es ist sehr nett von dir, dass du das sagst.«

»Es sind nicht einfach bloß Worte, sondern so sehe ich dich. So sehen wir dich alle.«

»Und ich weiß das zu schätzen. Das tue ich wirklich. Es ist nur so, dass ich mich manchmal frage, wie es möglich ist, dass es fast drei Jahre später immer noch so heftig ist. Ich dachte, es würde besser werden. Das dachte ich wirklich.«

»Es *ist* besser geworden. In der Zeit, seit wir uns kennen, habe ich beobachten können, wie du langsam wieder ins Leben zurückgefunden hast. Es ist nicht über Nacht passiert, aber du hast dich darum bemüht, und das tust du auch, wenn du mit deinen Posts anderen hilfst, die einen schrecklichen Verlust erlitten haben. Du hast keine Ahnung, wie sehr deine Worte den Leuten aus der Seele sprechen.«

»Das ist eine viel größere Sache geworden, als ich mir am Anfang hätte träumen lassen.«

»Es ist ein Lebensretter für mich und so viele andere. Das Erste, was ich jeden Morgen mache, sogar bevor ich mich um die Kinder kümmre, ist, deinen Instagram-Feed aufzurufen.«

Das überrascht mich. »Wirklich?«

»Wirklich. Du kannst dir gar nicht vorstellen, wie häufig deine Worte mir schon die Kraft gegeben haben, mich dem Tag zu stellen.«

»Wow. Danke schön. Das bedeutet mir sehr viel, gerade weil es von dir kommt. Wenn du mich fragst, bist du verdammt gut bei diesem Witwenzeug und unser großes Vorbild, während wir irgendwie hindurchstolpern.«

»Jetzt übertreib mal nicht«, sagt sie. »Ganz so ist es ja nun auch nicht.«

»Doch, ist es. Vielleicht fällt dir gar nicht auf, dass du immer für alle in unserer Gruppe da bist, egal was gerade in deinem eigenen Leben passiert. Wenn jemand einen schwierigen Tag hat, bist du die Erste, die Zeit für ihn hat. Wir dürfen alle an deinem Pool abhängen, und du gibst uns einen sicheren Ort, an dem wir uns treffen können, wenn wir unsere eigene Gesellschaft nicht mehr ertragen. Du bist so etwas wie der Dreh- und Angelpunkt der Wilden Witwen, ob du das selbst so siehst oder nicht.« Ich bemerke entsetzt, dass sich ihre Augen mit Tränen füllen. »Was ist los?«

»Nichts.« Sie wischt sie sich schnell weg. »Das war nur so nett, was du da über mich gesagt hast.«

»Das ist nur die Wahrheit, Iris. Du bist das Herz und die Seele dieser ganzen Sache, und wir alle wissen es. Das ist der Grund, warum ich es nicht ertragen würde, wenn die letzte Nacht unsere Freundschaft gefährdet.«

»Das wird sie nicht. Versprochen. Egal was passiert, ich werde es nicht zulassen.«

»Das werde ich auch nicht. Aber ich möchte, dass du weißt … Es hat mir viel bedeutet, mit dir auf diese Art zusammen zu sein und dass du auf diese Art mit mir zusammen sein wolltest. Alles davon.«

»Geht mir genauso.« Ein Lächeln lässt ihre schönen braunen Augen strahlen. »Wir sollten zu den anderen zurückkehren, bevor unsere gemeinsame Abwesenheit einen Skandal auslöst.«

»Ja, okay, aber vorher lass mich das hier tun.« Ich beuge mich zu ihr und küsse sie. Und weil sich das so gut anfühlt, tue ich es gleich ein weiteres Mal.

Sie wirkt leicht erschüttert, als ich mich zurücklehne.

Ich verstehe das, da ich selbst leicht erschüttert davon bin, wie einfach es für uns war, den Schritt von Freunden zu Liebhabern zu vollziehen.

»Möchtest du zuerst?«, frage ich sie. »Ich brauch noch eine Minute.«

Sie schaut zu meinem Schritt, was die Situation nicht leichter macht. »Äh, sicher doch.«

Ich stupse sie an. »Dann los.«

»Ich geh ja schon.«

Während ich dabei zusehe, wie sie den Raum verlässt, verspüre ich eine Leichtigkeit, die meiner sonst üblichen Gemütslage so entgegenläuft, dass es mich aus der Fassung bringt. Ich bin so überrascht, etwas zu empfinden, das sich wie mein Leben davor anfühlt, dass es fast so ist, als hätte mir jemand einen Schlag versetzt. Ich sitze eine ganze Weile da, nachdem Iris fort ist, länger, als ich es tun müsste, während ich mich davon erhole, dass etwas wieder da ist, was ich sehr lange verloren geglaubt hatte.

4

*****

### Iris

Es wird Sonntagmittag, bevor ich Roni für einen Moment allein erwische. »Hast du Lust auf einen Spaziergang?«, frage ich sie und werfe ihr dabei einen Blick zu, von dem ich hoffe, dass er mein Bedürfnis, mit ihr zu reden, unmissverständlich rüberbringt.

»Derek, stört es dich, ein paar Minuten lang auf Dylans Babyfon zu achten?«

Er nimmt ihr das Gerät ab. »Überhaupt nicht.«

Die Männer verfolgen zusammen mit Joy, Lexi und Brielle ein Spiel der Commanders gegen die Steelers im Fernsehen.

Roni und ich schnappen uns unsere Winterjacken, Mützen und Schals, denn draußen sind es nur ein paar Grad über null, dann gehen wir raus an den Strand und runter zum Wasser, wo der Sand fester ist und man leichter laufen kann.

Ich hake mich bei ihr unter. »Wie entwickelt sich die Verlobung bislang?«

»Könnte nicht besser sein.«

»Wir freuen uns alle sehr für euch beide.«

»Danke. Wir haben letzte Nacht darüber geredet, dass es nicht ganz leicht ist, inmitten seiner verwitweten Freunde so glücklich zu sein.«

»Darüber solltet ihr euch nicht den Kopf zerbrechen. Wir alle wissen, was ihr beide durchgemacht habt, ehe ihr diesen Punkt erreicht habt. Ihr solltet jede Sekunde genießen. Wir wissen auch – und zwar viel zu gut –, dass wir jeden Tag so leben müssen, als wäre es unser letzter.«

»Stimmt. Wir fänden es bloß schlimm, wenn wir übertreiben.«

»Das tut ihr nicht. Wenn es so weit kommt, sage ich es dir.«

»Danke. Und nicht nur dafür … Für alles. Ehrlich, Iris. An dem Tag, an dem wir das erste Mal miteinander gesprochen haben, hatte ich keine Ahnung, wozu du mich eingeladen hast oder wie unverzichtbar diese Gruppe bei der Bewältigung von Patricks Tod für mich werden würde. Vielen, vielen Dank.«

»O bitte, bedank dich nicht bei mir. Als du zu uns gestoßen bist, habe ich eine wunderbare neue Freundin gefunden. Eigentlich müsste *ich dir* danken.«

»Es ist schon komisch, oder? Dass unsere besten Freunde von vorher uns gar nicht mehr so nahestehen, und dafür sind diese anderen Menschen plötzlich so was wie Familie geworden.«

»Alles im ›danach‹ ist merkwürdig. Jede einzelne verflixte Sache.«

»Ja, stimmt. Ich fühle mich trotzdem immer noch schuldig, weißt du?«

»Weswegen?«

»Weil ich Derek so sehr liebe, wie ich Patrick geliebt habe, auch wenn es eine andere Art von Liebe ist. Sie ist irgendwie reifer, wenn das Sinn ergibt.«

»Tut es. Ihr habt beide eine intensive Lektion am Institut für harte Schicksalsschläge hinter euch. Das hat euch weiser und dankbarer für das gemacht, was ihr habt.«

»Ganz genau. Wir warten nicht darauf, dass uns eine Tragödie zeigt, wie viel Glück wir haben. Wir leben das jeden Tag.«

»Wo wir gerade von ›jeden Tag leben‹ reden … Ich hab's getan.«

Sie bleibt stehen und dreht sich zu mir um. »Was?«

»Ich habe vorgestern Nacht so getan, als hätte ich mich in der Tür geirrt, und bin nackt in das falsche Bett geschlüpft.«

Sie starrt mich mit offenem Mund an. »Wessen Bett?« Sie reißt die Augen auf. »Gages?«

Ich lächle verlegen. »Vielleicht?«

»Iris! Das hast du gestern den ganzen Tag für dich behalten?«

»Ich hab dich nie unter vier Augen erwischt.«

»Du hättest mir eine Textnachricht schreiben können.«

Lachend antworte ich: »Darauf bin ich gar nicht gekommen.«

»Das ist eine Riesensache!«

»Mach daraus nicht mehr, als es ist. Es ist einfach passiert. Na ja, letzte Nacht dann noch mal. Und gestern Nachmittag auch ein bisschen.«

»Verdammt. Das ist großartig!«

»Ich bin mir noch nicht ganz sicher, was es ist. In meinem Kopf herrscht totales Durcheinander. Er sagt, es ist nur Sex, weil er nicht für mehr bereit ist, aber Roni, es war *unglaublicher* Sex.«

Sie kreischt, was dankenswerterweise von der Brandung übertönt wird. »Das ist das Beste überhaupt!«

»Bitte sorg dafür, dass es mir nicht leidtut, dass ich dir das erzählt habe, okay?«

»Natürlich. Ich verarbeite das jetzt, während wir hier am Strand sind, und wenn wir zurück im Haus sind, bin ich der Anstand in Person.«

Darüber muss ich lachen.

Sie fällt mit ein, bis wir uns beide vor Lachen ausschütten und uns aneinander festhalten müssen.

»O Mann, das fühlt sich gut an«, erkläre ich und hake mich wieder bei ihr unter, um weiter am Strand entlangzugehen.

»Und es fühlt sich auch gut an, wieder in den Sattel zu steigen, oder?«

»Wenn für dich zu ›gut fühlen‹ zählt, dass ich kaum laufen kann, dann schon, ja.«

»Ganz genau. Alles an mir ist ein bisschen wund, allerdings auf angenehme Art und Weise. Die beste überhaupt.

Selbst wenn der Rest natürlich nicht einfach verschwunden ist.«

»Ja, schließlich möge der Himmel verhüten, dass wir nur das Glück wahrnehmen, ohne den Kummer, der seinen Schatten über alles wirft.«

»Das ist der Preis, den wir dafür zahlen, Patrick und Mike so geliebt zu haben. Dass wir den Rest unseres Lebens leiden, weil wir sie verloren haben.«

»Ich glaube, ich bin die, die dir das gesagt hat.«

»Vermutlich, daher betrachte es als Erinnerung daran, dass das, was du empfindest, völlig normal ist, oder vielleicht besser: völlig normal in unserer neuen Normalität.«

»Ich liebe und hasse diese neue Normalität gleichermaßen.«

»Ich auch. Denn wie kann ich so glücklich darüber sein, Derek zu lieben, wo Patrick doch für immer fort ist? Wo er nie seinen Sohn kennenlernen wird?«

»Es ist unfassbar.«

»Ja.«

»Trotzdem ist es auch großartig. Du und Derek, ihr seid wunderbar zusammen, vor allem wie er auf dich gewartet hat, bis du dazu bereit warst ... Das ist zum Niederknien.«

»Absolut. Manchmal frage ich mich, ob Patrick nicht insgeheim seine Finger mit im Spiel hatte, weil er sich gewünscht hat, dass ich jemanden an meiner Seite habe.«

»Das kann man nie ausschließen, vor allem nicht angesichts dessen, was du mir alles erzählt hast. Der Mann hat dich aus tiefster Seele und von ganzem Herzen geliebt.«

»Ja. Und was passiert jetzt mit dir und Gage?«

»Keine Ahnung. Wir hatten viel Spaß, und vielleicht ist das alles, was es ist. Er musste ja irgendwann seine Witwer-Jungfräulichkeit verlieren ...«

Roni kriegt wieder einen Lachanfall. »Seine Witwer-Jungfräulichkeit. Du bist so komisch.«

»Na ja, wie würdest du es denn nennen?«

»Für mich funktioniert der Begriff. Ich hab meine schließlich auch verloren. Wer hätte ahnen können, dass an diesem

Wochenende so viele Jungfräulichkeiten geopfert werden würden?«

»Ich jedenfalls nicht.«

»Ich kann immer noch nicht glauben, dass du zu ihm ins Bett gekrochen bist. Das ist echt mutig gewesen.«

»Den Mut hab ich mir vorher angetrunken, auch wenn ich ihm gegenüber weiter so tue, als sei es ein echtes Versehen gewesen.«

Lächelnd fragt sie: »Bereust du's?«

»Nicht im Geringsten.«

»Sehr gut.«

»Darf ich noch was anderes sagen, selbst wenn ich mich dann wie ein Monster fühle?«

»Natürlich.«

»Ich wünsche mir so sehr, nicht von hier weg- und wieder zum Leben als alleinerziehende Mutter zurückkehren zu müssen. Am liebsten würde für immer hierbleiben und meine Eltern meine Kinder aufziehen lassen. Ich bin eine furchtbare Mutter.«

»Nein, bist du nicht. Du bist mein Yoda in Bezug auf Witwen- und auf Mutterschaft. Ich möchte werden wie du, wenn ich groß bin.«

»Ach Quatsch, das willst du nicht.«

»Doch. Ich möchte, dass Dylan so wird wie dein wunderbarer Tyler, der der süßeste Junge überhaupt ist.«

»Ja, er ist großartig und eine riesige Hilfe bei den Mädchen. Ich weiß nicht, was ich ohne ihn tun würde, was dafür sorgt, dass ich mich schrecklich fühle, weil ich mich so auf meinen siebenjährigen Sohn verlasse.«

»Er hat eine alte Seele«, erklärt Roni. »Er liebt es, sich um sie zu kümmern und auf sie aufzupassen. Das nimmt er sehr ernst.«

»Ich weiß, aber ich mach mir trotzdem Sorgen, dass es zu viel für ihn ist.«

»Das würde er dir sagen. Du würdest es wissen. Wenn du mich fragst, betrachtet er es als die wichtigste Aufgabe in seinem Leben, dir dabei zu helfen, sie großzuziehen.«

»Sein Daddy wäre so stolz auf ihn.«

»Ganz bestimmt. Er wäre auf euch alle stolz.«

»Ich muss oft daran denken, wie Mike mich dazu überredet hat, ein weiteres Baby zu kriegen, obwohl ich eigentlich damit zufrieden war, einen Jungen und ein Mädchen zu haben. Er hat immer gesagt: ›Eins brauchen wir noch, Süße. Noch eins, damit wir komplett sind.‹ Es bricht mir das Herz, dass sie keine Erinnerungen an ihn haben wird.«

»Das wird sie. Sie wird ihn durch dich und Rob und den Rest eurer Familie und eure Freunde kennenlernen. Sie wird ihn kennen, Iris.«

»Vermutlich schon. Wo wir gerade von Rob sprechen …«

»Was ist mit ihm?«

»Ich fange an, mir Sorgen zu machen, dass da ein Problem bestehen könnte.«

»Inwiefern?«

»Es wäre möglich, dass seine wöchentlichen Besuche nicht nur auf dem Wunsch beruhen, Zeit mit den Kindern zu verbringen.«

»Oh. Verdammt.«

»Ja.« Wir drehen um und gehen zum Haus zurück, und jetzt bläst uns der Wind ins Gesicht. »Er ist so gut zu uns.«

»Das heißt allerdings nicht, dass du ihm im Gegenzug mehr schuldest als ein Dankeschön.«

»Ich weiß. Ich wünsche mir wirklich, dass ich ihm nicht irgendwann sagen muss, dass zwischen uns nichts weiter passieren wird. Dieses Gespräch will ich unter keinen Umständen mit ihm führen müssen.«

»Hoffentlich musst du das nicht.«

»Er hat mich gestern gefragt, ob er bei uns übernachten darf, nachdem er die Kinder bei meinen Eltern besucht hatte. Jetzt befürchte ich fast, er könnte da auf mich warten, wenn ich heimkomme.«

»Oje.«

»Ja, das fasst es ganz gut zusammen.«

## Gage

WIR PACKEN alles aus den zwei Häusern zusammen, laden das übrig gebliebene Kaminholz ein und brechen kurz nach vier zur Heimfahrt auf. Ich biete Iris an, sie nach Hause zu bringen, was sie annimmt, denn auf dem Hinweg ist sie bei Joy mitgefahren, die jetzt jedoch nach Annapolis zu einem Abendessen bei ihren Eltern will. Alle anderen haben ihre eigenen Autos, was uns ein paar Stunden allein zusammen beschert, in denen wir nicht nackt sind und es miteinander treiben wie Karnickel, die zum ersten Mal aus der Einzelhaft entlassen wurden.

Bei dem Gedanken muss ich lachen.

»Was ist denn so komisch?«

Ich erzähle es ihr.

Sie stöhnt, obwohl sie auch lacht. »Ich fürchte, das stimmt schon irgendwie.«

»Trotzdem bedauerst du nichts, oder?«

»Nein. Du?«

»Nein.«

»Schuldgefühle?«, fragt sie.

»Ein bisschen, aber man hat mir versichert, das sei zu erwarten.«

»Das verschwindet leider nie ganz. Du wirst vermutlich immer ein bisschen das Gefühl haben, dass du Nat betrügst, wenn du mit einer anderen schläfst.«

»Vermutlich hast du recht.«

»Du hast nichts Falsches getan, Gage. Sag mir, dass du das weißt.«

»Mein Kopf weiß das. Mein Herz steht auf einem anderen Blatt.«

»Dann erklär deinem Herzen, es soll endlich begreifen, dass das Leben weitergeht.«

»Das versucht es ja. Ich hab gehört, das sei nicht von heute auf morgen machbar.«

»So ganz ist das Thema vermutlich nie abgeschlossen, das stimmt wohl.« Sie blickt zu mir. »Dein Post heute war wirklich etwas ganz Besonderes.«

Ich hab geschrieben, dass an diesem Wochenende ein Funken Freude in die Düsternis gedrungen ist und was für ein Schock das war, nachdem ich so lange ohne auskommen musste. »Freut mich, wenn er dir gefallen hat.«

»Ich bin froh, dass du so empfindest. Und wenn ich in irgendeiner Weise dafür verantwortlich war …«

»Das warst du voll und ganz.«

»Oh. Wow. Nun, es ist großartig, dass ich das für dich tun konnte.«

»Ich hoffe, es beruht auf Gegenseitigkeit?«

»Absolut. Ich hatte dieses Wochenende viel mehr Spaß als je seit Mikes Tod, und das habe ich vor allem dir und unseren nebeneinanderliegenden Schlafzimmern zu verdanken.«

Letzte Nacht bin *ich* nackt in *ihr* Schlafzimmer gegangen und hab so getan, als hätte ich mich in der Tür geirrt.

»Die nebeneinanderliegenden Zimmer waren jedenfalls superpraktisch, was?«

»Unbedingt. Ich hätte nie den Mut gehabt, mich in dein Zimmer zu schleichen, wenn auch nur die geringste Chance bestanden hätte, dass mich jemand dabei beobachtet.«

»Ist das das Geständnis, dass der Vorfall von Freitagnacht Absicht war?«

»Auf keinen Fall. Das war ein echter Irrtum.«

»Der sich zugetragen hat, während du zufällig nackt warst.«

»So was passiert.«

Ich lache heftiger, als ich seit Ewigkeiten gelacht habe. Sie ist einfach wunderbar, sexy, lustig, süß und eine großartige Freundin.

»Danke, dass du mir über diese Hürde geholfen hast.«

»Freut mich, dass ich helfen konnte.«

Wir ziehen einander auf und scherzen die ganze Fahrt nach Nord-Virginia, singen dazwischen die klassischen Rocksongs mit, die ich im Auto laufen habe. So lustig war es nicht mehr, seit mein Leben in sich zusammengebrochen ist, und als wir in ihr Viertel abbiegen, sage ich ihr das auch.

»Es hat großen Spaß gemacht. Danke, dass du mich heimbringst.«

»Jederzeit gern.«

Während ich weiterfahre, wird mir klar, dass der Weg zu ihrem Haus für mich so vertraut geworden ist wie der zu mir nach Hause. Ich fühle mich bei Iris schon sehr lange geborgen, weshalb es auch so viel leichter war, diesen Riesenschritt mit ihr zu tun, als es mit jeder anderen gewesen wäre.

Sie stöhnt. »Mein Schwager ist immer noch da.«

Ich werfe einen Blick auf das Autokennzeichen aus Maryland, das an dem dunkelgrünen Jeep Cherokee in der Einfahrt prangt. »Ist das ein Problem?«

»Nein. Nichts, weswegen du dich sorgen müsstest. Es überrascht mich nur, dass er so spät am Sonntag noch hier ist, schließlich muss er morgen in Baltimore arbeiten.«

»Ich bring dich rein.«

»Das musst du nicht.«

»Ich würde gern kurz den Kindern Hallo sagen.« Als ich Iris kennengelernt habe, habe ich es vermieden, überhaupt etwas mit ihren Kindern zu tun zu haben, weil es einfach zu schmerzhaft war. Aber mit der Zeit sind sie mir ans Herz gewachsen, und jetzt genieße ich die Zeit, die ich mit ihnen verbringe.

»Oh, ja. Komm rein.«

Ich trage den Koffer für sie und folge ihr ins Irrenhaus.

Als die Kinder sie in der Diele entdecken, brechen sie in Freudenschreie aus und bereiten ihr einen Empfang, der mich an das eine Mal erinnert, als Natasha und ich ohne unsere beiden Mädchen weggefahren waren, um unseren zehnten Hochzeitstag zu feiern. Bei unserer Rückkehr erwartete uns ein ähnlicher Empfang, und die Erinnerung daran überfällt mich aus dem Nichts, raubt mir die Luft aus den Lungen.

Gott sei Dank ist Iris vollauf damit beschäftigt, ihre Kinder zu begrüßen, daher habe ich einen kurzen Moment dafür, mich zu fassen, ehe sie bemerken kann, dass irgendwas los ist. Trauer ist echt heimtückisch – mich auf diese Weise zu überfallen, nachdem ich einen so tollen Tag hatte. Mehrere tolle Tage, sollte ich wohl sagen.

Der Mann, der auf dem Fußboden ausgestreckt liegt, mustert mich eindringlich.

Der Schwager, nehme ich an.

»Deine Eltern haben eine Einladung zum Abendessen bei den Millers erhalten«, erklärt Rob. »Ich hab ihnen versprochen, ich bleibe so lange hier, bis du wieder da bist.«

»Vielen Dank dafür«, antwortet Iris.

»Mr Gage.« Tyler steht neben mir und zupft an meinem Ärmel. »Komm mit und schau dir meinen neuen Truck an.«

Er fasst mich an der Hand und zieht mich ins Wohnzimmer, in dem der Boden mit Spielzeug bedeckt ist. Er lässt mich los und bückt sich, um seinen neuen Schatz hochzuheben, hält ihn mir aufgeregt hin. Sein niedliches kleines Gesicht mit den großen braunen Augen unter dem dunklen Haar spiegelt seine Begeisterung wider. »Was meinst du?«

»Das ist ein toller Truck, Kumpel. Zeig mir mal, was er alles kann.«

Er führt mir die ganze Ausstattung vor, zu der ein Aufsteck-schneepflug und ein Spielzeughelikopter gehören, der auf der Ladefläche steht, sowie jede Menge Lichter und Knöpfe, die die verschiedensten Geräusche erzeugen. »Onkel Rob sagt, er hat genau so einen letzte Woche bei der Arbeit gesehen, stimmt's, Onkel Rob?«

»Genau«, bestätigt der und setzt sich auf.

Laney kommt angerannt und wirft sich ihm in die Arme. Er fängt sie geschickt auf und bringt sie binnen Sekunden zum Kichern, indem er sie auf den Hals küsst. Ihr dunkles Haar besteht aus lauter Locken, und ihr Mund ist rot verschmiert, wohl von irgendeinem Fruchtsaft.

Als ich auf dem Sofa Platz nehme, um den neuen Truck genauer zu bewundern, bemerke ich ein komisches Gefühl in mir. Das Wochenende mit Iris war super, doch sie braucht jemanden wie Rob. Ihre Kinder lieben ihn, und danach zu urteilen, wie Rob Iris anschaut, liebt er sie auch. Außerdem bin ich, wie ich ihr erklärt habe, noch lange nicht bereit für eine Beziehung mit irgendjemandem, und ganz bestimmt nicht, wenn drei kleine vaterlose Kinder dazugehören.

Ich habe einfach nicht die notwendige Kraft, mich auf die

Kinder eines anderen einzulassen. So viel weiß ich mit Sicherheit, egal, wie niedlich Iris' Kinder sind.

Die vierjährige Sophia ist in Tränen aufgelöst, während sie sich an Iris klammert. Die arme Kleine hat sich vermutlich das ganze Wochenende um ihre Mutter Sorgen gemacht, so wie Kinder es tun, wenn das Leben ihnen gezeigt hat, dass ein geliebter Elternteil einem ohne Vorwarnung entrissen werden kann. Sie ist fast fünf, daher hat sie wahrscheinlich nur schwache Erinnerungen an Mike, aber sie ist sich ganz gewiss seines Verlusts bewusst und dessen, welche Auswirkungen das auf ihr alltägliches Leben hat. Iris zufolge ist Sophia Mike am ähnlichsten, bis hin zu ihrem hellbraunen Haar und den blauen Augen.

»Wer hat Lust auf Abendbrot?«, fragt Iris.

Die Kinder heben die Hände.

»Ich denke an Pizza«, verkündet sie. »Wer ist dafür?«

Alle drei Kinder jubeln.

»Könnt ihr bleiben?«, fragt Iris Rob und mich.

»Liebend gern«, erwidert Rob.

»Ich leider nicht.« Ich gebe Tyler den Truck zurück. »Ich muss vor morgen noch jede Menge Arbeit erledigen.«

Ich verabschiede mich von den Kindern und sage ihnen, dass wir uns bald wiedersehen.

Rob steht auf und schüttelt mir die Hand. »Schön, Sie kennenzulernen.«

»Gleichfalls.«

Iris bringt mich zur Tür. »Bist du sicher, dass du nicht auf eine Pizza bleiben kannst?«

»Leider ja, trotzdem danke für die Einladung.«

Laney kommt hinter Iris hergelaufen, schlingt ihre kleinen Ärmchen um ihr Bein. »Geh nicht weg, Mama!«

»Ich will gar nicht weg, Süße. Ich verabschiede mich nur von Mr Gage.«

Laney klammert sich weiter an ihre Mutter.

»Wir sprechen uns bald wieder«, antworte ich, bin mir nicht klar darüber, wie ich dieses Wochenende am besten beenden soll, das sich in so vielerlei Hinsicht anders entwickelt hat, als ich geahnt habe, als ich am Freitag zu Hause aufgebrochen bin. Und jetzt haben wir auch noch Zuschauer.

»Ja, ganz bestimmt.« Sie nimmt Laney auf den Arm, die ihren Kopf auf die Schulter ihrer Mutter legt und mich argwöhnisch mustert, als hätte sie Angst, ich könnte mit Iris verschwinden.

»Sei schön lieb«, sage ich zu dem kleinen Mädchen, das mich schüchtern anlächelt.

5

## Gage

Ich gehe raus in die Kälte und bin mir bewusst, dass Iris mir nachschaut. Sie steht in der Tür, um mir zu winken, während ich losfahre. Was zur Hölle ist mit mir los, dass ich traurig bin, weil ich allein im Auto sitze? Okay, wir hatten Sex. Keine große Sache.

Nur …

Es *war* eine große Sache. Bei ihr hab ich mich gefühlt, als wäre ich Teil von etwas Besonderem, etwas, das ich seit Jahren nicht gewesen bin, und das war schön. Sogar mitten unter unseren Freunden hatten wir etwas, von dem bloß wir beide wussten. Natürlich ist mir klar, dass Iris Roni alles gebeichtet hat, weil die beiden keine Geheimnisse voreinander haben.

Und es stört mich nicht, wenn Roni weiß, was zwischen Iris und mir passiert ist. Ich bin mir sicher, dass sie es niemandem sonst erzählen wird, außer vielleicht Derek, und damit hab ich kein Problem.

Ehrlich gesagt wäre es auch okay, wenn es alle Wilden Witwen wüssten, aber ich werde nicht derjenige sein, der es ihnen verrät. Das ist eine weitere Merkwürdigkeit, die das Witwerleben mit sich bringt: Etwas, das in der Vergangenheit

45

komplett privat gewesen wäre, wird jetzt von den anderen in deinem Leben auseinandergenommen.

Wir reden über alles, sogar über Dinge, die wir normalerweise für uns behalten würden. Ich habe mich schon oft darüber gewundert, dass ich erst Witwer werden musste, bevor ich so offen über meine Gefühle sprechen konnte. Natasha hat mir immer vorgeworfen, ich sei distanziert und würde zu viel von mir zurückhalten. Wenn sie mich jetzt sehen könnte, würde sie mich nicht wiedererkennen.

Und ja, es schmerzt mich, dass sie sterben musste, damit ich der Mann werde, von dem sie gehofft hatte, ich könnte es sein. Nicht dass ich einen falschen Eindruck erwecke: Unsere Ehe war glücklich, was Nat auch immer gesagt hat. Sie hat sich höchstens mal über meine schwankenden Stimmungen beklagt und darüber, dass ich mich teilweise mehrere Tage lang in mich selbst zurückgezogen hab. Rückblickend erinnere ich mich nicht mal mehr, warum ich das getan habe. Jetzt wirkt es so dumm, doch andererseits konnte ich ja nicht wissen, dass unsere Zeit zusammen viel zu früh enden würde.

Eine halbe Stunde nachdem ich bei Iris aufgebrochen bin, biege ich in die Einfahrt des kleinen Hauses ein, das ich ein Jahr nach dem Tod von Natasha und den Mädchen gekauft habe. Ich besitze noch immer das Haus, in dem wir gemeinsam gelebt haben, aber es ist jetzt an eine andere Familie vermietet. Ich habe das erste Jahr, so wie es einem überall geraten wird, hinter mich gebracht, ohne große Entscheidungen zu fällen, die man am Ende bereut. Doch sobald es vorbei war, bin ich meinem ersten Impuls gefolgt, aus dem Haus auszuziehen, in dem ich sie überall gesehen habe, wohin ich auch geblickt habe. Das war gut so. Den Ort, an dem wir als Familie gelebt hatten, zu behalten, ohne dass ich darin wohnen muss, war für mich die beste Lösung.

Ich hatte Glück, dass ich Eigentümer einer erfolgreichen Firma für Internetsicherheit bin, in der auch alles geordnet weiterlief, als ich vor Trauer völlig neben mir stand und zu nichts zu gebrauchen war. Dass die Firma diese Zeit praktisch unbeschadet überstanden hat, hab ich meinem unglaublichen

Team zu verdanken. Sie haben mich unterstützt und sich monatelang um alles gekümmert. Das war super, denn selbst jetzt bin ich nicht so fokussiert auf die Arbeit wie vor dem furchtbaren Unfall, weil ich mich nicht dazu bringen kann. Ich tue gerade genug, um im Geschäft zu bleiben. Ich delegiere tausendmal mehr als früher. Ich lebe nicht mehr für die Arbeit, was eine weitere schmerzhafte Lektion ist, die ich erst gelernt habe, nachdem ich alles verloren hatte, was mir wirklich wichtig war.

Ich habe schon oft Kaufangebote für meine Firma erhalten, und in letzter Zeit habe ich angefangen, sie mir genauer anzuschauen. Ich bin mir immer noch nicht sicher, ob ich tatsächlich verkaufen will, aber die Vorstellung, den Stress loszuwerden, ist verlockender, als sie eigentlich sein sollte. Auch heute liegt ein Angebot auf dem virtuellen Schreibtisch. Mein CFO hat mir gesagt, dass es echt gut ist, das beste bis jetzt, und dass ich es in Erwägung ziehen sollte.

In meinem neuen Zuhause habe ich ein Foto von Nat und den Mädchen aufgestellt. Es steht auf meinem Nachttisch, wo ich es jeden Morgen sehe und jeden Abend und manchmal dazwischen, wenn ich Erinnerungen an das nachhänge, was mal das Zentrum meines Universums war.

Meine Töchter Ivy und Hazel waren sechs, als das Foto aufgenommen wurde, und ihre blonden Locken hatten genau die gleiche Farbe wie die ihrer Mutter. Nat und ich haben gewitzelt, dass nicht ein Stückchen DNA von mir in den beiden steckte. Als sie älter wurden, habe ich angefangen, mehr von mir in ihnen zu erkennen, besonders in Ivy, die mit mir so gern Baseball geguckt hat, und in ihrem Wunsch, selbst zu spielen, und bei Hazel in ihrem Interesse an Computern.

Jetzt bleibt mir nur noch, mich zu fragen, wo diese Interessen hingeführt hätten. Würde ich Ivys Baseballteam trainieren oder Hazel das Programmieren beibringen?

Ich berühre mit dem Finger Nats wunderschönes, lächelndes Gesicht auf dem Foto. »Tut mir leid«, flüstere ich. »Ich hoffe, du weißt, dass ich nie mit einer anderen zusammen gewesen wäre, wenn du da wärst.«

Wenn sie das könnte, würde Nat mir sagen, dass ich

aufhören soll, mich schuldig zu fühlen, denn schließlich habe ich nichts Falsches getan. Sie war der pragmatischste und beste Mensch, den ich je gekannt habe, und sie hatte keine Geduld für irgendwelchen Mist oder künstliche Dramen, wie sie es nannte.

Die Spur, die meine Fingerspitzen in der Staubschicht auf dem Foto hinterlassen, löst weitere Schuldgefühle in mir aus.

Ich nehme den Bilderrahmen und trage ihn in die Küche, um den Staub abzuwischen und das Glas zu polieren, womit ich erst aufhöre, als alles wieder glänzt. Ich stelle das Foto auf meinen Nachttisch zurück und wünsche mir zum millionsten Mal eine Anleitung dafür, wie ich mein Leben ohne sie weiterleben soll. Nachdem ich gerade in Iris' chaotischem Haushalt war, fühlt sich die Stille in meinem fast unwirklich an.

Während wir unter einem Dach mit zwei lebhaften Mädchen wohnten, haben Nat und ich uns immer nach Ruhe gesehnt. Sie haben uns von Sonnenaufgang bis Sonnenuntergang, jeden Tag ihres viel zu kurzen Lebens, nach ihrer Pfeife tanzen lassen. Ich erinnere mich an die Vereinbarung mit Nat, nach der wir jeder einen Morgen am Wochenende übernommen haben, damit wenigstens einer von uns ausschlafen konnte. Unweigerlich wurde unser Schlaf von dem Weinen, Schreien und Lachen der beiden gestört, die unser Leben bestimmten. Es fühlt sich noch immer seltsam an, nicht jeden Morgen geweckt zu werden.

Nachdem ich ausgepackt und eine Ladung Wäsche, die nach Lagerfeuer riecht, in die Waschmaschine gesteckt habe, setze ich mich an meinen Schreibtisch und rufe zum ersten Mal seit Tagen meine E-Mails ab. Ich beantworte Fragen meiner Mitarbeiter und lese die Berichte, die sie über ihre derzeitigen Projekte verfasst haben. Schließlich überprüfe ich das E-Mail-Postfach, das für Erstkontakte reserviert ist, und finde zehn Nachrichten von möglichen neuen Kunden vor. Ich leite sie zu demjenigen aus meinem Team weiter, der für die Akquise zuständig ist.

Früher habe ich jeden Kunden angenommen, der sich für meine Dienste interessiert hat. Jetzt prüfen wir erst, ob wir zu ihnen passen, bevor wir ein Angebot rausschicken. Wir haben auch so schon mehr zu tun, als wir schaffen können. In dieser vernetzten Welt sind unsere Dienstleistungen gefragter denn je, also kann ich es mir leisten, wählerisch zu sein.

Nachdem die E-Mails erledigt sind, öffne ich meinen Instagram-Account. Ich glaube, das ist der Bereich in meinem neuen Leben, der Nat am meisten überraschen würde. Dass ich jeden Tag meine innersten Gedanken über das Dasein als Witwer mit der Welt teile und jede Menge Follower habe, die an meinen digitalen Lippen hängen, schockiert mich noch immer, doch sie würde aus allen Wolken fallen. Früher habe ich etwas von Privatsphäre gemurmelt, wenn Leute mir gesagt haben, dass sie ein Familienfoto toll fanden, das Nat gepostet hatte. Unser Leben im Internet zu teilen widerspricht allem, was ich meinen Kunden immer predige: dass in den sozialen Medien weniger stets mehr ist.

Jetzt schreibe ich jeden Tag etwas und habe über hunderttausend Follower, die auf meine Erkenntnisse warten. Manche behaupten sogar, dass sie dafür leben, sich darauf verlassen und unglaublichen Trost daraus beziehen, zu sehen, dass sie mit ihrem Verlust nicht allein sind. Es ist weitaus mehr geworden, als ich je erwartet habe, nachdem ich mich einen Monat nach dem Unfall hingesetzt hatte, um all den Leuten zu danken, die für mich da gewesen waren, und um ein paar Gedanken darüber zu teilen, wie man mit einem so schweren Verlust umgehen kann.

Ich wurde sofort überschüttet mit Antworten von anderen Verwitweten, von denen einige schon Jahre hinter sich hatten, und anderen, die wie ich erst am Anfang ihrer Reise standen. Ich habe enge Freundschaften mit vielen von ihnen geschlossen und verlasse mich, um durch den Tag zu kommen, so sehr auf sie wie sie sich auf mich. Christy kenne ich von Instagram, was letztlich dazu geführt hat, dass sie mich zu den Wilden Witwen eingeladen hat, die sie und Iris mit einer weiteren Frau namens Taylor gegründet hatten. Taylor ist inzwischen nicht mehr Teil der Gruppe, da sie einen neuen Lebensabschnitt begonnen hat.

Die Wilden Witwen sind meine größte Kraftquelle. Ich

liebe diese Menschen wie eine Familie, und ich wünsche jedem einzelnen von ihnen nur das Beste bei dem Versuch, sein zerstörtes Leben wieder zusammenzusetzen. Nat fände es sicher lustig, wie viele verwitwete Freunde ich habe, weil ich mich stets dagegen gewehrt habe, etwas mit Leuten zu unternehmen, die ich kaum kenne. Sie hat sich immer schnell mit allen angefreundet, während ich mit den Freunden zufrieden war, die wir hatten.

Und ja, während ich über all das nachdenke, fällt mir auf, dass ich mich oft beschwert hab. Das ist nur eine weitere Sache, die ich auf die Liste der Dinge setzen kann, die ich ändern würde, wenn ich eine zweite Chance mit ihr erhielte. Ich würde nicht länger über so viele Sachen meckern, die sie unternehmen wollte. Ich wäre ihren Freunden und ihren Interessen gegenüber aufgeschlossener. Es ist schon witzig, wie sehr man Dinge vermissen kann, die man gehasst hat, wie beispielsweise Galerie-Eröffnungen und unsere jährlichen Opernbesuche. Über die Oper hab ich mich sehr oft beklagt.

Wenn ich jetzt darüber nachdenke, erinnere ich mich am meisten an Natashas gefesselten Gesichtsausdruck, während sie jede Sekunde der Aufführung gebannt verfolgt hat. Und ich Idiot habe ihr die Freude daran zwar nicht verdorben, doch gemindert. Jetzt hasse ich mich dafür und hoffe, dass es, wo immer sie ist, Oper auf Knopfdruck gibt.

Ich habe viel darüber geschrieben, warum das Leben uns erst einmal zu Boden stoßen muss, damit wir begreifen, was wirklich wichtig ist. Ich habe über die Oper geschrieben und darüber, wie sehr es mir leidtut, dass ich es nicht einfach genossen habe, einzig deswegen, weil sie es getan hat. Das hätte für mich Grund genug sein müssen, war es aber nicht. Das bereue ich zutiefst.

Reue ist ein wiederkehrendes Thema in meinen Posts, besonders die vielen Arten, auf die sie uns daran erinnert, uns anderen Leuten hinzugeben, solange wir es können.

Ich beginne einen neuen Instagram-Post und fange an zu schreiben. *Ich habe gerade zusammen mit meinen engsten verwit-*

*weten Freunden ein Wochenende am Strand verbracht und hatte eine schöne Zeit. Ich hab mich erholt und mit den Leuten entspannt, die für mich so wichtig geworden sind. Eigentlich komisch, oder? Die Leute, die dir zuvor am nächsten waren, sind immer noch da, bieten weiterhin Liebe und Unterstützung. Doch es sind die Leute, die danach kommen, die uns auf der Reise auf eine Art begleiten, wie niemand anders es könnte, weil sie es wirklich verstehen. Beiden Gruppen bin ich für immer und ewig dankbar, denen davor und denen danach, weil ich ohne euch sicher nicht mehr hier wäre.*

Ich füge Fotos vom Wochenende hinzu, sowie all die üblichen Verwitweten-Hashtags, die mich mit meinem Zielpublikum verbinden, und poste es. Als vor ein paar Monaten ein blauer Haken neben meinem Account erschienen ist, war ich schockiert, weil ich gehört hatte, wie schwer es ist, auf Instagram verifiziert zu werden. Auf den Haken folgten Werbeangebote, von denen mich einige überrascht haben. Wenn ich es darauf anlegte, könnte ich Instagram-Influencer wahrscheinlich zu meinem Vollzeitjob machen.

Aber das möchte ich nicht. Mich ein paar Minuten mit meinem Verlust auseinanderzusetzen ist nicht dasselbe, wie das den lieben langen Tag zu tun. Es reicht mir, mit der Realität zu leben, ohne mich komplett in meiner Trauer zu verlieren.

Die Arbeit bietet mir ein Entkommen, das ich noch immer brauche, auch wenn sie mich oft genug in den Wahnsinn treibt. Ich wünschte nur, ich könnte die Begeisterung wiederfinden, die ich einst dafür aufgebracht habe. Dass mir die jetzt fehlt, ist der Hauptgrund für mich, ernsthaft über einen Verkauf nachzudenken.

Ich schiebe mir eine Tiefkühlpizza in den Ofen, weil Iris mich vorhin auf Pizza gebracht hat – und ja, ich wäre gerne geblieben, um mit ihr und den Kindern zu essen, allerdings nicht, während der Schwager mich misstrauisch beäugt. Ich habe gerade genug Grünzeug da, um mir einen Salat zuzubereiten, den ich zu der Pizza vor dem Fernseher verspeise, während ich mir ein Spiel der Patriots gegen die Ravens angucke. Ich bin ein Ravens-Fan, weil ich einfach nicht bei dem Washington-

Team bleiben konnte, das mir so oft das Herz gebrochen hat – mit denen hab ich abgeschlossen.

Das ist eine weitere Sache, die ich auf die Liste der Dinge setzen kann, die Natasha überraschen würden. Ich habe die Dauerkarten, die ich seit mehr als zwanzig Jahren hatte – auch schon lange bevor ich sie mir leisten konnte –, wegen des Chaos rund um die Mannschaft aufgegeben. Früher hab ich kein einziges Heimspiel verpasst, egal was sonst los war, doch diese Tage sind vorbei.

Ich möchte Iris schreiben, dass ... Was ist es, das ich ihr sagen möchte? Dass mir das Wochenende viel bedeutet hat? Das hat es, bloß wenn ich das schreibe, wird sie dann am Ende zu viel reininterpretieren? Was, wenn der Schwager noch immer da ist und die Nachricht liest? Was ist überhaupt sein Problem?

»Jedenfalls ist das nicht *dein* Problem«, stelle ich laut fest, als ich um elf den Fernseher ausschalte und ins Bett gehe. Ich muss morgen ins Büro und ein Meeting nach dem anderen hinter mich bringen, was bedeutet, dass ich mich dringend hinlegen sollte.

Ich habe vor dem Unfall nie Schlaftabletten gebraucht, aber jetzt schon, wenn ich auch nur etwas Schlaf finden will. Im Bett liege ich trotzdem lange Zeit wach, denke über das Wochenende und die zwei Nächte mit Iris nach. Im Kopf gehe ich noch mal in allen Einzelheiten durch, was wir getan haben. Ich hatte vergessen, wie es ist, sich mit einem anderen Menschen so verbunden zu fühlen, und jetzt, da ich eine Kostprobe davon hatte, möchte ich mehr.

### Iris

MEINE KINDER SIND HOFFNUNGSLOS ÜBERMÜDET, gereizt und aufgedreht, weil sie drei Tage und zwei Nächte ohne mich auskommen mussten. Es sind ein paar schwierige Stunden, nachdem Rob gegangen ist, aber ich sorge dafür, dass sie sich waschen, die Zähne putzen und sich Pyjamas anziehen, bevor ich ihnen vorlese und sie unter allseitigem großen Protest ins

Bett stecke. Viel lieber wollen sie in meinem Zimmer übernachten, was ich ihnen nach Mikes Tod monatelang erlaubt hatte. Da ich jedoch ewig gebraucht habe, um ihnen das wieder abzugewöhnen, bleibe ich in dem Punkt hart.

Um halb neun liegen alle in ihren eigenen Betten, mit der Anweisung, auch genau da zu bleiben.

Es erschöpft mich, das alles machen zu müssen. Ich würde alles dafür geben, die Augen schließen und wieder am Strand sein zu können, wo sich niemand an mich gehängt hat oder von mir wollte, dass ich ihm das Essen klein schneide oder den Po abwische.

Immer muss ich alles erledigen, die ganze Zeit, und manchmal hasse ich Mike dafür, dass er gestorben ist und mich mit alldem allein gelassen hat. Was total unfair ist, weil es nichts gibt, was Mike sich mehr gewünscht hätte, als unsere Kinder großzuziehen und für sie da zu sein, wann immer sie sich eine Beule oder eine Schürfwunde holen, bei Wachstumsschmerzen und dem Theater beim Zubettgehen. Es ist ausgeschlossen, dass er mich im Stich gelassen hätte, da bin ich mir so sicher wie bei der Erkenntnis, dass der Morgen viel zu früh anbrechen wird und die Bedürfnisse von drei kleinen Kindern mich aufs Neue erschöpfen werden.

Nachdem sie im Bett sind, kümmere ich mich normalerweise um die Wäsche, räume das Spielzeug weg, das wie nach einer Bombenexplosion überall verstreut liegt, putze die Küche und lese meine E-Mails sowie die Social-Media-Posts, bevor ich mir vor dem Fernseher ein Glas Wein gönne und schließlich selbst ins Bett gehe. Heute Abend lass ich all das ausfallen und ziehe mich sofort in mein Schlafzimmer zurück. Als ich mein Handy in die Ladestation stelle, werfe ich einen Blick auf meine Textnachrichten. Ich werde nicht einmal vor mir selbst zugeben, dass ich hoffe, von Gage zu hören.

Aber da ist nichts von ihm.

Also rufe ich Instagram auf und sehe, was er über das Wochenende gepostet hat. Dieses Mal gibt es keine versteckten Botschaften in seinen wie stets treffenden Worten, und irgendwie bin ich enttäuscht.

»Vergiss es. Er hat dir schließlich gesagt, dass er nicht bereit ist für eine Beziehung.«

Ich antworte auf die Nachricht meiner Mutter, in der sie sich erkundigt, ob das Wochenende schön war. *Es war großartig und hat Riesenspaß gemacht. Danke, dass ihr die Kinder genommen habt. Hoffe nur, sie waren nicht zu anstrengend.*

*Sie waren wie immer wunderbar. Wir lieben jede Minute, die wir mit ihnen verbringen dürfen. Dad und ich haben gerade darüber geredet, dass du dir öfter ein paar Tage freinehmen solltest, damit die Kinder sich daran gewöhnen, auch mal ohne dich auszukommen.*

*Dagegen hätte ich nichts einzuwenden. Ich will euch bloß nicht zu viel zumuten. Es ist schon anstrengend mit ihnen, vor allem die Wochenenden mit den ganzen Sportveranstaltungen und so.*

*Das stört uns überhaupt nicht. Bitte denk dir nichts dabei, uns zu fragen, ob wir auf sie aufpassen können. Wir wissen sowieso nicht, wie du das die ganze Zeit allein schaffst.*

*So schlimm ist es nicht. Eine Menge Leute haben es nicht so gut. Wenigstens muss ich nicht arbeiten gehen.*

*Stimmt, doch Vollzeitmutter von drei kleinen Kindern zu sein ist kein Klacks. Bitte nutze es aus, dass wir zur Verfügung stehen. Wir möchten dir helfen.*

*Danke. Ich weiß, ich sag das immer, aber ohne euch hätte ich all das nie geschafft.*

*Wir lieben dich. Wir lieben die Kinder, und wir genießen es, dir zu helfen.*

*Ich liebe euch auch. Wir sprechen uns morgen.*

*Gute Nacht.*

Ich hab so ein Riesenglück mit meinen Eltern. Das wusste ich immer, doch seit Mikes Tod hat es sich eine Million Mal bestätigt. Ich sehe, wie manche meiner verwitweten Freundinnen kämpfen müssen, weil sie kein Sicherheitsnetz haben, wie ich es als selbstverständlich betrachtet habe, bis es mein Rettungsanker geworden ist. Meine Mutter und mein Stiefvater waren immer da, wie die Möbel in einem lieb gewonnenen Wohnzimmer. Ich hab sie immer geliebt und es genossen, mit ihnen zusammen zu sein, aber ich wusste nie wirklich die Opfer zu schätzen, die sie bringen, um jederzeit für mich und meine Geschwister da zu sein, bis Mike gestorben ist und ich sie mehr als je zuvor gebraucht habe.

Ich habe mich daran gewöhnt, allein zu schlafen, obwohl das anfangs eine der schwersten Sachen überhaupt war. Nach Mikes Unfall habe ich die Kids ein halbes Jahr in unserem Ehebett schlafen lassen und die Nächte auf dem Relaxsessel in seinem Büro verbracht, den er unbedingt in unsere Ehe mitbringen wollte. Ich hab diesen Sessel gehasst, bis er mir Trost gespendet hat, den ich nirgendwo anders finden konnte. Der letzte Ort, an dem ich in diesen ersten schrecklichen Monaten sein wollte, war das Bett, das wir uns geteilt hatten.

Damals hab ich mich mit unseren Kindern ins Ehebett gelegt und gewartet, bis sie eingeschlafen waren, dann habe ich mich in Mikes Büro verzogen und es mir auf dem alten, verschlissenen Sessel bequem gemacht, dem ich früher nie einen zweiten Blick gegönnt hatte, außer um mich darüber zu beschweren, wie schrecklich er aussieht.

Ein Teil von mir würde heute Abend am liebsten wieder dort schlafen, denn die ganze Nacht allein in dem großen Bett zu verbringen, nachdem ich in den letzten beiden in Gages Armen gelegen habe, sorgt dafür, dass ich mich noch einsamer fühle als in der Zeit unmittelbar nach der Katastrophe.

Es ist ärgerlich, dass zwei Nächte mit ihm dafür ausreichen, dass ich mich nach ihm sehne, nachdem ich so lange gebraucht habe, um mich daran zu gewöhnen, allein zu schlafen. Ich gebe zu, dass ich das nicht als mögliche Folge auf dem Schirm hatte, als ich beschlossen habe, mich zu ihm ins Bett zu schleichen. Jedenfalls habe ich nicht damit gerechnet, dass es mich so weit zurückwirft.

Ich greife nach meinem Handy und schreibe eine Textnachricht an Roni, die wahrscheinlich gerade weltbewegenden Sex mit ihrem Verlobten hat. Jetzt, da sie diese Schwelle überschritten haben, haben sie viel aufzuholen. Ich schicke ihr trotzdem eine Nachricht. *Hier ein erbaulicher Gedanke am Abend: Zwei Nächte im Bett mit Gage haben mich zurückkatapultiert in die erste Zeit nach Mikes Tod, als ich rausfinden musste, wie ich allein einschlafe.* Ich füge ein Stirnrunzel-Emoji hinzu, um meinen Gemütszustand zu veranschaulichen.

Sie antwortet ein paar Minuten später: *Das ist Mist. Alles sonst okay so weit?*

*Alles gut. Damit hatte ich nur nicht gerechnet.*

*Du könntest ihn ja einladen …*

Allein der Gedanke daran sorgt dafür, dass ich schlagartig bessere Laune habe, nur um kurz darauf hart auf dem Boden der Wirklichkeit aufzuschlagen – und diesen Ausdruck möchte ich eigentlich nicht mehr in meinem Wortschatz haben, nachdem ich meinen Mann bei einem Flugzeugabsturz verloren habe. *Er hat gesagt, er wolle keine »Beziehung«.*

*Du hast ja längst eine »Beziehung« mit ihm. Sogar schon eine Weile.*

*Du weißt genau, was ich meine.*

*Ja, schon. Doch du hast einfach nur ein weiteres Element zu etwas hinzugefügt, das bereits existiert hat. Es ist ja nicht so, als würdet ihr bei null anfangen.*

*Vermutlich hast du recht … Wie auch immer, ich möchte dich nicht stören, denn ich bin mir ziemlich sicher, du hast heute Nacht deutlich Besseres vor, nachdem du es mit D getan hast.*

*Hahaha. Nein, im Ernst, ich muss mal eine Nacht Pause einlegen, sonst brauche ich Physiotherapie.*

*LOL. Aber echt. Ich hatte schon Angst, bei mir wären Fledermäuse eingezogen, so lange war es her.*

*OMG, hör auf! LOL.*

Ich schicke ihr ein paar Fledermaus-Emojis und kriege dafür lachende zurück.

*Wenn du ihn willst, lade ihn ein. Ich erlaube es dir offiziell.*

*Du bist schlimm und keine große Hilfe.*

*Ich möchte, dass all meine Freunde glücklich sind. Und ich fände es toll, wenn ihr beide zusammen glücklich würdet.*

*So ist es für uns nicht. Es war nur Sex.*

*Wenn du meinst.*

*Er bedeutet mir viel – und das schon lange vor diesem Wochenende. Er sagt, er sei noch nicht bereit, also respektiere ich das. Ich fände es schlimm, wenn das zwischen uns kaputtgehen würde.*

*Das verstehe ich auf jeden Fall. Ich sag bloß, wenn du ihn einladen möchtest, kannst du das tun.*

*LOL. Das Wochenende war toll. Zehn Minuten nachdem ich wieder zu Hause war, hätte ich am liebsten auf dem Absatz kehrtgemacht und wäre wieder zurückgefahren. Die Kinder waren besonders anhänglich.*

*Sie haben dich vermisst.*

*Allerdings. Außerdem war Rob hier, als ich heimgekommen bin. Er hatte von meinen Eltern übernommen, die wegmussten.*

*Das war doch nett von ihm, oder?*

*Er ist großartig mit den Kindern, und sie lieben ihn.*

*Aber?*

*Ich hoffe nur, er glaubt nicht, dass da was zwischen uns sein könnte. Vielleicht deute ich das falsch, aber ich spüre da so eine Unterströmung …*

*Puh. Das ist blöd. Was willst du deswegen unternehmen?*

*Das weiß ich nicht! Er ist eine Riesenhilfe, nur auf diese Weise will ich nichts von ihm, obwohl ich das vermutlich sollte, weil alles so unkompliziert wäre.*

*Wenn da bei dir nichts ist, dann ist da nichts.*

*Ich möchte ihm das unter keinen Umständen sagen müssen.*

*Vermutlich musst du das auch gar nicht. Unterlass einfach alles, was ihn ermutigen könnte.*

*Mach ich ja. Trotzdem hat es sich irgendwie zu einem Problem entwickelt.*

*Ich bin sicher, du findest einen Weg, das auf eine Art und Weise zu regeln, die für dich und die Kids in Ordnung ist – und für ihn.*

*Das hoffe ich.*

*Du schaffst das, Iris! Du bist schließlich diejenige, an die wir uns alle Hilfe suchend wenden. Du hast immer alle Antworten.*

*Bei anderen Leuten ist so was einfach. Haha, aber danke für das Vertrauensvotum. Und jetzt gute Nacht, danke, dass du für mich da warst.*

*Immer gern. Bis morgen.*

Ich schicke ihr ein Herz und Kuss-Emojis. Ich hab sie so gern. Seit sie letztes Weihnachten zu uns gestoßen ist, ist sie eine meiner engsten Freundinnen geworden. Zuzusehen, wie sie und

Derek von einer engen Freundschaft zu einer zweiten Chance für die Liebe gelangt sind, war so schön und lebensbejahend. Sie haben uns andern so viel Hoffnung gegeben, mehr, als sie ahnen.

Unsere Gruppe aus Witwen und Witwern hat eine einzige Regel – Leute, die ihr beitreten wollen, müssen der Idee gegenüber aufgeschlossen sein, der Liebe eine zweite Chance zu geben. Wir verlangen als Voraussetzung nicht, aktiv jemanden zu suchen oder so. Als Christy, Taylor und ich die Gruppe gegründet haben, haben wir uns für diese Regel entschieden, um die Hoffnung auf eine Zukunft zu ermöglichen, die nicht immer so schwierig sein wird, wie die Gegenwart für so viele von uns ist. Es ist wie in dem Mary-Oliver-Zitat, das uns zu unserem Namen inspiriert hat: »Sag mir, was willst du anfangen mit deinem einen wilden und kostbaren Leben?« Es gibt keine Urteile oder Erwartungen oder irgend so was. Es ist mehr eine Philosophie hinter allem als eine echte Bedingung.

Ein paar Monate nach Mikes Tod haben mich meine Schwestern und Cousinen auf einen fünftägigen Trip nach Portugal mitgenommen, in der Hoffnung, dass mir der Tapetenwechsel helfen würde. Ich habe die Reise genossen. Und als ich in den Höhlen an der Küste saß und mir vorgestellt habe, wie mein Leben ohne Mike aussehen könnte, habe ich versucht, mir eine Zukunft auszumalen, die nicht überschattet ist von Verlust und Trauer. Es war eine Reise, die mein Herz der Möglichkeit geöffnet hat, dass ich mich eines Tages in nicht allzu ferner Zukunft wieder verliebe, wenn ich dafür bereit bin.

Inzwischen bin ich schon eine ganze Weile dafür bereit, hatte jedoch nichts in der Richtung unternommen, bis ich nackt zu Gage ins Bett gestiegen bin. Während viele von meinen verwitweten Freunden auf Online-Dating-Apps schwören, habe ich bei keiner einzigen einen Account. Ich bin mir nicht sicher, warum, weil ich gar nichts dagegen habe, jemanden auf diese Weise kennenzulernen. Außerdem habe ich bei vielen Freunden beobachten können, wie gut das funktionieren kann, sowohl vor dem Absturz als auch danach.

Mir eine App runterzuladen und ein Konto einzurichten

war einer meiner Vorsätze für das neue Jahr – jetzt haben wir Oktober, und ich hab in der Hinsicht nichts unternommen. Stattdessen bin ich zu einem guten Freund ins Bett gekrochen und hab gedacht, das würde all meine Probleme lösen. Es hat nur leider mehrere neue hervorgerufen, die ich ganz bestimmt nicht brauche. Ich hab auch so schon genug um die Ohren, ohne eine Freundschaft zu ruinieren, die mir wichtig ist.

Ich mache das Licht aus, entschlossen, mich wieder ans Alleinschlafen zu gewöhnen. Ich weigere mich, irgendwelche Rückschläge zuzulassen, nachdem ich so eine schöne Zeit mit ihm hatte. Ich habe den Sex mit ihm genossen und hätte gegen eine Wiederholung nicht das Geringste einzuwenden.

Aber wenn das nicht passiert, werde ich trotzdem klarkommen.

6

**Iris**

Mein Handy klingelt noch vor dem Wecker, der mir Bescheid gibt, dass ich Tyler für die Schule fertig machen muss. Wer um alles in der Welt ruft mich bitte so früh am Morgen an? Ich schnappe mir das Handy vom Nachttisch und gehe ran, ohne einen Blick aufs Display zu werfen.

»Iris? Hallo, ich bin's, Steve. Hab ich dich geweckt?«

»Hi, Steve. Nein, ich bin schon wach gewesen. Das ist ja eine schöne Überraschung.«

Mikes Partner bei der Charterfirma und seine Frau Jenny sind nach Mikes Tod unglaublich nett zu mir und den Kindern gewesen. Er hat sogar darauf bestanden, mir, bis alles geklärt ist, schon mal monatlich eine gewisse Summe zu zahlen.

»Tut mir leid, dass ich dich einfach so überfalle, aber ich bin gerade von einem Trip nach Hause gekommen und habe einen Brief von der Flugsicherheitsbehörde wegen des Absturzes vorgefunden.«

Wir warten schon eine ganze Weile auf das Ergebnis der Untersuchung.

»Was steht drin?«

»Iris ...«

»Was ist los, Steve? Du machst mir Angst.«

»Sie schreiben, der Grund für den Absturz sei ein Pilotenfehler gewesen.«

»Was? Das ist unmöglich. Mike war der beste Pilot der Welt. Das hast du selbst gesagt.«

»Das war er auch, und ich kann mir wirklich nicht vorstellen, wie sie zu diesem Schluss kommen konnten. Im Brief steht, der Bericht wird diese Woche freigegeben. Sobald ich eine Kopie davon in den Händen halte, melde ich mich bei dir.«

»Ich weiß überhaupt nicht, wie ich das einordnen soll. Was bedeutet das?«

»Wenn sie stichhaltige Beweise haben, könnte ein Teil der Versicherungssumme nicht ausgezahlt werden, und wir müssten vermutlich damit rechnen, von den anderen Familien verklagt zu werden.«

»O mein Gott, Steve …«

»Versuch dich deswegen nicht aufzuregen. Auch für so einen Fall haben wir eine Versicherung, die dann zahlt.«

»Aber Mike … Sein Ruf …« Pilot war für ihn nicht einfach nur sein Beruf, sondern eine Berufung. Diese Entwicklung ist vernichtend.

»Wir wussten, dass die Turbulenzen ein Faktor sein würden«, erwidert Steve. »Das habe ich dir von Anfang an gesagt.«

»Ja, trotzdem … was hätte er denn dagegen tun können?«

»Nichts. Solche Luftverwirbelungen treten meist ohne jede Vorwarnung auf. Ich bin mir sicher, er hat alles Menschenmögliche unternommen, um sie da heil durchzubringen. Ich melde mich, sobald ich mehr weiß.«

»Danke für die Warnung.«

»Es tut mir wirklich leid, dass ich dir das mitteilen musste.«

»Ist ja nicht deine Schuld.«

Nach dem Telefonat ist mir schlecht. Es ist schlicht ausgeschlossen, dass Mike an dem Absturz schuld ist. Nachdem ich das eben gehört habe, kann ich nicht einfach so mit meinem Leben weitermachen. Der Schock erinnert mich an die ersten Tage nach dem Unglück, und ich fühle mich, als würde ich nackt durch hüfttiefen Schnee waten. Mir ist heiß und kalt zugleich, und ich zittere, während ich ernsthaft darüber nachdenke, ob ich mich übergeben muss.

So findet mich Tyler. Sein Wecker hat geklingelt, und er ist allein aufgestanden und hat sich angezogen, wie er es jeden Morgen tun soll. »Du bist gar nicht gekommen«, sagt er.

»Noch nicht, Süßer.« Ich zwinge mich zu einem Lächeln und umarme ihn, halte ihn so fest, dass er gleich anfängt, sich zu winden. Ich lasse ihn los und vermisse sofort seine beruhigende Körperwärme. Ich muss die Mädchen wecken und fertig machen. Ich muss allen dreien Frühstück machen. Ich muss funktionieren, selbst wenn ich kaum Luft kriege.

Während ich die Routine abspule, die mir so vertraut ist, dass ich sie im Schlaf beherrsche, fühle ich mich wie in einen Nebel der Trauer gehüllt. Ich bringe den täglichen Streit mit Sophia hinter mich, die es hasst, wenn ihr das Haar gebürstet wird, und die ebenfalls tägliche Auseinandersetzung mit Laney, die nie irgendwas von ihren Sachen finden kann. Kann ich sie mit nicht zueinander passenden Schuhen in den Kindergarten schicken? Ich bin fast so weit, als sie mit dem fehlenden Turnschuh unter dem Bett hervorkriecht.

Es gibt Frühstücksflocken und Saft, Laney und ich bringen Tyler und Sophia zur Bushaltestelle an der Ecke, und dann geht's zurück nach Hause, bevor ich Laney zum Kindergarten fahre. Sie werden so schnell groß, aber trotzdem fühlt sich jeder Tag ohne ihren Dad wie ein Jahr an. Manchmal male ich mir aus, wie unser Leben aussehen würde, wenn er noch bei uns wäre, doch ich kann es mir nicht erlauben, solchen Gedanken nachzuhängen, sonst fühle ich mich noch schlechter. Heute wird es auch so schon schlimm genug.

Ich biege in die halbrunde Auffahrt des Kindergartens ein und steige aus, um der Erzieherin zu helfen, Laney aus dem Sitz zu schnallen, dessen Gurt sich manchmal etwas schwer öffnen lässt.

Meine Mutter kann es nicht fassen, dass dieser Kindergarten eine Drive-in-Abgabestation hat. Sie macht Witze darüber, dass man gleichzeitig noch eine Bestellung für Pommes aufgeben könnte.

Darüber nachzudenken hilft mir, Steves Anruf in den Hintergrund zu drängen. Ich fahre nach Hause und versuche, mich zusammenzureißen, damit ich keinen Unfall baue, aber sobald ich dort angekommen bin, strecke ich mich gleich hinter der Tür auf dem Boden aus und schluchze auf eine Art, die mich für meinen Geschmack viel zu sehr an die schrecklichen ersten paar Tage nach dem Absturz erinnert.

Dabei hätte ich so viel zu tun. Eigentlich nutze ich diese kinderfreie Zeit, um die Hausarbeit zu erledigen, sodass ich mich ganz auf sie konzentrieren kann, wenn sie zu Hause sind, doch ich kann mich nicht bewegen. Ich kann nicht atmen. Ich kann nicht denken. Ich kann nichts tun, außer zu weinen. Von allem, was in dem Bericht hätte stehen können, ist dies die eine Sache, mit der ich nicht gerechnet habe.

Das Telefon klingelt. Das wird meine Mutter sein. Wir sprechen jeden Morgen um diese Zeit, nachdem ich die Kinder weggebracht habe. Sie wird sich Sorgen machen, wenn ich nicht rangehe, also nehme ich ab und gebe mir Mühe, meinen emotionalen Zustand vor ihr zu verbergen. »Guten Morgen.«

»Was ist los?«

Ich lache, obwohl mir weiter Tränen übers Gesicht laufen. Sie konnte meine Verzweiflung in diesen zwei Worten hören. »Nur ein Bericht von der NTSB, in dem Mike die Schuld an dem Absturz gegeben wird.«

»Was? Nein! Das ist nicht möglich. Er war ein exzellenter Pilot.«

»Ja, war er, dennoch steht das so in dem Bericht. Steve ist schon vorab informiert worden.«

»Ich weiß nicht, was ich darauf erwidern soll, Iris.«

»Ich bin auch ratlos, wie das sein kann. Steve hat gemeint, wir müssten unter Umständen mit Klagen rechnen.«

»Mein Gott. Können sie *dich* verklagen?«

»Weiß ich nicht. Ich weiß gar nichts. Steve sagt, sie seien versichert. Ich weiß es einfach nicht.«

»Möchtest du, dass ich rüberkomme, Süße?«

Am Montag trifft sie sich immer mit ihren Freundinnen

zum Mittagessen. »Nein, nein, ist schon okay. Ich werde mich jetzt zusammenreißen und weitermachen, so wie sonst auch.«

»Es tut mir so leid, dass das gerade jetzt passiert, wo du endlich wieder ein bisschen zu dir zurückfindest. Daddy und ich sagen uns die ganze Zeit, dass wir gerne mehr für dich tun würden, wenn wir nur wüssten, was.«

»Ohne dich und Dad wäre ich gar nicht mehr hier, also zerbrecht euch nicht den Kopf darüber, was ihr noch zusätzlich tun könntet. Ihr helft mir bereits so sehr.«

»Wir wünschen uns trotzdem, dass es mehr wäre.«

»Ich bin euch so unglaublich dankbar. Die Kinder hatten ein tolles Wochenende.«

»Wir hatten viel Spaß. Es ist viel zu still hier, wenn sie wieder weg sind. Wir vermissen sie sofort.«

»Kurz nach Mikes Tod hatte ich Angst, dass niemand sie so sehr lieben würde wie ich. Aber ihr tut es, genau wie Mikes Familie auch.«

»Ja, das stimmt. Deine Kinder werden von vielen Menschen geliebt.« Nach einer Pause fügt sie hinzu: »Rufst du mich an, falls du mich brauchst?«

»Immer.«

»Wir lieben dich so sehr.«

»Ich hab euch auch lieb. Mir geht es gut, versprochen.«

»Ich melde mich nachher noch mal.«

»Okay.«

Nachdem ich aufgelegt habe, sitze ich eine Weile auf dem Fußboden, starre die Wand an und versuche zu verhindern, dass sich alles um mich dreht, damit ich funktionieren kann.

Mein Telefon summt von einer Textnachricht von Steve. *Der Bericht ist da. Willst du ihn sehen?*

Will ich ihn sehen?

Nein, will ich nicht.

Mein Handy klingelt. Diesmal ist es laut Anzeige auf dem Display ein Nachrichtensender aus Wisconsin, wo das Flugzeug abgestürzt ist.

Ich antworte Steve. *Nein, ich denke, dass ich das nicht lesen sollte. Die Presse ruft mich an.*

*Geh da nicht ran. Ich frage einen Krisenkommunikationsexperten um Rat, wie wir am besten damit umgehen.*

Der Ausdruck »Krisenkommunikation« treibt meine Angst in neue Höhen.

Ich zittere so sehr, dass ich kaum das Telefon halten kann. *Was wird passieren?*

*Ich bin mir nicht sicher. Ich habe so etwas noch nie mitgemacht. Ich halte dich auf dem Laufenden, wenn du das willst.*

*Vielleicht nur über das, was ich wirklich wissen muss.*

*In Ordnung.*

Als ich mich endlich aufraffen und aufstehen kann, ist eine Stunde vergangen. Eine kostbare Stunde, die ich hätte nutzen können, um mich um die Wäsche zu kümmern, zu putzen und vieles andere von der endlosen Liste von Dingen zu erledigen, die meine Tage füllen. Ich hatte eigentlich auch vor, etwas an meinem Businessplan für ein breites Angebot verschiedenster Dienstleistungen für Alleinerziehende zu feilen. Es ist eine ehrgeizige Idee, die auf meinen eigenen Erfahrungen und meinem Erfolg auf TikTok aufbaut. Auf der Plattform habe ich mögliche Lösungen für die typischen Probleme einer Single-Mom und allerlei Lifehacks gepostet. Bei meinem Businessplan konzentriere ich mich auf die Unterstützungsangebote, die ich bräuchte, wenn ich auf mich allein gestellt wäre. Ich hatte mich darauf gefreut, weiter daran zu arbeiten, aber das wird heute nicht passieren.

In der Küche koche ich mir eine Tasse Kaffee, setze mich damit an den Tisch und starre in den Garten. Mein Blick wird angezogen von dem Klettergerüst, das Mike und Rob ein ganzes Wochenende lang zusammen aufgebaut haben. Mein Herz schmerzt für Mike, der so stolz auf seine Arbeit war. Wenn ihn wirklich die Schuld an dem Absturz trifft, hätte ihn das vernichtet.

Ich bekomme eine Textnachricht von Tracey, der Frau des Co-Piloten. *Ich kann es nicht glauben. Mir bricht das Herz.*

*Geht mir genauso. Ich weiß nicht mal, was ich sagen soll.*

Die Familien der anderen Menschen, die bei dem Absturz gestorben sind, sind enge Freunde geworden, während wir uns gegenseitig über den unvorstellbaren Verlust hinweggeholfen haben. Werden sie sich jetzt von uns abwenden? Mein Telefon klingelt die ganze Zeit, lauter Medienvertreter, die eine Stellungnahme von mir wollen. Glücklicherweise erscheinen die Namen der Anrufer auf dem Display, sodass ich sie wegdrücken und die Nummern blockieren kann. Glauben die wirklich, dass ich ihnen irgendwas mitzuteilen hätte?

Ich erhalte eine Textnachricht von Jeanette, der Frau von einem der Passagiere, die bei dem Absturz ebenfalls ihr Leben verloren haben. *Es tut mir so leid, Iris. Ich weiß, dass es dir das Herz brechen muss, wie uns allen. Was auch immer als Nächstes passiert, nimm es bitte nicht persönlich. Alles Gute.*

Das ist im Prinzip die Ankündigung, dass sie die Firma wegen des Versagens meines verstorbenen Ehemannes verklagen werden. Wie soll ich das nicht persönlich nehmen? O Gott, das kann ich nicht auch noch durchstehen.

Als es an der Tür klingelt, habe ich schreckliche Angst davor, wen oder was ich auf meiner Veranda vorfinden werde. Als ich einen Blick durch den Glasausschnitt werfe, stelle ich schockiert fest, dass es Gage ist. Ich drehe den Schlüssel um und öffne ihm.

Er kommt rein, bringt einen Schwall kalter Luft und seinen Duft mit herein, der mich sofort an unsere gemeinsame Nacht erinnert. »Ich habe es in den Nachrichten gesehen und hab mir gedacht, du könntest jetzt einen Freund gebrauchen.«

Ich trete in seine ausgestreckten Arme und breche wieder in Tränen aus.

»Schh.« Er streichelt mir in beruhigenden Kreisen über den Rücken. »Was kann ich tun?«

»Das hier hilft.«

Er hält mich fest, und ich schmiege mich enger an ihn. Es bedeutet mir so viel, dass er hergefahren ist, weil er wusste, wie aufgewühlt ich sein und wie dringend ich einen Freund brauchen würde.

»Ich fühle mich wie damals, als es gerade passiert war.«

»Das kann ich mir denken. Weißt du schon irgendwelche Details?«

»Nein, und das will ich auch gar nicht. Ich habe solche Angst, wieder an den Anfang zurückgeworfen zu werden. Es hat mich so viel gekostet, so weit zu kommen …«

»Ich weiß, und du hast recht, wenn du dich vor den Dingen schützt, die du nicht wissen musst.« Er führt mich zum Sofa, schlüpft aus seinem Mantel und setzt sich neben mich, zieht meinen Kopf an seine Brust, während er mir mit der Hand über den Arm streicht.

»Mikes Partner hat mir erklärt, die anderen Familien könnten Klagen einreichen.«

»Er ist versichert gewesen, oder?«

»Ja, aber … was, wenn sie *mich* verklagen? Die anderen Familien … Diese Familien sind meine Freunde geworden. Und jetzt zerren sie mich vielleicht vor Gericht.«

»Das werden sie nicht.«

»Ich weiß nicht … Wenn sie das Gefühl haben, dass sie einen berechtigten Grund haben, warum sollten sie es nicht tun?«

»Weil sie wissen, dass es nicht deine Schuld war, und wenn sie deine Freunde geworden sind, dann werden sie nicht wollen, dass du oder deine Kinder mehr leidet, als ihr das schon getan habt.«

»Mein Herz ist gebrochen. Eines Tages werden unsere Kinder herausfinden, dass ihr Vater für den Absturz verantwortlich war, der ihn das Leben gekostet hat.«

»Ich kenne Mike nur durch dich, doch ich bin davon überzeugt, dass er alles getan hat, was in seiner Macht stand, um das Unglück zu verhindern, weil er zu dir und den Kindern heimkehren wollte. Und er wollte das auch für alle anderen in dem Flugzeug.«

»Das war alles, was für ihn gezählt hat. Das hat immer wieder gesagt – dass es sein Job sei, Menschen sicher von einem Ort zum anderen zu befördern. Und es war ihm so, so wichtig. Selbst mit den Tausenden Stunden Flugzeit hat er sich immer noch weiter fortgebildet, im Simulator trainiert, alles getan, was er konnte, um der Beste in seinem Fach zu sein, wie er es genannt hat. Ich kann mir einfach nicht vorstellen, wie er einen so verhängnisvollen Fehler gemacht haben soll, der dann zu dem Absturz geführt hat.«

»Du hast gesagt, dass sie in starke Turbulenzen geraten sind, richtig?«

»Ja, das wusste ich schon.« Manche der Passagiere an Bord haben wegen des unruhigen Flugs verängstigte Textnachrichten an ihre Lieben geschickt.

»Selbst die besten Piloten sind auch nur Menschen, Iris, und in einer solchen Situation gibt es vermutlich ein Element der Panik, trotz intensivsten Trainings.«

»Turbulenzen versetzen mich in Schockstarre, ihn haben sie nie gestört. Er hat immer gesagt, sie wären ein ganz normaler Teil des Fliegens.«

»Aber vielleicht war das, was an dem Tag passiert ist, anders als alles, was er bisher erlebt hatte, und vielleicht hat es sogar ihn überfordert.«

»Das mag sein.« Mit Gage zu sprechen beruhigt mich etwas, und ich beschließe, dass ich ihm das sagen sollte. »Es hilft mir, dass du hier bist. Danke, dass du gekommen bist.«

»Ich war in einem Meeting, als ich etwas online gesehen habe. Ich habe meinen Kollegen mitgeteilt, dass ich leider wegmuss, und bin direkt ins Auto gesprungen.«

»Das bedeutet mir viel.«

»Ich bin hier, Iris. So lange, wie du mich brauchst.«

»Das wird wahrscheinlich eine ganze Weile sein.«

»Ich habe nichts dagegen, Süße.«


## Gage


Es bringt mich fast um, sie so verzweifelt zu erleben, während sie ihre Kinder abholt, ihnen eine Kleinigkeit zu essen zubereitet und ihrem unaufhörlichen Geplapper über ihren Schultag zuhört. Die Iris, die ich kenne, ist eine Naturgewalt, fähig, mit allem fertigzuwerden, was sich ihr oder irgendjemandem, den sie liebt, in den Weg stellt. Sie ist diejenige, an die wir uns wenden, wenn in unserem Leben etwas Schlimmes passiert, und ich möchte, dass sie die gleiche Unterstützung erhält. Am Nachmittag lade ich die Wilden Witwen für eine Krisenintervention zu Iris nach Hause ein.

*Bringt Essen und Trinken mit,* schreibe ich ihnen, nachdem ich kurz zusammengefasst habe, was passiert ist.

*Moment,* meldet sich Roni. *Mike war der Pilot? Meine Schwester hat gemeint, er sei ein Passagier gewesen …*

*Nein, er war der Chefpilot.*

*Nun, dann hat meine Schwester das wohl falsch verstanden. Wir schauen nach der Arbeit vorbei.*

Iris' Mutter kommt um vier und lädt die Kinder zu sich ein. Bevor sie losfahren, ruft sie mich zu sich in die Küche. Wir haben uns in den letzten zwei Jahren durch gemeinsames Kochen, bei Poolpartys und anderen Treffen kennengelernt.

Sie ist eine ältere Version von Iris, mit dunklerer brauner Haut und den sanften Augen ihrer Tochter, die jetzt voller Zuneigung und Sorge auf mich gerichtet sind. »Ich bin hin- und hergerissen, ob ich nicht lieber hier bei ihr bleiben soll«, vertraut sie mir so leise an, dass Iris es nicht hören kann. »Aber ich hab mir gedacht, was sie am dringendsten braucht, ist jemand, der sich um die Kinder kümmert. Ich habe Taschen für sie gepackt, und wir werden sie morgen zur Schule bringen und auch wieder abholen.«

»Das ist genau das, was ihr jetzt am meisten hilft. Ich werde ihr nicht von der Seite weichen, und die anderen Wilden Witwen kommen auch. Wir sind alle für sie da.«

»Sie hat großes Glück, so tolle Freunde zu haben.«

»Das hat nichts mit Glück zu tun. Sie ist uns allen eine unglaubliche Hilfe gewesen, stand immer bereit, wenn wir sie gebraucht haben. Daher ist das das Mindeste, was wir für sie tun können.«

Sie tätschelt mir liebevoll den Arm. »Michael war immer so stolz auf seinen Job«, sagt sie, und ihre Augen füllen sich mit Tränen. »Ich kann mir einfach nicht vorstellen, wie der Absturz seine Schuld sein soll.«

»Wie ich schon Iris erklärt habe, können wir uns sicher sein, dass er alles in seiner Macht Stehende getan hat, um das

Unglück zu verhindern. Dennoch können selbst die besten Piloten manchmal von den Umständen und Mutter Natur überfordert sein.«

Sie seufzt tief. »Vermutlich schon. Das wird sie wieder am Boden zerstören, wo es ihr doch schon so viel besser gegangen ist.«

»Das werden wir nicht zulassen. Ich verspreche es.«

»Danke, dass du für sie da bist.«

»Natürlich.«

Iris umarmt und küsst ihre Kinder und schickt sie zum Übernachten zu ihrer Mom.

Tyler bleibt noch einen Moment zurück, nachdem seine Großmutter mit seinen Schwestern rausgegangen ist. »Alles in Ordnung, Mommy?«

»Natürlich, mein Süßer. Mommy hat nur einen schwierigen Tag.«

»Weil Daddy jetzt im Himmel ist?«

»Ja, Süßer. Das ist und bleibt schwierig.«

»Ich weiß.« Er umarmt sie fest. »Ruf mich an, wenn du mich brauchst.«

»Mach ich. Ich hab dich sehr lieb.«

»Ich dich auch. Bist du dir sicher, dass es okay ist, wenn wir zu Grandma fahren?«

»Absolut. Gage ist hier, und meine anderen Freunde kommen auch.«

»Ich werde mich gut um deine Mom kümmern«, verspreche ich dem niedlichen kleinen Kerl.

»Danke«, erwidert er mit mehr Weisheit und Verständnis, als irgendein Siebenjähriger haben sollte. Er läuft raus zu seiner Großmutter und seinen Schwestern.

Ich gehe zur Tür, um mich zu vergewissern, dass er wohlbehalten das Auto erreicht und einsteigt, und winke Iris' Mutter hinterher, als sie wegfährt.

## 7

## Gage

»Gott sei Dank gibt es Eltern«, meint Iris, als ich zu ihr zurückkehre.

»Genau.« Meine waren nach dem Tod von Nat und den Mädchen so am Boden zerstört, dass sie mir nicht viel helfen konnten, doch das war in Ordnung. Genügend andere Menschen waren für mich da, und meine Eltern haben sich mit der Zeit von dem Schock des Verlusts erholt – soweit man das denn kann.

Iris sieht zu mir rüber. »Und Gott sei Dank gibt es auch wunderbare Freunde, die einem zur Seite stehen.«

»Ich war bereits unterwegs, bevor ich darüber nachgedacht habe, ob ich überhaupt erwünscht bin.«

»Du bist immer erwünscht.«

Ihr Handy klingelt, und sie schaut kurz auf den Namen des Anrufers. »Das ist Rob. Da muss ich ran.«

»Natürlich.«

»Hi«, meldet sie sich, und ihr kommen sofort die Tränen. »Ich weiß. Ich kann es auch nicht glauben.«

Ich gehe in die Küche, um ihr ein Glas Eiswasser zu holen. Als ich an der Spüle stehe, blicke ich auf den abgedeckten Pool, während sie am Telefon mit Rob spricht. Es gefällt mir nicht, dass es mir nicht gefällt, dass sie eine so enge Beziehung zu ihrem Schwager hat. Dabei ist mir klar, wie dumm das ist. Selbstverständlich versteht sie sich gut mit dem Bruder ihres verstorbenen Ehemannes. Sie haben gemeinsam die Hölle durchgemacht, und natürlich bewirken Neuigkeiten wie die, die sie heute erhalten haben, dass sie beieinander Halt suchen.

Aber es gefällt mir trotzdem nicht, auch wenn ich keinen guten Grund dafür habe.

Es ist ja nicht so, als ob sie und ich ein Paar wären.

Wir hatten Sex. Viel Sex. Wirklich guten Sex. Doch das gibt mir kein Recht auf sie oder sonst etwas. Schließlich war ich es, der nicht mehr wollte, und daran hat sich nichts geändert.

Außer ... dass mich der Schwager stört. Ich nehme einen langen Schluck aus dem Glas, das ich eigentlich für Iris gefüllt habe, und bemühe mich, mir über meine verworrenen Gefühle klar zu werden. Das ist etwas, was ich nie getan hätte, wenn ich nicht Witwer wäre. Früher hab ich genau sechs Sekunden am Tag damit verbracht, mich mit meinem Gefühlsleben auseinanderzusetzen. Nun, wie so viele andere Dinge hat sich das geändert, und mittlerweile ist Achtsamkeit auf der Liste meiner Prioritäten weit nach oben gerückt.

Heute sind meine Gefühle, was Iris betrifft, völlig chaotisch.

Ich höre, wie sie Rob versichert, dass er nicht vorbeikommen muss, dass es ihr gut geht, dass sie ihn anrufen wird, wenn sie etwas braucht. Nachdem ich auch für sie ein Glas gefüllt habe, nehme ich beide mit ins Wohnzimmer und reiche ihr eins.

»Danke.«

»Wie geht es ihm?«

»Nicht gut. Er hat sich freigenommen, nachdem er es gehört hatte, und weiß nicht, was er mit sich selbst anfangen soll.«

»Wo sind deine Schwiegereltern?«

»In Italien, auf einer lange geplanten Urlaubsreise, die sie bereits mehrere Male verschoben hatten. Rob hat beschlossen, sie nicht anzurufen, sondern bis nach ihrer Rückkehr damit zu warten.«

»Werden sie das nicht aus einer anderen Quelle erfahren?«

»Das glaubt er nicht. Sie sind größtenteils vom Netz, solange sie unterwegs sind. Und den Fernseher lassen sie aus, wenn es sich vermeiden lässt.«

»Es ist jedenfalls richtig, sie ihren Urlaub genießen zu lassen. Sie jetzt damit zu überfallen würde nichts ändern und ihnen nur die Stimmung ruinieren.«

»Das denken wir auch.«

»Hatte Mike noch weitere Geschwister?«

»Nein, bloß Rob. Sie waren nur ein Jahr auseinander, daher haben sie sich sehr nahegestanden.«

»Der Arme. Das muss schwierig für ihn sein.«

»Ich wäre ein totales Wrack, wenn einem meiner Geschwister etwas passieren würde.«

»Ich auch.«

»Es ist schrecklich, oder? Ohne die Leute leben zu müssen, die einem am wichtigsten sind.«

»Es ist unnatürlich, sogar wenn es einen von denen trifft, die älter sind als man selbst.«

»Ja, genau. Und wenn das alles dann von etwas wie dem NTSB-Bericht wieder frisch aufgerissen wird ... Der Albtraum will einfach kein Ende nehmen.«

»Ja, das stimmt wohl.«

»Wie könnte Mike die Schuld tragen? Er wusste in jeder Situation, was zu tun war. Ich hab ihn mal gefragt, warum er weiterhin so viel Zeit in Fortbildungen investierte, und er hat erwidert, dass ein Pilot gar nicht genug Übung haben kann. Es ist nicht gerecht, dass er so hart dafür gearbeitet hat, nur um dann für den Absturz verantwortlich gemacht zu werden.« Sie wischt sich neue Tränen weg. »Ich weiß nicht, was ich mit dieser Information anfangen soll.«

Das weiß ich auch nicht, doch ich lege meinen Arm um sie und tröste sie, so gut es geht. »Ich wünschte, es gäbe etwas, was ich sagen könnte, um das irgendwie in Ordnung zu bringen.«

»Ich werde nie und nimmer glauben, dass es seine Schuld war. Es interessiert mich nicht, was die Experten behaupten. Etwas anderes muss die Ursache gewesen sein.«

»Du darfst glauben, was du willst.«

»Was soll ich nur den Kindern sagen? Wenn sie alt genug sind, um Fragen zu stellen ... Was soll ich ihnen dann antworten?«

»Die Wahrheit. Du erklärst ihnen, was die NTSB herausgefunden hat, und dann, was du aufgrund von dem, was du über Mike weißt, für die Wahrheit hältst. Du erzählst ihnen, wie hart er gearbeitet hat, wie viel Zeit er für seine Ausbildung aufgebracht und wie viel ihm Sicherheit bedeutet hat. Nichts davon muss verändern, wer er für dich und die Kinder war.«

Es klingelt an der Tür, und ich erhebe mich, um mich darum zu kümmern.

»Falls das Journalisten sind – ich möchte mit keinem von ihnen reden.«

»Ich werde alle abwimmeln. Wer auch immer das ist.«

Ich öffne die Haustür, und ein Mann, den ich nicht als einen von Iris' Freunden erkenne, steht davor. Nicht dass ich sie alle kenne, aber ich habe viele von ihnen getroffen.

»Hi, ich bin Steve Harris. Ich bin der Geschäftspartner von Mike. Könnte ich bitte Iris sprechen?«

»Moment, ich kläre das rasch mit ihr. Warten Sie bitte kurz.« Ich lasse ihn nicht ins Haus, falls sie ihn nicht sehen möchte. »Es ist Steve Harris.«

»Oh, der kann reinkommen.«

»Ich hole ihn.«

Nachdem ich ihn ins Wohnzimmer gebracht und ihm den Mantel abgenommen hab, schaue ich zu Iris. »Möchtest du, dass ich bleibe?«

»Ja, bitte.« Sie klopft auf den Platz neben sich. »Steve, das ist mein Freund Gage Collier.«

Ich schüttle dem Mann die Hand, obwohl er mir einen seltsamen Blick zuwirft, als wüsste er gern mehr über mich und meine Beziehung zu Iris. *Das geht dich gar nichts an, du Idiot.* Ich setze mich mit nur wenigen Zentimetern Abstand neben Iris. Soll er sich ruhig darüber wundern.

Verhalte ich mich albern? Wahrscheinlich. Doch dass sie so aufgebracht war, hat meinen Beschützerinstinkt geweckt. Damit hätte ich nie gerechnet, denn dieser Instinkt hat im Tiefschlaf gelegen, seit ich niemanden mehr zum Beschützen hatte.

»Wie geht es dir?«, erkundigt sich Steve, als er uns gegenüber Platz nimmt.

»Oh, großartig. Und dir?«

»Ungefähr genauso. Es ist nicht leicht zu verarbeiten.«

Am liebsten würde ich von ihm verlangen, damit rauszurücken, was er in einer so schwierigen Zeit von ihr will. Ich hoffe, dass er nicht hier ist, um die Dinge für sie irgendwie schlimmer zu machen, wobei ... Wie könnte irgendetwas schlimmer sein, als herauszufinden, dass ihr Mann für den Absturz verantwortlich war, der ihn und fünf andere das Leben gekostet hat?

Ich kenne diesen Typen nicht, aber sogar für mich liegt auf der Hand, dass ihn etwas anderes beschäftigt als der blöde Bericht.

»Was ist los, Steve?«, fragt Iris.

Er reibt sich mit den Händen über die Jeans, während er zu entscheiden versucht, wo er anfangen soll. »Vorweg möchte ich sagen, ich hasse es, damit ausgerechnet jetzt anzukommen, wo du bereits wegen dem NTSB-Bericht aufgewühlt bist.«

»Mit was anzukommen?«

Ich möchte mich vor sie werfen, um das abzufangen, was immer er gleich sagen wird, ihn vor die Tür setzen, damit er sie nicht noch unglücklicher machen kann, als sie bereits ist.

»Vor etwa einem Jahr hat sich eine Frau aus Denver telefonisch bei mir gemeldet. Sie hat behauptet ...«

»Was hat sie behauptet?«

»Dass sie einen fünf Jahre alten Sohn von Mike hat.«

Neben mir ist Iris komplett erstarrt. »Das ist unmöglich.«

Steve schaut zu mir, als bäte er mich um Hilfe dabei, ihr zu erklären, dass es sehr wohl möglich ist. Doch das tue ich nicht.

»Ich ... Erst habe ich ihr auch nicht geglaubt«, erwidert er. »Sie ... Sie wollte Geld für das Kind, weil Mike sie wohl angewiesen hat, mich zu kontaktieren, falls ihm je etwas zustoßen sollte. Ich habe ihr geantwortet, sie müsse erst einmal Beweise vorlegen, dass ihr Sohn von Mike ist, bevor ich überhaupt irgendwas unternehme. Sie …« Er schluckt trocken. »Sie hat mir Beweise für eine schon länger andauernde Affäre geschickt.«

Iris beginnt heftig zu zittern.

Am liebsten würde ich ihm das Herz herausreißen, weil er ihr das antut.

»Aber sie hatte nichts, was belegt hätte, dass ihr Sohn von Mike ist. Also hab ich letztes Mal, als ihr bei uns zu Besuch wart …« Wieder schluckt er krampfhaft. »Ich habe eine Flasche aufgehoben, aus der Tyler getrunken hatte.«

Iris schnappt nach Luft.

»Ich musste mich vergewissern, bevor ich dir davon erzählen konnte, Iris. Die Testergebnisse sind seit einer Woche da, und sie bestätigen, dass sie denselben Vater haben.«

Diese Information scheint alle Luft aus dem Raum zu saugen. Ich lege Iris einen Arm um die Schultern. Sie schüttelt ihn ab und steht auf. »Danke, dass du vorbeigekommen bist, Steve. Du kannst jetzt gehen.«

»Iris, es tut mir leid. Ich musste mir sicher sein, bevor ich dich damit konfrontiere.«

»Warum musste sie es überhaupt erfahren?«, will ich von ihm wissen, wütend, dass er sie damit aus heiterem Himmel überfällt, obwohl sie bereits wegen des Berichts der Flugsicherheit aufgewühlt ist.

»Weil die Frau damit droht, juristische Schritte einzuleiten, um Unterhalt für ihren Sohn zu erstreiten. Ich konnte nicht zulassen, dass das geschieht, ohne dass du darüber im Bilde bist, was los ist. Ich habe versucht, es allein zu klären. Ich habe ihr etwas Geld angeboten, doch das reicht ihr nicht. Jetzt hat sie diesen Anwalt eingeschaltet, der mit harten Bandagen kämpft und schreibt, dass er dich vor Gericht bringen will, da Mike das Kind in seinem Testament nicht bedacht hat.«

»Ich würde gerne diesen Beweis für die Affäre und den DNA-Test sehen.«

Das halte ich für keine gute Idee. »Iris …«

Als hätte ich nichts gesagt, fügt sie hinzu: »Du kannst es mir per E-Mail schicken.«

»Bist du dir sicher?«, erkundigt sich Steve.

»Sehr sicher. Danke, dass du extra hergefahren bist, aber jetzt kannst du gehen. Du hast deine Pflicht getan.«

Steve steht auf. »Es tut mir leid, Iris. Ich hatte keine Ahnung von alldem.«

»Dir gebe ich keine Schuld.«

Das völlige Fehlen von irgendwelchen Empfindungen in ihrem Ton und ihrem Gesichtsausdruck erfüllt mich mit Sorge. Die Iris, die ich kenne und liebe, ist immer voller Feuer.

Er sieht mich an und dann wieder sie. »Kommst du klar?«

»Keine Sorge, das wird sie.« Ich stehe auf, um ihn zur Tür zu bringen, und werfe ihm einen Blick zu, der keinen Zweifel daran lässt, dass er hier nicht mehr willkommen ist.

»Wir werden das ausfechten, Iris. Gemeinsam.«

Sie nickt, hat ihm aber sonst nichts zu sagen, während ich ihn hinauseskortiere.

Ich wünsche mir wirklich, dass Mord erlaubt wäre, obwohl die Person, die ich am liebsten umbringen würde, bereits tot ist.

»Tut mir leid«, meint Steve an der Haustür. »Ich wollte das nicht tun, besonders jetzt nicht, doch ich konnte nicht zulassen, dass ihr die Klage zugestellt wird und sie keine Ahnung hat, was los ist.«

Ich weiß nicht, was ich darauf entgegnen soll, also schweige ich, während ich darauf warte, dass er geht. Sobald er weg ist, schließe ich die Tür und sperre ab, bin in Gedanken bei Iris. Wie kann ich sie nach so etwas trösten? Wie wäre es, wenn ich herausfinden würde, dass Nat eine Affäre hatte? Ich kann mir das einfach nicht vorstellen.

Als ich ins Wohnzimmer zurückkehre, ist Iris nicht da. Ich finde sie in der Küche, wo sie einen Wasserkessel aufgesetzt hat. »Was kann ich tun?«

Ihr Lachen klingt hohl. »Was kann irgendwer tun? Gerade als ich dachte, dass dieses Witwendasein nicht mehr schwieriger werden könnte …«

Ich lege ihr die Hände auf die Schultern. Ihr ganzer Körper spannt sich an, aber ich nehme sie nicht weg.

»Das ist wie Tag eins noch mal ganz von vorn.«

»Ich weiß, Süße.«

»Wenn sie mich verklagt, wird sie gewinnen?«

»Das wird Joy wissen.« Sie ist Anwältin, spezialisiert auf Familienrecht.

»Ich möchte nicht, dass jemand davon erfährt.«

»Was total verständlich ist, nur wenn es eine Klage gibt, wirst du dich dagegen wehren müssen.«

»Ich möchte zurück an den Strand, in eine Zeit, bevor ich all diese Sachen gehört hab.«

»Und ich wünschte, das wäre möglich.«

»Du musst nicht hierbleiben. Ich bin mir sicher, du hast anderes zu erledigen.«

»Ich gehe nirgendwohin, Iris.«

»Du hast gesagt, du möchtest keine Beziehung. Ich respektiere das. Du stehst unter keinem Zwang.«

»Ich gehe nirgendwohin«, wiederhole ich.

Weil meine Hände noch immer auf ihren Schultern liegen, spüre ich den exakten Moment, in dem sie zusammenbricht. Ich umarme sie, halte sie, während sich ihr tiefe, herzzerreißende Schluchzer entringen, die mir das Herz brechen. Nur meine Arme halten sie aufrecht. Ich hebe sie hoch und trage sie zum Sofa, wo ich mich mit ihr auf dem Schoß hinsetze. Dort bleiben wir lange, bis das Tageslicht der Dunkelheit weicht. »Soll ich den anderen sagen, dass das heutige Treffen ausfällt?«

Sie schüttelt den Kopf. »Sie werden es ohnehin alle herausfinden.«

»Trotzdem, wenn du erst mal Zeit für dich brauchst ...«

»Was würde das ändern?«

»Nichts, schätze ich.«

»Wie konnte er mir das wieder antun, Gage?«

»Wieder?«

»Es ist schon einmal geschehen, im zweiten Jahr nach unserer Hochzeit. Vor den Kindern. Er hatte eine Affäre mit einer Kollegin. Er hat mir geschworen, dass es eine einmalige Sache war, und nach intensiver Therapie ist es uns gelungen, unsere Ehe zu retten. Und trotz all dieser Anstrengungen hat er es wieder getan.«

Ich ziehe sie enger an mich, weil ich nicht weiß, was ich darauf erwidern soll. Ich hasse es, dass er ihr das zugemutet hat.

»Ich habe immer gedacht, dass Frauen, die sagen, sie hätten nicht gewusst, dass ihre Ehemänner sie betrügen, naiv sein müssten. Wie kann man so etwas nicht wissen? Doch ich wusste es nicht, beide Male, und ich bin nicht naiv.«

»Nein, ganz bestimmt nicht.«

»Ich wusste es nicht. Ich hatte keine Ahnung.« Sie erbebt unter einem Schluchzer. »Wie konnte er mir das nur antun, nach all der schmerzhaften Arbeit, die nötig war, um den Schaden vom ersten Mal zu reparieren? Er hat mich angefleht, ihn zurückzunehmen, und beteuert, ich sei die einzige Frau, die er je lieben würde. Und dann hatte er einen Sohn mit einer anderen und hat mir das verheimlicht. Das Baby muss zwischen Tyler und Sophia geboren worden sein.« Ein Zittern durchläuft sie. »O Gott. Ich glaube, mir wird übel.«

Ich stehe bereits, bevor sie den Satz beendet, und trage sie schnell über den Flur ins Gäste-WC, wo sie sich heftig übergibt, während ich hilflos dabeistehe und mir wünsche, einen Zauberstab zu haben, mit dem ich sie aus diesem Albtraum erlösen könnte.

Es klingelt an der Tür.

Ich schaue auf meine Armbanduhr und stelle schockiert fest, dass es bereits nach sechs ist.

Ich schließe die Tür zum Badezimmer, um Iris Privatsphäre zu gewähren, und öffne Derek und Roni, die mit vollen Tüten eintreten.

»Wir waren uns nicht sicher, ob überhaupt jemand da ist«, meint Derek. »Das Haus ist ganz dunkel.« Er betätigt einen Lichtschalter im Flur, und in dem plötzlich aufflammenden Licht blinzle ich.

»Geht es euch gut?«

Ich schüttele den Kopf. »Es ist ganz schlimm, Leute.«

Ronis Augen füllen sich mit Tränen. »Arme Iris.«

Sie kommt aus dem Badezimmer.

Roni umarmt sie. »Was können wir tun?«

»Nichts«, antwortet Iris in einem ausdruckslosen Ton, der so anders ist als ihre übliche Überschwänglichkeit, dass unsere Freunde sofort alarmiert sind. »Es gibt nichts, was irgendwer tun kann.«

Müde geht sie ins Wohnzimmer und rollt sich auf dem Sofa zusammen.

»Da ist noch mehr«, sage ich den beiden, um zumindest den Ansatz einer Erklärung dafür zu liefern, dass sich Iris in diesem Zustand befindet.

Der NTSB-Bericht war das eine. Aber was sie seither erfahren hat, lässt das zur Nebensächlichkeit verblassen.

Roni wirft mir einen fragenden Blick zu, doch es steht mir nicht zu, diese Geschichte zu erzählen.

Ich begebe mich zu Iris aufs Sofa, während Roni und Derek die Tüten mit dem Essen in die Küche tragen. »Möchtest du irgendwas?«, frage ich Iris.

Sie schüttelt den Kopf und überlegt es sich dann anders. »Vielleicht etwas Ibuprofen. Da ist eine Schachtel im Schrank über dem Geschirrspüler.«

Ich stehe auf, um ihr die Tabletten zu holen. Sie nimmt zwei mit einem Schluck Wasser und reicht mir danach das Glas.

Roni und Derek leisten uns im Wohnzimmer Gesellschaft, und es herrscht unbehagliches Schweigen, bis die Klingel erneut ertönt.

Derek geht zur Tür und lässt Lexi, Hallie, Joy und Wynter herein.

Ich fühle mich wie damals, als meine Familie getötet worden war und ich keine Ahnung hatte, was ich als Nächstes tun sollte. Dabei weiß ich sonst immer, was zu tun ist. Ich bin nie unentschlossen. Aber das hier … Wie unterstützt man eine Freundin in einem Moment wie diesem?

Wir versammeln uns im Wohnzimmer.

Iris hat ihren Kopf auf die Sofalehne gelegt, ihre Augen sind geschlossen, ihr Gesicht ist rot und verquollen.

Brielle, Adrian, Kinsley und Naomi sind die Letzten, die eintreffen.

Christy hat angekündigt, dass sie es heute nicht schaffen wird, weil ihr Sohn ein Basketballspiel hat.

Iris öffnet die Augen und wirkt überrascht, alle zu sehen.

»Was können wir tun, Iris?«, fragt Brielle.

»Mike hatte einen fünf Jahre alten Sohn mit einer anderen Frau. Wenn ihr das nicht verschwinden lassen könnt, gibt es nichts, was irgendwer tun kann.«

8

**Iris**

$\mathcal{M}$it dieser unverblümten Erklärung hab ich alle schockiert. Ich fühle mich deswegen schlecht, aber das tue ich ohnehin schon. Der Mann, den ich kannte und zehn Jahre lang geliebt habe, dem ich eine frühere Affäre verziehen hatte, hat nie aufgehört, mich zu belügen. Ich muss für den Rest meines Lebens mit dem Wissen klarkommen, dass ich ihm nicht genug war. Wer weiß schon, wie viele andere es gegeben hat? Wie soll ich damit fertigwerden, dass unsere Familie ihm nicht gereicht hat? Und was sage ich meinen Kindern?

Sie haben einen Bruder.

Eine Sekunde lang fürchte ich, mir könnte wieder schlecht werden.

Gage reicht mir ein Glas Wasser.

Ich nehme einen Schluck, hoffe, dass die Galle in meinem Magen bleibt.

»Wie hast du davon erfahren?«, fragt Roni.

Ich schaue Gage an und nicke.

Er erzählt es an meiner Stelle. Gott sei Dank ist er da, denn ich glaube nicht, dass ich es über die Lippen hätte bringen können.

»Gütiger Himmel«, entfährt es Joy.

»Bitte vergiss nicht, dass sie mich und Mikes Geschäftspartner auf Unterhalt für ihren Sohn verklagen könnte, der übrigens zwischen Tyler und Sophia geboren wurde.« Ich blicke Joy an. »Kann sie das tun? Kann sie etwas von dem Geld beanspruchen, das er mir zu dem Zweck hinterlassen hat, unsere Kinder damit großzuziehen?«

»Wissen wir denn mit Sicherheit, dass das Kind von ihm ist?«

Gage berichtet von dem DNA-Test, der bestätigt, dass Tyler und dieses Kind den gleichen Vater haben. Die Umstände, unter denen das zustande kam, setzen allem die Krone auf, und dass Steve das ohne meine Einwilligung getan hat, schockiert und verletzt mich immer noch.

»Hm«, meint Joy. »Bevor ich dazu etwas sagen kann, müsste ich erst einmal ein paar Fälle recherchieren.«

»Ich hatte gehofft, du würdest mir versichern, dass nichts passieren kann, dass sie niemanden verklagen kann, der bis heute nichts von ihrer Existenz oder der ihres Sohnes gewusst hat.«

»Es ist nicht unmöglich«, erwidert Joy. »Die Menschen beginnen Prozesse wegen allem Möglichen. Die ganzen Erbangelegenheiten sind doch schon abschließend geklärt worden, oder?«

»Ja. Schon vor einer Weile.«

»Dann könnte es schwierig für sie werden, an diesem Punkt Ansprüche geltend zu machen.«

Mein gesamter Körper schmerzt wieder so wie zu der Zeit, kurz nachdem Mike gestorben war und als ich mir nicht sicher war, wie ich ohne ihn überleben sollte. Seit ich ihn verloren habe, habe ich mein Leben – und das meiner Kinder – quälend langsam wieder zusammengesetzt. All dieser Fortschritt ist mit einem Schlag dahin, und ich befinde mich wieder da, wo ich begonnen habe, trauere um den Mann, den ich geliebt habe, und die Ehe, die sich als Lug und Trug herausgestellt hat.

Irgendwie ist es mir gelungen, Mikes Tod zu überleben,

doch das hier … Ich zweifle daran, dass ich das überstehen werde.

»Ich brauche jemanden, der mir einen Rat gibt, wie ich damit umgehen soll, weil ich nicht die geringste Ahnung habe, wie ich das schaffen soll.«

Gage legt einen Arm um mich.

Ich zwinge mich, seinen Trost zuzulassen und anzunehmen, obwohl ich tief innerlich nicht glaube, dass ich Trost verdient habe. Ergibt das einen Sinn? Nein, tut es nicht, und ich weiß das. Aber so empfinde ich. Ich trudele wie ein Komet, der außer Kontrolle geraten ist, steuere auf einen Zusammenstoß zu, der mich in eine Million winzige Stückchen zersplittern lassen wird, die man nie wieder so zusammenfügen kann, wie sie einmal gewesen sind. »Was soll ich bloß den Kindern sagen?«

Diese Gruppe von Leuten, die gewöhnlich so weise Ratschläge und Lösungen für jedes Dilemma haben, schaut mich schweigend an, was nur unterstreicht, wie unglaublich das alles ist. Es gibt auf meine Fragen keine Antworten, die mein Verlangen befriedigen können, den Mann zu begreifen, mit dem ich verheiratet war. Ich denke an Rob und meine Schwiegereltern, die Mike förmlich auf ein Podest gehoben haben, und daran, wie niederschmetternd das für sie sein muss.

Damit kann ich mich jetzt nicht auseinandersetzen, sonst verliere ich, was von meinem Verstand noch übrig ist.

»Gibt es hier irgendwo Essen?«

»Unmengen sogar«, erwidert Roni.

»Dann lasst uns essen.« Ich bin mir nicht sicher, ob ich überhaupt etwas bei mir behalten kann, doch ich muss irgendwas tun. »Und was trinken. Ich brauch einen richtig fetten Drink.«

»Ich kümmere mich drum«, erklärt Joy.

Wir haben beide eine Vorliebe für Bourbon, und sie kann die besten Cocktails mixen.

Adrian hält mich auf, als alle anderen in die Küche pilgern. »Mir würdest du in so einem Augenblick sagen, dass die eine Sache, die wir alle gelernt haben, die ist, dass sich nichts für immer schlimm anfühlen wird.«

Das ist, merke ich, genau das, was man mir in diesem höllischen Moment sagen muss. »Du hast recht, und es stimmt natürlich. Danke für die Erinnerung.«

Er umarmt mich. »Trotzdem, das ist ein Riesenhaufen Scheiße.«

Ich hätte nicht gedacht, dass ich noch lachen kann. »Allerdings.« Mit Menschen zusammen zu sein, die einen verstehen, hilft stets so sehr, selbst wenn die letzte Katastrophe nichts ist, womit einer von uns schon mal zu tun hatte. Trauer ist Trauer, und jetzt kann ich Trauer um die Ehe, von der ich dachte, ich würde sie führen, zu meiner auch ohne das schon echt beeindruckenden Liste hinzufügen.

Joy hat einen starken Drink für mich zubereitet, der mit Wucht in meinem leeren Magen landet. Ich achte stets darauf, nicht zu viel zu trinken, falls meine Kinder mich brauchen, aber heute Abend gönne ich mir eine Auszeit von all den Regeln. Ich nehme einen zweiten, größeren Schluck und genieße es, wie der Bourbon mich von innen wärmt.

Gage taucht neben mir auf, einen Teller mit Essen und Besteck in der Hand. »Setz dich, und iss was.«

Am liebsten würde ich ihn anfahren, dass er mir nicht sagen soll, was ich zu tun habe, doch als ich ihn anschaue, kann ich nur Fürsorge in seiner Miene lesen. Also mache ich es. Das Essen, der Alkohol, die Gesellschaft … Sie helfen mir durch den Abend. Als mir auffällt, dass die andern viel ruhiger sind als sonst, ermutige ich sie, sich normal zu benehmen und über andere Sachen zu reden. »Bitte, helft mir, mich abzulenken und mich mit etwas anderem zu beschäftigen.«

Wir sitzen an meinem Esstisch und halten ein ganz normales Wilde-Witwen-Treffen ab, bei dem jeder von seinen jüngsten Schwierigkeiten und Herausforderungen berichtet. Es hilft mir, mich mit ihren Problemen zu befassen, während meine eigenen zu groß erscheinen, um sie zu ertragen.

Christy ruft mich nach dem Spiel ihres Sohnes an, und ich stelle das Telefon auf Lautsprecher, damit sie am restlichen Meeting teilnehmen kann.

»Gage, würdest du bitte die Ereignisse für sie zusammenfassen?«, wende ich mich an ihn.

»Klar.« Mit so wenigen Worten wie möglich bringt er sie auf den neuesten Stand.

»So ein Mistkerl«, ruft sie.

Kurz nach dem Ableben unserer Männer haben sie und ich einander geschworen, dass keine von uns je allein dastehen wird. In den folgenden Jahren haben wir dieses Versprechen gehalten, während unsere Selbsthilfegruppe immer weiter gewachsen ist.

»Ich hab heute genug darüber geredet«, erkläre ich ihr. »Daher möchte ich jetzt hören, was bei den anderen so los ist. Adrian, du bist an der Reihe. Wie geht es dir?«

»Na ja, irgendwie okay. Seit dem Tod von Sadies Mutter ist alles noch mal viel schwieriger geworden, aber ich finde langsam eine neue Routine. In drei Wochen fange ich wieder zu arbeiten an, und das ist der Punkt, an dem es interessant wird.«

»Hast du inzwischen jemanden, der Xavier betreuen kann?«, erkundigt sich Roni.

»Noch nicht. Ich bin weiter auf der Suche nach einer Lösung.«

»Ich hab dir ja schon angeboten, das zu übernehmen«, wirft Wynter ein.

»Und dafür bin ich dir dankbar, doch es wird nicht leicht, und du hast ja dein eigenes Leben, um das du dich kümmern musst.«

»Ich brauche einen Job. Du brauchst ein Kindermädchen. Wir würden beide davon profitieren.«

Adrian legt den Kopf schief und denkt nach. »Du meinst das wirklich ernst?«

»Wenn ich das nicht täte, hätte ich es nicht angeboten. Xavier ist zuckersüß. Ich liebe ihn schon jetzt und würde mich wunderbar um ihn kümmern.«

»Lass uns morgen mal in Ruhe darüber reden«, entgegnet Adrian.

»Du weißt, wo du mich findest.«

»Ich glaube, du wärst eine großartige Nanny, Wynter«, füge ich hinzu. »Meine Kids finden dich super.«

»Ich liebe Kinder. Das habe ich schon immer getan. Meine Mom sagt, ich hätte ein echtes Händchen für sie.«

»Das stimmt auf jeden Fall«, bestätigt Roni. »Dylan und Maeve lieben dich auch.«

»Das sind übrigens meine Referenzen«, meint Wynter zu Adrian.

Alle müssen lachen, sogar ich, und es fühlt sich gut an. Wynters Direktheit und ihr Humor sind genau das, was ich heute Abend brauche. Sie alle zusammen sind es, und mir wird klar, dass ich ihnen das mitteilen sollte.

»Leute, danke für das hier. Ehrlich. Ich würde den Verstand verlieren, wenn ihr nicht gekommen wärt, um mir beizustehen und alles besser zu machen.«

»Gegen den Schmerz dieses letzten Tiefschlags können wir nichts tun, Süße«, erwidert Joy. »Aber du musst nicht allein damit fertigwerden.«

Ich lege meine Hand auf ihre. »Und das ist der entscheidende Unterschied.«

———

ALS gegen zehn Uhr alle aufbrechen, bin ich angenehm beschwipst und fühle mich seltsam distanziert von dem jüngsten Schock. Beinah kommt es mir so vor, als sei es einem von den anderen passiert und nicht mir. Ich bin mir sicher, im hellen Tageslicht wird es wie die Hölle wehtun, doch im Moment bin ich erleichtert, mache weiter, als hätte ich keinen neuerlichen Schlag in die Magengrube erhalten, der jede andere umgehauen hätte.

Ich weigere mich, mich davon umhauen zu lassen. Ich weigere mich, mich in die erste Zeit nach Mikes Tod zurückwerfen zu lassen, als ich mich kaum dazu aufraffen konnte, das Bett zu verlassen und mich um meine Kinder zu kümmern. Damals war ich für alles auf meine Eltern und meine Geschwister angewiesen. An diesen Punkt kann und will ich nicht zurück, denn es war zu anstrengend und schwierig, mich daraus zu befreien. Es hat mich jedes bisschen Kraft gekostet, das ich besaß, und jetzt sind meine Akkus leer. Wenn ich mich in diese Phase zurückfallen lasse, werde ich mich davon nicht mehr erholen können.

Das sind meine Gedanken, während ich die Spülmaschine belade und Gage den Esstisch und die Arbeitsflächen abwischt. Er hat die anderen hinausbegleitet und erklärt, er werde mir beim Aufräumen helfen. Ich hab gehört, wie er Roni versprochen hat, mich nicht allein zu lassen, solange er sich nicht sicher ist, dass ich klarkomme. Es ist schon merkwürdig, wenn man bedenkt, dass all diese Leute, die mir in der Krise beigestanden haben, gar nicht in meinem Leben wären, wenn Mike nicht gestorben wäre. Ich werde nie dankbar dafür sein, dass ich so jung Witwe geworden bin, aber für die Menschen, die ich durch diesen Schicksalsschlag gefunden habe, bin ich das schon.

»Was kann ich sonst noch für dich tun?«, fragt Gage, als die Küche sauberer ist als seit Wochen.

»Nichts. Du musst morgen früh arbeiten, daher solltest du heimfahren und dich ausruhen.«

»Ich hab meinen Terminkalender für die nächsten beiden Tage freigeräumt.«

Das schockiert mich. »Warum hast du das getan?«

»Weil ich nicht will, dass du hier allein bist. Du solltest damit nicht ohne Unterstützung fertigwerden müssen.«

»Darf ich dich was fragen?«

»Natürlich.«

»Du fühlst dich doch nicht irgendwie verantwortlich für mich wegen dem, was letztes Wochenende passiert ist, oder?«

Er zuckt zurück. »Nein, zur Hölle! Natürlich fühle ich mich nicht für dich verantwortlich. Du bist mir wichtig, und ich hasse es, dass so ein Mist jemandem passiert, der das absolut nicht verdient. Darum kann ich nicht heimfahren und dich damit allein lassen.«

»'tschuldigung. Ich wollte dich nicht wütend machen.«

»Hast du nicht, aber ich fühle mich nicht für dich verantwortlich. Ich bin hier, weil ich hier sein möchte. So einfach ist das.«

Ich gehe zu ihm, lege meine Arme um seine Mitte und lehne meinen Kopf an seine feste Brust. »Und so kompliziert.«

»Es muss nicht kompliziert sein.«

Männer sind so naiv. Wenn Sex im Spiel ist, wird es immer kompliziert. Doch ich lasse ihm seine Illusionen. »Du kannst gehen, Gage. Ich komme klar.«

Seine Arme halten mich, und es fühlt sich für mich an, als wäre ich genau hier zu Hause. Natürlich unterdrücke ich das sofort. Er ist nicht mein Zuhause. Nach dem heutigen Tag bin ich entschlossener als je zuvor, mein eigenes Zuhause zu sein. Man muss sich ja nur ansehen, wohin es mich gebracht hat, all mein Vertrauen in einen Mann zu setzen.

Ich beginne mich von Gage zu lösen.

Er zieht mich enger an sich. »Stoß mich nicht weg, Iris. Ich möchte dir helfen.«

»Das hast du schon. Du warst den ganzen Tag bei mir, aber du kannst das nicht für mich in Ordnung bringen. Das kann ich nur selbst tun.«

»Trotzdem musst du es ja nicht allein tun.«

»Ich weiß. Das werde ich auch nicht, doch im Moment kann ich niemandem etwas geben, selbst dir nicht.«

»Ich will nichts anderes als die Erlaubnis, hierzubleiben.« Er schaut mich an, und in seinen Augen lese ich Fürsorge und Zuneigung. »Kann ich heute bei dir übernachten?«

Ich hasse es, dass ich nicht will, dass er geht, dass ich ihn hierhaben will, damit er mir versichert, dass alles wieder in Ordnung kommt. Aber ich freue mich auch, dass er für mich da sein will. »Ja, gern.«

Nachdem ich mich davon überzeugt habe, dass die Außenbeleuchtung ausgeschaltet ist und die Türen abgesperrt sind, nehme ich ihn mit nach oben. »Achte nicht weiter auf die Unordnung in den Kinderzimmern.«

»Ich gucke gar nicht hin, und außerdem hatte ich ja selbst Kinder, schon vergessen? Ich weiß genau, wie unordentlich sie sind.«

»Nach dem, was ich heute erfahren habe, ist Mikes Tod plötzlich wieder so präsent. Trotzdem ist es natürlich nichts im

Vergleich zu dem, was du verkraften musstest. Es erscheint mir fast albern, dass ich mich deswegen so anstelle.«

»Bitte lass das. Was heute passiert ist, war ein schwerer Schock für dich, und du hast alles Recht der Welt, deswegen nicht du selbst zu sein.«

»Ich glaub nicht, dass ich den Tod meiner Kinder zusätzlich zu dem von Mike überstanden hätte.«

»Doch, hättest du, weil einem gar nichts anderes übrig bleibt, als weiterzumachen, egal wie schwer der Verlust war.«

»Ich hoffe, du weißt, wie sehr ich dich dafür bewundere, dass du dich ins Leben zurückgekämpft hast und wie du anderen hilfst, indem du sie an deiner Reise teilhaben lässt.«

»Es hilft mir ja auch, sonst würde ich es nicht tun.«

»Unterschätze nicht, wie viel deine Worte anderen bedeuten.«

»Warum reden wir jetzt eigentlich von mir? Heute geht es um dich.«

»Es geht um uns beide, darum, wie wir unseren Weg finden, und um die Suche nach Bedeutung in dem, was bleibt.«

»Bedeutung in dem, was bleibt«, wiederholt er. »Das gefällt mir. Darf ich das in einem Post verwenden?«

»Natürlich.«

»Ich verweise auch auf dich als Urheberin.«

»Musst du nicht.«

»Will ich aber.«

»Übrigens … Ich habe dieses Zimmer nach Mikes Tod komplett neu eingerichtet.« Seither hat es mir allein gehört – und selbstverständlich meinen Kindern.

»Gut zu wissen.«

Er zieht sich bis auf die Unterhose aus und deutet auf eine Tür. »Ist da das Badezimmer?«

»Ja, und im Schrank sind unbenutzte Zahnbürsten. Fühl dich ganz wie zu Hause.«

»Danke.«

Zum ersten Mal seit Stunden blicke ich auf mein Handy. Meine Mutter hat mir geschrieben, dass die Kinder sich klaglos ins Bett haben bringen lassen und ganz brav sind.

Sie würde es mir allerdings auch nie sagen, wenn es anders wäre. Gewöhnlich erfahre ich nur von ihnen selbst davon. Sophia erzählt es manchmal, wenn Tyler Grandma eine freche Antwort gegeben oder Laney einen Trotzanfall bekommen hat, als es Zeit zum Schlafengehen war. Wenn ich meine Mutter nach diesen Dingen frage, tut sie es als unbedeutend ab.

»Sie waren ganz lieb«, behauptet sie immer. Ich verstehe, dass sie mir keine Sorgen bereiten möchte, und ich bin dankbar, wann immer sie und mein Dad solche Dinge allein regeln, sodass ich es nicht tun muss. Schließlich habe ich selbst oft genug damit zu tun, was übrigens eine der schwersten Sachen am Dasein als Alleinerziehende ist – keinen anderen Erwachsenen zu haben, der einem den Rücken stärkt, wie Mike es sonst immer getan hat.

Ich war so damit beschäftigt, drei Kinder und den Haushalt zu versorgen, mich um unsere Beziehung zu kümmern und ein paar Freundschaften zu pflegen, dass ich überhaupt nicht mitgekriegt habe, dass mein Mann direkt unter meiner Nase ein Doppelleben geführt hat. Die Firma, die er und Steve gegründet haben, hatte einen großen Auftrag von einem Unternehmen in Denver erhalten, das auch Büros in der Region hier hatte. Eine Weile lang haben Mike und Steve ein Apartment in der Nähe des Flughafens in Denver gemietet, das sie benutzt haben, wann immer sie dort längere Zeit zu tun hatten. Manchmal waren das bei Mike eine oder sogar zwei Wochen. Ich erinnere mich, dass ich es furchtbar fand, die Kinder allein versorgen zu müssen – und das war, bevor wir Laney gekriegt haben, das dritte Kind, das wir Mikes Ansicht nach so dringend brauchten, um als Familie komplett zu sein.

»Woran denkst du gerade?«, erkundigt sich Gage, als er aus dem Badezimmer kommt und sich neben mich aufs Bett setzt.

»Daran, dass Mike manchmal ein oder zwei Wochen in Denver gearbeitet hat und dass ich nach all der Mühe, die nötig war, um unsere Ehe nach seinem ersten Fehltritt zu retten, nie Verdacht geschöpft hab, dass er mich betrügt, während er dort war. Ein Teil von mir will dringend wissen, wie das passieren konnte, wie sie sich kennengelernt haben, wie lange sie zusammen waren. War es ein One-Night-Stand, der zu dem Kind geführt hat, oder eine richtige Beziehung?«

»Was würde das Wissen um all diese Einzelheiten für dich ändern?«

»Vermutlich nichts, trotzdem wüsste ich es gerne.« Ich stehe auf und gehe ins Badezimmer. Als ich ein paar Minuten später die Tür öffne, liegt er schon im Bett.

»Ich hab mir gedacht, dass das hier deine Seite ist, weil der Nachttisch so voll ist.«

»Da hast du richtig gedacht.« Ich hab mir meine Flanell-Pyjamahose angezogen und ein langärmliges T-Shirt, weil ich fast immer friere. Als ich mich ins Bett lege, streckt Gage die Arme nach mir aus.

Ich schmiege mich an ihn und seufze, weil er mich genau richtig hält.

9

Iris

»Weißt du, was mich beinahe wütender macht als das, was Mike getan hat?«

»Was denn?«

»Dass Steve ohne mein Wissen oder meine Erlaubnis die DNA meines Sohnes hat testen lassen. Wer tut so was?«

»Ich fand das auch komisch. Ich meine, ich verstehe, dass er Beweise wollte, bevor er damit zu dir kommt, aber das mit dem DNA-Test wäre deine Entscheidung gewesen, nicht seine.«

»Genau, da hat er eindeutig eine Grenze überschritten.«

»Absolut.«

»Seine Absichten waren gut, das glaube ich. Trotzdem …«

»Die ganze Geschichte ist einfach unglaublich, von Anfang bis Ende.«

»Ich bin mir nicht sicher, wie ich überhaupt zu dem Ganzen stehe. Was würdest du tun, wenn du erfahren würdest, dass Natasha so etwas vor dir geheim gehalten hat?«

»Das weiß ich nicht.«

»Nicht, dass sie das je getan hätte, doch ich habe auch nie geglaubt, dass Mike das tun würde, besonders nachdem er sich so ins Zeug legen musste, damit ich ihm überhaupt eine zweite Chance gebe.«

»Warum hast du das eigentlich getan? Ihm eine zweite Chance geben, meine ich.«

»Na ja, es hat ihm so entsetzlich leidgetan, und er hat es so bereut, hat die ganze Schuld auf sich genommen. Er hat gesagt, er könne noch nicht mal erklären, warum er es getan hat, weil er mich ja so sehr liebe. Das habe ich ihm abgekauft, denn wann immer er mit mir zusammen war, habe ich genau das bei ihm gespürt. Außerdem war ich damals mit Tyler schwanger, daher war die Vorstellung, ihn zu verlassen, beinah mehr, als ich ertragen konnte.«

»Verstehe.«

»Ich hab ihn geliebt. So, so sehr. Es hat mir beinah das Herz gebrochen, als ich rausgefunden habe, dass er mir untreu gewesen war. Aber ich hab wirklich geglaubt, wir hätten unsere Ehe gekittet. Doch was wusste ich schon?«

»Unter Witwen und Witwern findet man oft genug Leute, die ihre verstorbenen Partner auf ein Podest heben, als würden wir all das an ihnen vergessen, was uns zu ihren Lebzeiten schier wahnsinnig gemacht hat, und uns nur an das Gute erinnern.«

»Ja, stimmt. Wir reden total schwülstig über unsere lieben Verstorbenen, ohne einen Gedanken daran zu verschwenden, wie oft wir sie bitten mussten, den Müll rauszubringen, oder dass sie glaubten, eine Medaille zu verdienen, weil sie sich um ihre eigenen Kinder gekümmert haben.«

»Genau.«

»Was hat dich an Natasha gestört?«

»Sie war so unfassbar unordentlich. Ich musste ständig hinter ihr herräumen. Ich hab sie immer ›Pig Pen‹ genannt, nach diesem Jungen bei Charlie Brown. Sie war wie in eine Wolke Unordnung gehüllt. Und von ihrem Auto will ich gar nicht erst anfangen. Ich hab es immer als ›die rollende Müllkippe‹ bezeichnet.«

Ich muss lachen. »Mit meinem Auto kann ich auch keinen Staat machen, aber daran sind die Kinder schuld, insbesondere an der Krümelschicht, die in die Fußmatten eingerieben ist.«

»Ihr Auto sah schon so aus, bevor wir die Mädchen bekommen haben. Und danach wurde es nur schlimmer.«

»Was sonst noch?«

»Sie konnte nichts zu Ende bringen. Sie hat mit irgend-einem großen Projekt begonnen, dann das Interesse verloren und es einfach liegen lassen, um sich etwas Neuem zuzuwenden. Wir haben uns oft darüber gezankt, dass sie immer was Neues angefangen hat, bevor das Alte fertig war.«

»So wie du über sie redest, kann ich mir gar nicht vorstellen, dass du dich überhaupt mit ihr gestritten hast.«

»Oh, wir hatten alle paar Wochen eine lautstarke Auseinan-dersetzung. Wir haben versucht, das nicht vor den Mädchen auszutragen, doch manchmal ist es trotzdem passiert, wenn die beiden da waren. Allerdings sind wir auch schnell wieder darüber hinweggekommen. Ich konnte ihr nie lange böse sein, sogar wenn ich das eigentlich wollte. Hast du dich mit Mike gestritten?«

»Nicht wirklich. Ich bin schon immer konfliktscheu gewe-sen. In der ersten Klasse hatte ich eine Lehrerin, die ständig rumgeschrien hat, und das hat mir solche Magenschmerzen verursacht, dass meine Eltern mit mir von einem Arzt zum nächsten ziehen mussten, bis einer von denen das mit der Lehrerin in Verbindung gebracht hat. Zank und Konflikte vertrage ich schlecht, daher vermeide ich sie. Im Nachhinein muss ich zugeben, dass das vermutlich nicht der beste Weg ist, eine Ehe zu führen.«

»Du hast nichts Falsches getan, Iris.«

»Wie kannst du das sagen, wo du doch weißt, dass Mike nebenbei eine zweite Familie hatte?«

»Daran trägt er die Schuld, nicht du.«

»Trotzdem muss ich irgendwas getan haben – oder auch *nicht* getan haben –, um ihn so weit zu bringen. Wir hatten drei kleine Kinder. Ich war nicht immer die aufmerksamste Ehefrau.«

»Noch mal: Das ist nicht deine Schuld. Wenn er mit einer anderen zusammen sein wollte, hätte er dir das sagen müssen.«

»Aber er wusste ja, wie schlecht ich mit Konflikten umgehen kann. Vielleicht dachte er, es wäre besser, es für sich zu behalten.«

»Es gibt keine Entschuldigung dafür, dir untreu zu werden, ein Kind außerhalb seiner Ehe zu zeugen und billigend in Kauf zu nehmen, dass du nach seinem Tod davon erfährst.«

»Was glaubst du, wo sie die ganze Zeit gesteckt hat?«

»Wäre es möglich, dass sie gar nicht gewusst hat, dass er gestorben ist?«

»Möglich, wenn auch extrem unwahrscheinlich. Der Absturz war überall in den Nachrichten, hier und in Denver. Die meisten anderen Passagiere stammten von dort.«

»Irgendwas muss sich bei ihr geändert haben, dass sie sich jetzt gemeldet hat«, erklärt er. »Vielleicht war sie selbst verheiratet, und die Ehe ist zerbrochen, daher droht sie mit der Klage, weil sie Geld braucht. Oder vielleicht hat Mike ihr versprochen, dass für sie gesorgt wäre, falls ihm je etwas zustoßen sollte, und als da nichts passiert ist, hat sie beschlossen, die Sache selbst in die Hand zu nehmen. Es könnte alles sein.«

»Ich vermute, ich werde mit ihr reden müssen, wenn ich Antworten auf diese Fragen haben will.«

»Oder du könntest das den Anwälten überlassen.«

»Ihr Sohn ist der Halbbruder meiner Kinder.«

»Sie müssen nie von ihm erfahren, wenn du das nicht möchtest.«

»Mikes Familie wird ihn kennenlernen wollen. Das Kind ist schließlich eine Verbindung zu ihm.« Ich hole tief Luft und atme langsam aus. »Der Gedanke, Leuten davon zu erzählen, die ihn gekannt haben, ist einfach überwältigend.«

»Dann überlass das Rob. Er soll alle informieren, die es etwas angeht. Das musst ja nicht du tun.«

»Das wird verändern, wie die Leute sich an ihn erinnern.«

»Das ist ebenso wenig deine Schuld.«

»Ich habe immer über seinen Ruf gewacht. Es war wichtig für mich, dass die Kinder ihn als einen Mann sehen, zu dem sie aufschauen und dem sie nacheifern können.«

»Das muss sich ja nicht ändern. Ich vermute, du bringst ihnen bei, dass jeder mal Fehler macht, sogar Eltern.«

»Waren wir vielleicht der Fehler? Hat er in Wahrheit sie geliebt?«

»Ich hasse es, dass du dich mit diesen Fragen quälst. Du weißt, er hat dich und die Kinder geliebt.«

»In dem Punkt war ich mir immer so sicher, selbst als er mich betrogen hat. Nicht in meinen wildesten Träumen hätte ich gedacht, dass er nach dem ersten Mal wieder eine andere haben würde – geschweige denn, dass er sogar ein Kind mit ihr haben würde. Wie habe ich davon nichts mitbekommen können?«

»Aufgrund seines Berufs ist er viel unterwegs gewesen. Er hat sich um die Angelegenheit mit ihr gekümmert, wenn er nicht hier war.«

»War er bei ihr, als das Baby geboren wurde? Was hab ich zu der Zeit gedacht, wo er war?«

»Mit diesen Fragen machst du dich noch ganz verrückt.«

»Ich möchte die Details wissen.«

»Sag mir eines: Was wird sich ändern, wenn du das alles genau weißt? Mike wird trotzdem eine Affäre und ein Kind mit einer anderen gehabt haben. Nichts, was du herausfinden kannst, wird an dieser Tatsache etwas ändern. Doch die Dinge, die du zutage förderst, könnten dich noch mehr verletzen, als das bisher passiert ist.«

»Stimmt.« Ich drehe mich um, sodass ich ihn direkt ansehen kann. »Was würdest du tun, wenn du an meiner Stelle wärst?«

Er streichelt mir zärtlich übers Gesicht, was ich überall an meinem Körper spüre. »Wahrscheinlich würde ich alle schmutzigen Einzelheiten wissen wollen, obwohl mir klar wäre, dass es mir danach nicht besser geht.«

»Ich hab Angst, dass ich nicht mehr in der Lage sein werde, meine Kinder zu versorgen. Das ist immer meine größte Angst, seit ich alleinerziehende Mutter bin.«

»Wenn es für dich dadurch in irgendeiner Weise schwieriger wird, solltest du es lassen.«

»Es ist erstaunlich, wie das Schlimmste, was einem je zugestoßen ist, mit einem Mal noch schlimmer werden kann, oder?«

»Du bist so viel stärker, als du direkt danach warst. Das sind wir alle. Wir haben etwas überstanden, was wir früher für unmöglich gehalten hätten. Wir haben mit all der Würde und

Entschlossenheit, die wir in uns hatten, weitergemacht, und das wirst du auch weiterhin tun, sogar jetzt. Ich habe großes Vertrauen in dich.«

Seine Worte wecken etwas in mir, das nichts zu tun hat mit der Trauer oder dem Herzschmerz und alles mit dem Mut, den du brauchst, um weiterzuleben, wenn deine ganze Welt auf den Kopf gestellt wird. Ich rücke näher zu ihm und küsse ihn auf den Mund, hoffe, dass er den Kuss erwidert. Das tut er. Eine Sekunde lang. Dann löst er sich von mir.

»Iris, Süße … Du bist aufgewühlt. Ich möchte das nicht ausnutzen.«

»Keine Sorge. Du gibst mir vielmehr etwas, was ich mir heute Abend wünsche und was ich brauche. Ich muss spüren, dass ich noch da bin, dass ich eine Überlebende bin und kein Opfer. Ich bin durcheinander, ja, aber das Einzige, was ich mit Sicherheit weiß, ist, dass ich mich wieder so fühlen möchte wie am Wochenende. Mit dir.«

»Das ist nicht der Grund, weshalb ich bei dir geblieben bin … dass ich das gewollt hätte. Auch wenn ich das natürlich tue.« Er schließt die Augen und holt tief Luft. »Verdammt noch mal, ich vermassele das komplett.«

Ich beginne zu lachen und kann nicht mehr aufhören. Ich lache so heftig, dass mir Tränen in die Augen treten. Ich lache, bis er uns herumrollt, sodass er auf mir liegt und auf mich herabschaut, mit dem intensiven Blick, der mich von dem Moment an fasziniert hat, in dem ich ihn kennengelernt habe. Seine Augen sagen so viel darüber, wer und was er ist. Und nie habe ich ihn konzentrierter gesehen als genau jetzt, und er starrt mich mit einer Mischung aus Verärgerung und Belustigung an.

»Bist du fertig?«, fragt er.

Das löst einen neuen Lachanfall bei mir aus.

Er küsst mich, bis ich mit dem Lachen aufhöre und den Kuss zu erwidern beginne.

Ich schlinge ihm die Arme um den Hals und meine Beine um seine Hüften, drücke mich gegen seine harte Erektion. Das ist es, was ich brauche. *Er* ist, was ich brauche. Er gibt mir das

Gefühl, auf eine Weise lebendig zu sein, wie ich es seit dem Absturz nicht mehr gewesen bin.

Seine Hände gleiten über meinen Körper, und er hält mich fest, während er sich an mir reibt, ohne den Kuss zu unterbrechen.

Ja, ja, ja!

Als er mich berührt und mich küsst, habe ich keine Kapazitäten mehr frei, um über die nächsten Katastrophen nachzugrübeln, die mich ereilen könnten. Es gibt nur Raum für ihn, mich und uns und dies. Schnell hat er mich und sich von allen Kleidern befreit, dann ist er schon in mir, fordert meine ganze Aufmerksamkeit.

Er senkt den Kopf und nimmt eine meiner Brustspitzen in den Mund, und ich komme beinahe angesichts der überwältigenden Gefühle, die das in mir auslöst.

Ich klammere mich an ihn, will diese Empfindungen bis zur Neige auskosten, weil nur das hier die Dunkelheit in Schach halten kann und mir hilft zu vergessen. Meine Hände streichen über seinen Rücken und nach unten zu seinen muskulösen Pobacken, während er sich in mich stößt, mich daran erinnert, dass ich immer noch Frau bin, noch so viel zu geben habe.

Diese Erinnerung habe ich so dringend gebraucht.

»Schau mich an«, flüstert er.

Ich öffne die Augen und blinzele, bis ich sein Gesicht scharf vor mir sehe, so sexy und attraktiv und hingebungsvoll. Seine ganze Aufmerksamkeit zu haben ist ein Geschenk.

»Du bist umwerfend, und jeder, der nicht begreift, was er an dir hat, ist ein gottverdammter Narr.«

Nichts, was er hätte sagen können, könnte mir mehr bedeuten als das.

Wir sehen einander tief in die Augen, dann streichelt er mich zwischen den Beinen und löst einen Orgasmus aus, der aus den tiefsten Tiefen in mir aufsteigt. Ich fühle mich gereinigt, für einen Moment frei von dem Stress und dem Schock, die mich seit Stunden im Griff halten. Als ich vom Gipfel hinabsinke, rechne ich damit, dass die Dunkelheit zurückkehrt.

Doch das tut sie nicht. Ich fühle mich zu gut für irgendwelche düsteren Gedanken.

»Es könnte sein, dass ich eine regelmäßige Dosis deiner besonderen Therapie brauche.«

Sein raues Lachen entlockt mir ein Lächeln. »Jederzeit, Babe.«

»Du sorgst dafür, dass ich mich nicht mehr grässlich fühle. Dafür bin ich dir unglaublich dankbar.«

»Gleichfalls.« Er küsst mich auf Stirn und Lippen. »So gut habe ich mich tatsächlich seit Langem nicht mehr gefühlt.«

»Das freut mich. Das wünsche ich mir für dich.«

»Und ich mir für dich.«

»Aber keine Beziehung.«

»Genau.«

Wieder funkelt da ein Anflug von Belustigung in seinen Augen, als er seinen früheren Standpunkt bestätigt.

Und das ist in Ordnung. Wenn alles, was wir haben, das hier ist, dann ist das mehr als genug. Wenigstens versuche ich mir das einzureden.

## Gage

AM NÄCHSTEN MORGEN scheint es ihr besser zu gehen. Ich möchte gern glauben, dass es am Sex liegt, den wir heute Nacht dreimal hatten. Obwohl ich eigentlich erschöpft sein müsste, nachdem ich kaum geschlafen hab, fühle ich mich energiegeladen und bin entschlossen, ihr bei allem beizustehen, was der heutige Tag bringen mag.

Mir fällt auf, dass ich keine Schuldgefühle mehr habe, wenn ich mit ihr schlafe, vermutlich weil wir schon lange Freunde sind und ich zudem davon überzeugt bin, dass Natasha sie genauso gern gemocht hätte, wie ich es tue. Das hilft mir, meinen Frieden damit zu machen, mit einer Frau intim zu sein, die nicht meine Ehefrau ist. Bei irgendeiner Zufallsbekanntschaft wäre es viel schwieriger für mich.

»Du kannst zur Arbeit fahren, Gage«, erklärt Iris beim Kaffee. »Ich werde nicht zusammenbrechen.«

»Ich kann von hier aus arbeiten. Es sei denn, du wärst lieber allein.«

»Ich hab dich gern um mich, aber ich will nicht, dass du meinetwegen Arbeit versäumst.«

»Als Natasha und die Mädchen noch gelebt haben, habe ich nie einen Arbeitstag ausfallen lassen, habe kaum Urlaub genommen, und wenn wir in den Ferien waren, war ich im Geist immer halb bei meinem Job, sodass ich die freie Zeit kaum genießen konnte. Ich bereue es inzwischen so sehr, dass ich nicht wirklich für sie da gewesen bin, mich hab ablenken lassen. Mittlerweile habe ich gelernt, was im Leben wirklich wichtig ist, und die Arbeit steht bestimmt nicht mehr ganz oben auf dieser Liste.«

»Das war auf jeden Fall eine schwierige Lektion.«

»Für diese Erkenntnis musste ich erst alles verlieren, was mir wichtig war. Darauf bin ich wirklich nicht stolz, selbst wenn ich auf die Firma stolz bin, die ich aus dem Nichts aufgebaut hab. Doch wenn die nicht gelegentlich ohne mich funktioniert, dann war alles umsonst.«

»Das stimmt wohl.«

»Ich hab immer gedacht, alles würde in sich zusammenfallen, wenn ich mich nicht jede Minute jedes Tages persönlich um alles kümmere. Nach dem Unfall, als ich ein halbes Jahr gar nicht gearbeitet habe, habe ich herausgefunden, wie unwichtig ich bin.«

»Du hast vielmehr herausgefunden, was für ein wunderbares Team du um dich geschart hattest, das alles sogar ohne dich am Laufen halten konnte.«

»Warum habe ich das nicht schon früher erkannt? Warum musste ich dafür Nat und die Mädchen verlieren?«

»Das weiß ich nicht, und es tut mir leid, dass du deswegen Schuldgefühle hast.«

»Ich habe gelernt, dass Zeit mit den Menschen, die uns am Herzen liegen, das Einzige ist, was wir haben können. Sicher, wir müssen auch arbeiten und unseren Lebensunterhalt verdienen, trotzdem dürfen wir nicht zulassen, dass das das Wichtigste in unserem Leben wird, denn das ist es nicht.«

»Hast du dazu schon was gepostet?«

»Noch nicht. Ich war noch nicht bereit, mir diese Schuldgefühle einzugestehen.«

»Es ist eine echt wichtige Botschaft, die irgendjemand dort draußen dringend hören muss.«

»Ja, da hast du vermutlich recht. Ich denke nachher darüber nach. Heute habe ich darüber gepostet, dass man nie weiß, was hinter der nächsten Wegbiegung liegt, und wie gut es ist, wenn man sich an dem inneren Frieden und der Unbeschwertheit freuen kann, solange man sie hat.«

»Eine weitere gute Botschaft.«

»Inspiriert durch das, was du gestern erlebt hast.«

»Ich hab heute in der Dusche darüber nachgedacht, wie es war, als Mike zeitweise in Denver gelebt hat, und wie oft ich vorhatte, ihn dort zu besuchen, nur dass er es immer in letzter Minute absagen musste, weil ›ein Flug dazwischengekommen ist‹. Ich frage mich, ob er jedes Mal gelogen hat, wenn er mir das erzählt hat, oder auch, wenn er von dort nicht wie geplant heimkehren konnte, weil der Wetterbericht ungünstig war. Schließlich habe ich mir nie die Mühe gemacht, das zu überprüfen. Warum sollte ich auch? Wenn mein Mann mir gesagt hat, er könne nicht fliegen, habe ich ihm geglaubt.«

»Du hattest keinen Grund, an seinen Worten zu zweifeln, und ich bin mir sicher, dass er nicht jedes Mal gelogen hat.«

»Ich bin ganz bestimmt niemand, der anderen blind vertraut. Ich gehe keine Beziehung mit einem Typen ein und überlasse ihm alles, denke, dass er immer das Richtige tut. Ich hab mich immer auch um unsere Finanzen gekümmert, damit ich im Notfall wusste, was los war. Ich habe darauf bestanden, dass wir alle großen Entscheidungen gemeinsam treffen. Ich habe dafür gesorgt, dass ich jeden Tag mit ihm geredet habe, selbst wenn er nicht hier war, sodass wir miteinander in Verbindung blieben. Ich hab nie ein Telefonat mit ihm beendet, ohne ihm zu sagen, dass ich ihn liebe. Das hat mich getröstet, nachher. Dass er wusste, wie sehr ich ihn geliebt habe.«

»Ich hab nicht den geringsten Zweifel, dass du ihm eine wunderbare Ehefrau warst.«

»Wie konnte dann das hier passieren?«

10

**Iris**

Im hellen Licht des Tages kann ich es nicht länger vermeiden, egal wie gern ich das würde. Ich will wissen, was passiert ist und warum.

Mein Handy klingelt, meine Mutter ruft an. »Da muss ich ran.«

»Nur zu. Ich checke inzwischen meine E-Mails.«

»Hi, Mom. Wie läuft's?«

»Absolut prima, wie immer. Sie sind total brav. Wie geht es dir?«

»Einigermaßen.«

»Daddy und ich können einfach nicht glauben, dass Mike Schuld an dem Absturz haben soll. Er war so sorgfältig und immer so auf Sicherheit bedacht.«

»Ja, das stimmt.« Ich schlucke die aufwallende Übelkeit runter, die mir beim Gedanken daran in der Kehle brennt, was ich ihr jetzt sagen muss. »Nachdem du gestern mit den Kindern losgefahren bist, war Steve da. Du erinnerst dich noch an ihn, oder? Mikes Geschäftspartner.«

»Natürlich. Er muss genauso aufgewühlt sein wie du.«

»Ist er, aber er hat mir noch was erzählt, von dem ich nichts wusste, etwas, das mir den Boden unter den Füßen weggezogen hat.«

»Was denn?«

»Er hat mir eröffnet, Mike habe ein Kind mit einer Frau in Denver.«

»Nein.«

»Er hat Beweise.«

»Was für Beweise denn, und woher hat er die?«

Ich erzähle ihr von dem DNA-Test.

»Er hat eine DNA-Probe von Tyler genommen, ohne vorher deine Zustimmung einzuholen, und dann hat er sie mit der DNA des anderen Kindes vergleichen lassen? Das ist unerhört!«

»Genau, und das werde ich ihm auch sagen, doch er wollte Gewissheit haben, bevor er damit zu mir gekommen ist.«

»Warum musstest du das denn überhaupt erfahren? Was nützt es dir, das zu wissen?«

»Sie droht damit, mich und die Firma auf Kindesunterhalt zu verklagen.«

»Nein! Unmöglich. Was wirst du tun?«

»Dagegen angehen, vermute ich«, erwidere ich, obwohl allein daran zu denken mich schon erschöpft. »Meine Freundin Joy ist Anwältin und auf Familienrecht spezialisiert, und sie überprüft das, um mir eine Einschätzung zu meiner Lage zu geben.«

»Wie um alles in der Welt kannst du einer Frau und ihrem Kind gegenüber haften, von deren Existenz du vor gestern noch nicht einmal etwas geahnt hast?«

»Das weiß ich nicht. Es ist ja schon alles abgewickelt, daher muss geklärt werden, ob sie mich persönlich verklagen kann.«

»Meine Güte. Gerade als ich dachte, es könnte nicht schlimmer werden. Wie konnte er dir das nur antun?«

»Das ist eine sehr gute Frage.«

»Es tut mir so leid, Süße. Und das ausgerechnet jetzt, wo du gerade dein Strahlen zurückbekommen hast.«

Ich hasse die Tränen, die ich in ihrer Stimme höre. Wir haben in den letzten zwei Jahren genug Tränen vergossen. »Ich werde mich auf keinen Fall davon zurückwerfen lassen, Mom. Ich bin am Boden zerstört, weil ich so was über den Mann erfahren habe, von dem ich dachte, ich würde ihn kennen, und ich bin auch niedergeschmettert wegen des Berichts der NTSB, aber ich kann nicht wieder dahin zurück, wo ich war, als ich ihn gerade verloren hatte. Das ist ausgeschlossen.«

Gage zeigt mir zwei nach oben gereckte Daumen, als ich das sage.

Ich antworte mit einem Lächeln.

»Ich bin so froh, das zu hören«, meint Mom. »Wir möchten dich nie wieder so am Boden zerstört erleben wie kurz nach dem Absturz.«

»Das wird nicht passieren. Ich hab gelernt, dass man immer nach vorne schauen muss.«

»Ich bin jeden Tag stolz auf dich, Iris, doch heute ganz besonders.«

»Danke. Du weißt, was mir das bedeutet.«

»Ich hole nachher die Kinder ab, damit sie noch eine Nacht bei uns bleiben. Lass dir Zeit, mit alldem fertigzuwerden, und mach dir keine Sorgen um sie. Kümmere dich nur um dich.«

»Ich verdiene dich nicht.«

»Quatsch, natürlich tust du das. Und du kannst dich dafür revanchieren, wenn ich in gar nicht allzu langer Zeit alt und klapprig bin, du mich füttern musst und ich Windeln brauche.«

»Haha, das wird noch eine ganze Weile auf sich warten lassen, und du weißt ja, dass ich immer für dich da sein werde, so wie du für mich da bist.«

»Hab dich lieb, Süße. Melde dich, falls du was brauchst.«

»In Ordnung. Und ich ruf an, um den Kindern Gute Nacht zu sagen. Morgen übernehme ich dann wieder meine Pflichten.«

»Wirst du's ihnen erzählen?«

»Jedenfalls nicht sofort. Vielleicht später, wenn sie älter sind und eher in der Lage, die Konsequenzen zu begreifen.«

»Da hast du recht. Im Moment sind sie noch zu jung. Wir sprechen uns nachher.«

Ich lege auf und bin dankbarer als gewöhnlich für meine

großartige Mutter, was etwas heißen will. »Gott sei Dank gibt es wunderbare Mütter«, bemerke ich an Gage gewandt.

»Sie ist großartig, und ich liebe es, dass ihr beide euch so nahesteht.«

»Wir sind ein Team, seit ich ganz klein war und sie mit mir mitten in der Nacht auf und davon ist, um aus ihrer gewalttätigen Ehe mit meinem leiblichen Vater zu entkommen. Ihre eigene Mutter hat ihr nie vergeben, dass sie mit Darryl einen Weißen geheiratet hatte. Meine Mom meint immer, das einzig Gute, was er mir gegeben hat, sei meine wunderschöne Hautfarbe, die eine perfekte Mischung von ihnen beiden sei.«

»Ich stimme ihr zu, dass deine Haut eine tolle Farbe hat, und ich hätte nie erraten, dass Jimmy dein Stiefvater ist.«

»Er ist wirklich großartig. Sie hat ihn kennengelernt, als ich fünf war, und er ist zu uns beiden unglaublich gut gewesen.«

»Triffst du deinen leiblichen Vater manchmal?«

»Unregelmäßig und selten. Meine Mom hat das alleinige Sorgerecht beantragt und es erhalten. Sie hat nur Besuche unter Aufsicht zugelassen, worum er selten genug gebeten hat. Das letzte Mal, dass ich von ihm gehört habe, war nach Mikes Tod. Er hat erklärt, er wolle für mich und für die Kinder da sein, und das hat er auch eingehalten, so gut er es eben kann. Aber Jimmy ist mein eigentlicher Dad und der Grandpa meiner Kinder.«

»Haben er und deine Mutter noch weitere Kinder?«

»Drei. Ich nenn sie immer meine ersten Babys. Ich liebe sie sehr, und meine Mom ... Sie hat aus Zitronen Limonade gemacht. Solange ich denken kann und auch jetzt noch nimmt sie Frauen bei sich auf, die in ihren Beziehungen Gewalt ausgesetzt waren, und gibt ihnen bei uns ein Zuhause. Über die Jahre zusammengerechnet waren das bestimmt hundert.«

»Wow, das ist unglaublich.«

»Sie hat nie vergessen, wie schwierig es war, aus dieser Situation rauszukommen, oder was für einen Unterschied die Freundlichkeit von Fremden bedeuten kann.«

»Ist es denn sicher, sie aufzunehmen?«

»Es gab schon ein paar heikle Situationen, doch bislang ist nichts Schlimmes passiert.«

»Jedenfalls ist es bewundernswert, dass sie das tut.«

»Sie würde dir antworten, dass das, nachdem sie ihre vier Kinder großgezogen hat, ihre Lebensaufgabe ist. Sie hat, während ich und meine Geschwister noch zu Hause waren, ihren Abschluss als Sozialarbeiterin gemacht und ist bei zwei verschiedenen Agenturen, die sich auf den Bereich häusliche Gewalt spezialisiert haben – und außerdem hilft sie mir mit den Kindern, wann immer ich sie brauche. Sie ist ein echtes Superweib.«

»Wie ihre Tochter.«

»O bitte. Ich gebe mir Mühe, wenigstens ein bisschen wie sie zu sein, aber da kann ich auf keinen Fall mithalten.«

»In welchem Beruf hast du eigentlich gearbeitet, bevor du die Kinder gekriegt hast?«

»Ich war jahrelang im Onlinemarketing tätig. Manchmal übernehme ich noch einzelne Projekte aus dem Bereich auf Honorarbasis, doch in letzter Zeit war ich mit etwas anderem beschäftigt, wovon ich ziemlich begeistert bin.«

»Und was ist das?«

»Ich hab's noch niemandem erzählt.«

»Okay, jetzt musst du es mir sagen, sonst sterbe ich vor Neugier.«

»Bitte benutz das Wort ›sterben‹ nicht leichtfertig. Davon hatten wir weiß Gott genug.«

»Dann solltest du besser damit rausrücken.«

Ich nehme mein Handy und suche, was ich ihm zeigen will, bevor ich ihm das Smartphone reiche.

»Was ist das?«

»TikTok.« Ich muss über seine verwirrte Miene lachen.

»Ich glaube, davon habe ich schon mal gehört.«

»Wie kannst du so erfolgreich auf Instagram sein und gleichzeitig nichts über TikTok wissen?«, frage ich ihn belustigt.

»Ich weigere mich, es mit noch einer weiteren Social-Media-Plattform aufzunehmen. Bei Insta am Ball zu bleiben, erfordert all meine Kraft.«

»Vor ungefähr einem Jahr habe ich angefangen, Lifehacks für Alleinerziehende zu posten. Nur ein paar unbedeutende

Kleinigkeiten, die mir das Leben als plötzlich verwitwete Mom von drei kleinen Kindern leichter gemacht haben. Na ja, und das hat irgendwie eine Eigendynamik entwickelt ...« Ich nehme das Telefon und tippe ein paarmal auf das Display, bevor ich es ihm wieder hinhalte.

Ihm fallen fast die Augen aus dem Kopf, als er liest, dass ich eins Komma zwei Millionen Follower habe. »Iris! Was zur Hölle? Du hast über eine Million Follower?«

»Ich weiß. Und es melden sich beinahe täglich Firmen bei mir, die mir Sponsorenverträge anbieten. Es ist weit erfolgreicher, als ich je erwartet hätte, sodass ich jetzt einen Businessplan dafür entwerfe, wie ich damit Geld verdienen kann.«

»Warum hast du das uns gegenüber nie erwähnt?«

»Ach, es war bloß was, womit ich ein bisschen herumexperimentiert habe. Ich hätte nie gedacht, dass was daraus wird.«

»Das ist unglaublich. Meinen Glückwunsch.«

»Danke. Es war ein netter Zeitvertreib, während die Kinder in der Schule waren. Ich kann mich eine Stunde am Tag darum kümmern und trotzdem den Haushalt und alles andere schaffen.«

»Und ich dachte, meine hunderttausend Follower seien beeindruckend.«

»Das sind sie auch. Was du tust, ist unfassbar wichtig. Es hilft so vielen Menschen. Meine Clips drehen sich nur um belangloses Zeug für Mütter.«

»Das ist nicht belanglos. Wer hätte schon gedacht, dass ein Trocknertuch im Schulrucksack den Mief vertreibt?«

Ich muss darüber lachen, wie er das sagt. »Hör auf. Es ist nichts im Vergleich dazu, verwitweten Menschen zu helfen, einen weiteren Tag zu überstehen.«

»He, hier gibt's ein paar Typen, die schreiben, du seist eine MILF.«

»Was?« Ich nehme ihm das Handy weg. »Igitt. Wie widerlich. Die blockiere ich besser gleich.«

»Bei so vielen Followern ist es ganz natürlich, wenn ein paar Spinner darunter sind. Trotzdem musst du auf der Hut sein.«

»Die Kommentare lese ich praktisch nie. Wer hat dafür schon Zeit?«

»Iris, ernsthaft. Du kannst heutzutage gar nicht vorsichtig genug sein.«

»Sie wissen ja nicht, wo ich wohne oder wer ich im echten Leben bin oder gar irgendwas über meine Kinder – außer dass ich alleinerziehende Mutter von dreien bin. Mach dir also keine Sorgen.«

»Sie können auch sehen, dass du verdammt sexy bist, und das ist der Grund, warum du da komische Leute hast, die unangemessene Kommentare hinterlassen.«

Ich stütze mein Kinn in die Hand. »Ich bin also verdammt sexy?«

Er verdreht die Augen. »Als wüsstest du das nicht.«

»Bis du es eben erwähnt hast, wusste ich das in der Tat nicht.«

»Ich bin mir sicher, Mike hat es dir auch gesagt.«

»Anfangs schon. Gegen Ende nicht mehr unbedingt.«

»Das ist eine echte Schande. Er hätte dir das jeden Tag sagen sollen.«

»Jetzt weiß ich, dass er es vermutlich einer anderen gesagt hat.« Ich breche ab, atme scharf ein. »Was, wenn es mehr als eine gegeben hat?«


## Gage


»IRIS ...«

Sie springt von ihrem Stuhl auf und verlässt das Zimmer, kehrt kurz darauf mit einem iPhone zurück, das sie an das Ladekabel auf der Theke anschließt. »Ich habe mir sein Handy noch nie angeschaut, weil ich nicht dachte, dass es dazu Anlass gäbe.«

»Vielleicht ist es auch keine so großartige Idee, wenn du das jetzt tust.« Alles in mir sträubt sich gegen das, was sie da vorhat. »Was wird es ändern, wenn du es weißt?«

»Angesichts dessen, was gestern ans Licht gekommen ist,

frage ich mich, ob ich meinen Mann jemals gekannt habe oder nur eine Version von ihm, die er für mich erschaffen hat. Ergibt das Sinn?«

»Tut es. Bloß warum kannst du die Version von ihm, die du kanntest, nicht einfach festhalten und den Rest auf sich beruhen lassen?«

»Weil ich es wissen will. Ich möchte versuchen, zu verstehen, warum er so was getan hat. War er vom Stress seines Doppellebens so abgelenkt, dass das zum Absturz geführt hat?«

Ich strecke eine Hand nach ihr aus. Sie nimmt sie und lässt sich von mir auf meinen Schoß ziehen.

»Ich möchte nicht, dass du noch schlimmer verletzt wirst. Alles, was du wissen musst, ist, dass er dir untreu war. Du musst nicht jedes Detail erfahren, denn das wird nichts ändern. Alles, was dadurch erreicht wird, ist, dass es dir mehr Schmerzen bereitet, als es dir bereits zugefügt hat.«

»Ich weiß das zu schätzen, und ich stimme dir sogar zu. Es wird mir wehtun, wenn sich herausstellt, dass es weitere Frauen in seinem Leben gab. Aber ich muss es wissen – und ich will verstehen, wieso. Ich kann diese Fragen nicht für den Rest meines Lebens mit mir rumschleppen.«

Mit meinen Armen um sie hindere ich sie am Aufstehen. »Iris, bitte … Gestern Nacht hast du gesagt, dass du manchmal Angst davor hast, nicht in der Lage zu sein, dich um deine Kinder zu kümmern. Was, wenn du auf diesem Handy was entdeckst, das genau das bewirkt?«

»Ich bin gewappnet für alles, was immer ich herausfinden werde. Ich weiß bereits, dass er nicht der Mann war, für den ich ihn gehalten habe. Ich habe ihn so geliebt. Ich habe alles dafür getan, dass unsere Ehe klappt. Ich hab gedacht, er würde mit mir an einem Strang ziehen. Daher ist es entsetzlich, zu erfahren, dass dem nicht so war. Trotzdem muss ich die Details kennen. Ich möchte es verstehen.«

»Das gefällt mir nicht.«

»Danke, dass du dir Sorgen machst.«

»Ich mache mir Sorgen um dich. So viele Leute machen sich

Sorgen um dich. Keiner von uns will, dass du weiter verletzt wirst.«

»Das wird nicht geschehen. Ich verspreche es.«

Weil ich sie nicht daran hindern kann, lasse ich sie aufstehen, um das Telefon zu holen, das mit einem Laut zum Leben erwacht. »Bist du nach ihrem Tod Natashas Handy durchgegangen?«

»Meine Schwester hat die Bilder von Nats Telefon in die Cloud hochgeladen, sodass ich Zugriff auf sie habe, doch ich habe mir nie etwas anderes angeschaut. Ich konnte es einfach nicht ertragen, den Rest zu sehen.«

»Ich fühle mich, als ob ich in seine Privatsphäre eindringe oder so etwas, was natürlich albern ist, wenn man darüber nachdenkt. Schließlich ist er tot. Was interessiert ihn seine Privatsphäre? Ich war immer stolz darauf, keine Frau zu sein, die ihrem Mann hinterherschnüffelt, nur dass sich jetzt zeigt, ich hätte das mal besser tun sollen.«

»Nein, das hättest du nicht. Das wäre keine gesunde Ehe gewesen. Du vertraust dem Menschen, mit dem du den Rest deines Lebens verbringen möchtest, oder du tust es nicht.«

»Ich habe ihm vertraut«, meint sie traurig. »Nach diesem ersten Mal hat er mir keinen Grund geliefert, das nicht zu tun, oder zumindest hab ich das gedacht. Ich dachte wirklich, er hätte seine Lektion gelernt.«

»Warum kannst du dich nicht mit dem zufriedengeben, was du schon weißt, damit klarkommen, so gut es eben geht, und von da aus weitermachen? Alles bis ins kleinste Detail zu wissen wird es nur verschlimmern.« Dessen bin ich mir absolut sicher.

»Es könnte mir auch helfen, zu begreifen, warum er so gehandelt hat.«

»Wirklich? Was, wenn du herausfindest, dass er dich nie geliebt oder dich und die Kinder als schreckliche Last empfunden hat oder ein paar andere furchtbare Dinge, von denen du nie hättest erfahren müssen? Bitte, Iris. Lass sein Handy in Ruhe. Das kann zu nichts Gutem führen.«

Sie starrt für eine lange Zeit auf das Telefon, bevor sie es ausschaltet.

Ich bin so erleichtert, dass ich mich zurücklehne. Ich kann nicht genau sagen, warum ich mir so sicher bin, dass das iPhone durchzuschauen eine schlechte Idee ist, aber ich spüre es tief in meinen Knochen. »Komm her.«

Sie kehrt auf meinen Schoß zurück, und ich nehme sie in die Arme, presse meine Lippen auf ihre Stirn.

»Ich verspreche nicht, dass ich es nie durchgehen werde, doch ich verstehe, was du meinst, und du hast recht. Jetzt ist nicht der richtige Zeitpunkt dafür.«

»Hier ist etwas, das ich mit Sicherheit weiß: Du hattest mit ihm ein Leben, das du geliebt hast und das dir wichtig war. Das sind die Erinnerungen, an denen du dich jetzt festhalten musst. Der Rest hatte nichts mit dir zu tun.«

»Hatte es das wirklich nicht?«

»Nein, auf keinen Fall. Das wäre natürlich anders, wenn er noch am Leben wäre. Aber was kümmert es dich jetzt? Er ist weg, und du bist mit der Aufgabe zurückgelassen worden, seine Kinder allein großzuziehen. Warum solltest du dich mit schmerzlichen Gedanken über ihren Vater quälen, während du vollauf damit beschäftigt bist? Ich meine, was wir bereits wissen, ist schlimm genug. Die schmutzigen Einzelheiten werden nichts besser machen.«

»Danke, dass du die Stimme der Vernunft bist.«

»Es ist nachvollziehbar, dass dich interessiert, was passiert ist. Mir ging es bei der Anklageerhebung gegen den Fahrer, der Nat und die Mädchen umgebracht hat, genauso. Ich war wie besessen. Ich wollte jedes einzelne Detail erfahren, bloß hat manches davon eine bereits unerträgliche Situation tausendmal schlimmer gemacht. Zum Beispiel herauszufinden, dass seine Freunde wussten, er war zu betrunken, um sich hinters Steuer zu setzen, und sie trotzdem nichts unternommen haben, um ihn daran zu hindern. Das hätte ich nicht wissen müssen.«

Sie legt ihren Kopf an meine Schulter. »Nein, hättest du nicht.«

»Das ist es, was ich meine ... Gerade wenn man denkt, etwas schmerzt so sehr wie möglich, kommt etwas, das diesen Schmerz wie nichts erscheinen lässt. Du musst dich davor schützen, Iris. Du hast so hart daran gearbeitet, den Punkt zu erreichen, an dem du jetzt bist, und du bist so eine Inspiration für so viele Menschen, die erst am Anfang stehen. Ich möchte nicht, dass es dich zurückwirft, wenn du Informationen erhältst, die nichts ändern würden. Mike wäre immer noch tot, und du wärst immer noch hier, ohne ihn, mit dem einzigen Unterschied, dass alles noch quälender wäre.«

»Heute hasse ich ihn ein wenig.«

»Das kann ich gut verstehen.«

»Da gab es dieses eine Mal, als wir zu einem Familienurlaub am Meer waren und er ihn wegen irgendeiner Sache in Denver unterbrechen musste. Ich frage mich, ob das der Tag war, an dem das Kind geboren wurde.«

»Noch mal, was ändert das? Es liegt in der Vergangenheit. Bitte quäl dich nicht mit solchen Fragen. Darauf Antworten zu haben wird dir mehr wehtun als helfen.«

»Was mache ich, wenn sie mich verklagt?«

»Dann beauftragst du jemanden wie Joy, der sich an deiner Stelle mit ihr auseinandersetzt. Ich würde nicht gern in einem Gerichtssaal gegen Joy antreten.«

Das entlockt ihr ein Lachen. »Ich auch nicht. Meine Freundin ist Furcht einflößend.«

»Sie wird es für dich aus der Welt räumen.«

»Vielleicht muss ich tatsächlich anfangen, den einen oder anderen Sponsorenvertrag abzuschließen, damit ich etwas Extrageld habe, um das vor Gericht auszufechten.«

»Erst mal abwarten, was passiert. Ihr könnte ja auch davon abgeraten werden, weil es aussichtslos ist, schließlich ist Mikes Nachlass endgültig geregelt. Das stimmt doch, oder?«

»Schon seit einer ganzen Weile.«

»Die Frist dafür, das anzufechten, ist verstrichen. Sie könnte vielleicht einen Teil des Geldes von der Lebensversicherung erstreiten, die die Firma für ihn abgeschlossen hatte, aber da er jetzt für den Absturz verantwortlich gemacht wird, ist auch das schwieriger.«

»Ich hatte vor, den Großteil der Versicherungssumme für die

Collegekosten der Kinder zurückzulegen, bloß ist jetzt zweifelhaft, ob ich davon je was sehe.«

»Du wirst immer haben, was du für die Kinder brauchst.«

»Was soll das heißen?«

»Genau, was ich gesagt habe. Ich habe keine Kinder mehr, die ich aufs College schicken kann. Daher kann ich dir bei deinen helfen.«

»Gage … Lass das.«

»Was?«

»Du zahlst nicht für das College meiner Kinder.«

»Ich kann, wenn ich will.«

»Nein, kannst du nicht.«

»Darüber können wir in zwölf Jahren streiten.«

»Nein, das tun wir jetzt, und du wirst das nicht bezahlen.«

»Meine Firma bringt mir viel Geld ein. Also, ich meine, sehr, *sehr* viel. Wenn deine Kinder Geld fürs College brauchen, werden sie es haben. Ende der Geschichte.«

»Du bist viel zu nett, trotzdem lautet die Antwort immer noch Nein.«

»Schauen wir mal.«

»Gage?«

»Ja?«

»Du hast gesagt, dass du keine Beziehung möchtest.«

»Das ist richtig.«

»Ich möchte nur darauf hinweisen: Alles stehen und liegen zu lassen, an meine Seite zu eilen, wenn ich dich brauche, mich zu trösten und die ganze Nacht lang heißen Sex mit mir zu haben, mir gut zuzureden, wenn ich etwas Unkluges vorhabe, und auch noch für das College meiner Kinder zahlen zu wollen … Allmählich fühlt sich das für mich wie eine Beziehung an.«

»Ist es nicht.«

Sie bebt am ganzen Körper, und einen Moment lang bin ich alarmiert, bis ich merke, dass sie lacht. Sie lacht mich aus. »Hältst du das für lustig?«

Sie nickt, weil sie zu sehr lacht, um zu sprechen.

»Ich kann nicht anders«, japst sie und schnappt nach Luft.

»Du bist in einer Beziehung«, fügt sie in einem Singsang hinzu. »Gage und Iris sind ein Pärchen.«

Der einzige Weg, sie zum Schweigen zu bringen, ist, sie zu küssen. Ich kann nicht mit ihr in einer Beziehung sein oder mit ihren Kindern, nicht, wo ich mir geschworen habe, nie wieder jemanden so sehr zu lieben, dass ich ohne ihn nicht mehr leben kann.

## 11

### Iris

Ich beschließe, dass ich meine Kinder bei mir haben möchte. Wenn sie in meiner Nähe sind, habe ich keine Zeit, an irgendetwas anderes zu denken als an sie und ihre endlosen Wünsche und Bedürfnisse, ihre Streitereien, ihre drolligen Bemerkungen und ihre Liebe. Ich schicke meiner Mutter eine Textnachricht, dass ich mich besser fühle und die Kinder nach der Schule selbst abholen werde.

*Bist du dir sicher? Es macht uns nichts aus, wenn sie eine weitere Nacht bei uns bleiben.*

*Absolut. Nachdem ich das ganze Wochenende und letzte Nacht ohne sie verbracht habe, möchte ich nicht, dass sie denken, etwas sei nicht in Ordnung. Und wenn sie bei mir sind, habe ich weniger Zeit zum Grübeln.*

*Das verstehe ich. Ich habe Lasagne fertig, die ich dir vorbeibringe, damit du nicht kochen muss.*

*Ich habe dich nicht verdient.*

*Sag das nicht immer. LOL.*

Früher hat sie gedacht, »LOL« bedeute »lots of love«. Als ich ihr erzählt habe, dass es tatsächlich »laughing out loud« heißt, haben wir so sehr gelacht, dass wir uns aneinander festhalten mussten. Jedenfalls behauptet sie jetzt, es stünde für beides.

Niemand hat mich je so geliebt wie sie, und ich bin jeden Tag dankbar, dass ich sie habe, besonders jedoch seit Mikes Tod. Sie ist immer meine größte Stütze gewesen, aber nie mehr als in den letzten Jahren.

Ohne ihre Hilfe und ihren Beistand hätte ich mich nach dem Absturz vermutlich zu einem Ball zusammengerollt, weil der Gedanke, drei kleine Kinder mit gebrochenem Herzen aufzuziehen, mehr war, als ich mir auch nur ansatzweise vorstellen konnte.

»Ich fahre jetzt meine Kinder abholen«, informiere ich Gage um Viertel vor drei. Er ist merkwürdig still seit meiner nicht ganz ernst gemeinten Bemerkung, dass wir in einer Beziehung seien. »Willst du mitkommen?«

»Wird es nicht verwirrend für sie sein, wenn ich dabei bin?«

»Das glaub ich nicht. Sie wissen, dass wir Freunde sind, und sind es gewohnt, dich zu sehen.«

»Ich weiß nicht einmal, was ich hier tue.«

»Ich schon«, erwidere ich grinsend.

»Echt, Iris … Ich sollte lieber verschwinden.«

»Tu das nicht, außer du möchtest es wirklich oder musst es tun.«

»Ich möchte es nicht, aber …«

Ich lege ihm einen Finger auf die Lippen. »Lass uns etwas Zeit mit den Kindern verbringen, und über den Rest sprechen wir später.«

Sein ganzer Körper entspannt sich vor Erleichterung darüber, dass er einen Aufschub erhalten hat.

Ich habe ihn so gerne bei mir, vor allem seit dieser neuen Komplikation, doch ich bin mir nicht sicher, was es mit seinem »Beziehungsproblem« auf sich hat. Ich hoffe, dass er es mir irgendwann verraten wird, denn ich fühle mich bereit für das B-Wort, und er ist mein Top-Kandidat – und zudem der einzige.

Und es liegt nicht nur daran, dass wir Sex hatten. In den letzten Tagen ist mir klar geworden, dass es bestimmt schon ein Jahr lang immer sein Gesicht gewesen ist, das ich gesehen habe, wenn ich mir vorgestellt habe, mit jemand Neuem zusammen zu sein.

Er steigt auf der Beifahrerseite meines silbernen Toyota-Sienna-Minivans ein und schnallt sich an. »Ziemlich schick.«

»Wahrscheinlich gibt es niemanden, der behauptet, es gar nicht erwarten zu können, einen Minivan zu fahren, aber ich liebe dieses Auto. Auch wenn es, wenn ich es endlich abgezahlt habe, keinen Penny mehr wert sein wird, so wie meine Kinder es behandeln.«

»Wie Nats rollende Müllhalde, und sie konnte nicht mal den Kindern die Schuld geben. Es hat vorher schon genauso ausgesehen.«

»Vielleicht muss ich mir diese Bezeichnung borgen.«

»Gerne. Ich habe sie immer damit aufgezogen, dass ich beim Saubermachen einen Vollschutzanzug tragen müsse.« Nach einer langen Pause sagt er: »Sie hätte dich gemocht.«

An einer Ampel werfe ich einen Blick zu ihm, erschüttert über die Bemerkung. »Glaubst du?«

»Definitiv. Sie hatte denselben Sinn für Humor wie du, und sie war auch so witzig und hat alles kommentiert. Sie hatte einen kleinen Kreis von guten Freundinnen, weil sie fand, dass Frauen die meiste Zeit über zickig seien, worauf sie keine Lust hatte, ebenso wenig wie auf irgendwelche Mütter-Dramen oder irgend so einen Mist.«

»Geht mir genauso. Nach allem, was du mir über sie erzählt hast, wette ich, wir wären beste Freundinnen gewesen.«

»Auf jeden Fall.«

»Ich achte darauf, mich mit hilfreichen, angenehmen und freundlichen Frauen zu umgeben, die sich gegenseitig unterstützen und einander nicht in den Rücken fallen.«

»Wie schon gesagt … Sie hätte dich gemocht.«

»Das ist ein unglaubliches Kompliment, Gage. Danke.«

Er zuckt die Achseln. »Es stimmt.«

»Kann ich dich etwas fragen?«

»Sicher.«

»Was hast du gegen das B-Wort?«

Er schweigt fast eine ganze Minute lang, als bräuchte er die Zeit, um zu entscheiden, was er darauf antworten soll. »Nachdem ich Nat und die Mädchen verloren hatte, habe ich mir geschworen, in Zukunft allein zu bleiben. Das ist leichter.«

»Wie bist du mit dieser Philosophie bei den Wilden Witwen gelandet?«

»Als Christy erwähnt hat, die einzige Regel sei, dass man dafür bereit sein müsse, der Liebe eine zweite Chance zu geben, habe ich gesagt: ›Okay, bin ich‹, weil ich verzweifelt Leute treffen wollte, die meine Situation verstehen. Aber obwohl ich zugestimmt habe, hatte ich in Wirklichkeit fest vor, Single zu bleiben.«

»Ich kann verstehen, warum es dir leichter erscheint, doch es ist auch einsamer, oder?«

»Das mag sein. Trotzdem ist es besser.«

»Warum?«

»Ist einfach so. Es funktioniert für mich.«

Als ich vor Laneys Kindergarten anhalte, denke ich über diese Antwort nach und versuche mit der Enttäuschung fertigzuwerden, die ich verspüre, als mir klar wird, dass wir nie mehr sein werden als Freunde mit gewissen Vorzügen. Damit kann ich leben, wenn er mein Freund bleibt, und sosehr ich mir wünsche, dass mehr daraus wird, werde ich mich – oder meine drei kleinen Kinder – nicht einem Mann aufdrängen, der sich nicht das Gleiche wünscht wie ich.

Laney plappert wie immer fröhlich vor sich hin, und während wir zur Grundschule fahren, um ihren Bruder und ihre Schwester abzuholen, erzählt sie uns eine lange Geschichte von einer explodierten Safttüte, wobei sie so heftig lacht, dass sie kaum mehr Luft kriegt. Sie ist so verdammt süß, und ich liebe sie wie verrückt. Dass ich das tue, nimmt mir eine Riesenlast von der Seele.

Eine Weile lang war ich nach Mikes Tod so überwältigt von allem und davon, mich neben zwei Kleinkindern auch noch um ein Baby kümmern zu müssen, dass ich sie abgelehnt habe. Das ist nichts, worauf ich stolz bin – und ich habe mit niemandem darüber gesprochen, dass ich so empfunden habe, nicht einmal mit meiner Mutter. Ich war nämlich wütend auf Mike, weil er einfach gestorben war, nachdem er mich zu einem dritten Kind überredet hatte. Ich denke nicht mehr viel an diese Zeit zurück, aber das kleine Mädchen, das für mich zunächst nur eine Belastung war, ist inzwischen mein täglicher Sonnenschein geworden.

Tyler kommt aus der Schule gestürzt und läuft zum Auto, hält einen Karton in der Hand, mit dem er herumwedelt, während er auf uns zurennt. »Ich hab heute ein Modell der Titanic gewonnen! Können wir es zusammenbauen, wenn wir zu Hause sind? Ich wette, es gibt ein YouTube-Video darüber, wie das geht.«

Sophia, meine kleine Trödelliese, steigt ins Auto, schnallt sich an und wirft Laney einen Kuss zu, die immer begeistert ist, ihre große Schwester nach einem langen Tag ohne sie wiederzusehen.

»Mom!«, ruft Tyler, während ich losfahre. »Können wir das Modell aufbauen?«

»Vielleicht nach dem Abendessen«, antworte ich.

»Ich könnte dir helfen«, bietet Gage an. »Ich habe so was schon häufiger gemacht.«

»Super«, erwidert Tyler. »Wir haben heute in der Bibliothek alles über die Titanic gelernt. Hast du gewusst, dass sie mit einem Eisberg zusammengestoßen und gesunken ist?«

»Was ist ein Eisberg?«, will Sophia wissen.

»Dummerchen«, entgegnet Tyler. »Es ist ein großer Klotz Eis im Wasser.«

»Immer schön freundlich bleiben, Tyler«, ermahne ich ihn.

»Sind Leute dabei gestorben?«, fragt Sophia weiter.

»Eintausendfünfhundert. Die waren wie Eis am Stiel.«

»Tyler!«

Gage bebt vor unterdrücktem Gelächter, und ich muss mich zusammenreißen, um nicht auch loszuprusten. Wirklich unfassbar, was Tyler so alles von sich gibt! Und warum bringen sie überhaupt Zweitklässlern bei, dass beim Untergang der Titanic tausendfünfhundert Menschen gestorben sind?

»Sie waren kein Eis am Stiel«, wende ich mich an Sophia, weil ich befürchte, sie könnte sonst nie wieder eins essen.

»Was ist Eis am Stiel?«, wirft Laney ein.

»Dummerchen«, sagt Tyler erneut.

»Wenn du dieses Wort weiter benutzt, werden wir zwei beide uns mal ernsthaft über freundlichen Umgang miteinander unterhalten müssen, junger Mann.«

»Es ist eine gefrorene Süßigkeit«, erklärt Sophia ihrer Schwester. »Das haben wir letzten Sommer gegessen, und es hat deine Lippen ganz rot gefärbt. Erinnerst du dich?«

Ich beobachte im Rückspiegel, wie Laney nickt.

»Hat mein Daddy Eis am Stiel gemocht?«, fragt sie.

»Das orangefarbene mochte er am liebsten«, erzähle ich ihr. Sie stellt mir ständig Fragen über Mike. Ich weiß nie, womit sie als Nächstes kommt, während sie versucht, sich ein Bild ihres Vaters zusammenzusetzen, an den sie keine Erinnerung hat. Bei seinem Tod war sie ein Säugling, und es gibt nur zweiunddreißig Fotos von den beiden zusammen. Daraus hab ich ein Buch gemacht, das sie sich so häufig angeschaut hat, dass ich es schon zweimal habe nachdrucken lassen müssen.

»Mommy, kriegst du noch mehr Babys?«, will Sophia wissen. »Laurens Mom erwartet ein weiteres Baby, und Lauren meint, du kannst das nicht, weil wir keinen Daddy haben.«

»Meine Güte«, entfährt es Gage leise.

»Ich hab all die Babys, die ich mir nur wünschen könnte«, antworte ich, während mir wieder einmal das Herz bricht.

»Ich will ein orangefarbenes Eis am Stiel«, verkündet Laney. »Wie mein Daddy.«

Ich beobachte sie immer wieder dabei, wie sie Bilder von Mike anstarrt und nach Antworten auf Fragen sucht, von denen sie noch nicht weiß, wie sie sie stellen soll. Aber das wird sie irgendwann. Ich sorge mich um alle drei, doch besonders um Laney mit ihrem schier unstillbaren Verlangen nach Details über Mike, weil ich keine Ahnung hab, wie sie die Lücken in ihrer Erinnerung an ihn füllt.

»Mr Gage, kannst du zum Essen bleiben, damit wir das Modell bauen können?«, fragt Tyler. »Mom, kann er bleiben?«

»Natürlich kann er das, wenn er das möchte. Grandma hat Lasagne gemacht.«

»Ihre Lasagne ist toll«, erklärt Tyler. »Die willst du dir nicht entgehen lassen.«

»Überzeugt«, erwidert Gage.

»Ja!« Tylers in die Luft gereckte Faust taucht im Rückspiegel auf.

»Erst Schulaufgaben und Hausarbeit«, erinnere ich ihn.

Er stöhnt laut auf.

»Je schneller du deine Aufgaben erledigst, desto eher kannst du mit deinem Modell anfangen.«

»Na gut.«

»Ja, genau. Na gut.«

Wir fahren in die Garage, und Tyler springt von seinem Sitz, als wäre er aus einer Kanone abgeschossen worden, zerrt dabei seinen Rucksack hinter sich her.

Sophia, ganz die liebe große Schwester, öffnet den Gurt von Laneys Kindersitz, dessen Verschluss die meisten Erwachsenen überfordert, und hilft ihr aus dem Auto, ehe sie Tyler ins Haus folgen.

»Heilige Scheiße.«

Bei Gages Kommentar muss ich lachen. »Einfach ein weiterer Tag im Paradies.«

»Ist das immer so?«

»Heute haben sie sich tatsächlich sogar ein wenig zurückgehalten.«

»Wie schaffst du das?«

»Immer schön eine Minute nach der anderen.« Ich blicke zu ihm hinüber. »Kein Druck wegen des Essens und des Modells. Dabei kann auch ich ihm helfen.«

Er zieht eine Augenbraue hoch, seine Miene ist skeptisch. »Hast du schon je so ein Modell zusammengebaut?«

»Nein, aber ich kann alles, was ich wissen muss, bei YouTube lernen.«

»Allein dafür würdest du schon vier Tage brauchen, und das nur, wenn du sonst nichts anderes tust.«

»Niemals.«

»O doch. Solche Bausätze sind irre kompliziert, aber ich hab damit Erfahrung. Außerdem habe ihm gesagt, dass ich ihm helfen werde, und ich würde ihn niemals enttäuschen.«

»Danke.«

Er starrt geradeaus, wirkt gedankenverloren oder vielleicht in Erinnerungen versunken. »Ich hatte das ganz vergessen.«

»Was?«

»Wie intensiv Kinder sein können. Ich erinnere mich an die großen Dinge, dass Ivy dunkle Schokolade gemocht und Erdnussbutter gehasst hat und Hazel dreimal am Tag Spaghetti gegessen hätte, wenn wir das zugelassen hätten. Aber die Fragen, die Streitereien, der ganze Wahnsinn … Das hatte ich vergessen, und dabei hatte ich mir doch geschworen, nie irgendwas davon zu vergessen.«

»Mom! Ich kann die Mülltüten nicht finden!«, ruft Tyler durch die Tür zum Haus.

»Ich komme.« Ich schaue zu Gage und lächle. »Die Pflicht ruft. Tut mir leid, wenn wir dich traurig gemacht haben.«

»Ist schon okay. Es war schön, ihnen zuzuhören. Sie sind wunderbar und einfach bezaubernd.«

»Das können sie sein.«

»Sie sind es immer. Ich bin mir sicher, dass das schwer zu glauben ist, wenn man an vorderster Front steht wie du jetzt, aber die Zeit rast förmlich. Meine ältere Schwester erzählt immer, wie sie sich die Augen ausgeheult hat, als sie ihren Minivan verkauft hat, nachdem ihr Jüngster endlich am College war. Sie behauptet, sie habe ihre Kinder in dem Auto großgezogen, und sie hat dieser Zeit in ihrem Leben lange nachgetrauert, selbst als sie sich dann ein Mercedes-Coupé gekauft hat.«

Ich lache über den letzten Satz. »Das ist klasse. Und ich weiß, dass es wie im Flug vergehen wird. Das tut es ja jetzt schon. Ich kann allerdings nur schwer glauben, dass ich dieses Auto eines Tages vermissen werde.«

»Du wirst vermissen, was in diesem Auto passiert ist. Ich erinnere mich daran, dass Heather mir geraten hat, ich solle jede Fahrt mit meinen Kindern genießen, denn von der Sekunde an, in der sie ihren Führerschein kriegen, würde ich sie nie wieder irgendwohin bringen.«

»Mom, kommst du?«

»Ich muss zu ihm«, sage ich Gage.

»Und ich muss mal telefonieren. Ich bin sofort da.«

»Lass dir ruhig Zeit.«

Während ich hineingehe, um die Hausaufgaben zu überwachen und aufzupassen, dass sie sich nicht wahllos mit irgendwelchen Süßigkeiten den Magen vollstopfen, denke ich über Gages Angebot nach, mit Tyler das Modell zusammenzubauen und zum Essen zu bleiben. Für einen Mann, der nach eigenem Bekunden keine zu große Nähe zu meinen Kindern will, stellt er sich nicht besonders geschickt an.

## 12

## Gage

Bevor ich ihr folge, rufe ich meine ältere Schwester Heather an.

»Hey«, meldet sie sich. »Das ist ja eine nette Überraschung. Ist alles in Ordnung?«

»Alles super. Ich habe nur gerade an dich denken müssen, und mir ist aufgefallen, dass ich schon länger nicht mehr mit dir gesprochen habe.«

»An was genau hast du gedacht?«

»Deinen Minivan und deine Tränen, als du ihn verkauft hast.«

»Ich weine immer noch, wenn ich ihn irgendwo in der Stadt sehe, vollgepackt mit Kindern.«

»Das ist albern.«

»Ich weiß«, sagt sie mit einem Seufzen. »Früher habe ich mich immer über ihre zahllosen Termine beklagt und darüber, dass ich sie überallhin chauffieren musste. Jetzt ist es ein Riesen-Event, wenn wir mal alle fünf zusammen im Auto sitzen.«

»Ich erinnere mich an deine Klagen.«

»Das bereue ich jetzt«, gibt sie leise zu. »Mehr, als du ahnst.«

Der Verlust ihrer Nichten hat meine Schwester tief getroffen. »Es ist völlig normal, in der Hitze des Gefechts mit den

Kindern so zu empfinden. Nat hat sich die ganze Zeit beschwert, dass ihr Leben viel besser wäre als ihr eigenes.«

»Richtig«, erwidert Heather mit einem Lachen. »Sie hat immer so lustige Bemerkungen gemacht. Ich vermisse das. Ich vermisse sie. Jeden Tag.«

»Ich weiß. Ich auch.«

»Was hat denn die Erinnerung an mich und den Minivan ausgelöst?«

»Ich bin bei einer Freundin mitgefahren, um ihre Kinder abzuholen, in einem Minivan, der genauso aussieht – und riecht – wie deiner früher.«

»O Gott, der Geruch! Der war schrecklich! Dave hat ihn einmal im Monat sauber gemacht und immer behauptet, dass er vorher Tabletten gegen Übelkeit nehmen müsse.«

»Stimmt«, pflichte ich ihr amüsiert bei. »Unsere Töchter haben auch immer ein Riesenchaos in Nats Auto angerichtet. Sie hat darauf bestanden, dass wir gerechtigkeitshalber auch mal mein Auto nehmen müssten.«

»Also, du bist bei einer Freundin im Minivan mitgefahren, um ihre Kinder von der Schule abzuholen? Was heißt das?«

»Genau das, was ich gesagt habe. Ich bin mitgefahren.«

»An einem normalen Arbeitstag?«

»Ich hab mir freigenommen.«

»Du hast was? Geht's dir wirklich gut?«

»Haha, sehr lustig.«

»Das ist mein Ernst. Du hattest kaum mal einen freien Tag, seit du wieder in deiner Firma angefangen hast.«

»Meine Freundin, die Witwe ist, hatte eine Krise.«

»Was für eine Krise?«

»Die NTSB macht ihren verstorbenen Ehemann für den Flugzeugabsturz verantwortlich, bei dem er und mehrere andere Personen ums Leben gekommen sind. Am selben Tag, an dem diese Bombe geplatzt ist, musste sie dann noch herausfinden, dass er ein Kind mit einer anderen Frau hatte, die sie möglicherweise auf Unterhalt für dieses Kind verklagen wird.«

»Verdammt ...«

»Jap. Also hab ich mir überlegt, dass es eine gute Idee wäre, sie damit nicht allein zu lassen.«

»Gut gemacht. Hast du, du weißt schon … Hast du was mit ihr?«

»Irgendwie schon?«

»Was soll das heißen, Gage?«

»Wir verbringen Zeit miteinander«, erkläre ich. »Sie hat mit drei kleinen Kindern ziemlich viel um die Ohren. Ihr Ältester ist sieben.«

»Das ist ziemlich viel, um es allein zu bewältigen. Die Arme. Hat sie Hilfe?«

»Ihre Eltern wohnen in der Nähe und unterstützen sie sehr.«

»Oh, gut. Und natürlich hat sie dich.«

»Wir kennen uns über die Wilden Witwen und sind befreundet.«

»Iris, richtig? Den Namen hast du mir gegenüber schon mal erwähnt.«

»Ja. Was hab ich dir denn über sie erzählt?«

»Wie sehr du bewunderst, dass sie drei Kinder allein aufzieht, während sie ihre eigene Trauer verarbeiten und ihren Kindern bei ihrer helfen muss.«

Ich erinnere mich gar nicht daran, mit Heather über Iris gesprochen zu haben. »Es ist ziemlich beeindruckend.«

»Magst du sie?«

»Natürlich. Das habe ich doch gerade gesagt. Sie ist eine gute Freundin.«

»Magst du sie als mehr als eine Freundin?«

»Nein.«

»Lügst du etwa?«

»Vielleicht«, gebe ich mit einem Lachen zu.

»Ich hatte da so ein Gefühl …«

»Ich hab dich noch nie täuschen können.«

»Also versuch jetzt gar nicht erst damit anzufangen. Was hast du mit dieser Frau vor, die du als mehr magst als nur als Freundin?«

»Nichts.«

»Warum?«

»Du weißt, warum.«

»Du bist einundvierzig. Du kannst nicht wirklich den Rest deines Lebens allein verbringen wollen.«

»Doch, das ist der Plan.«

»Das ist ein furchtbarer Plan! Das habe ich dir schon x-mal gesagt.«

»Das mag sein, trotzdem muss es so sein.«

»Nein, das ist Unsinn. Was Nat und den Kindern passiert ist, war schrecklich und tragisch und hätte niemals geschehen dürfen. Sich jetzt aber aus Angst, jemanden zu verlieren, zu weigern, je wieder etwas Ähnliches zu empfinden, ist kein Leben.«

»Für mich funktioniert es.«

»Wirklich?«

Seltsam, dass ich mit Iris gerade fast genau das gleiche Gespräch geführt habe.

Tyler erscheint in der Tür zum Haus, um sich zu vergewissern, dass ich noch da bin. Ich winke ihm zu und hebe einen Finger, um ihm zu signalisieren, dass ich in einer Minute für ihn da bin. Ich habe seit Jahren keinen Bausatz mehr zusammengebastelt, und ich freue mich darauf, ihm zu helfen.

»Gage? Funktioniert das tatsächlich für dich?«

»Meistens schon.«

»Ich verstehe nicht, warum du dich so darauf versteifst, dich derart einzuschränken. Das bringt Nat oder die Mädchen auch nicht zurück.«

»Das weiß ich«, fahre ich sie heftiger an, als ich vorhatte. »Ich weiß.« Ich bemühe mich um einen freundlicheren Tonfall, denn Heather ist in diesem Albtraum mein Fels in der Brandung gewesen und verdient es nicht, dass ich sie so anherrsche.

»Warum tust du es dann? Wer hat etwas davon, wenn du dich auf diese Art aufopferst?«

»Es ist kein Opfer. Es ist eine persönliche Entscheidung.«

»Es ist eine schlechte Entscheidung, vor allem wenn du eine Frau gefunden hast, die mehr sein könnte als eine Freundin, wenn du es nur erlaubst.«

»Woher willst du das wissen?«

»Sie hat dich in ihrem Minivan zur Schule ihrer Kinder mitgenommen. Wenn sie keine Gefühle für dich hätte, hätte sie dich niemals auch nur in die Nähe der Kinder gelassen.«

»Ich bin ihr Freund. Wir sind uns in der Witwengruppe nahegekommen.«

»Das ist nicht alles, und du kannst mich nicht vom Gegenteil überzeugen.«

»Ich will aber nicht, dass es mehr ist.«

»Okay.«

»Was soll das heißen?«

»Genau das, was ich gesagt habe. Wenn du darauf beharrst, dass du nicht mehr von ihr willst, dann kann ich dich nicht von etwas anderem überzeugen. Dennoch will ich dir eine Frage stellen: Wenn, was der Himmel verhüten möge, Iris oder ihren Kindern morgen etwas zustieße, würdest du dann um sie trauern?«

»Gott, ja. Sprich das nicht einmal aus.«

»Ich hasse es, dir das eröffnen zu müssen, kleiner Bruder, doch du steckst schon in Schwierigkeiten, was sie betrifft. Zuzulassen, dass mehr daraus wird, wird es nicht schlimmer machen, als es jetzt schon ist – auch nicht im Fall irgendeiner Katastrophe, die natürlich nicht eintreten wird.«

Bei ihren Worten überrollt mich eine Welle der Panik. »Das kannst du nicht wissen.«

»Kennst du außer dir noch jemanden, der seinen Ehepartner und seine Kinder bei einem Unfall verloren hat? Ich jedenfalls nicht. Ich kenne niemanden, dem das zugestoßen ist, was du durchgemacht hast, und ich habe Tausende von Freunden und Onlinekontakten. Das wird nicht wieder geschehen. Du kannst dir gestatten, etwas für Iris und ihre Kinder zu empfinden.«

»Nein.« Heather hat mir die Augen dafür geöffnet, dass es mich vernichten würde, wenn ihnen etwas zustößt, und dabei sind wir noch nicht einmal fest zusammen. Oder sind wir das? Verdammt … Genau das ist der Grund, warum ich von alldem nichts wissen wollte, seit ich Nat und die Mädchen verloren habe.

»Doch, kannst du«, beharrt Heather. »Es ist sicher, zu lieben und sich lieben zu lassen. Das verspreche ich dir.«

»Das kannst du nicht versprechen, Heather. Du bist nicht Gott. Du kannst die Leute, die ich liebe, nicht vor Unheil bewahren.«

»Nein, kann ich nicht. Und du kannst das auch nicht. Es gibt nichts, was du nicht getan hättest, um zu verhindern, was Nat und den Kindern passiert ist. Nichts. Doch das war unmöglich – selbst für einen Superman wie dich.«

Ich habe den Tag unzählige Male erneut durchlebt, versucht, einen Weg zu finden, wie ich es hätte verhindern können. Ich hatte an dem Morgen eine Präsentation für einen wichtigen neuen Kunden, die ich mehrere Monate lang vorbereitet hatte. Nat und die Mädchen waren früh aufgestanden, um mir Frühstück zu machen, mich mit einem Kuss zu verabschieden und mir viel Glück zu wünschen. Als ich an diesem Morgen das Haus verließ, hatte ich keine Ahnung, dass es ein Abschied für immer sein würde.

Und ich habe den Auftrag nicht einmal bekommen.

»Woran denkst du gerade?«

»An den Tag, an dem ich mit meiner Arbeit beschäftigt war, während sie von einem betrunkenen Autofahrer getötet wurden, der eigentlich ins Gefängnis gehört hätte.« Der Tod meiner Familie war sein fünftes Vergehen im Zusammenhang mit Trunkenheit am Steuer.

»Mit deiner Arbeit hast du deine Familie ernährt. Du hast nichts Falsches getan, als du dich darauf konzentriert hast.« Sie und andere haben mir das seit diesem tragischen Tag tausend Mal gesagt, aber es viele Male zu hören ändert die Geschichte in meinem Kopf nicht. »Niemand kann überall sein«, beharrt sie, diesmal sanfter. »Dir zu gestatten, etwas für Iris und ihre Kinder zu empfinden, wird dein Leben nicht ein weiteres Mal zerstören.«

»Das kannst du nicht wissen«, wiederhole ich.

»Nein, das kann niemand. Trotzdem bin ich fest davon überzeugt, dass du, wenn du aus Angst vor erneutem Verlust den Rest deines Lebens allein verbringst, nichts besser machst.«

Tyler kommt zurück zur Tür, sein Gesichtsausdruck ist fast schmerzhaft hoffnungsvoll.

»Ich muss mich jetzt um einen Jungen namens Tyler und seinen Modellbausatz der Titanic kümmern.«

»Gage …«

»Ich habe alles gehört, was du gesagt hast, und ich gebe sogar zu, dass du recht hast. Ich weiß bloß nicht, ob ich es kann.«

»Versuch es.«

»Ich muss los.«

»Ruf mich morgen an.«

»Ich geb mir Mühe.«

»Ich mach mir Sorgen, wenn du dich nicht meldest.«

»Es geht mir gut. Großes Ehrenwort.«

»Ruf mich an.«

»Also gut. Erzähl Mom nichts hiervon. Das Letzte, was ich brauche, ist, euch beide im Nacken sitzen zu haben.«

»Ich verrate nichts, aber ich freue mich schon darauf, Iris und ihre Kinder kennenzulernen.«

»Das wird nicht passieren.«

»Ich hab dich lieb, Gage.«

»Ich dich auch.« Als ich das Gespräch beendet habe, wird mir klar, dass ich einen großen Fehler begangen habe, indem ich Heather ins Vertrauen gezogen habe. Natürlich gehört sie zum Team Iris, denn sie wünscht sich schon lange, dass ich mich wieder hinauswage und jemand Neues kennenlerne. Das wollte ich nicht. Das will ich immer noch nicht. Aber Iris ist nicht jemand Neues. Sie ist jetzt schon seit einiger Zeit meine Freundin und versteht mich besser als jeder andere in meinem Leben, vielleicht mit Ausnahme unserer anderen verwitweten Freunde.

Wenn ich mir selbst gegenüber ehrlich sein soll – und was soll es bringen, das nicht zu sein? –, ist diese Sache mit Iris nicht neu, selbst wenn der körperliche Aspekt erst kürzlich hinzugekommen ist. So ist es jetzt schon seit einer Weile zwischen uns, die Sache köchelt schon viel länger vor sich hin als seit dem letzten Wochenende. Das kann ich nicht abstreiten, sosehr ich es auch möchte.

Es ist nicht zu spät für mich, aus Selbstschutz einen Schritt zurückzutreten.

Und das hätte ich womöglich auch getan, wenn Tyler nicht zum dritten Mal in der Tür aufgetaucht wäre, um nachzusehen, wo ich bleibe.

Ich kann ihn nicht enttäuschen.

Ich *werde* ihn nicht enttäuschen, selbst wenn ich dadurch etwas riskiere, obwohl ich mir fest vorgenommen hatte, das auf keinen Fall zuzulassen.

»Bin sofort da, Kumpel«, sage ich, während ich aus dem Auto aussteige.

Sein kleines Gesicht strahlt mit solch uneingeschränkter Freude auf, dass ich spüre, wie sich mein Herz zusammenzieht. Trotz meiner Bemühungen, mich von allen Gefühlen fernzuhalten, die die Macht haben könnten, mich zu vernichten.

Er fasst mich an der Hand, und halb führt er mich, halb zieht er mich in die Küche, wo er die Schachtel schon geöffnet hat und die Teile überall verstreut liegen. Sieht so aus, als wäre ich gerade rechtzeitig gekommen, um ein weiteres Titanic-Desaster zu verhindern.


## Iris


UNSER ABEND mit den Kindern war total schön. Nachdem wir die köstliche Lasagne meiner Mutter vertilgt haben, basteln Gage und Tyler an dem Modell, bis ich darauf bestehe, dass sich Tyler wäscht und bettfertig macht. Einen Moment lang befürchte ich, dass mein Sohn ein Trotzanfall kriegt, aber glücklicherweise passiert das nicht. Dank der Bemühungen des Therapeuten, bei dem die Kinder jeden Monat sind, gelingt es Tyler jetzt besser, mit seinen Wutausbrüchen umzugehen, die nach dem Tod seines Vaters ein problematisches Ausmaß angenommen hatten.

»Können wir das morgen zu Ende aufbauen, Mr Gage?«

»Klar.«

»Mach nicht ohne mich weiter.«

»Das würde ich niemals tun, schließlich brauche ich deine Hilfe.« Tyler umarmt ihn spontan und überrascht Gage – und mich – damit. »Danke, dass du mir hilfst. Du hattest recht. Ich und Mom hätten vier Tage dafür gebraucht.« Dann stürzt an mir vorbei zur Treppe.

»Seife und Shampoo nicht vergessen«, rufe ich ihm hinterher.

»Ja, ja«, antwortet er.

»Musst du ihm das wirklich sagen?«, fragt Gage, während er sich den verspannten Nacken reibt.

»Nachdem ich gemerkt habe, dass er beides nicht benutzt hat, ist es besser so.«

»Woran hast du das gemerkt?«

»Sein Haar hat sich wie Stroh angefühlt, und er hat gemüffelt. Ich habe mich mit ihm hingesetzt, ihm direkt in die Augen geschaut und ihn gezwungen zuzugeben, dass er keine Seife benutzt hat, weil er schneller fertig werden wollte. Also hab ich ihm erklärt, wie wichtig Körperhygiene ist.«

»Das ist ziemlich lustig.«

»Es war lustig, aber es hat mich auch traurig gemacht, denn das war etwas, was Mike ihm hätte beibringen sollen. Einmal, als Tyler klein war, vielleicht drei, waren er und Mike zusammen in der Dusche. Als sie rausgekommen sind, hat Tyler ganz ernst verkündet: ›Daddy hat einen riesigen Penis.‹«

Gage prustet los. »Ich wette, das hat Mike gefallen.«

»Er hat es für den Rest seines Lebens ungefähr jeden Tag erwähnt.«

»Natürlich hat er das. Es ist zum Totlachen.«

»Das sind die Dinge, an die ich mich gerne erinnern möchte, wenn ich an ihn denke, weißt du?«

»Ja, und darum musst du dich auch von seinem Handy fernhalten. Du kannst dir von all dem anderen nicht die guten Erinnerungen an ihn ruinieren lassen. Das, was du bisher weißt, ist mehr als genug.«

»Das versuche ich mir auch zu sagen, doch die Versuchung,

mehr herauszufinden, ist ziemlich groß.« Steve hat versprochen, er würde mir mehr Informationen per E-Mail schicken, aber vermutlich sollte ich mir die auch nicht genauer ansehen.

»Was kann ich tun, um zu verhindern, dass du der Versuchung nachgibst?«

»Hierbleiben, bis die Kinder im Bett sind, um mich abzulenken?«, schlage ich mit einem kleinen Lächeln vor.

Er ist hin- und hergerissen, das kann ich genau erkennen.

»Natürlich nur, wenn du willst«, füge ich hinzu, um ihm die Möglichkeit zu einem Nein zu geben.

»Ich will schon, es ist nur …«

»Lass sie mich erst ins Bett stecken, und dann reden wir.« Ich habe nicht weniger als dreißig Nachrichten von den Wilden Witwen, die ich beantworten müsste. Alle wollen wissen, wie es mir nach dem gestrigen Drama geht, doch er ist der Einzige, mit dem ich heute Abend reden möchte.

»Okay.«

»Mach es dir gemütlich.«

## 13

### Roni

»*I*ch mach mir Sorgen um Iris. Sie antwortet schon den ganzen Tag nicht auf meine Textnachrichten.«

Derek ist bereits im Bett, hat einen Aktenstapel aus dem Büro auf dem Schoß, den er beiseitelegt, als ich unter die Decke schlüpfe und mich an ihn schmiege, erschöpft von einem weiteren anstrengenden Tag als Kommunikationschefin der First Lady, Mutter eines vier Monate alten Babys und Stiefmutter in spe einer Dreijährigen. Mein Leben ist hektisch, aber wunderschön, doch im Moment sorge ich mich um meine Freundin.

»Hast du schon Gage angeschrieben?«, fragt Derek. »Vielleicht weiß er, wo sie ist.«

»Gute Idee.« Ich schnappe mir mein Handy und beginne zu tippen. *Ich möchte nur kurz wissen, ob mit Iris alles okay ist. Hast du sie gesehen oder mit ihr geredet? Ich hab nichts von ihr gehört, daher bin ich ein wenig beunruhigt.*

Er schreibt sofort zurück. *Ich war den ganzen Tag bei ihr, und es geht ihr alles in allem einigermaßen. Ganz sicher meldet sie sich demnächst bei dir.*

*Sag ihr, ich möchte nicht, dass sie sich stresst. Wenn es ihr gut geht, ist das alles, was mich interessiert.*

*Ich richte ihr aus, dass du dich nach ihr erkundigt hast.*

»Klingt ganz so, als sei er im Moment bei ihr«, teile ich Derek mit.

»Das ist gut.« Er legt einen Arm um mich und zieht mich näher zu sich. »Es wäre toll, wenn sie zusammenkämen.«

»Ja, finde ich auch. Ich möchte, dass alle so glücklich sind wie wir.« Seit wir uns am Wochenende in dem Ferienhaus am Strand verlobt haben, empfinde ich große innere Ruhe – zumindest die meiste Zeit über. Nur heute war es aus irgendeinem Grund schwierig.

»Warum seufzt du so, wenn du darüber redest, wie glücklich wir sind?«

»Darf ich aufrichtig sein?«

»Das wünsche ich mir sogar.«

»Ich hatte heute einen schwierigen Patrick-Tag.«

»Ach, Baby, warum hast du mir denn nichts gesagt?«

»Bisher hat sich einfach nicht die Gelegenheit ergeben.«

»Alles, was du tun musst, ist, mir eine Textnachricht zu schreiben oder mich anzurufen. Ich möchte es wissen, wenn du einen schwierigen Tag hast.«

»Du hast so viel zu tun. Ich will dich damit nicht stören.«

»Bitte störe mich. Es gibt nichts, was ich lieber täte, als rasch in den East Wing zu meiner wunderschönen Verlobten zu gehen.«

»Ich hätte es dir erzählen sollen.«

»Ja. Weißt du, was der Auslöser war?«

»Nein, nicht genau. Ich möchte eigentlich nicht glauben, dass irgendwas an unserer Verlobung es ausgelöst hat …«

»Damit war allerdings zu rechnen, für uns beide, oder? Die Entscheidung, erneut zu heiraten, ist eine große Sache, nach allem, was wir hinter uns haben.«

»Stimmt.« Trotz meiner Bemühungen, sie zu unterdrücken, steigen mir Tränen in die Augen und laufen über. »Er fehlt mir nur so.« Ich kann nicht glauben, dass ich bereits ein ganzes Jahr ohne ihn gelebt habe.

»Ich weiß, doch das ist völlig normal.«

»Woher wissen wir, was normal ist?«

»Wenn du um den Tod des Menschen trauerst, den du am

meisten geliebt hast, dann ist alles Mögliche normal. Das entscheidet niemand für dich.«

»Auch nicht dein neuer Verlobter?«

»Der ganz besonders nicht.«

Ich wische mir die Tränen weg, die nicht versiegen wollen. »Danke, dass du immer alles verstehst.«

»Deinen besonderen Schmerz werde ich immer verstehen, Roni. Bitte hab nicht das Gefühl, dass du ihn vor mir verbergen musst.«

Ich hole tief Luft und versuche, meine Gefühle unter Kontrolle zu bekommen. Ich bin schon den ganzen Tag nicht ich selbst. »Früher war ich nicht so nah am Wasser gebaut.«

»Jetzt hast du ja einen sehr guten Grund dafür. Also entschuldige dich nicht deswegen.«

»Wirst du eigentlich immer der perfekte Mann für mich sein?«

»Ich werde mein Bestes geben, um alles zu sein, was du willst und brauchst, Liebste.«

Das löst eine neue Tränenflut aus.

Derek hält mich im Arm, tröstet mich zärtlich und verständnisvoll, schafft es tatsächlich, dass die Tränen langsam weniger werden. Ich werde Patricks Tod und das Ende des Lebens, das wir gemeinsam geplant hatten, immer betrauern, aber es hilft so sehr, diese Trauer mit jemandem zu teilen, der sie versteht.

»Manchmal kann ich nicht glauben, dass das Leben einfach weitergeht, als wäre nicht das Allerschlimmste passiert.«

»Das ist merkwürdig, oder?«

»Ja. Wieso durfte das passieren, obwohl ich nun mein ganzes Leben lang ohne ihn auskommen muss?«

»Ganz genau.«

»Doch dann denke ich an all das Wunderbare, das aus dieser Tragödie erwachsen ist. Wie zum Beispiel mein neuer Job im Weißen Haus. Wenn Patrick nicht gestorben wäre, hätte ich Sam nicht kennengelernt. Oder meine neuen Freunde bei den Wilden Witwen, die zu den Menschen gehören, die mir am meisten bedeuten. Es gibt so viel Gutes, das ohne diese unaussprechliche Tragödie niemals passiert wäre, dass es schwer zu fassen ist.«

»Da hast du recht. Maeve und ich haben nach Vics Tod so viel unglaubliche Unterstützung erfahren. Das hat mir sehr geholfen, weiterzumachen. Und jetzt seid auch noch ihr da, du und Dylan und unser neues gemeinsames Leben. Manchmal fühle ich mich schuldig, weil ich glücklich bin, obwohl Vic getötet wurde.«

»Trauer ist das seltsamste Gefühl überhaupt.«

»Ja. Dennoch … Das Gute – wenn es etwas Gutes dabei gibt – ist, dass wir beide in dem Auf und Ab, das man Leben nennt, einander gefunden haben. Oder vielleicht sollte ich besser sagen, dass *du mich* gefunden hast, mir nachgelaufen bist, mich gestalkt und mir einen Heidenschreck eingejagt hast, ehe du dafür gesorgt hast, dass ich mich in dich und deinen Sohn verliebe.«

Über seine Beschreibung unseres Kennenlernens muss ich wie jedes Mal lachen. »Ich möchte das in unserem Hochzeitsversprechen haben: zu lieben, zu ehren und zu stalken, bis dass der Tod euch scheidet.«

Er lacht wieder, was ich nicht nur höre, sondern auch spüre, da mein Kopf auf seiner Brust liegt. »Aber sicher doch.«

»Iris tut mir so leid. Das ist ein weiterer Grund dafür, dass es mir den ganzen Tag nicht so gut ging. Ich kann mir kaum vorstellen, was sie gerade durchmacht – erfahren zu müssen, dass Mike ein Kind mit einer anderen hatte.«

»Daran muss ich auch schon die ganze Zeit denken. Es erinnert mich ein bisschen daran, wie es für mich war, nach Vics Tod all das Zeug über sie herauszufinden.«

»Himmel, das hatte ich ganz vergessen.«

»Alles gut. Es spült nur alles wieder an die Oberfläche. Ich befürchte, dass da vielleicht noch mehr ist, wovon Iris gar nichts ahnt.«

»Oje, hoffentlich nicht.«

»Männer sind entweder untreu oder eben nicht«, erklärt Derek unverblümt. »Wenn sie es sind, dann sind sie es meiner Erfahrung nach immer wieder.«

»Argh. Arme Iris. Sie ist so ein lieber Mensch. Das hat sie nicht verdient.«

»Das tut niemand, aber sie ganz besonders nicht.«

»Ich hoffe, sie erholt sich davon.«

»Das wird sie. Dafür sorgen wir.«

## Gage

ICH WEISS NICHT, warum ich immer noch hier bin, darauf warte, dass Iris ihre Kinder ins Bett gebracht hat, damit wir zusammen sein können. Dabei habe ich ihr doch selbst gesagt, dass ich nicht will, wozu sich das hier im Eiltempo entwickelt – eine Beziehung, zu der nicht nur wir beide gehören, sondern auch ihre Kinder. Dass ich selbst Vater war, liegt nicht so weit zurück, dass mir nicht klar wäre: Mit ihren Kindern Zeit zu verbringen ist eine große Sache und eine Verantwortung, die ich nicht auf die leichte Schulter nehmen darf.

Trotz meiner besten Absichten, ungebunden und allein zu bleiben, lasse ich mich immer weiter auf sie und das hier ein. Jede Minute mehr.

Ich sollte gehen.

Gerade als ich nach meiner Jacke greife, klingelt mein Handy. Es ist ein Anruf aus New York. Da es mit der Arbeit zusammenhängen könnte, nehme ich ihn an.

»Mr Collier?«

»Ja, mit wem spreche ich?«

»Hallo, hier ist Sabre Douglas von der Elite Dance Academy in New York. Ich habe die Namen Ihrer Töchter Ivy und Hazel von einer älteren Liste mit Kindern, die mal Interesse bekundet haben, an der Radio-City-Weihnachtsshow teilzunehmen, und wüsste gern, ob sie noch tanzen. Ich sehe, dass sie inzwischen elf sein müssten, was genau das Alter ist, das wir brauchen, nachdem ein paar unserer Tänzerinnen zum Ausscheiden gezwungen waren. Ich habe versucht, Mrs Collier zu erreichen, aber da bekomme ich keinen Anschluss. Mr Collier? Sind Sie noch da?«

Einen Moment lang kann ich nicht atmen, nicht denken oder irgendwas anderes tun. Um mich dreht sich alles.

»Hallo?«

»Ich … äh … Sie tanzen nicht mehr.«

»Oh, tut mir leid, das zu hören. Sie sind uns wärmstens empfohlen worden. Trotzdem vielen Dank. Ich wünsche Ihnen noch einen schönen Abend.«

Sie hat aufgelegt, bevor ich »Ebenfalls« erwidern kann oder irgendwas anderes von den Dingen, die der Höflichkeit halber erwartet werden. Wie ist es möglich, dass es da draußen noch Leute gibt, die es nicht wissen? Auf welchen anderen Listen stehen die Namen meiner Töchter noch? Welche Nachfragen werden in Zukunft noch in mein Leben platzen und eine neue Welle des Schmerzes auslösen?

Ein Jahr oder so vor dem tragischen Unfall hat Nat, die als junges Mädchen selbst eine exzellente Tänzerin war, eine Freundin in New York gefragt, wie sie unsere Töchter in ein Vortanzen für die Radio-City-Show bekommen könnte. Damals ist nichts draus geworden, doch offenbar hat man sich die Namen irgendwo für später notiert. Davon hatte ich keine Ahnung, Nat hingegen hätte sofort Bescheid gewusst.

Die Mädchen haben so gerne getanzt wie ihre Mutter und hatten die Chance auf eine große Karriere, wie Nat immer ganz ohne mütterliche Voreingenommenheit erklärt hat. Sie hat gesagt, sie hätten echtes Talent, so wie sie selbst, und sie war entschlossen, sie nach Kräften zu fördern. Man hatte mich vor den Einschränkungen gewarnt, die es mit sich bringt, Eltern von semiprofessionellen Tänzerinnen zu sein, und ich war leicht besorgt, aber auch aufgeregt und gespannt, zu sehen, wie weit sie es bringen würden.

»Hey, was ist denn los?«

Iris' Frage holt mich zurück in die Gegenwart, in der meine Frau und meine Töchter tot sind. Der Anruf hat halb verheilte Wunden aufgerissen, und der Schmerz raubt mir den Atem.

»Gage«, sagt Iris und setzt sich neben mich. »Was ist passiert?«

»Gerade eben hat mich jemand von einem Tanzstudio in

New York angerufen und gefragt, ob meine beiden Töchter noch daran interessiert wären, für die Radio-City-Weihnachtsshow vorzutanzen.«

»O Gott. Gage ...«

»Es ist nur so schwer vorstellbar, dass irgendjemand es nicht weiß, nach all dieser Zeit.«

Sie legt die Arme um mich und zieht meinen Kopf an ihre Schulter. »Das tut mir so entsetzlich leid.«

»Ist schon okay. Ich hatte bloß nicht damit gerechnet.«

Sie streicht mir mit den Fingern durchs Haar, was merkwürdig beruhigend wirkt. »Natürlich nicht.«

Ihr Trost ist so überlebenswichtig für mich wie mein nächster Atemzug. Erinnerungen an meine wunderschönen kleinen Mädchen stürzen auf mich ein, in Tutus und Ballettschuhen, die Gesichter geschminkt, die Haare zum Dutt aufgesteckt für irgendeine Aufführung. Das alles kommt zu mir zurück, in einem gewaltigen Tsunami aus Wehmut und Sehnsucht nach einer Zeit, die ich damals nicht vollends zu schätzen wusste.

Ich war so mit meiner Arbeit beschäftigt, dass Nat beinahe alles mit den Mädchen allein organisiert hat. Trotzdem habe ich nie eine Aufführung oder eine Show verpasst. Wir waren so stolz auf die beiden und haben jeden Schritt mit Kuchen und Blumen und überschwänglichem Lob gefeiert.

»Das liegt alles so lange zurück. Wie ist es möglich, dass ein einzelner Telefonanruf es wieder so schmerzhaft nach oben spülen kann?«

»Das ist alles, was nötig ist.«

»Ja, wie du nur zu gut weißt.«

»Mhm.«

»Tut mir leid. In dieser Woche sollte es eigentlich um dich gehen, nicht um mich.«

»Sei nicht albern, Gage. Es geht in jeder Woche um uns alle und darum, dass wir einen Weg finden, die Tage zu überstehen.«

Ich hebe meinen Kopf von ihrer Schulter, damit ich ihr in

das wunderschöne Gesicht sehen kann. »Danke, dass du da bist.«

»Ich bin nur froh, dass du hier warst, bei mir, als du diesen Anruf bekommen hast.«

»Ich auch. Wenn ich allein zu Hause gewesen wäre, hätte ich meinen Kummer am Ende noch in Bourbon ertränkt.«

Sie streichelt mein Gesicht, während sie mir voller Zuneigung und Sorge tief in die Augen schaut. »Das ist nicht nötig, solange ich hier bin und dir gerne zuhöre – und mit dir zusammen Whiskey trinke.«

Bevor ich überhaupt weiß, was ich vorhabe, beuge ich mich vor, um sie zu küssen. Ich fühle mich so zu ihr hingezogen, zu dem Trost und der Unterstützung und der Fürsorge, die sie mir schenkt, dass ich ihr nicht widerstehen kann. Als ihre Lippen meine berühren, lässt der Sturm, der in mir tobt, nach, weicht einem Verlangen, das so süß und intensiv ist, dass es meine ganze Aufmerksamkeit beansprucht.

Sie streckt sich auf dem Sofa aus und zieht mich mit sich. Ich folge ihr bereitwillig, während der Kuss inniger wird und sich zu etwas intensiviert, dem ich nichts entgegenzusetzen habe.

Wem mache ich hier was vor? Ich hab keinerlei Selbstkontrolle, was sie betrifft. Wir haben das neulich Nacht unter Beweis gestellt, als sie nackt in mein Bett geschlüpft ist – auf jeden Fall absichtlich, egal, was sie behauptet – und die Mauer, die ich um mich herum errichtet hatte, um mich vor weiterem Schmerz zu schützen, wie ein Stück Butter in der Sonne geschmolzen ist.

Ich begehre sie. Ich brauche sie. Es ist sogar möglich, dass ich sie liebe, mehr als nur als Freundin. Während sie warm und weich unter mir liegt, kann ich mich nicht mehr erinnern, weshalb ich dachte, es sei eine gute Idee, mich gegen das zu sträuben, was mit uns passiert. Wir vergessen unsere Umgebung und beginnen ungeduldig an unseren Kleidern zu zerren.

»Nicht hier«, flüstert sie an meinen Lippen. »Lass uns nach oben gehen.«

Richtig. Es sind Kinder im Haus.

Ich stehe auf, halte ihr eine Hand hin und folge ihr in ihr Schlafzimmer, dessen Tür sie abschließt. Sie streicht mit ihren Händen über meine Brust, zieht meinen Kopf zu sich hinunter, damit wir da weitermachen können, wo wir unten aufgehört haben. Sofort lodert das Feuer der Leidenschaft wieder auf, und wir wollen einander näher sein. Ich drücke sie gegen die Tür und hebe sie hoch.

Sie schlingt die Beine um meine Hüften.

Das Verlangen, das mich erfasst, überwältigt mich fast. Ich hatte vergessen, wie es ist, jemanden so zu begehren, wie verzehrend es sein kann, wenn es die Richtige ist. Die Erkenntnis, dass Iris die Richtige für mich ist, ist ein bisschen erstaunlich, aber ich hab jetzt nicht die Zeit, darüber nachzugrübeln, während sie an meinem Hemd zerrt und versucht, die Sache zu beschleunigen.

Ich setze sie lang genug ab, um mich auszuziehen. Die Hosenbeine meiner Jeans noch um die Knöchel, hebe ich sie erneut hoch, presse sie mit dem Rücken gegen die Wand und setze sie auf meine Erektion. Ein Gefühl von Erleichterung darüber, wieder mit ihr vereint zu sein, erfüllt mich, als hätte ich seit dem letzten Mal die Minuten gezählt, dabei war das erst heute im Morgengrauen.

Wir lieben uns, als wären wir nach einer langen Trennung endlich wieder vereint.

Aus Sorge, dass wir die Kinder stören könnten, ziehe ich sie fester an mich und trage sie zum Bett, auf das ich mich mit ihr sinken lasse, bevor ich mich wie ein Besessener in sie stoße.

Sie kommt zweimal zum Höhepunkt, bevor ich es mir gestatte, ihr zu folgen, und Gefühle mich überrollen, die vom tiefsten Grund meiner Seele aufsteigen. Es ist mehr als rein körperlich. Es ist emotional und spirituell. Es sind all die Dinge, die ich mit Nat hatte, und mehr. Das zuzugeben ist vernichtend.

»Alles in Ordnung?«, erkundigt sich Iris.

»Ja, warum?«

»Du bist gerade so still geworden.«

»Weil du mich ausgelaugt hast.« Ich kann ihr schließlich

kaum sagen, dass ich sie mit Nat verglichen habe und sie die Gewinnerin ist. Warum tue ich das? Wie vermurkst bin ich eigentlich?

»Ich hab dich ausgelaugt. Genau. Du bist ein Wilder.«

»Ich hab dir doch nicht wehgetan, oder?«

»Die mehrfachen Höhepunkte legen etwas anderes nahe.«

Ich liebe es, dass sie mich ständig anfasst und streichelt, als könne sie nicht anders, als mir Trost zu bieten. Das ist so sehr Teil von dem Menschen, der sie ist, und das wusste ich schon, bevor wir miteinander im Bett waren. Sie ist eine wunderbar offenherzige Freundin, die die Menschen, die sie liebt, stets umarmt, berührt und drückt. Ich bin wirklich dankbar, zu diesen Menschen zu gehören.

»Wir wollten darüber reden, was hier abgeht«, erinnert sie mich.

»Wollten wir?«

»Ich glaub schon. Ich bin dazu bereit, wenn du es auch möchtest.«

Ich bin so fertig von dem Sex und der Trauer und der Welle aus Gefühlen, die sie begleitet, dass ich mir nicht sicher bin, ob ich das kann. Nur weil drei Kinder mit betroffen sind, zwinge ich mich, mich zusammenzureißen, stehe auf und begebe mich auf die Suche nach einem Handtuch für sie.

Ich reiche es ihr.

»Danke.« Sie streift sich den Rest ihrer Kleidung ab, schlüpft unter die Decke und klopft auf die Stelle neben sich, lädt mich ein, mich neben sie zu legen.

Das hier ist eine weitere Gelegenheit, ihr zu sagen, dass ich gehen muss, aber das Bedürfnis nach mehr von ihr gewinnt die Oberhand über den Fluchtreflex.

Also strecke ich mich neben ihr aus.

Sie legt eine Hand auf meine Brust und schiebt ein Bein über meinen Oberschenkel. Iris ist eine Weltklasse-Kuschlerin.

»Erzähl mir, was dich beschäftigt.«

»Ich bin hin- und hergerissen.«

»Weswegen?«

»Wegen dem hier.« Ich drücke ihre Schulter. Ihre Haut ist so weich, sie fühlt sich wie Seide an, und ich kann einfach nicht aufhören, sie zu berühren.

»Warum?«

Da ist es. Der Moment der Wahrheit, den ich jetzt schon seit Tagen zu vermeiden suche. Doch Iris verdient es, zu wissen, womit sie es zu tun hat, daher finde ich die Worte, die ich ihr sagen muss. »Als Nat und die Mädchen gestorben sind, habe ich mir geschworen, nie wieder zuzulassen, dass ich jemanden so liebe, dass ich seinen Verlust beinahe nicht überlebe.«

»Oh, Gage … Das ist ein echt schwieriger Schwur.«

»Ja, das merke ich auch gerade. Ich hab's eigentlich ganz gut hingekriegt, bis jemand, den wir beide kennen, nackt in mein Bett gekrochen ist.«

»Ich würde ja sagen, das tut mir leid, aber das wäre gelogen.«

Ich lache darüber. »Du bist eine durchtriebene kleine Hexe.«

»Gar nicht.«

»Darf ich dich was fragen?«

»Alles, was du willst.«

»Wie lange wolltest du schon mit mir schlafen?«

»Also … möchtest du einen Zeitpunkt wissen?«

»Ja, bitte.«

»Na ja, wenn ich ehrlich sein soll … Vermutlich seit unserer ersten Begegnung.«

»Das ist zwei Jahre her.«

»Ja, das könnte hinkommen.«

»Iris! Warum hast du nichts gesagt?«

»Was hätte ich denn sagen sollen? ›Hey, Gage, ich möchte dich vernaschen‹?«

Trotz des epischen Orgasmus gerade eben sorgen ihre Worte dafür, dass ich sofort wieder eine Erektion habe, obwohl ich lachen muss. »Das wäre schon mal ein guter Anfang gewesen.«

»Du warst noch nicht bereit dafür, und wenn ich ehrlich sein soll, ich auch nicht.«

»Was hat dich letztes Wochenende zu der Entscheidung bewogen, dass ich bereit war, als du ›versehentlich‹ nackt in meinem Bett gelandet bist?«

»Das war wirklich ein Versehen.«

»Nein, war es nicht.«

Sie lacht. »Wohl!«

Ich kneife sie in den Po. »Du bist eine Schwindlerin. Warum hast du beschlossen, dass der richtige Zeitpunkt gekommen war?«

»Um diese Frage zu beantworten, müsste ich mich selbst belasten, daher berufe ich mich auf mein Recht, die Aussage zu verweigern.«

Belustigt verlange ich: »Verrat es mir.«

»Ich weiß nicht genau. Vielleicht hat es an Ronis und Dereks Verlobung gelegen. Sie waren so unglaublich glücklich. Oder vielleicht daran, dass ich ohne die Kinder da war und mich so frei gefühlt habe, wie ich es nur noch ganz, ganz selten tue. Vielleicht war es auch der Wein, mit dem ich mir Mut angetrunken habe.«

»Oder möglicherweise eine Kombination von allem?«

»Ja, und natürlich deine Jeans.«

»Was ist mit meinen Jeans?«

»Die sind toll und sitzen echt gut.«

»Das sind Levi's.«

»Es sind *verwaschene* Levi's, und sie sehen atemberaubend an dir aus. Sehr rau und authentisch.«

»Also hast du mich mit den Augen vernascht?«

»Ja – und dich komplett auf deinen Körper reduziert –, ganz besonders, als du dich um das Feuer gekümmert hast. Du hast dich vorgebeugt, und die Jeans haben sich gespannt und … hm, lecker.«

»Ich bin vor Schock sprachlos.«

»Nein, bist du nicht«, entgegnet sie grinsend.

»Ich hatte keine Ahnung, dass meine Freundin Iris sich die ganze Zeit nach mir verzehrt.«

»Ich hoffe, du weißt … unsere Freundschaft ist mir wichtiger, als das andere je war.«

»Das weiß ich, trotzdem danke, dass du's mir sagst.«

»Du bist einer der wichtigsten Menschen in meinem Witwendorf.«

»Gleichfalls.«

»Ich respektiere deinen Vorsatz, und ich verstehe besser als die meisten Leute, weshalb du dir das geschworen hast.«

»Aber?«

»Ich werde nicht versuchen, dich umzustimmen. Versprochen. Ich möchte dich nur darauf aufmerksam machen, dass die Zukunft mit all ihren vielen verschiedenen Möglichkeiten beinahe drei Jahre später anders für dich aussehen könnte als in den ersten Tagen des schrecklichen Schmerzes und der Trauer, als der Entschluss in dir gereift ist.«

»Alles sieht heute anders aus als damals, als ich ganz sicher war, dass ich ihren Tod nicht überstehen würde.«

»Ich weiß nicht, wie du es geschafft hast. Wirklich nicht.«

»So, wie du auch Mikes Verlust verkraftet hast: immer einen Tag nach dem anderen.«

»Ja, vermutlich schon.«

»Wir wissen alle gar nicht, was in uns steckt, bis uns das Leben auf die Probe stellt und uns zeigt, wie stark wir sein können, wenn es darauf ankommt.«

»Du bist sehr weise.«

Ich lache schnaubend. »Wenn du das sagst.«

»Alle sagen das. Schau dir nur deine Instagram-Follower an und was sie über dich schreiben.«

»Ich hab keine Million TikTok-Follower, die an meinen Lippen hängen.«

»Mein Zeug ist komplett belanglos im Vergleich zu dem, was du tust.«

»Es ist nicht albern, Iris. Es ist total cool.«

Sie hebt ihren Kopf von meiner Brust und blickt mir in die Augen. Ich liebe es, dass ihr Haar ein Gewirr aus Locken und ihre Wimperntusche verlaufen ist und sie immer noch toll aussieht. »Ich möchte, dass du weißt, ich bedaure nicht im Geringsten, was letztes Wochenende oder seither geschehen ist. Aber wenn du nicht dazu bereit bist, dass wir mehr sind als Freunde mit gewissen Vorzügen, kann ich auch damit klarkommen.«

Ich wickle mir eine ihrer Haarsträhnen um den Zeigefinger.

»Ich möchte dazu bereit sein – und dass ich das einräume, ist für mich schon eine große Sache. Allerdings gilt meine Hauptsorge den Kindern.«

Sie runzelt die Stirn. »Was ist mit ihnen?«

»Ich mach mir Gedanken, dass sie sich daran gewöhnen und darauf bauen, dass das zwischen uns von Dauer ist, bevor wir uns sicher sind, dass es klappt.«

»Gage …« Wenn sie amüsiert lächelt, tanzen ihre wunderschönen Augen förmlich. »Wenn ich mir nicht sicher gewesen wäre, wäre ich nicht nackt in deinem Bett gelandet.«

»Ist das dein Eingeständnis, dass es doch Absicht war?«

»Überhaupt nicht«, erwidert sie, und ihr Lächeln wird verschmitzt. »Ich sag nur, dass ich ein derartiges Risiko mit einem Freund, der mir so viel bedeutet, nicht eingegangen wäre, wenn ich mir nicht sicher gewesen wäre, wie mein Gefühl dazu ist.«

»Und wie ist dein Gefühl?«

»Dass das mit uns beiden episch werden könnte.«

## 14

## Gage

*W*as soll es bringen, sich zurückzuhalten? Das Dasein als Witwer ist eine tägliche Mahnung, wie witzlos das ist, weil man nie wissen kann, wann es vorbei ist.

»Meinst du wirklich?«

»Ich *weiß* es, aber ich will nicht, dass du dich mir oder den Kindern verpflichtet fühlst. Ich bin nicht auf der Suche nach einem neuen Daddy für meine Kids, denn schließlich haben sie Rob und ihre Großväter und andere gute Männer in ihrem Leben.«

»Worum geht es dann?«

»Um dich und mich. Es geht um zwei Leute, die in der Hölle waren und zurückgekehrt sind, sich auf dem Weg gefunden haben und die einander etwas Neues und Süßes geben, etwas Wunderbares, auf das man sich inmitten all des Schmerzes konzentrieren kann.«

»Das ist eine sehr schöne Vorstellung.«

»Es ist viel mehr als eine Vorstellung. Es kann unsere Realität werden. Allerdings nur, wenn es das ist, was wir beide wollen. Nicht in einer Million Jahre möchte ich, dass du dich zu etwas gedrängt fühlst, wozu du noch gar nicht bereit bist.«

Ich lasse meine Hand über ihren Rücken gleiten, umfasse

ihren sexy Po. »Ich denke, ich habe wiederholt bewiesen, dass ich interessiert bin.«

»Nach der langen Phase der Dürre, die du hinter dir hast, hätte jeder nackte weibliche Körper genügt«, erwidert sie in neckendem Tonfall, als Anspielung auf unsere erste gemeinsame Nacht.

»Ich hab dir schon erklärt, dass das nicht stimmt. Ich hätte jede andere von der Bettkante geschubst, egal ob nackt oder nicht.«

»Wirklich?«

»Ja, Iris«, antworte ich seufzend. »Wirklich. Wenn ich vorgehabt hätte, das zum ersten Mal nach dem Unfall, der mich zum Witwer gemacht hat, zu tun, dann ganz bestimmt nicht mit irgendeiner Zufallsbekanntschaft.«

»So wie ich das getan hab.«

»Damit will ich dich auf keinen Fall verurteilen, das schwöre ich. Ich konnte mich bloß selbst nicht dazu durchringen.«

»Ich wünschte, ich hätte es sein lassen, auch wenn es sich zu der Zeit für mein Überleben notwendig angefühlt hat. Stell dir vor, dass ich tatsächlich das Gefühl hatte, Mike zu betrügen, weil ich mit einem anderen Mann im Bett war. Ironisch, oder?«

»Absolut.«

»Ich glaub, ich würde gern mit ihr reden.«

»Mit wem?«

»Mit der Mutter seines anderen Kindes.«

»Iris ...«

»Ich weiß, was du sagen willst, und ich gebe dir sogar recht bei all den Gründen, die du mir dafür nennen wirst, dass es keine gute Idee ist. Aber ich möchte unbedingt verstehen, was zwischen ihnen passiert ist und wie er eine weitere Familie haben konnte, von der ich nicht die geringste Ahnung hatte.«

»Ich verstehe, dass du das wissen willst, doch ich mach mir Sorgen, dass es dich tief treffen könnte.«

»Das wird es ganz bestimmt, aber wenigstens habe ich dann Klarheit.«

Ich will sie so dringend vor weiterem Schmerz bewahren,

dass ich mich am liebsten schützend vor sie werfen würde, um sie davon abzuhalten.

»Du weißt, wie alle immer behaupten, die Zeit heile alle Wunden, und wie uns das in den Wahnsinn treibt?«, fragt sie.

»Ja. Ich hatte den Punkt erreicht, an dem ich Angst hatte, ich könnte dem Nächsten, der mir das sagt, einen Kinnhaken verpassen.«

»Ja, oder? Furchtbar. Dabei ist am Verstreichen der Zeit schon was dran … Ich habe nach beinahe drei Jahren ohne ihn eine seltsame innerliche Distanz zu Mike und unserer Ehe. Was für mich unvorstellbar war, als er hier war, fühlt sich nach so viel Zeit ohne ihn anders an. Ich fürchte, ich kann das nicht gut ausdrücken.«

»Nein, nein, du machst das gut. Ich verstehe, was du meinst. Inzwischen ist genug Zeit verstrichen, dass du dich nicht mehr mit ihm verheiratet fühlst, und als Ergebnis davon ist es für dich anders, wenn du jetzt herausfindest, dass er dir untreu war, als es gewesen wäre, bevor du ihn verloren hast.«

»Richtig«, antwortet sie mit einem langen Ausatmen. »Bitte versteh mich nicht falsch. Es schmerzt immer noch entsetzlich, doch ich verspüre eine seltsame Losgelöstheit davon, als ob es jemand anders passiert wäre. Es ist wirklich schwierig zu erklären.«

»Ich verstehe es.«

»Das ist der Grund, weshalb ich glaube, ich könnte es verkraften, mit ihr zu reden und mehr darüber zu erfahren, was zwischen ihnen war.«

»Trotzdem wünschte ich, du würdest es nicht tun.«

»Ich weiß, und ich weiß deine Sorge zu schätzen.« Nach einer längeren Pause wirft sie mir einen pointierten Blick zu. »Weißt du, was mich furchtbar treffen würde?«

»Was denn?«

»Wenn du das hier mit einer anderen machen würdest, während wir zusammen sind.«

»Das würde ich nie tun.«

»Das wusste ich bereits, aber andererseits dachte ich auch, Mike würde es nie tun.«

Ich fasse sie am Kinn und drehe ihr Gesicht so, dass sie mich anschauen muss. »Iris, ich würde das niemals tun. Das schwöre ich dir.«

»Danke.«

»Du musst mir nicht danken. Abgesehen von dem emotionalen Auf und Ab, das wir beide hinter uns haben, sind das hier ein paar wunderbare Tage gewesen. Ich fühle mich besser als seit sehr, sehr langer Zeit.«

»Das freut mich.«

»Und ich möchte, dass du weißt … Ich denke ernsthaft darüber nach, ob ich es mit dem gefürchteten B-Wort versuchen soll.«

»Das tust du? Echt?«

»Ja.«

»Ach, Gage. Schau dich an. Mein kleiner Junge wird erwachsen und testet seine Flügel.«

»Sei still«, brumme ich und gebe ihr einen leichten Klaps auf den Po.

Ihr Kichern ist ein Laut purer Freude, etwas, das ich schmerzlich vermisst habe, seit meine Welt implodiert ist. Ein hoffnungsvolles Gefühl begleitet diese Erkenntnis, das wie eine Blume in mir aufblüht, eine weitere Erinnerung daran, dass das Leben weitergeht, selbst wenn man davon überzeugt ist, dass das nicht sein kann.

## Iris

NACHDEM DIE KINDER am Morgen aus dem Haus sind, trinke ich erst mal Kaffee mit Gage, der in meinem Zimmer geblieben ist, bis die Kinder weg waren. Es ist noch viel zu früh dafür, dass sie ihn in meinem Schlafzimmer sehen oder begreifen, dass er hier übernachtet hat. Er hat extra noch sein Auto umgeparkt, bevor wir gegen Mitternacht ins Bett gegangen sind.

»Heute wirst du zur Arbeit fahren«, teile ich ihm mit.

»Ja, aber nur, weil ich muss, nicht weil ich will. Ich hab

Tyler fragen hören, wann wir das Modell fertig basteln. Richte ihm aus, dass ich heute Abend wieder vorbeischaue.«

»Das musst du nicht, Gage.«

»Doch, muss ich, und außerdem will ich.«

»Okay, das Mindeste, was ich dann tun kann, ist, dich zu verköstigen.«

»Dazu sage ich nicht Nein.«

Ich kann erkennen, dass er mich nicht verlassen möchte, doch er muss schließlich seine Firma leiten, und ich habe eine Million Dinge zu tun, nachdem ich die letzten paar Tage so abgelenkt war. »Dann fort mit dir.«

»Darf ich Mikes Handy mitnehmen?«

»Nein, ganz bestimmt nicht«, antworte ich lächelnd. »Aber du kannst mich beruhigt damit allein lassen. Ehrenwort.«

Er steht auf und kommt zu mir an den Küchentresen, wo ich mit dem Kaffee in der Hand stehe. Er nimmt mir den Becher ab, stellt ihn zur Seite und schlingt die Arme um mich. Seine Lippen an meinem Hals senden einen Schauer des Verlangens durch meinen Körper. Wie kann er mich nur so mühelos erregen?

»Tu nichts, was meine Freundin Iris verletzt. Sie bedeutet mir viel.«

»Okay.«

Wir umarmen einander eine lange Zeit, ehe er mich fast widerstrebend loslässt.

»Es ist alles gut, das verspreche ich.«

»Wenn nicht, ruf mich an.«

»Mach ich.«

»Und du solltest dich besser bei Roni melden, ehe sie hier noch aufkreuzt, um sich mit eigenen Augen davon zu überzeugen, dass bei dir alles in Ordnung ist.«

»Okay, wird erledigt.«

»Gut. Wir sehen uns später.«

»Ich werde hier sein.«

Er küsst mich auf die Stirn, die Nasenspitze und dann auf die Lippen. »Darauf verlasse ich mich.«

»Du klingst wie ein Mann, der in einer Beziehung ist.«

»Du bist wirklich schlimm«, entgegnet er mit einem tiefen Lachen.

Ich schenke ihm mein kessestes Lächeln. »Wer? Ich?«

Er schüttelt den Kopf und versucht, seine Belustigung zu verbergen, schnappt sich sein Handy vom Tisch und winkt mir zu, bevor er zur Haustür geht.

»Äh, Iris?«

»Ja?«

»Rob ist hier.«

Was zur Hölle? Er kommt nie, ohne mir vorher zu schreiben, aber ich hab heute früh in der ganzen Hektik, die es mit sich bringt, die Kinder fertig zu kriegen, gar nicht groß auf mein Handy geachtet.

Gage öffnet die Tür und lässt Rob ins Haus.

Die beiden Männer mustern einander, und es erinnert mich ein bisschen an Hunde, die einander umrunden.

»Hey, Rob. Komm rein. Gage, wir sehen uns nachher.«

Der Blick, den er mir zuwirft, ist unergründlich, doch alle Anzeichen von Belustigung sind verschwunden, als er durch die Tür ins Freie tritt.

»Hast du mir geschrieben?«, frage ich Rob. »Ich habe heute Morgen überhaupt nicht auf mein Handy geschaut.«

»Nein, hab ich nicht. Ich hab mich ins Auto gesetzt, um zur Arbeit zu fahren, und bin irgendwie hier gelandet.«

»Kaffee?«

»Ja, sicher.« Er folgt mir in die Küche. »Also dieser Typ, dieser Gage … Habt ihr beide was miteinander?«

Während ich ihm Kaffee einschenke, überlege ich, was ich antworten soll. Ich könnte behaupten, Gage sei heute früh hergekommen, um mir bei irgendwas zu helfen, bloß würde er mir das vermutlich ohnehin nicht abkaufen. Ich gehe mit unseren beiden Kaffeetassen zum Tisch und stelle seine vor ihn. »Ja.«

»Oh. Seit wann?«

»Noch nicht lange, aber wir sind schon seit beinahe zwei Jahren befreundet.«

»Ich wusste gar nicht, dass du, du weißt schon, dafür bereit bist.«

»Ich auch nicht. Bis es passiert ist.«

Er sieht auf seine Kaffeetasse. »Ich … Ich hatte irgendwie gehofft, dass wir beide vielleicht …«

»Rob. Bitte. Sag jetzt nichts, was uns beiden hinterher leidtut.«

Als er mich anschaut, spiegelt sich in seiner Miene Enttäuschung wider. »Ich will nicht, dass du dich bei mir unbehaglich fühlst.«

»Dann lass es. Du bist mir ein wunderbarer, wichtiger Freund und der geliebte Onkel meiner Kinder. Ich brauche dich in diesen beiden Rollen. Ich zähle auf dich, Rob, darauf, dass du mir hilfst, meine Kinder zu Erwachsenen großzuziehen, auf die Mike stolz sein würde.«

»Ich werde immer für dich und sie da sein.« Er reibt sich über das Gesicht. »Die Neuigkeit, dass Mike für den Absturz verantwortlich sein könnte, ist furchtbar.«

Als ich daran denke, was ich ihm gleich auch noch beibringen muss, leide ich mit ihm. »Das ist schwer vorstellbar.«

»Ich hab den Bericht gelesen. Da steht, er habe alles falsch gemacht, als sie in das Unwetter geraten sind. Wie kann er das getan haben, schließlich hat er unablässig für solche Fälle trainiert.«

»Vielleicht war er abgelenkt.«

»Von was denn?«

»Er hatte noch ein weiteres Kind.«

Robs Gesicht wird vor Schock ganz ausdruckslos. »Was?«

»Einen Sohn, der zwischen Tyler und Sophia geboren wurde.«

»Das kann unmöglich wahr sein.«

»Doch.« Ich berichte ihm, wie Steve das überprüft hat, bevor er damit zu mir gekommen ist.

Rob lehnt sich in seinem Stuhl zurück, genauso geschockt, wie ich anfangs von dieser Neuigkeit war. Das ist irgendwie eine Erleichterung, denn insgeheim hatte ich befürchtet, dass er es gewusst und mir verheimlicht haben könnte. Aber seine Überraschung ist echt. »Er hatte ein weiteres Kind?«

»Ja, genau. Ich weiß allerdings nicht mehr, als ich dir gerade erzählt habe.«

»Wie hat Steve es rausgefunden?«

»Sie droht damit, Mikes Testament anzufechten und Unterhalt einzuklagen.«

»Das Nachlassverfahren ist abgeschlossen.«

»Ich hab eine Freundin, die Anwältin ist und die für mich klärt, wie das juristisch zu bewerten ist.«

»Warte, sie kann dich verklagen?«

»Ich war Testamentsvollstreckerin, daher ja, ich denke schon. Und wenn sie glaubt, sie hätte einen Klagegrund, weil er weder sie noch ihr Kind als Begünstigte in seinem Testament genannt hat, kann sie auch die Versicherungsgesellschaft vor Gericht zerren. Ich weiß nicht. Es ist alles ein furchtbares Durcheinander.«

»Wo war sie die ganze Zeit?«

»Wahrscheinlich hat sie sich schon vor einer Weile bei Steve gemeldet, doch er hat sich geweigert, damit zu mir zu kommen, bevor er den Beweis hatte, dass das Kind tatsächlich von Mike ist.«

»Bist du sauer, dass er Tylers Wasserflasche dafür benutzt hat?«

»Total sauer, aber ich sehe auch, dass er es aus den richtigen Motiven getan hat. Ich meine, wenn sich herausgestellt hätte, dass das alles Quatsch ist, hätte ich davon ja überhaupt nichts erfahren müssen.«

»Ja, vermutlich schon, trotzdem … Das ist übergriffig.«

»Absolut. Diese ganze Geschichte ist schwer zu verkraften. Ich hab das Gefühl, als hätte ich den Mann, mit dem ich verheiratet war, gar nicht wirklich gekannt.«

»Das stimmt nicht.«

»Nein? Ich bin mir nicht so sicher, und ich frage mich, ob er von alldem so abgelenkt war, dass er in der kritischen Situation Mist gebaut hat. Hat sie ihm vor dem Absturz vielleicht Druck gemacht? Ist das der Grund für seine entscheidenden Fehler?

Hatte er Angst, sie würde sich an mich wenden und mir alles erzählen?«

»Himmel, Iris. Glaubst du, das könnte passiert sein?«

»Wir werden es nie mit Sicherheit wissen, doch wenn ihn all das belastet hat, wer weiß, welche Auswirkungen das auf seine Konzentration gehabt hat?«

»Ich hab keine Ahnung, was ich mit dieser Information anfangen soll.«

»Willkommen in meiner Welt.«

»Es tut mir so leid. Du musst am Boden zerstört sein.«

»Eigentlich verspüre ich eher eine merkwürdige Taubheit, und ich sorge mich wegen des kostspieligen Gerichtsverfahrens, das an dem finanziellen Polster nagen wird, das Mike mir und den Kindern hinterlassen hat.«

»Das darf nicht passieren.«

»Aber ihr Sohn ist auch sein Kind. Damit gibt es vermutlich einen berechtigten Anlass für eine Klage.« Dieser Gedanke führt dazu, dass mein Magen und jeder andere Teil von mir vor Angst und Unsicherheit wehtun. »Ich spiele mit dem Gedanken, mich mal bei ihr zu melden.«

»Ernsthaft?«

Ich zucke die Achseln. »Warum nicht? Ich will wissen, was sie vorhat, und welchen besseren Weg gibt es da, als sie direkt zu fragen?«

»Du solltest das mit einem Anwalt abklären, bevor du irgendwas in der Richtung unternimmst.«

»Das werde ich.«

»Verdammt, Iris. Gerade als wir dachten, wir erholen uns langsam, wird es aus heiterem Himmel noch schlimmer.«

»Ich habe beschlossen, mich davon nicht zurückwerfen zu lassen. Ich habe viel zu hart und viel zu lange daran gearbeitet, den Punkt zu erreichen, an dem ich mich heute befinde. Ich kann jetzt nicht zurück und mich wieder so fühlen wie damals, nachdem es gerade passiert war. Das kann ich einfach nicht – und ich werde es nicht tun.«

»Du bist so stark«, meint er mit hängenden Schultern. »Ich wünschte, ich wäre auch nur halb so stark wie du.«

»Du bist für mich und die Kinder da gewesen. Mike wäre sehr stolz darauf, wie du uns geholfen hast.«

»Meinst du wirklich?«, erkundigt er sich, und seine Miene hellt sich auf.

»Das weiß ich.«

»Wenn du … Wenn das mit dir und … Gage … etwas wird, hoffe ich, du lässt mich weiterhin Teil eures Lebens sein.«

Es schockiert mich, dass er es für möglich hält, dass ich das nicht tun könnte. »Natürlich.« Ich lege meine Hand auf seine. »Du bist lebenslang mein Schwager und der Onkel meiner Kinder. Du wirst in unserem Leben immer willkommen sein, egal was ist.«

Er blinzelt ein paar Tränen weg. »Danke. Ich hab euch alle sehr lieb.«

»Wir dich auch.«

»Und ich könnte nie mehr für dich sein als Mikes Bruder?«

»Nein, und es tut mir leid, wenn dich das verletzt. Aber ich weiß genau, da draußen ist eine Frau, die nur darauf wartet, dass du sie findest, damit du deine eigene Liebesgeschichte schreiben kannst.«

»Es wäre schon schön, wenn sie irgendwann demnächst auftauchen würde.«

Wir lachen miteinander, was dabei hilft, dass wir auf sichereren Boden zurückfinden. Ich bin erleichtert, denn das Letzte auf der Welt, was ich möchte, sind Probleme mit ihm oder Mikes Familie.

»Irgendjemand muss deinen Eltern von Mikes anderem Sohn erzählen. Und dieser Jemand werde nicht ich sein.«

»Echt? Du willst, dass ich das übernehme?«

»Ja, bitte.«

»Das möchte ich eigentlich nicht.«

»Ich auch nicht.«

»Sie werden fassungslos sein, wenn sie herausfinden, dass er dir untreu war. Sie lieben dich so sehr, wie sie ihn geliebt haben.«

Mike war sehr darauf bedacht, dass niemand von seinem früheren Fehltritt erfährt, daher wird das ein Riesenschock für seine Eltern sein. »Ich weiß. Doch ein weiteres Kind von Mike ist ein Mensch mehr, den ihr lieben könnt. Dieses Kind ist an all dem Theater komplett unschuldig.«

»Richtig.« Er schließt die Augen und atmet tief durch. »Ich kümmere mich drum.«

»Danke. Ich bin dir sehr dankbar, dass du dich opferst.«

»Meine Eltern werden ihn kennenlernen wollen.«

»Das werde ich ihr sagen, wenn ich mit ihr spreche.« An irgendeinem Punkt ist aus der vagen Idee, dass ich mit ihr reden sollte, eine Gewissheit geworden.

»Das Leben ist manchmal wirklich Mist, oder?«

»Aber echt. Und dann stirbt man.«

Wir lachen wieder, und er nimmt meine Hand. »Mike war ein Idiot, dass er dich betrogen hat.«

»Da muss ich dir zustimmen. Ich bin großartig.«

»Ja, das bist du, und er hatte Riesenglück, dass er dich hatte.«

»Das sehe ich genauso.« Von meiner Befürchtung, es könnte mehr als eine andere Frau gegeben haben, verrate ich ihm nichts. Ich bin mir weiter nicht sicher, ob ich versuchen soll, mir in dem Punkt Klarheit zu verschaffen. Wie Gage schon erwähnt hat: Was würde das jetzt noch bringen?

Rob steht auf und nimmt seine Tasse mit zur Spüle, um sie abzuwaschen. Als er sich zu mir umdreht, sagt er: »Es tut mir leid, dass ich hier unangekündigt aufgekreuzt bin. Das werde ich nicht wieder tun.«

»Du kannst jederzeit herkommen, wann immer du willst.«

»Danke, doch von jetzt an werde ich dir wieder vorher eine Nachricht schreiben.«

Ich gehe zu ihm und umarme ihn fest. »Ich hab dich lieb.«
»Ich dich auch.«

## 15

**Iris**

Nachdem Rob sich verabschiedet hat, schenke ich mir Kaffee nach und nehme meinen Becher und mein Handy mit zum Sofa, wo ich es mir gemütlich mache. Ich antworte all meinen Wilden Witwen, die mir Nachrichten geschickt haben und wissen wollen, wie es mir geht. Ich schreibe ihnen, dass bei mir alles okay ist und dass ich mich auf unser Dinner am Freitag freue. Es fühlt sich an, als wäre unser Strandwochenende schon ewig her, dabei sind es erst ein paar Tage.

Ich habe eine Nachricht von Joy. *Hey, Süße, hier ist, was ich herausgefunden habe, nachdem ich zu Nachlassangelegenheiten und so recherchiert habe: Mikes Nachlass ist vom Gericht abgewickelt worden. Der einzige Grund, sich noch einmal damit zu befassen, läge dann vor, wenn irgendein neuer wesentlicher Vermögenswert entdeckt worden wäre. Ich bezweifle, dass die Mutter des anderen Kindes einen Richter davon überzeugen könnte. Das Gericht hat das Testament fristgerecht eröffnet, und das wäre der Zeitpunkt gewesen, zu dem sie irgendwelche Ansprüche hätte anmelden müssen. Ich kann mir nicht vorstellen, dass da eine Ausnahme gemacht werden würde, selbst wenn sie nicht gewusst hat, dass er gestorben ist. Ich habe mich mit meinen Partnern besprochen, und keiner von uns ist der Ansicht, dass sie dich auf etwas verklagen kann, was nichts mit dir zu tun hat und von dem du vor dieser Woche nicht einmal etwas gewusst hast. Ich hoffe, das hilft dir. Lass es mich wissen, wenn sie irgendeine von ihren Drohungen in die Tat umsetzt, aber kein Anwalt, der auch nur ein bisschen Verstand hat, würde so einen Fall verfolgen, da praktisch keine Chance besteht, ihn zu gewinnen.*

Damit nimmt sie mir eine Riesenlast von den Schultern, was ich ihr auch gleich schreibe. *Vielen Dank, dass du dir die Zeit genommen hast, das für mich herauszufinden. Ich fühle mich viel besser.*

*Kein Problem,* erwidert Joy. *Ich freue mich schon auf Freitag. xo.*

Für meine Antwort an Roni nehme ich mir besonders viel Zeit. *Danke der Nachfrage. Es geht mir gut. Ich bin geschockt und traurig und mache mir Sorgen wegen einer möglichen Klage, doch Joy meint, dass sie keine Chance hätte, das durchzubringen. Ich habe Gage schon gestern Abend erklärt, dass ich mich Mike seltsam entfremdet fühle, überhaupt unserer ganzen Ehe und dem Bild, das ich von mir hatte, als ich mit ihm verheiratet war. Ich bin eine völlig neue Version meiner selbst, und ich lerne diese Frau gerade erst kennen. Aber immerhin weigert sie sich, wegen dieser neuen Information am Boden zerstört zu sein oder sich in die ersten Tage der schrecklichen Trauer zurückwerfen zu lassen. Sie ist tougher, als sie damals war, und dafür bin ich dankbar. Ich glaube, ich muss dann jetzt auch nicht mehr in der dritten Person über mich sprechen.*

Roni meldet sich kurze Zeit später mit lachenden Emojis zurück. *Wir sind alle sehr dankbar für unsere toughe Iris, die uns bei jeder Herausforderung tatkräftig hilft, mit derselben Stärke, die sie auch diese Krise meistern lassen wird. Und ich werde dann jetzt ebenfalls darauf verzichten, in der dritten Person über dich zu sprechen.*

*Ich glaube, ich werde sie kontaktieren. Ich will es wissen …*

*Bist du dir da sicher?*

*Absolut nicht. Trotzdem ist ihr Sohn der Halbbruder meiner Kinder …*

*Mein Gott, Iris … Ich hasse es, dass du dich mit so was rumschlagen musst.*

*Ich auch. Doch ich sage mir immer wieder, dass das Kind ja nichts dafür kann. Es ist nicht seine Schuld, dass sein Vater mich betrogen hat.*

*Hasst du Mike deswegen? Ist das überhaupt eine berechtigte Frage?*

*Es ist eine berechtigte Frage, und es hat Auswirkungen auf das, was ich rückblickend für ihn und unsere Ehe empfinde. Was ich zu haben glaubte, war nicht das, was ich tatsächlich hatte, und das ist bitter.*

*Ich kann mir das nicht einmal ansatzweise vorstellen.*

*Außerdem frag ich mich, ob sie vielleicht nicht die Einzige war.*
*O mein Gott.*

*Gage hat mir eindringlich geraten, nicht weiter nachzuforschen, denn egal, was ich dabei finde, es würde nichts an der Sachlage ändern. Aber es ist schwierig, der Versuchung zu widerstehen, auf Mikes Handy nachzusehen.*

*Ich stimme Gage zu. Es würde eine ohnehin schon schwierige Situation nur noch schwieriger machen. Du weißt, er war dir nicht treu. Du musst nicht wissen, wie sehr.*

*Würdest du es nicht wissen wollen, wenn es Patrick wäre? (Total unfaire Frage.)*

*Ich glaube nicht. Mir würde die Tatsache reichen, dass es ein Mal passiert ist. Das würde alles auf den Kopf stellen.*

*Genau, und trotzdem entschärft es die Trauer nicht im Geringsten. Findest du das gerecht?*

*Das ist absolut nicht gerecht, aber Trauer ist halt eine blöde Mistzicke.*

*Ja, da hast du recht.*

*Nein, Trauer ist definitiv ein Mann, weil eine Frau uns so etwas niemals antun würde.*

Ich antworte mit einem lachenden Emoji. *Vielen Dank. Das hab ich gebraucht.*

*Ich möchte für dich da sein, genau wie du immer für mich da bist.*

*O Süße, du bist ja immer für mich da. Und ich weiß das wirk-*

*lich sehr zu schätzen. Ich will, dass du deine Verlobung und deine neue Liebe uneingeschränkt genießt und keinen Gedanken an mich verschwendest. Ich komm damit klar. Ich habe schon viel Schlimmeres überlebt.*

*Ich vermute, das trifft auf uns alle zu. Egal, was jetzt noch passiert, wir lassen uns davon nicht unterkriegen.*

*Genau. Es ist sehr, sehr merkwürdig, herauszufinden, dass meine Ehe nicht so war, wie ich dachte. Das sorgt für Chaos in meinem Gefühlsleben, aber ich weigere mich, mich dadurch zurückwerfen zu lassen.*

*Nein, das geht nicht. Egal, was passiert.*

*Sag mal, du hast doch bestimmt zu tun! Also ab an die Arbeit, und lass mich in Ruhe. Haha.*

*Wo wir von meinem Job reden: Meine unglaubliche Chefin (die First Lady, du weißt schon) hat mir vorgeschlagen, die Wilden Witwen zum Tee ins Weiße Haus einzuladen. Ich habe ihr erklärt, ich könne mir nicht vorstellen, dass sie das überhaupt wollen …*

*Kreisch! War das ihr Ernst?*

*Ja. Sie findet es großartig, wie wir einander helfen, und möchte euch treffen.*

*O mein Gott. Die fallen alle tot um.*

*Bitte nicht! Dadurch sind wir ja erst in diesen ganzen Schlamassel geraten.*

Ich lache laut auf. Roni ist einfach klasse. *Danke, jetzt hab ich etwas Aufregendes, auf das ich mich freuen kann. Sie ist die absolut coolste First Lady überhaupt, und ihr persönlich zu begegnen wäre ein Traum, der wahr wird. Ich erwähne wohl besser nicht, dass ich bis über beide Ohren in ihren Ehemann verschossen bin, was in den Monaten, seit Präsident Nelson so überraschend gestorben und Vizepräsident Nick Cappuano quasi über Nacht nachgerückt ist, nur schlimmer geworden ist.*

*Ich kümmere mich drum, dass wir einen passenden Termin finden. Meldest du dich später noch mal?*

*Na klar. Fühl dich gedrückt. Hab dich lieb.*

*Ich dich auch.*

Das Weiße Haus! Heilige Scheiße! Das muss ich sofort Gage schreiben.

*Das ist ja irre*, antwortet er. *Die Witwen werden total durchdrehen!*

*Absolut. Wie ist es auf der Arbeit?*

*So verrückt wie immer. Wie geht es dir?*

*Merkwürdigerweise gut, aber ich brauche noch eine Weile, um durchzuatmen und zur Ruhe zu kommen, bevor ich endlich all die Sachen in Angriff nehme, die seit Tagen liegen geblieben sind.*

*Unterwäsche kann man zur Not auch noch mal umdrehen und ein zweites Mal tragen.*

*Igitt. Hör auf!*

*Haha. Ich wusste, dass du das sagst. Übe dir selbst gegenüber Nachsicht. Es waren zwei harte Tage.*

*Okay. Mach dir keine Sorgen.*

*Und halt dich von seinem Handy fern. Ich hätte es heute mitnehmen sollen.*

*Ich fasse es nicht an, versprochen.*

*Gut. Ich freu mich schon darauf, der Titanic die Schornsteine zu verpassen.*

*Tyler hat auf dem Weg zur Schule über nichts anderes geredet und will jetzt den Film sehen.*

*Das ist möglicherweise ein bisschen heftig für einen Sieben-jährigen …*

*Das habe ich mir auch gedacht, doch er behauptet, das sei kein Problem für ihn.*

*Fang vielleicht lieber erst mal mit einem Kinderbuch über die Geschichte an, dann kann er besser beurteilen, ob er das wirklich als Film braucht.*

*Ja, gute Idee. Ich guck mal nach, was es zu dem Thema gibt.*

*Okay. Bis ganz bald.*

Ich lächle, während ich tippe: *Nicht bald genug.*

*Hör auf.*

*Hör* du *auf.*

*Sonst sagst du mir nie, dass ich aufhören soll. Ganz im Gegenteil.*

Jetzt bin ich verlegen. Ich sende ihm das Emoji mit dem roten Kopf und bekomme als Antwort ein lachendes. Im Gegenzug schicke ich ihm die Aubergine.

*Was soll ich sagen? Es ist schon etwas her.*
*Ich beschwere mich ja gar nicht, oder?*
*Nope.*
*Also ist dies eine BEZIEHUNG?*
*Sei still.*

Er kriegt mehr lachende Emojis von mir.

Bei ihm fühle ich mich wie ein Teenager, der die Qualen der ersten Liebe durchleidet, was natürlich albern ist. Ich bin so weit von den Qualen der ersten Liebe entfernt, dass es nicht einmal mehr komisch ist. Und wieso eigentlich Qualen? Was soll das überhaupt heißen? Vermutlich wenn man ganz fürchterlich aufgeregt ist, weil man den anderen in wenigen Stunden wiedersehen wird, dann könnte das wohl als Qual gelten. Ob das jetzt Liebe ist oder nicht, kann ich nicht sagen.

Ich liebe Gage definitiv als Freund, und das jetzt schon seit einer Weile, doch bin ich in ihn verliebt? Da es nicht einmal eine Woche her ist, dass sich unsere Beziehung in diese neue Richtung entwickelt hat, ist es viel zu früh dafür, mich mit solchen Fragen zu befassen, vor allem da er sich alle Mühe gibt, zu verhindern, dass es zu einer echten Beziehung wird.

Ich weiß, ich muss vorsichtig sein. Wenn er sich nicht auf mehr als Freundschaft mit gewissen Vorzügen einlassen kann, dann muss ich damit klarkommen und darf nicht zulassen, dass es mich verletzt. Momentan steht für mich der Selbstschutz an erster Stelle, was auch der Grund ist, warum ich nicht der Versuchung nachgebe, mir Mikes Handy vorzunehmen.

Aber ich möchte mit der Mutter seines anderen Kindes sprechen, und mit diesem Gedanken rufe ich Steve an.

»Iris. Hi. Ich hatte gehofft, dass du dich meldest. Wie geht es dir?«

»Großartig, nachdem ich herausgefunden habe, dass mein Ehemann ein Doppelleben geführt hat.«

»Ich glaube nicht, dass man das wirklich so nennen kann.«

»Wie würdest du es denn nennen?«

»Er hat einen Fehler gemacht, und als Folge davon gibt es ein weiteres Kind von ihm.«

»Hast du davon gewusst?«

»Ich habe erst davon erfahren, als sie mich angerufen hat.«

»Was genau hat sie denn von dir gewollt?«

»Sie wollte wissen, ob Mike ihrem Sohn etwas hinterlassen hat. Angeblich hat sie darauf gewartet, dass sich jemand bei ihr meldet, und als das nicht passiert ist, hat sie beschlossen, sich an mich zu wenden.«

»Er hat alles mir hinterlassen.«

»Das hab ich mir gedacht.«

»Warum hat er keinen Vaterschaftstest verlangt?«

»Ich wünschte, ich wüsste das. Jedenfalls hat sie mir gesagt, sie hätten nie einen durchgeführt. Ich konnte nicht glauben, dass er jemandem Geld gegeben hat, ohne sich sicher zu sein.«

Das ist das erste Mal, dass ich davon höre, dass er ihr Geld gegeben hat. »Vielleicht sieht ihm der Junge ähnlich.«

»Das ist natürlich denkbar.«

»Ich will mit ihr reden.«

»Wirklich? Warum?«

»Weil ihr Sohn der Halbbruder meiner Kinder ist, und außerdem wird Mikes Familie ihn wahrscheinlich kennenlernen wollen. Ich hab Rob heute von ihm erzählt.«

»Dann sollten *sie* mit ihr sprechen.«

»*Ich* will mit ihr reden. Schickst du mir bitte ihre Nummer?«

»Bist du davon überzeugt, dass das eine gute Idee ist, Iris?«

»Nein, Steve, bin ich nicht, trotzdem will ich es versuchen.«

»Gut, dann leite ich dir ihre Kontaktdaten weiter.«

»Da ist noch was: Ich verstehe, warum du das mit Tylers Flasche und dem DNA-Test getan hast und dass du geglaubt hast, du beschützt mich, indem du das überprüfen lässt, bevor du mich damit konfrontierst. Aber ohne meine Zustimmung die DNA meines Kindes testen zu lassen, egal warum, ist nicht in Ordnung.«

»Ich fühle mich schrecklich deswegen. Jenny und ich haben uns den Kopf darüber zerbrochen, was wir tun sollen«, erwidert er. »Das Letzte, was ich wollte, war, diese schreckliche Situation für dich noch schlimmer zu machen.«

»Wie gesagt, ich verstehe das und weiß die Absicht dahinter

zu schätzen, doch sobald die DNA meines Kindes dafür verwendet wurde, hättest du es mir mitteilen und meine Erlaubnis einholen müssen.«

»Du hast recht, und es tut mir leid. Ehrlich.«

»Entschuldigung angenommen. Du und Jenny seid während dieses Albtraums ganz wundervoll gewesen. Ich möchte nicht, dass wir irgendwie Ärger haben, also musste ich das hier klären.«

»Danke, dass du mir verzeihst.«

»Du bist nicht derjenige, der mich betrogen und mit einer anderen Frau ein Kind gezeugt hat.«

»Ich war komplett geschockt, als ich davon erfahren habe. Plötzlich hatte ich den Eindruck, ich hätte ihn überhaupt nicht gekannt. In meinen Augen war er immer der totale Familienmensch. Er war sogar mein Vorbild, und ich hab mir vorgenommen, bei meiner eigenen Familie mehr wie er zu sein. Und jetzt … Ich weiß einfach nicht, was ich denken soll.«

»Glaub mir, mir geht es genauso. Außerdem mache ich mir jetzt Sorgen, dass sie oder die anderen vom Absturz betroffenen Familien mich verklagen könnten. Ich habe seit der Veröffentlichung des NTSB-Berichts erst von einer von ihnen gehört, dabei stehen wir seit dem Unglück eigentlich alle in engem Kontakt.«

»Falls die Familien Klage einreichen, dann gegen die Firma, und gegen so etwas sind wir sehr gut versichert.«

»Gut zu wissen.«

»Falls Eleanor dich vor Gericht zerrt, ist das natürlich eine andere Geschichte.«

Eleanor. Die andere Frau im Leben meines Mannes heißt Eleanor. »Dazu hat sie keinen Grund. Ich habe mit dieser ganzen Sache nichts zu tun, und Mikes Nachlass ist abgewickelt. Meine Freundin, eine erfahrene Anwältin, hat mir erklärt, dass das Gericht das eigentlich nur dann ein weiteres Mal anfassen wird, falls ein signifikanter neuer Vermögenswert entdeckt wird, nicht weil sich jetzt noch jemand mit irgendwelchen Ansprüchen meldet.«

»Freut mich, das zu hören. Ich hab mir schon den Kopf zerbrochen, was das für dich und die Kinder bedeuten könnte.«

»Es ist alles in Ordnung.«

»Okay, darauf kommt es schließlich an. Lässt du es mich wissen, falls es irgendwas gibt, was ich tun kann?«

»Ja, mach ich. Danke, Steve. Wir sprechen uns bald.«

Kurz nachdem ich aufgelegt habe, trifft eine Textnachricht von ihm mit Eleanors Kontaktinformationen ein.

Ich starre lange Zeit darauf, bevor ich beschließe, ihr lieber zu schreiben, statt sie einfach anzurufen.

*Hallo, hier ist Iris, Mikes Ehefrau. Ich habe gerade erst von Ihnen und der Existenz Ihres Sohnes erfahren. Ich hatte keine Ahnung. Ich bin mir nicht sicher, wie es am besten weitergehen soll, aber jetzt haben Sie zumindest meine Nummer.*

Ich lese es zwanzigmal durch, bevor ich es abschicke.

Jetzt gibt es kein Zurück mehr.

Ich lege mein Handy beiseite und gehe nach oben, um den Berg Schmutzwäsche von den Kindern und mir, der sich über vier Tage angesammelt hat, in die Waschmaschine zu stecken. Dabei frage ich mich, ob ich von ihr hören werde und ob es richtig war, sie zu kontaktieren.

Das wird sich zeigen.

## 16

## Gage

Im Büro kann ich mich nicht im Geringsten konzentrieren. Alles, woran ich denken kann, sind Iris, ihre süßen Kinder und ob ich in etwas reinrutsche, aus dem ich am Ende nicht wieder so leicht rauskomme, falls ich feststelle, dass es mir zu viel ist. Ich liebe es, mit ihr zusammen zu sein – im Bett genauso wie außerhalb. Und das seit dem ersten Moment, in dem wir uns kennengelernt haben, nachdem Christy mir von den Wilden Witwen erzählt und mich überzeugt hatte, an einem Treffen teilzunehmen.

Iris war von Anfang an wie ein warmer Sonnenstrahl, immer mit einem Lächeln auf den Lippen und bereit, einen bei allem zu unterstützen. Es hat ein paar Monate gedauert, bis mir aufgefallen ist, dass sie fast nie über ihre Trauer gesprochen hat. Sie hat sich lieber damit befasst, was sie für andere tun kann, vor allem für die, die noch am Anfang stehen.

Alle lieben sie. Sie ist das Herz und die Seele unserer Gruppe, der Mittelpunkt, um den wir alle kreisen, auf einem Weg, den sich niemand von uns ausgesucht hat. Dieser Weg ist gemeinsam sehr viel weniger schwierig zu bewältigen als allein. Als Christy die Wilden Witwen das erste Mal erwähnt hat, wollte ich nichts damit zu tun haben. Ich konnte nicht glauben, dass ich diese Art von Unterstützung brauche.

Ich hatte ja keine Ahnung. Diese Menschen haben mehr dazu beigetragen, dass ich inzwischen einigermaßen klarkomme, als irgendjemand sonst in meinem Leben, weil sie wie niemand sonst nachvollziehen können, was ich durchmache. Ich bin dankbar für sie alle und stehe ihnen allen nahe, aber wenn ich ehrlich bin, ist meine Beziehung zu Iris – und ja, ich benutze das gefürchtete B-Wort – von Anfang an anders gewesen.

Wenn sie im Zimmer ist, fühle ich mich unwiderstehlich zu ihr hingezogen. So einfach ist das. Ich möchte im Redekreis neben ihr sitzen, genau wie beim Essen und an der Feuerschale. Ich möchte mit ihr über alles und nichts sprechen. Ihre Stimme ist in meinem Kopf, wenn ich in diesem neuen, unerwarteten – und ungewollten – Leben Entscheidungen für mich treffe. Ich liebe den Klang ihres Lachens. Ich liebe die Art, wie sie sich um andere kümmert und sich niemals an die erste Stelle setzt, selbst wenn ich wünschte, sie würde das manchmal tun. Ich liebe es, dass sie trotz ihres vernichtenden Verlusts immer noch zu Freude fähig ist. Selbst jetzt, wo sie herausgefunden hat, dass Mike sie betrogen hat, lässt sie nicht zu, dass das den Fortschritt zunichtemacht, den sie sich erarbeitet hat.

Ich bewundere sie mehr als so ziemlich jeden anderen, den ich kenne.

Und ich liebe sie.

Und das nicht nur als Freundin.

»Verdammte Hölle«, murmele ich, während ich aus dem Fenster auf die bunten Herbstblätter starre, die vom Wind herumgewirbelt werden.

Ich liebe sie.

Einen Moment lang sitze ich mit dieser Erkenntnis da, lasse sie auf mich wirken, um zu sehen, was jetzt passiert. Ich warte darauf, dass die Panik einsetzt, die es mit sich bringt, dass mir andere Menschen wichtig sind. Schließlich habe ich am eigenen Leib erlebt, wie schnell und gnadenlos einem das Liebste entrissen werden kann. Aber die Panik bleibt aus. Tatsächlich erfüllt mich ein atemloses, schwindlig machendes, prickelndes

Gefühl, das ich schon so lange nicht mehr verspürt habe, dass ich es fast nicht wiedererkenne.

Glück.

Die Liebe zu Iris macht mich glücklich, das lässt sich nicht leugnen, selbst wenn darunter die unvermeidliche Angst lauert. Denn es kann kein ungetrübtes Glück in diesem neuen Leben geben, ohne zumindest einen Anflug von Panik, der mich daran erinnert, was auf dem Spiel steht.

Alles.

*Alles* steht auf dem Spiel. Meine geistige Gesundheit, mein Herz, meine Entschlossenheit, unglaubliche Verluste zu verkraften, den Sinn in meinem Dasein ohne meine Frau und meine Mädchen zu finden, zu überleben, was eigentlich nicht überlebbar ist. So einen Verlust kann ich unmöglich ein zweites Mal verkraften. Deswegen hatte ich ja den Entschluss gefasst, Single zu bleiben, selbst wenn das für mich ein einsames Leben bedeutet.

Einsamkeit ist auf jeden Fall besser als vernichtende Trauer.

Doch dann muss ich daran denken, wie viel Spaß es gestern Abend gemacht hat, mit Tyler das Titanic-Modell aufzubauen, wie aufgeregt er verfolgt hat, wie es Gestalt annahm. Und die endlosen Fragen! Ich hatte die Unmengen Fragen vergessen. Wenn wir morgens zur Schule gefahren sind, haben mich meine Mädchen damit immer in den Wahnsinn getrieben. Schließlich hab ich ihnen drei Fragen pro Tag zugestanden, und außerdem mussten sie sich abwechseln. Jetzt wünschte ich, ich hätte diese Unterhaltungen aufgezeichnet. Damals hatte ich ja keine Ahnung, wie sehr mir das eines Tages fehlen würden oder wie sehr ich die Zeit mit ihnen vermissen würde. Ich dachte, ich hätte noch Jahre mit Fahrdiensten vor mir, sodass ich diese Momente nicht zu schätzen wusste. Jedenfalls nicht so, wie ich es hätte tun sollen.

Hauptsächlich haben mich wie gesagt die unablässigen Fragen gestört, weil ich die Mädchen nur rasch absetzen und dann weiter zum Büro fahren wollte. Ich hatte es immer so verdammt eilig, zur Arbeit zu kommen. Jetzt weiß ich, dass mir die Zeit mit meinen Töchtern wichtiger hätte sein sollen.

Manchmal war das die einzige Zeit am Tag, die ich mit ihnen verbracht habe, und ich wollte es möglichst schnell hinter mich bringen, um endlich zum vermeintlich wesentlichen Teil des Tages übergehen zu können.

Das bedaure ich jetzt so sehr. Natasha hatte von sieben Uhr morgens bis um drei Uhr nachmittags Dienst als Krankenschwester und hat die Mädels nach der Schule abgeholt. Also war ich dafür zuständig, dass sie aufstehen und sich anziehen, haben ihnen Frühstück gemacht, dafür gesorgt, dass sie alles hatten, was auf der Liste stand, die Nat mir jeden Tag geschrieben hat, und sie zur Schule gefahren. Nach ihrem Tod bin ich abends immer so lange wie nur möglich aufgeblieben, in der Hoffnung, dass ich diese Stunde, die uns gehört hatte, verschlafen würde. Trotzdem bin ich morgens oft genug hochgeschreckt, weil ich dachte, ich hätte was Wichtiges vergessen, nur um mich dann daran zu erinnern, was ich für immer verloren hatte.

Wenn ich diese Sache mit Iris zulassen würde – und mit ihren Kindern, denn es gibt keine Sache mit Iris ohne ihre Kinder –, würde ich den in fünfunddreißig Monaten hart errungenen Fortschritt aufs Spiel setzen. Ich würde eine neue Familie annehmen, Menschen, die ich lieb gewinnen und um die ich mich sorgen würde. Das ist es, was mir am meisten Angst macht.

Ich würde sie so lieben.

Wobei ich das ohnehin schon tue. Ich kenne die Kinder unterdessen gut. Ich weiß, dass Sophia selbst dann kein Gemüse anrühren würde, wenn Iris sie bis zum nächsten Morgen am Tisch sitzen ließe, was die natürlich nie tun würde. Wir sind uns einig, dass man Kinder nicht zum Essen, Schlafen oder Aufs-Klo-Gehen zwingen kann.

Laney hasst Orangensaft, und Tyler ist fasziniert von allem mit Rädern. Sie finden es eklig, wenn ihr Essen anderes Essen auf dem Teller berührt, und sie mögen Ketchup auf so ziemlich allem. Laney reagiert allergisch auf Mückenstiche, und Tyler bekommt in der Minute Hitzepickel, in der es heißer als vierundzwanzig Grad wird. Sophia ist schüchtern, wenn sie Leute das erste Mal trifft, aber wenn sie sich erst wohlfühlt, steht ihr Mund nicht mehr still.

Ich erinnere mich an den Augenblick, in dem mir klar geworden ist, dass Sophia sich bei mir wohlfühlt. Sie hat mir umständlich eine Geschichte über eine Mitschülerin erzählt, die vom Fahrrad gefallen ist und eine ganze Woche im Krankenhaus bleiben musste. Sie war so verdammt niedlich, während sie mir ernst geschildert hat, dass das Mädchen sich bei dem Sturz den Arm gebrochen und die Milz gerissen hat.

Sie hat mir anvertraut, sie habe jetzt Angst, das könne ihr auch passieren, aber ich habe ihr versichert, dass mir in meinem ganzen Leben noch niemand begegnet sei, der vom Fahrrad gefallen ist und sich die Milz verletzt hat. Und dann musste ich ihr erklären, was die Milz ist und dass man ohne sie leben kann.

Ich liebe sie.

Ich würde alles für sie tun – und für ihre Mutter.

Ich stecke schon ganz tief drin, was die vier betrifft.

Und ich muss entscheiden, ob ich das möchte, bevor es noch ernster wird, als es schon ist.

Früher bin ich sehr überlegt vorgegangen, sodass praktisch nichts in meinem Leben passiert ist, was ich nicht so geplant hatte. Ich habe etwas gesehen, was ich wollte – eine Frau, einen Job, ein Haus, ein Auto –, und ich hab meine ganze Energie darauf verwendet, mir das zu holen. Nat würde bestätigen, dass ich sie hartnäckig umworben habe, sie belagert habe mit Blumen und Romantik und aufwendigen Dates, bis sie gar keine andere Wahl hatte, als sich in mich zu verlieben.

Mit Iris war es anders. Es ist irgendwie heimlich, still und leise geschehen, und darum ist die Erkenntnis auch beinahe ein Schock für mich, dass meine Gefühle für sie viel tiefer reichen, als mir bewusst war. Ich habe das nicht geplant. Ich habe keine Kampagne geführt, um sie für mich zu gewinnen. Ich wollte sie oder ihre Kinder nicht in meinem Leben haben, doch jetzt …

»Verdammt.« Ich atme tief ein und langsam wieder aus, bevor ich auf die Uhr auf meinem Monitor schaue. Ich habe über eine halbe Stunde hier gesessen, in die Gegend gestarrt und über meine Nicht-Beziehung mit Iris nachgedacht. Ich habe eine Million Mails zu beantworten und Meetings vorzubereiten, und alles ist noch hektischer als sonst, nachdem ich zwei Tage nicht gearbeitet habe.

Es wäre sehr viel einfacher, wenn ich auch nur einen Anflug von Begeisterung für das alles aufbringen könnte. Ich stehe auf, recke die Arme über den Kopf, strecke meinen Rücken und gehe zum Fenster, um auf die Straße zu schauen. Es ist eine Szene, die ich so viele Male gesehen habe, seit ich vor Jahren das umgebaute Loft in Arlington gekauft habe.

Seither hat die Entwicklung der Firma meine wildesten Träume übertroffen. Unter den vielen E-Mails, die auf meine Aufmerksamkeit warten, ist die neueste Anfrage, ob ich daran interessiert wäre, meine Firma zu verkaufen. Cyber-Security ist in den letzten fünfzehn Jahren ein Riesenthema geworden, und die Nachfrage nach dem, was wir anbieten, ist förmlich explodiert.

Ich habe jedes Angebot, das ich bisher erhalten habe, abgelehnt – und es waren nicht wenige.

Aber jetzt … Jetzt bin ich für die Idee offen, die Firma zu verkaufen und zu schauen, was noch möglich ist, allerdings nur, wenn das Team, das mit mir durch dick und dünn gegangen ist, abgesichert ist. Bei dem Gedanken, nicht länger an das Geschäft gebunden zu sein, verspüre ich ein anregendes Prickeln.

Es macht mir Spaß, die täglichen Instagram-Posts über das Leben als Witwer zu verfassen, und ich habe das Gefühl, Menschen zu helfen, die Ähnliches erlebt haben, vor allem jenen, die frisch verwitwet sind und nach einem Rettungsanker suchen. Manchmal frage ich mich sogar, ob ich nicht ein Buch über meine Erfahrungen schreiben sollte.

Kurz entschlossen kehre ich zu meinem Schreibtisch zurück und antworte auf die E-Mail eines Branchenführers, der mir ein Angebot für meine Firma unterbreitet hat. *Ich wäre an einem Gespräch interessiert.* Ich schicke die E-Mail ab, bevor ich es mir anders überlegen kann. Das ist nichts, was man nicht rückgängig machen könnte. Wenn es nicht das passende Angebot ist, warte ich einfach auf das nächste.

Ich scrolle nach oben, um meine neuen Mails zu checken,

und sehe eine von David Lyons, dem Staatsanwalt, der das Verfahren gegen den Mann führt, der meine Familie getötet hat.

*Hallo Gage,*
*bitte melden Sie sich, wenn Sie mal Zeit haben.*
*Danke, Dave*

O Gott, was ist jetzt? Dave ist nett, aber jedes Mal, wenn ich mit ihm sprechen muss, zieht sich mir der Magen zusammen. Weil ich die Sache hinter mich bringen will, wähle ich seine Nummer, nenne seinem Assistenten meinen Namen und warte darauf, dass ich zu ihm durchgestellt werde.

»Hallo, Gage«, sagt Dave, nachdem ich fünf Minuten in der Leitung gewartet habe. »Tut mir leid, dass ich Sie während der Arbeitszeit störe.«

»Schon in Ordnung. Was ist los?«

»Ich wollte Sie auf den neusten Stand bezüglich der Verhandlungen mit dem Anwalt des Unfallverursachers bringen.«

Dave nennt den Typen niemals beim Namen, wofür ich ihm sehr dankbar bin.

»Wie läuft es denn?«

»Nach längerem Hin und Her konnten wir uns auf dreifachen Totschlag in Verbindung mit einem Verkehrsunfall verständigen, in Tateinheit mit Fahren unter Alkoholeinfluss.«

Ich hatte mich für eine Verurteilung wegen Mordes im Straßenverkehr starkgemacht, was der Grund dafür ist, dass sich der Fall so lange hingezogen hat, und der Gedanke, dass es eine weniger schwerwiegende Anklage geben soll, gefällt mir nicht. Der Mann hatte sich zwei Tage lang betrunken, bevor er sich hinters Steuer gesetzt hat und als Geisterfahrer auf der Interstate 395 gelandet ist, wo er frontal in das Auto hineingerast ist, in dem Nat und unsere Töchter saßen.

»Es ist nicht das, was wir wollten«, erklärt Dave, »und ich weiß, dass es für Sie eine bittere Pille sein wird, wenn wir uns darauf einlassen. Andererseits ersparen Sie sich damit den Schmerz einer Gerichtsverhandlung. Zudem ist da nie ganz ausgeschlossen, dass der Täter freigesprochen wird, auch wenn ich nicht glaube, dass das in diesem Fall passieren würde. Es ist aber so, dass wir eine Verurteilung niemals garantieren können. Es kann alles Mögliche geschehen.«

Das hat er mir schon gesagt, bevor wir vor einer gefühlten Ewigkeit mit den Verhandlungen angefangen haben. »Was wäre denn das Strafmaß?«

»Fünfundzwanzig Jahre, von denen fünfzehn tatsächlich im Gefängnis verbüßt werden müssen und zehn Jahre auf Bewährung ausgesetzt werden, der lebenslange Verlust des Führerscheins, verpflichtende lebenslange Drogen- und Alkoholtests und eine Geldstrafe von hunderttausend Dollar, die an eine Wohltätigkeitsorganisation Ihrer Wahl geht.«

Ich versuche, diese Informationen zu verarbeiten, doch mein Gehirn streikt. »Könnten Sie mir das bitte alles in einer E-Mail schicken?«

»Selbstverständlich.«

»Wie lange hätte ich Zeit, mir das zu überlegen?«

»Wären ein paar Tage in Ordnung?«

»Ja, das sollte reichen. Ich muss mit Nats Familie reden.«

»Natürlich. Nehmen Sie sich alle Zeit, die Sie brauchen, und geben Sie mir dann Bescheid, wie Sie vorgehen wollen.«

»Würden Sie sich darauf einlassen, wenn er Ihre Familie umgebracht hätte?«

»Genau wie Ihnen wäre mir Totschlag vermutlich nicht genug, aber vor allem würde ich ihn für lange Zeit hinter Gittern wissen wollen, damit er das Gleiche nicht noch einer weiteren Familie antun kann. Trotzdem, Gage, ich kann mir kaum vorstellen, was Sie durchgemacht haben, und ich bete zu Gott, dass ich das auch niemals kennenlerne, daher kann ich Ihnen nicht sagen, was Sie tun sollen. Wenn Sie wollen, dass es vor Gericht geht, dann werden wir uns danach richten.«

»Ich werde es Sie wissen lassen.«

»Sehr gut. Ich bin hier, falls Sie irgendwelche Fragen haben oder mich wegen irgendetwas anderem brauchen.«

»Danke, Dave. Für alles.«

»Ich wünschte, ich könnte sagen, war mir ein Vergnügen. Bis bald.«

Nach dem Ende des Gesprächs sitze ich lange Zeit einfach da und starre weiter ins Nichts, während ich überlege, wie ich zu der Entwicklung stehe. Jedes Mal, wenn ich an den Mann denke, der meine Familie umgebracht hat, werde ich innerlich ganz taub.

Auch wenn ich weiß, dass es vermutlich nicht klug war, das zu tun, habe ich mich ein halbes Jahr nach dem Unfall einmal intensiver mit ihm beschäftigt, und was ich herausgefunden habe, hat mich nur noch wütender gemacht, als ich ohnehin schon war. Seine Eltern, Geschwister, seine Freundin und langjährige Bekannte wussten, dass er Alkoholiker war, und haben alles Menschenmögliche versucht, um Hilfe für ihn zu finden. In der Zwischenzeit hat er sich hinters Steuer gesetzt und meine Familie ausgelöscht.

Ich bin mir nicht sicher, ob ich mit der Verurteilung wegen Totschlags leben kann, wenn es meinem Empfinden nach eigentlich Mord war. Hat er sich an jenem Tag mit der Absicht hinters Steuer gesetzt, Nat und die Mädchen umzubringen? Natürlich nicht, aber man hatte ihn mehrfach gewarnt, dass so was geschehen würde, wenn er nicht aufhörte, betrunken Auto zu fahren. Vorher ist er schon zweimal deswegen angezeigt worden, und sein Führerschein wurde eingezogen, doch er hat immer alles getan, was nötig war, um ihn wiederzubekommen. Warum hat er nicht einfach seinen Führerschein abgegeben?

Wenn er das getan hätte, wäre nichts hiervon passiert. Das ist der Grund, warum ich mich auf die schwerere Anklage versteift hatte. Ich hatte das Gefühl, dass ich das Nat und den Mädchen schuldig bin.

An diesem Tag schaffe ich nichts.

Als ich aufstehe, um zu gehen, erscheint meine Assistentin Tory in der Tür. »Ich soll dich an deinen Konferenz-Call um vierzehn Uhr mit Digi-Tech erinnern.«

»Kannst du Luke bitten, das für mich zu übernehmen?«

Sie starrt mich einen Moment lang fassungslos an. »Äh, sicher. Ist alles in Ordnung? In letzter Zeit wirkst du abgelenkt.«

»Es ist alles gut. Morgen früh bin ich wieder zurück.«

»Okay.«

Ich nehme die Treppe, statt auf den Aufzug zu warten, und trete in die kühle Herbstluft, die leicht nach Holzrauch riecht. Nat hat diese Zeit im Jahr geliebt – Kürbisgeschmack bei allem, Heu und Kürbislampen auf der vorderen Veranda, Chrysanthemen und Halloween-Kostüme, die vorbereitet werden wollten, was wochenlang gedauert hat. Ich vermisse sie verzweifelt und wünschte, sie wäre hier, um mir zu sagen, was ich tun soll, damit ihr und den Mädchen Gerechtigkeit widerfährt. Aber da sie mir nicht helfen kann, bin ich gezwungen, zu tun, was ich getan habe, seit sie nicht mehr da ist: es allein entscheiden.

Irgendwie.

## 17

## Iris

Ich warte den ganzen Tag auf Eleanors Antwort auf meine Textnachricht, aber sie meldet sich nicht. Ich frag mich, ob sie sie überhaupt erhalten hat. Jedenfalls hab ich alle Hände voll damit zu tun, Wäsche zu waschen, zu putzen, Betten zu beziehen und auf TikTok zu posten, was mir hilft, mich abzulenken.

Vielleicht hätte ich sie gar nicht kontaktieren sollen. Ich hätte auf Gage und Rob hören und es den Anwälten überlassen sollen.

Argh. Ich hasse das. Ich hasse es, dass da eine weitere Frau ist, die mit meinem Mann zusammen war und ihm ein Kind geboren hat. Trägt ihr Sohn Mikes Nachnamen?

Seine Eltern werden das wissen wollen. Sein Vater hat mir, nachdem ich angefangen hatte, mit Mike auszugehen, immer wieder erzählt, wie sehr er sich einen Enkelsohn wünschte, damit der Familienname nicht ausstirbt. Als Einzelkind ist Lou davon besessen, dass der Name Levington fortbesteht. Da Rob keinerlei Anstalten macht, eine Familie zu gründen, werden sie sich durchaus freuen, dass Mike für weiteren männlichen Nachwuchs gesorgt hat.

Der Gedanke erfüllt mich mit Bitterkeit – und wahrscheinlich ist es auch unfair. Seine Mutter wird entrüstet darüber sein, dass er mir untreu war. Nachdem sie sich erst einmal mit meiner dunkleren Hautfarbe arrangiert hatte – wozu sie länger gebraucht hat, als eigentlich vertretbar ist –, ist sie einer meiner größten Fans geworden, weil sie gesehen hat, wie sehr ich ihren Sohn geliebt habe.

Und das habe ich, ungefähr von der ersten Minute an, in der ich ihn bei einem College-Footballspiel an der Virginia Commonwealth University erblickt hatte. Er hat die Mannschaft der James Madison angefeuert, und wir hatten ein freundschaftliches Streitgespräch darüber, warum meine Uni besser war als seine. Das ging bis zum Abend so, und von dem Tag an waren wir ein Paar, obwohl es von Richmond nach Harrisonburg mit dem Auto über zwei Stunden Fahrt sind.

Wir haben uns ständig Textnachrichten geschickt, stundenlang am Telefon gehangen und die Wochenenden gemeinsam verbracht, während wir auf dem College waren. Da war Mike bereits Pilot. Er hatte seine Fluglizenz erworben, als er achtzehn war, und arbeitete auf eine Karriere in der Luftfahrt hin, hat aber gleichzeitig einen Abschluss in Wirtschaftswissenschaften gemacht, um sich bestmöglich auf die Selbstständigkeit vorzubereiten. Mir hat gefallen, dass er Ehrgeiz hatte und Pläne.

Meine Mutter hatte mir verboten, mit ihm zu fliegen, obwohl ich damals schon volljährig war und meine eigenen Entscheidungen treffen konnte. Doch da sie der wichtigste Mensch in meinem Leben war, habe ich getan, worum sie mich gebeten hat, auch noch lange nachdem ich das nicht mehr gemusst hätte. Es hat ungefähr zwei Jahre gedauert, bis Mike sie davon überzeugt hatte, dass es für mich absolut sicher sei, mit ihm zu fliegen. Als sie schließlich eingelenkt hat, hat sie gemeint, sie wolle es bitte immer erst im Nachhinein erfahren. Mom hat manchmal einen erstaunlich treffsicheren sechsten Sinn, und ich glaube, sie hatte immer das Gefühl, dass ihm irgendwas passieren würde, selbst wenn sie das nie ausgesprochen hat.

Ungefähr eine Stunde bevor ich die Kinder abholen muss, lege ich gerade Wäsche zusammen, als es an meiner Tür klingelt.

Ich spähe aus dem Fenster und stelle überrascht fest, dass Gage schon zurück ist, Stunden früher als erwartet. Ich schließe auf und öffne die Tür.

»Hey«, sagt er.

»Selber hey. Alles in Ordnung?«

»Ich weiß nicht.«

»Komm rein.«

»Störe ich?«

»Überhaupt nicht.«

Er tritt ein und hängt seine Jacke an einen Haken an der Kindergarderobe.

»Was ist los?«

»Nichts.«

»Schwindel mich nicht an. Ich kann es dir an der Nasenspitze ablesen. Regst du dich hierüber auf? Über das zwischen dir und mir? Denn das musst du nicht …«

Er legt seine Hände an meine Taille und zieht mich zu einem Kuss an sich.

Ich bin so überrascht, dass ich einen Moment brauche, um zu reagieren, aber dann lasse ich das Handtuch, das ich gerade zusammenlegen wollte, fallen, schlinge meine Arme um ihn und erwidere den Kuss. Ich bin völlig benommen, als er schließlich seine Lippen von meinen löst und mich eindringlich anschaut. »Das zwischen uns bereitet mir keine Sorgen.«

»Oh. Nicht?«

»Nun, vielleicht ein bisschen.«

»Können wir darüber reden?«

»Ja, das sollten wir vermutlich.«

Ich hebe das Handtuch auf, das ich fallen gelassen habe, fasse ihn an der Hand und ziehe ihn zum Sofa, wo ich die Wäschestapel beiseiteräume, sodass er sich neben mich setzen kann. »Erzähl mir, was dich beschäftigt.«

»Verschiedenes. Zuerst einmal habe ich vom Staatsanwalt gehört, und sie schlagen einen Deal vor, der einen Prozess umgeht, doch der Fahrer würde sich nur zu Anklagepunkten schuldig bekennen, die weniger schwerwiegend sind als das, was ich eigentlich möchte.«

»Wie lange käme er damit ins Gefängnis?«

»Er würde zu fünfundzwanzig Jahren verurteilt werden, wobei er mindestens fünfzehn absitzen müsste und dann noch zehn Jahre Bewährung hätte. Er wird nie wieder einen Führerschein bekommen, muss sich sein Leben lang Drogen- und Alkoholtests unterziehen und eine Strafe von einhunderttausend Dollar zahlen.«

»Das ist nicht nichts.«

»Stimmt wohl, aber ist es genug? Sollte er für das, was er uns angetan hat, nicht für den Rest seines Lebens in der Hölle schmoren?«

»Ja, absolut. Nur … wenn er ein Herz hat oder zumindest eine Seele, dann ist er wahrscheinlich bereits dort.«

»Seine Schwester hat mir bei einer der ersten Anhörungen anvertraut, dass er völlig verzweifelt ist über das, was geschehen ist.«

»Das ist auch nur richtig.« Ich greife nach seiner Hand und verschränke unsere Finger. »Was sagt dir dein Herz?«

»Dass ich keinen Prozess will. Es zieht sich ohnehin schon lang genug hin.«

»Wirst du damit leben können, wenn er eine geringere Strafe erhält, als du eigentlich wolltest?«

»Das ist es, was ich zu entscheiden versuche. Ich muss mit Nats Eltern darüber reden, die das jedoch auch endlich hinter sich bringen wollen.«

»Was kann ich für dich tun?«

Er drückt meine Hand. »Das hier hilft schon. Was gibt's bei dir Neues?« Er betrachtet mich mit strenger Miene, was unsäglich viel besser ist als der verzweifelte Ausdruck von eben. »Hast du irgendwas getan, was deine Lage verschlimmert?«

»Nein«, erwidere ich mit einem Lächeln. Seine strenge Miene macht mir keine Angst. »Ich habe sie zwar kontaktiert, aber noch nichts von ihr gehört.«

»Was hast du vor?«

»Ich bin mir nicht sicher. Ich vermute, das hängt davon ab, ob sie antwortet.«

»Punkte dafür, dass du dich bei ihr gemeldet hast. Das kann nicht leicht gewesen sein.«

»War es nicht, doch Leugnen bringt mich nicht weiter, also …« Ich zucke die Achseln, als sei es keine große Sache, obwohl das natürlich nicht stimmt. »Ich habe Rob von ihr und dem Baby erzählt. Er wird es seinen Eltern beibringen. Die Katze ist aus dem Sack, und es gibt nichts, was ich jetzt tun kann, außer zu versuchen, mich damit abzufinden und mein Leben weiterzuführen.«

»Du bist sehr tapfer. Und ich bin stolz auf dich.«

»Wenn du mein Innerstes sehen könntest, wärst du das nicht. Ich bin wie ein riesiger Wackelpudding, voller Gefühle, von denen ich nicht weiß, was ich mit ihnen anfangen soll.«

»Verrat sie mir. Ich möchte dir helfen, so wie du immer allen andern hilfst.«

»Ich bin sauer und traurig und verbittert und fühle mich betrogen, und das Verrückteste ist, wenn er genau jetzt reinkäme, wäre ich trotzdem so verdammt froh. Wie ist das möglich?«

»Weil all das Schlimme nichts an der Liebe ändert, die du für ihn empfunden hast.«

»Selbst wenn ich wünschte, es wäre so.«

»Nein, tust du nicht. Denn trotz all seiner Fehler war Mike der Vater deiner Kinder, und daher wird er für immer einen besonderen Platz in deinem Herzen einnehmen.«

»Ja, vermutlich schon. Auch wenn wir gerade in einer üblen Krise stecken.«

Sein leises Lachen freut mich, weil er so aufgewühlt gewirkt hat, als er reingekommen ist. Ich möchte, dass er lacht und lächelt und glücklich ist, und mir gefällt es, wenn ich diejenige bin, die ihm dabei hilft. Ich lehne meinen Kopf an seine starke Schulter. »Wir beide sind schon ein Paar, was?«

»Das habe ich auch schon gedacht.«

Ich hebe meinen Kopf wieder, um ihm ins Gesicht zu blicken. »Das war als Witz gemeint.«

»Von mir nicht.« Er dreht sich zu mir um, jetzt wieder ganz

ernst. »Scheint so, als ob aus uns, als ich mal kurz nicht hinge-schaut habe, ein Paar geworden ist.«

»Du hast schon geschaut, warst aber nicht bereit, es zuzugeben.«

»Diese letzten Jahre waren wie ein Nebel, ich war völlig verwirrt und hatte keine Ahnung, was ich ohne Nat und die Mädchen anfangen sollte. An manchen Tagen weiß ich gar nicht mehr, wer ich bin, und das ist nichts, was ich zuvor je hinterfragt hätte.«

»Trauer ändert alles.«

»Ja, doch sie klärt auch manches.«

»Wie was zum Beispiel?«

Er streckt eine Hand aus, um mein Gesicht zu streicheln, löst damit einen Schauer des Verlangens aus, den ich in jeder Faser meines Körpers spüre. »Ich bin mir nicht sicher, wann oder wie es geschehen ist – es war allerdings schon lange vor dem letzten Wochenende –, aber an irgendeinem Punkt auf dieser schreckli-chen Reise, auf der wir uns beide befinden, bist du mein Leitstern geworden. Es ist deine Stimme, die ich in meinem Kopf höre, die mir sagt, was ich tun soll, wenn ich nicht weiß, wie ich mit etwas umgehen soll. Du bist diejenige, mit der ich reden will, wenn mich der Staatsanwalt anruft und meinen Tag auf den Kopf stellt.«

Ich versuche nicht mal, die Tränen zurückzuhalten, die seine lieben Worte auslösen.

»Ich hatte solche Angst, dass mir ein anderer Mensch wichtig wird, besonders jemand, der drei Kinder im Gepäck hat, die ebenfalls einen schweren Verlust zu verarbeiten haben.«

»Warum fürchtest du dich davor?«

»Weil sie mir zu wichtig werden könnten und ich einen weiteren Verlust nicht ertragen könnte. Es ist leichter für mich gewesen, allein zu bleiben, damit mir das keine Sorgen bereitet. Nur ist dann mit dem Plan, Single zu bleiben, was Komisches passiert.« Er lehnt seine Stirn gegen meine, während er mir weiter die Wange streichelt. »*Du* bist passiert. Du bist wie ein Lichtstrahl, der den dunkelsten Tag erträglicher macht, und das nicht nur für mich. Sondern für uns alle.«

»Du überschätzt meine Bedeutung«, erwidere ich, auch wenn mich seine Worte tief berühren.

»Man kann den Beitrag, den du für alle in deinem Leben leistest, gar nicht überbewerten.«

»Du schmeichelst mir.«

»Ich sag nur die Wahrheit.«

»Heißt das, wir sind jetzt in einer Beziehung?«

Die linke Seite seines Mundes hebt sich zu einem halben Lächeln, doch es ist die Traurigkeit in seinen Augen, die mich ins Herz trifft. Ich will nicht, dass er das verneint.

»Ich glaub, vielleicht schon, aber ...«

Ich küsse ihn. »Keine Einschränkungen erlaubt. Wir sind es oder eben nicht.«

»Meine Sorge gilt den Kindern.«

Mein Herz und mein Magen sacken nach unten, als befänden wir uns auf einer Achterbahn. »Oh. Kein Problem, ich verstehe es, wenn sie zu viel für dich sind. Das sind sie oft genug auch für mich.«

Er legt mir einen Finger auf die Lippen. »Sie sind mir nicht zu viel. Ich liebe sie. Das weißt du.«

»Ja, schon. Trotzdem ist es ziemlich viel verlangt, dass du dich in dieses Katastrophengebiet begibst.«

»Du und deine Kinder seid kein Katastrophengebiet.«

»Äh, doch, sind wir.«

»Nein.«

»Wohl.«

»Darüber können wir uns später streiten. Meine Sorge in Bezug auf die Kinder ist, dass sie sich an meine Anwesenheit hier gewöhnen und das zwischen uns dann aus irgendwelchen Gründen nicht klappt. Daher hätte ich gerne deine Versicherung, dass, egal was zwischen uns ist, du mir erlaubst, weiter für sie da zu sein.«

»Natürlich, Gage. Außer du gehst fremd. Das wäre nicht hinnehmbar für mich.«

»Ich schlafe mit keiner anderen, wenn ich in einer Beziehung bin.«

»Das hätte ich von Mike auch nicht gedacht.«

»Alles, was ich tun kann, ist, dir zu schwören, dass ich dich nie betrügen werde. Wenn du mich auch nur ein bisschen kennst – und du kennst mich so gut, wie das irgendjemand derzeit kann –, dann verstehst du, was das heißt.«

»Ja«, antworte ich leise. »Danke.«

»Also …«

»Also …«

»Was jetzt?«

Ich schaue auf mein Handy. »Ich habe noch vierzig Minuten, bis ich die Kinder abholen muss. Hättest du vielleicht Lust auf ein bisschen lauten Sex, um unsere neue Beziehung zu feiern?«

»Lauten Sex, ja?«, fragt er, steht auf und zieht mich hoch.

»In diesen Mauern eine seltene Gelegenheit.«

Er überrascht mich, indem er seine Hände auf meinen Hintern legt und mich auf seine Arme hebt. Ich liebe es, dass er so viel größer und stärker ist als ich, auch wenn er immer nur sanft ist, wenn er mich berührt. Er überrascht mich erneut, als er mich in die Küche trägt statt in mein Schlafzimmer. Er schiebt die Post beiseite, die ich auf die Kücheninsel gelegt habe, und setzt mich darauf ab, sodass ich auf Augenhöhe mit ihm bin.

»Hallo«, sagt er und wickelt sich eine meiner Locken um den Zeigefinger.

»Wie geht's dir so?«

»Besser als seit sehr langer Zeit, und das habe ich alles diesem zierlichen Energiebündel von einer Frau zu verdanken, das mir komplett den Kopf verdreht hat.«

»Wie heißt sie, und wo kann ich sie finden?«

Sein Lächeln ist einfach bloß wunderschön. Seine Augen funkeln dann, und in seinen Wangen erscheinen zwei tiefe Grübchen, die ich nur sehr selten zu sehen bekomme. Ich beuge mich vor und küsse sie. »Ich liebe deine Grübchen. Willst du wissen, warum?«

»Unbedingt.«

»Weil sie nur da sind, wenn du wirklich, wirklich lächelst.«

»Das passiert in letzter Zeit ja häufiger.«

»Mehr als gewöhnlich, aber noch nicht so oft, wie ich es gern hätte.«

»Ich werde dran arbeiten«, antwortet er.

»Das tun wir gemeinsam.«

»Muss ich mir wegen Rob Sorgen machen?«

»Ich hab mich drum gekümmert. Er weiß Bescheid.«

»Ausgezeichnet.« Er küsst mich und liebt mich an Ort und Stelle, in der Küche, am hellen Tag und ohne zugezogene Vorhänge. Da ist niemand, der reinschaut, doch die Möglichkeit intensiviert die Erfahrung, und das führt zu einem Höhepunkt, bei dem ich schreie – einfach, weil ich es kann.

Gage lacht, als er mir auf den Gipfel folgt, presst sich so tief in mich, dass er mir den Atem raubt.

»Du warst gar nicht laut«, sage ich ihm, sobald sich mein Atem beruhigt hat.

»Du warst laut genug für uns beide.«

»Ich hatte völlig vergessen, dass es so was gibt.«

»Was?«

»Spontaner Sex mitten am Tag, in der Küche. Es ist Jahre her, dass ich irgendwas wie das eben getan habe.«

»Bei mir auch. Ist ja auch etwas schwierig, wenn man ständig kleine Kinder um sich hat.«

»Wenn du jemanden haben wolltest, mit dem du jederzeit uneingeschränkt tagsüber Küchensex haben kannst, würde ich dir keine Vorwürfe machen, Gage.«

»Es gibt keine andere, mit der ich lieber tagsüber Sex in der Küche haben möchte als mit dir.«

»Vielleicht solltest du es dir noch einmal gründlich überlegen, bevor du dich zu irgendwas verpflichtest.«

»Da gibt es nichts zu überlegen.«

»Laney ist drei. Wenn wir das durchziehen, sind das fünfzehn Jahre Elternschaft, bevor wir auch nur ansatzweise frei sind, und dann kommen sie immer noch nach Hause und bringen ihre Wäsche mit und ihre Dramen, und es wird nie vorbei sein.«

»Ich liebe Laney. Es wäre mir eine große Ehre, wenn ich sie und ihre beiden Geschwister aufwachsen sehen und dir dabei helfen könnte, sie zu den wunderbaren Menschen zu erziehen, die man jetzt schon in ihnen erkennen kann.«

»Wirst du deswegen Panik schieben, sobald du wieder allein bist und begreifst, dass du einen Riesenfehler begangen hast?«

»Ich glaub nicht, aber wenn, wirst du mich zurück in deine Arme locken, richtig?«

Ich schlinge Arme und Beine fester um ihn. »Versprochen.«

## 18

### Iris

Ich hatte völlig vergessen, wie es sich anfühlt, so glücklich zu sein, auch wenn weiter eine Wolke der Unsicherheit über meinem Kopf hängt und mich nicht zur Ruhe kommen lässt. Eleanor hat auf die Nachricht, die ich ihr geschickt habe, immer noch nicht geantwortet, daher rufe ich Joy an.

»Hi, Süße, ich kann es gar nicht erwarten, heute Abend endlich wieder Zeit mit meinen Witwen zu verbringen. Die Woche war echt Mist.«

»Ich freue mich auch drauf«, erwidere ich.

»Was ist bei dir los?«

»Ich hab die Frau kontaktiert. Die, die das Kind von Mike hat.«

»Süße, warum hast du das getan?«

»Ich hab gedacht, vielleicht kann ich von Mutter zu Mutter mit ihr reden und ein paar Dinge klären, doch sie hat nicht reagiert.«

»Lass mich als deine Anwältin Kontakt aufnehmen. Du kannst mir heute Abend einen Dollar geben, und ich schicke dir ein Formular zum Unterschreiben, damit du ganz offiziell meine Mandantin bist. Dann kümmere ich mich für dich darum.«

»Bist du dir sicher? Ich weiß, wie viel du zu tun hast.«

»Für dich hab ich immer Zeit.«

»Ich lass dich das aber nur tun, wenn ich dich dafür bezahlen darf.«

»Ausgeschlossen. Das sind bloß ein paar Anrufe, die ich für meine liebe Freundin tätige. Bitte lass dir von mir dabei helfen. Ich hätte das schon längst angeboten, doch meine Woche war völlig durchgeknallt.«

»Okay, aber im Gegenzug musst du mich irgendwas für dich tun lassen.«

»Ich überleg mir was.«

»Ich bitte darum.«

»Ich liebe deine Strenge-Mutter-Stimme. Wie viele Stunden bis zum ersten Martini?«

Ich schaue auf die Uhr auf meinem Herd. »Drei.«

»Das ist verdammt noch mal viel zu lang. Übernimmt deine Mutter die Kinder?«

»Ja, und sie freuen sich schon darauf, zusammen den neuen Pixar-Film zu gucken. Gott sei Dank gibt es Grandma und Pop.«

»Wie wahr. Gut, wir sehen uns nachher. Schick mir die Kontaktdaten der guten Frau, dann habe ich das im Nullkommanichts geklärt, also keine Sorge. Gönn dir ein ausgiebiges Schaumbad, und mach dich dann fertig für die große Nacht in der Stadt.«

Ich kann sie kaum verstehen, so laut ist das Geschrei im Spielzimmer, wo die Kinder allem Anschein nach das Haus auseinandernehmen. Meine Mom wird in einer Stunde hier sein, um sie abzuholen. Vielleicht habe ich danach Zeit für ein Bad. »Ich schau mal, was sich da einrichten lässt.«

»Hab dich lieb«, erklärt Joy, wie sie es jedes Mal tut.

»Ich dich auch.«

Unsere Verlusterfahrungen haben uns gelehrt, uns von niemandem zu verabschieden, ohne dem Betreffenden zu sagen, was wir für ihn empfinden. Die Beziehung zu meinen verwitweten Freunden und Freundinnen reicht tiefer als alle, die ich je hatte, sogar tiefer als die zu Mike. Sosehr ich ihn auch geliebt habe, wir waren nicht auf der Ebene miteinander verbunden, auf der ich das mit meinen Wilden Witwen bin. Der Verlust des Lebenspartners in jungen Jahren hat uns derart zusammengeschweißt, dass ich manchmal Schuldgefühle habe. Ich habe mir nie gewünscht, dass Mike stirbt, selbst nach den jüngsten Enthüllungen nicht, doch sein Tod hat mir die Tür zu einem bedeutungsvolleren Dasein geöffnet, als ich es ohne diesen schlimmen Verlust je gekannt hätte.

Und ja, allein das zu denken sorgt dafür, dass ich mich noch schrecklicher fühle. Meine Kinder brauchen ihren Dad dringender als ich die tiefe Verbundenheit, die ich nach seinem Tod erfahren habe.

Ich bin überrascht, dass ich noch nichts von Mikes Eltern gehört habe, die inzwischen aus Italien zurück sind, oder auch von Rob. Ich schick ihm schnell eine Textnachricht. *Hast du deinen Eltern von Mikes anderem Sohn erzählt?*

Er antwortet eine halbe Stunde später, als ich gerade dabei bin, den Kindern beim Packen für die Übernachtung bei ihren Großeltern zu helfen. *Ja, hab ich.*

*Und?*

*Sie sind natürlich geschockt, wollen ihn aber kennenlernen. Weißt du, wie wir das arrangieren können?*

*Ich schau mal, was ich herausfinden kann, und melde mich dann bei dir. Die Kinder sind über Nacht bei meiner Mutter und werden morgen Nachmittag wieder hier sein, falls du vorbeikommen willst.*

*Ich bin nicht sicher, ob ich das dieses Wochenende schaffe. Ich geb dir Bescheid.*

Es enttäuscht mich, das zu lesen. Seit Mikes Tod hat er kaum ein Wochenende bei den Kindern ausfallen lassen. Bleibt er meinetwegen weg? Ich hoffe nicht. Meine Nachricht an ihn besteht aus einem Wort. *Okay.*

Hoffentlich braucht er lediglich eine kurze Pause, um das, was er sich zwischen mir und ihm erhofft hatte, hinter sich zu lassen, bevor er die enge Beziehung zu den Kindern weiterführen kann. Ich zähle darauf, dass er für sie da ist, und ich hoffe, er enttäuscht uns nicht. Was ich nicht glaube. Er ist bisher einfach wunderbar gewesen, oder war er das womöglich nur, weil er auf irgendwas zwischen uns beiden gehofft hat?

Nein, entscheide ich, das ist nicht der Fall. Es ist ihm nicht nur um mich gegangen, er ist toll mit den Kindern. Er liebt sie, und sie lieben ihn, und er wird wieder zurück sein, wenn er dazu bereit ist.

Gage hat mit Tyler unter der Woche stundenlang an dem Modell gearbeitet, bis es fertig bemalt war, bis ins kleinste Detail, was meinen kleinen Jungen völlig geflasht hat. Gage hat ihm erklärt, er dürfe es nicht berühren, bis die Farbe getrocknet sei, und selbst dann sei es kein Spielzeug. Es ist etwas, das man sich anschaut. Tyler ist sich noch nicht sicher, wie er es findet, das Modell nur anschauen zu dürfen, wo er eigentlich vorhatte, es in der Badewanne zu Wasser zu lassen.

Um vier kommt eine Textnachricht von Gage, unmittelbar nachdem die Kinder mit meiner Mom fort sind. *Ich bin um fünf da, okay?*

*Klingt klasse. Ich werde fertig sein.*

*Ist auch in Ordnung, wenn du's nicht bist.*

Das zaubert mir ein Lächeln aufs Gesicht, während ich mir ausmale, wie der Abend heute mit ihm und unseren Freunden wird. *Flirtest du etwa per Textnachricht mit mir?*

*Vielleicht ...*

*Funktioniert für mich.*

*Ausgezeichnet. Übrigens, ich denke darüber nach, meine Firma zu verkaufen ...*

*Warte, was?*

*Jap.*

*Meine Güte, das kommt ja aus heiterem Himmel.*

*Eigentlich nicht. Ich habe schon eine Weile lang immer wieder Angebote erhalten. Und ich denke, das neueste werde ich wohl annehmen.*

*Wow. Dazu will ich alles hören.*

*Wir sehen uns gleich.*

Es verblüfft mich, dass er so beiläufig erwähnt, er wolle seine Firma verkaufen. Er hat sich total abgeschuftet, um sie aus dem Nichts aufzubauen. Er und sein Partner haben sie in Gages

Wohnzimmer gegründet, als er und Natasha frisch verheiratet waren. Gage hat uns mal erzählt, dass sein Partner schon bald keine Lust mehr auf den Alltagstrott und das Klein-Klein der Geschäftsführung hatte. Gage und Natasha mussten eine zweite Hypothek auf ihr Haus aufnehmen, um den Partner auszuzahlen, was damals ein großes Risiko war, denn sie konnten ja nicht wissen, ob das Geschäft erfolgreich sein würde.

Aber es hat sich ausgezahlt, und jetzt spielt er mit dem Gedanken, die Firma zu veräußern. Ich bin überrascht und kann es gar nicht erwarten, mit ihm darüber zu reden.

Ich verbringe die nächste halbe Stunde damit, in der Badewanne zu liegen und mich zu entspannen, von der Mutterrolle in die Freundinnenrolle zu schlüpfen.

Freundin ... Es ist so lange her, dass ich mit irgendjemandem außer Mike ausgegangen bin, dass ich schon ganz vergessen habe, wie man das überhaupt macht.

Ich kann nicht aufhören, darüber nachzudenken, was Gage mir darüber erzählt hat, wie er sich fühlt, wenn er mit mir zusammen ist, oder wie großartig er diese Woche mit Tyler war. Ich war zu Tränen gerührt, als ich beobachtet habe, wie mein kleiner Junge an Gages Lippen gehangen und seine Aufmerksamkeit wie ein Schwamm aufgesogen hat, während sie das Modell fertiggestellt haben. Er war so gut darin, Tyler den Großteil der Arbeit zu überlassen, während er selbst nur aufgepasst hat, und wenn ich nicht schon dabei gewesen wäre, mich in Gage zu verlieben, hätte ihn mit Tyler zu sehen das bestimmt erreicht.

In einer Woche, die ein komplettes Desaster hätte sein sollen, hat Gage für die Lichtblicke gesorgt, die ich so dringend gebraucht habe. Mike und ich sind im Bett gelandet, bevor wir wirklich Freunde wurden. Bei Gage ist es genau andersherum. Unser Ausgangspunkt sind eine tiefe Freundschaft und gemeinsame Erfahrungen, und der Unterschied ist erstaunlich. Diese Freundschaft macht alles zwischen uns so viel intimer, als es sonst gewesen wäre.

Ich verbringe mehr Zeit, als ich habe, damit, mir zu überlegen, was ich anziehen soll, und entscheide mich für ein schwarzes Wickelkleid und die sexy schwarzen Samtstiefel, die meine Schwester mir letztes Jahr zu Weihnachten geschenkt hat und die zu tragen ich bislang noch keine Gelegenheit hatte. Zum ersten Mal seit ewigen Zeiten lege ich ein bisschen Make-up auf sowie Parfüm, ehe ich mich in dem Spiegel betrachte, den Mike an der Badezimmertür für mich angebracht hat.

»Gar nicht so schlecht für jemanden, der drei Kinder zur Welt gebracht hat.«

Ich lache über meine eigene Albernheit und gehe runter, um auf Gage zu warten.

Denn ich sterbe schier vor Ungeduld, ihn endlich wiederzusehen.

## Gage

DER HEUTIGE TAG war irgendwie unwirklich. Ich habe das Angebot angenommen, meine Firma zu verkaufen. Der Deal sorgt dafür, dass ich nie wieder im Leben arbeiten muss, wenn ich das nicht möchte. Ich kriege genug, um meinen Angestellten großzügige Boni zu zahlen, mit denen auch sie sich etwas leisten können. Darüber hinaus habe ich mit den neuen Eigentümern vertraglich vereinbart, dass alle ihre Jobs behalten können.

Alle Seiten gewinnen, und ich fühle mich jetzt, da alles unter Dach und Fach ist, sehr viel leichter und weniger belastet als vorher. Nach fünfzehn Jahren voller Stress ist das alles nun das Problem von jemand anders.

Ich halte vor Iris' Haus an, freue mich darauf, sie zu sehen und meine Neuigkeiten mit ihr zu feiern, sie im Arm zu halten, zu lieben und mit ihr zu schlafen. Ich freue mich auf alles mit ihr, und das ist eine erstaunliche Entwicklung, wenn man bedenkt, wie sehr die letzten Jahre meines Lebens von bodenloser Verzweiflung bestimmt waren.

Iris begrüßt mich an der Tür und ist so unglaublich sexy, dass mir beinahe die Augen aus dem Kopf fallen. »Total heiß, Frau.«

»Gefällt's dir?« Sie dreht sich auf ihren hochhackigen Stiefeln einmal um sich selbst, und ich werde sofort hart.

»Ja, und wie.« Ich ziehe sie eng genug an mich, dass sie meine Reaktion spüren kann.

Sie reibt sich schamlos an mir. »Es wäre ganz schrecklich, wenn man das nicht nutzen würde.«

»Nachher wird er auch noch da sein.«

Ihr Kichern entlockt mir ein Lächeln. Alles an ihr tut das.

»Ich kann kaum glauben, dass du die Bombe mit deiner Firma einfach so platzen gelassen hast, als sei das keine große Sache.«

»Es *ist* eine Riesensache.« Ich lehne mich zurück, damit sie sehen kann, wie ich mit den Augenbrauen wackle. »Riesenmächtig, wie Ivy immer gesagt hat.«

»Meinen Glückwunsch, Gage. Ich freue mich wirklich für dich. Du hast so hart gearbeitet.«

»Das stimmt, und es ist aufregend, zu erleben, dass es sich jetzt auszahlt.«

»Ich dachte, du liebst deinen Job und die Firma.«

»Es hat einiges an Reiz eingebüßt, nachdem ich Nat und die Mädels verloren hatte. Ich hab die ganze Zeit darauf gewartet, dass es wieder so wird wie früher, doch das ist nicht passiert.« Ich zucke die Achseln, als ob der Verlust der Freude an meinem Beruf nach allem anderen nicht noch ein weiterer herber Schlag gewesen wäre. »Die Käufer wollen mein Team unbedingt behalten, was ein entscheidender Faktor für mich war, daher ist alles gut. Und auch das Timing dafür, dass ich mich etwas Neuem zuwenden kann, fühlt sich richtig für mich an.«

»Und was wird das sein? Weißt du das schon?«

»Ich hab mit dem Gedanken gespielt, ein Buch über die Erfahrung zu schreiben, meine Familie bei einem Unfall zu verlieren, und darüber, wie es mir seither ergangen ist. In gewisser Weise würde ich das Zeug aus dem Instagram-Account nehmen und mehr daraus machen.«

»Das ist eine wunderbare Idee.«

»Ich bin auch ziemlich aufgeregt.« Ich reibe meine Erektion

an ihr, wünschte, wir müssten nirgendwohin. »Ich bin in letzter Zeit wegen vieler Dinge aufgeregt.«

»Und die Aufregung steht dir gut.«

»Danke, dass du mir einen Grund lieferst, optimistisch in die Zukunft zu schauen.«

Sie wirft mir ihren unschuldigen Blick zu. »Alles, was ich getan habe, ist, nicht aufzupassen und aus Versehen nackt in dein Bett zu kriechen.«

»Und es stellt sich raus, dass das genau das war, was ich gebraucht habe.« Ich möchte ihr noch etwas sagen, aber es fällt mir schwer, die richtigen Worte zu finden. Doch dann weiß ich mit einem Mal genau, wie ich es ausdrücken soll. »Bevor du völlig schamlos und mit voller Absicht in mein Bett gekrochen bist, hätte mich der Anruf von dem Staatsanwalt weit zurückgeworfen. Es war schon so schlimm geworden, dass ich es nicht mehr ertragen konnte, überhaupt von ihm zu hören, weil ich es einfach nicht verkraftet hab. Jeder Anruf hat mich direkt in den Schrecken der ersten Tage zurückversetzt, der ersten Woche, des ersten Monats. Aber als er diesmal angerufen hat, bin ich zu dir gefahren, und das hat mir geholfen, einen Rückschlag zu vermeiden. Daher danke dafür.«

»Gage«, entgegnet sie leise, und in ihren Augen glitzern Tränen, »du kannst immer zu mir kommen, jederzeit, wann immer du es brauchst.«

»Für dich gilt das Gleiche, das weißt du ja.«

»Ja, und das ist der Grund, weshalb ich mich auf dich gestützt habe, als mein Leben erneut auf den Kopf gestellt wurde.«

Ich drücke sie an mich, und sie erwidert die Umarmung, und mir fällt auf, wie wunderbar wir zueinander passen, denn mein Kinn ruht auf ihrem Kopf, was allerdings ihren Absätzen zu verdanken ist.

Mir fällt noch was ein. »Also, wie fühlen wir uns damit, es bei den Wilden Witwen offiziell zu machen?«

»Ich bin dazu bereit, wenn du das bist«, sagt sie. »Ich bin nicht diejenige, die sich gegen das B-Wort sperrt.«

Ich gebe ihr einen spielerischen Klaps auf den Hintern, worüber sie lacht.

»Ich spreche die Wahrheit, mein Freund.«

»Ich denke, ich kann mich mit dem Wort arrangieren, wenn du mich mit all meinen Eigenheiten und Ängsten und Neurosen nimmst.«

»Da ich selbst unter vielen dieser Beeinträchtigungen leide, wie wäre es da, wenn wir uns gegenseitig nehmen?«

Ich umfasse ihren Po und drücke sie an mich. »Ich würde dich gerne genau jetzt nehmen.«

Sie lacht und antwortet: »Behalt den Gedanken im Kopf, Cowboy, denn vorher sind wir mit unseren Freunden verabredet.«

»Na gut, wenn's sein muss. Lass uns aufbrechen.«

Auf dem Weg zu dem Restaurant, in dem wir uns mit den anderen treffen, nehme ich ihre Hand. Ausgerechnet da meldet sich Natashas Mutter auf die Nachricht hin, die ich ihr gestern hinterlassen habe.

»Tut mir leid«, sage ich zu Iris. »Da muss ich ran. Das ist meine Schwiegermutter.«

»Natürlich. Mach nur.«

Ich nehme den Anruf über die Freisprecheinrichtung an. »Hey, Mimi.«

»Gage, mein Lieber, es tut mir leid, dass ich deinen Anruf gestern verpasst habe, aber ich war bei einem Yoga-Workshop, und da waren Handys verboten.«

»Kein Problem. Wie war es?«

»Ich kann immer noch nicht mein Zen finden, doch ich versuche es weiterhin.«

Der Verlust von Nat und den Mädchen hat auch Natashas Eltern am Boden zerstört. »Von Yoga wird mir übel.«

»Ja, ich werde nie vergessen, wie du es das erste Mal ausprobiert hast.« Sie lacht. »Du bist ganz grün im Gesicht geworden.«

»Weißt du noch, wie komisch Nat das fand?«

»Natürlich. Sie konnte sich gar nicht wieder einkriegen, weil du nicht kopfüber hängen konntest.«

Es ist erstaunlich, dass die Erinnerungen nach all dieser Zeit noch so schmerzen können. »Was hat Stan gemacht, während du beim Yoga warst?«

»Er hat zusammen mit ein paar seiner Kumpel gegolft. Sie hatten allem Anschein nach eine tolle Zeit.«

»Wie schön. Freut mich, dass es euch gut geht.«

»Wir geben uns große Mühe. Manche Tage sind besser als andere, aber das muss ich dir ja nicht erzählen.«

»Nein. Also, der Grund, weswegen ich dich gestern zu erreichen versucht habe, außer dass du mir gefehlt hast, ist, dass ich wegen des Gerichtsverfahrens mit Dave gesprochen habe.«

»Oje«, erwidert sie mit der gleichen Vorsicht, die ich an mir feststelle, wann immer der Staatsanwalt sich meldet, um uns daran zu erinnern, dass unser Albtraum noch nicht vorbei ist. »Was ist jetzt los?«

Ich erkläre ihr, was Dave mir vorgeschlagen hat. »Es wird nicht als Mord im Straßenverkehr eingestuft, wie wir es eigentlich wollten, doch Dave hält es für ein solides Angebot, das wir in Erwägung ziehen sollten.«

»Dass es nicht als Mord im Straßenverkehr behandelt wird, ist natürlich enttäuschend.«

»Ja, unbedingt. Aber wenn wir den Vergleich ablehnen, wird es eine Verhandlung geben, und ich weiß nicht, wie du das siehst, mir jedenfalls wird allein bei der Vorstellung schlecht.«

»Ja, mir auch, und Stan hat gemeint, er würde alles tun, um das zu vermeiden.«

»Trotzdem müssen wir irgendwie imstande sein, damit zu leben, Mimi. Wenn es für dich und Stan nicht genug ist, dann ist das so. Wir haben schon Schlimmeres überstanden als eine Gerichtsverhandlung.«

»Was möchtest du denn, mein Lieber?«

»Ich glaube, ich bin dafür bereit, dass es vorbei ist, allerdings nur, wenn es bei euch auch so ist. Wir stehen das zusammen durch, so wie wir es von Anfang an gesagt haben.«

»Es ist eine furchtbare Sache«, bemerkt sie mit einem Seufzen, »über das Schicksal des Mannes entscheiden zu müssen, der meine Tochter und meine Enkelinnen getötet hat.«

»Ja, absolut. Die ganze Sache ist furchtbar und traurig und einfach bloß tragisch.«

»Stimmt. Also gut, nimm den Deal an. Lass uns das hinter uns bringen und mit dem Typen ein für alle Mal fertig sein.«

»Bist du dir sicher?«

»Ja. Nat hätte sich nicht gewünscht, dass wir noch länger in dieser Hölle gefangen bleiben, als wir es bereits sind. Genug ist genug. Er wird fünfzehn Jahre im Gefängnis sitzen. Das ist nicht wenig.«

»Nein, ist es nicht. Ich lass Dave wissen, dass wir einverstanden sind. Sie werden wollen, dass wir als Nebenkläger die Vereinbarung unterschreiben, doch das kann ich für uns alle übernehmen.«

»O nein. Das würde ich dich nie allein machen lassen. Du sagst uns, wann und wo, und dann werden wir da sein.«

»Ich finde das raus und geb dir Bescheid.«

»Und wie geht es dir so? Daves Anrufe werfen dich ja immer zurück.«

Ich schaue zu Iris auf dem Beifahrersitz. Irgendwann muss ich Mimi und Stan erzählen, dass ich mich mit jemandem treffe, aber nicht jetzt. »Alles in Ordnung. Es ist in vielerlei Hinsicht eine ereignisreiche Woche. Ich hab nämlich beschlossen, die Firma zu verkaufen.«

»Nein! Ehrlich?«

»Ja. Ich glaube, es ist an der Zeit, meine Last ein bisschen zu erleichtern und rauszufinden, ob es mehr im Leben gibt als Arbeit.«

»Das ist toll, Gage. Du hast so hart dafür gearbeitet, das Geschäft aufzubauen, und jetzt kannst du endlich die Früchte deiner Mühen ernten. Komm uns doch besuchen. Wir hätten dich so gern bei uns.«

»Darf ich Freunde mitbringen?«

»Wen auch immer du willst.«

»Dann tue ich das vielleicht wirklich.«

»Ja, bitte. Wir würden uns unfassbar freuen.«

»In Ordnung, abgemacht. Ich melde mich, sobald ich den Verkauf der Firma abgewickelt habe.«

»Ich kann es gar nicht erwarten, dich zu sehen. Du fehlst uns.«

»Ihr mir auch. Ich muss jetzt los, bin mit Freunden verabredet, aber ich rufe nächste Woche an und geb das Datum der Verurteilung durch, und dann planen wir den Besuch bei euch. Ich könnte eine Dosis Vitamin D gebrauchen.«

»Hier haben wir Vitamin D, so viel du willst. Wir sprechen uns bald. Hab dich lieb.«

»Ich dich auch. Und richte Stan liebe Grüße aus.«

»Natürlich.«

19

### Gage

Nachdem ich das Telefonat beendet habe, schaue ich zu Iris rüber. »Das war Mimi.«

»Sie klingt sehr nett.«

»Ist sie. Ich mag sie sehr, und das schon vom ersten Moment an, in dem wir uns kennengelernt haben. Wir haben uns sofort gut verstanden, wie zwei alte Freunde, und wir stehen uns sehr nah. Ihr Ehemann ist ebenfalls großartig. Sie sind die nettesten Menschen überhaupt. Ich weiß nicht, was ich ohne sie getan hätte.«

»Wo leben sie?«

»In Boca Raton. Sie sind ein Jahr nach dem Unfall dorthin gezogen. Ohne Nat und die Mädchen haben sie es hier nicht mehr ausgehalten. Sie waren ein wichtiger Teil unseres täglichen Lebens, haben dabei geholfen, die Mädchen nach der Schule zu ihren verschiedenen Aktivitäten zu bringen, oder haben sie bei sich übernachten lassen. So wie es deine Eltern tun.«

»Wie schön. Ich finde es gut, dass ihr euch auf den Vergleich einlasst, weil ihr dadurch hoffentlich in der Lage sein werdet, zumindest mit diesem Teil des Ganzen abzuschließen.«

»Ich auch. Ich fühle mich besser, nachdem ich weiß, wie sie darüber denkt. Mir war klar, dass es Stan vor einem langwierigen Prozess graut und er sich eine außergerichtliche Einigung gewünscht hat. Mimi und ich wollten beide eine Anklage wegen Mord im Straßenverkehr und haben wirklich dafür gekämpft. Wenn wir uns jetzt auf einen Vergleich einlassen, kann ich mir wenigstens sicher sein, dass ich alles versucht habe, was nur menschenmöglich war.«

»Ich habe keinen Zweifel daran, dass du dich mit allem, was du hast, für deine Liebsten eingesetzt hast.«

»Ich habe getan, was ich konnte, obwohl auch ich vor einem langwierigen Prozess Angst hatte. Ich denke nicht, dass ich das ertragen könnte, daher erleichtert es mich, dass Mimi mit dem Vergleich einverstanden ist.«

»Ich freue mich, dass dir das erspart bleibt.«

Als auf Iris' Telefon eine Textnachricht eingeht, setzt sie sich plötzlich auf und lässt meine Hand los.

»Was ist denn?«

»Eleanor hat sich gemeldet.«

»Was schreibt sie?«

»»Hi, Iris, vielen Dank für Ihre Nachricht. Ich war mir nicht sicher, was ich Ihnen antworten sollte, daher hab ich mir etwas Zeit genommen, um in Ruhe darüber nachzudenken. Ich weiß nicht so recht, was ich sagen soll. Es tut mir leid, dass Sie von dem Ganzen aus heiterem Himmel überrascht wurden, und Sie haben bestimmt Fragen. Wenn Sie reden möchten, lassen Sie uns in den nächsten Tagen was vereinbaren. Ich habe gewöhnlich nach sieben Uhr abends Zeit. Viele Grüße, Eleanor‹. Ist es furchtbar von mir, dass ich es hasse, dass sie so nett klingt?«

»Nein, das verstehe ich. Es wäre einfacher, wenn sie ein unangenehmes Miststück wäre.«

»Genau.«

»Wirst du ihr zurückschreiben?«

»Ich schätze schon.«

Ich lege eine Hand auf ihre. »Du musst das nicht tun, wenn du nicht willst.«

»Ich weiß. Aber ich habe mich bei ihr gemeldet, also werde ich es auch zu Ende bringen.«

Ich ziehe meine Hand zurück, damit sie eine Nachricht

tippen und abschicken kann. Als das getan ist, lehnt sie den Kopf nach hinten und atmet lang gezogen aus. »Das ist etwas, wovon ich nie gedacht hätte, dass ich es mal tun müsste – die Mutter von Mikes anderem Kind kontaktieren.«

»Ich kann mir vorstellen, wie schwer das sein muss.«

»Ich war so stolz auf unsere Ehe, nachdem wir die Krise am Anfang überwunden hatten. Ich hab geglaubt, wir wären das perfekte Paar. Ich hab geglaubt, er wäre genauso glücklich, wie ich es war. Nachdem ich jetzt die Wahrheit weiß, fühle ich mich wie ein kompletter Vollidiot.«

»Du bist kein Vollidiot, Iris. Du hast ihn geliebt. Nachdem ihr eure Ehe gerettet hattet, hat er dir keinen Anlass geliefert, an ihm zu zweifeln.«

»Er schien es aufrichtig zu bereuen, also habe ich ihm vertraut. Ich habe mich geweigert, ihm hinterherzuschnüffeln. Ich erinnere mich daran, zu dem Therapeuten, bei dem wir nach seiner Affäre waren, gesagt zu haben, dass ich so nicht leben möchte. Und Mike hat daraufhin erklärt: ›Ich werde dir nie einen Grund dafür geben.‹ Das habe ich ihm geglaubt.«

»Quäl dich nicht wegen deiner Fehleinschätzung, und ändere dich nicht. Ich bin davon überzeugt, dass du ihm die bestmögliche Ehefrau warst und dass er der Vollidiot war, weil er dich betrogen hat.« Ich bemerke, dass ich immer wütender geworden bin. »Entschuldige. Ich wollte dich nicht so scharf anfahren.«

»Scharf bist du allemal«, entgegnet sie mit einem Lächeln. »Danke dafür.«

»Es ist alles wahr. Du hast nichts falsch gemacht.«

»Das stimmt. Doch da ist trotzdem dieses kleine nagende Gefühl, dass ich vielleicht nicht genug getan habe.«

»Sag diesem Gefühl, dass es die Klappe halten soll. Du bist toll. Mehr als toll. Du gibst alles für die Menschen, die du liebst, und ich weiß, dass du das auch für ihn getan hast.«

»Ich habe es wenigstens versucht.«

»Du kannst dich davon jetzt nicht aus der Bahn werfen lassen. Das warst nicht du. Das war er.« Ich ertrage es nicht, den niedergeschlagenen Ton in ihrer Stimme zu hören. »Ich weiß nicht, was mit manchen Kerlen los ist, dass sie nie zufrieden sind, egal, wie gut sie es haben. Nat und ich hatten ein paar Freunde, mit denen wir viel Zeit verbracht haben, und einer der Jungs ist fremdgegangen. Wir alle wussten es, nur seine Frau nicht.«

»O Gott. Das muss schrecklich gewesen sein.«

»Das war es. Nat und ich waren total unsicher, was wir tun sollten. Wir wollten es ihr so dringend sagen, aber wir wussten, dass es alles ruinieren würde – nicht bloß ihre Ehe, sondern auch mehrere Freundschaften. Wir haben sie gemocht, doch wir waren nicht eng genug befreundet, um uns in ihre privaten Angelegenheiten einzumischen, verstehst du?«

»Ja.«

»Wir waren in einer unhaltbaren Position. Schließlich haben wir angefangen, Einladungen aus dem Kreis abzulehnen, weil es einfach zu schwierig wurde. Die Sache, die mich echt wütend gemacht hat, ist, dass seine Frau wirklich nett war – freundlich, offen, hübsch, eine wunderbare Mutter und eine unglaubliche Gastgeberin. Partys in ihrem Haus waren immer umwerfend.«

»Ich hasse Frauen wie sie«, erklärt sie lachend.

Ich lache mit ihr. »Nat hat immer gesagt, sie würde sie liebend gern hassen, wenn sie nicht so verdammt nett wäre.«

»Ich hätte deine Nat gemocht.«

»Sie dich auch.«

»Also, was ist passiert? Hat sie es je herausgefunden?«

»Das weiß ich nicht. Nachdem Nat und die Mädchen gestorben waren, habe ich von diesen Freunden nicht mehr viel gehört. Am Anfang schon, natürlich, aber nach einer Weile ist es immer weniger geworden. Nat war die Verbindung zu ihnen.«

»Es ist seltsam, wie das passiert, oder? Leute, die du für gute Freunde hältst, verschwinden aus irgendeinem Grund einfach in der Versenkung.«

»Um ehrlich zu sein, habe ich darüber noch gar nicht nachgedacht. Es war immer lustig mit ihnen, doch sie gehörten eher zu Nats Bekanntenkreis. Allerdings gibt es ein paar andere, die abgetaucht sind, bei denen ich nicht damit gerechnet hätte, wie zum Beispiel Nats Cousin Todd, mit dem ich mich immer großartig verstanden habe. Der hat sich nie wieder gemeldet.«

»Ich frage mich, warum.«

»Keine Ahnung. Ich meine, das mit Nat und den Mädchen ist ihm natürlich nahegegangen, sodass es ihm vielleicht schwergefallen ist oder so. Es hat ein halbes Jahr gedauert, bis ich bemerkt hab, dass er nicht mehr da war, also glaube ich, wir haben uns dann wohl doch nicht so toll verstanden.«

»Trauer ist schon eine seltsame Sache.«

»Das stimmt.« Ich nehme ihre Hand und drücke sie. »Darum bin ich so dankbar dafür, dass es Leute gibt, die verstehen, wie bizarr es ist.«

»Ich auch. Um mich wäre es diese Woche viel schlimmer bestellt gewesen, wenn ich nicht dich und die anderen an meiner Seite gehabt hätte.«

»Wir können nicht zulassen, dass du ausfällst. Wir brauchen unsere Iris, damit sie dafür sorgt, dass es uns allen gut geht.«

»Tu ich das? Wirklich?«

»Gott, ja, auf jeden Fall. Ich weiß nicht, wie es für dich ist, aber ich fühle mich immer viel besser, wenn ich bei dir bin, und ich weiß, dass die anderen genauso empfinden.«

»Es ist lieb von dir, das zu sagen«, erwidert sie, wobei sie klingt, als würde sie mit den Tränen kämpfen.

Ich fahre auf den Parkplatz des mexikanischen Restaurants, von dem uns Joy vorgeschwärmt hat, und lenke den SUV in eine Lücke, bevor ich mich zu ihr umdrehe. »Ich habe dir gesagt, dass du mein Leitstern bist, und das meine ich ernst.« Ich beuge mich zu ihr, um ihr zärtlich über die Wange zu streichen. »Du bist immer für alle da. Lass uns für dich da sein, wenn du uns brauchst.«

»Das versuche ich. Es fällt mir nicht leicht, zu akzeptieren, dass ich diese Art von Hilfe benötige. Gerade wenn ich denke, dass ich solche Fortschritte gemacht habe und so weit gekommen bin, passiert etwas – in diesem Fall sogar zwei Dinge –, was mich zum ersten Tag zurückkatapultiert.«

»Du bist nicht zurück am ersten Tag. Du bist nicht mal ansatzweise in der Nähe davon.«

»Wie kannst du dir so sicher sein? Du hast mich damals nicht gekannt.«

»Ich erinnere mich, wie es am Anfang für mich war, und du bist viel zu besonnen und beieinander, um so weit zurückgeworfen worden zu sein. Es ist interessant, oder, festzustellen, dass wir jetzt irgendwie stärker sind, als wir zuvor waren, und uns diese Stärke hilft, Dinge zu überstehen, die uns in der Vergangenheit umgeworfen hätten.«

»Das ist wahr.«

»Du bist stärker, als du glaubst, Iris. Lass nicht zu, dass dich diese neuen Informationen über Mike in den Grundfesten erschüttern.«

»Ich tue mein Möglichstes.«

»Wenn dir ein Gespräch mit Eleanor nichts als Kummer bringt, dann lass es sein. Du schuldest ihr gar nichts.«

»Ihr Sohn ist der Halbbruder meiner Kinder.«

»Aber das müssen sie nicht jetzt erfahren, wenn du das nicht willst. Es liegt bei dir und dir allein.«

»Danke für die Erinnerung. Das hilft.«

»Bist du bereit, reinzugehen?«

»Das bin ich, wenn du es bist.«

»Und wir kümmern uns heute nicht mehr darum, ob sie merken, dass wir mehr als Freunde sind?«

»Ja, ist mir egal, wenn sie das wissen.«

Ich beuge mich zu ihr, um sie erst auf die Wange und dann auf die Lippen zu küssen. »Mir auch.«

### Iris

ALLES AN GAGE IST ANDERS. Er wirkt insgesamt viel unbeschwerter, seit er beschlossen hat, sich auf mich und die Kinder einzulassen – und seine Firma zu verkaufen. Er ist sogar dafür, dass die Wilden Witwen von uns erfahren, was mich überrascht. Er hält meine Hand, während wir zusammen das Restaurant betreten und nach Joys Tisch fragen. Man bringt uns zu einer Ecke, wo der Großteil unserer Freunde bereits versammelt ist.

Als sie sehen, dass wir Händchen halten, verstummen sie.

Und dann beginnt Roni zu klatschen. »Yeah!«

Die andern fallen mit ein.

»Lasst das«, verlange ich, während ich gegenüber von Roni und Derek Platz nehme. Ich hab Angst, Gage anzuschauen. Vermutlich ist es ihm peinlich.

»Erzählt uns alles«, erwidert Joy. »Wie lange läuft das schon?«

Ich hab ja bereits erwähnt, dass bei den Witwen über *alles* gesprochen wird. Also … »Nicht lange, und das ist alles, was ihr von uns dazu hören werdet.«

»Also ich finde das großartig«, verkündet Christy und hebt ihre Margarita zu einem Toast auf uns.

Ich bin verlegen und durcheinander, was mir nur ganz selten passiert. »Kann ich bitte mal die Getränkekarte haben?«

»Ich empfehle die Margaritas«, meint Lexi. »Die sind einfach göttlich.«

»Das kann ich bezeugen«, wirft Christy ein.

»Sie verwenden nur den besten Tequila«, verrät mir Joy. »Nichts von dem Fusel, der dafür sorgt, dass man sich am nächsten Tag wünscht, tot zu sein.«

Das klingt gut für mich. »Dann bin ich dabei.«

Gage bestellt sich Wasser.

Ich werfe ihm einen Blick zu. »Wir können mit einem Uber nach Hause fahren, und du kannst dein Auto morgen holen.«

Er denkt kurz drüber nach. »Weißt du, was, das ist gar keine schlechte Idee. Heute Abend gibt es was zu feiern. Champagner für alle.«

»Wow«, ruft Brielle. »Was ist denn in den gefahren – also außer dir?«

Bevor ich protestieren kann, schaltet sich Wynter ein. »Technisch betrachtet ist es ja eher andersrum, aber wir verstehen, was du meinst.«

Alle lachen.

In dem Punkt kann man sich wirklich auf Wynter verlassen.

»Hört auf«, fordere ich, obwohl ich genau weiß, dass sie das nie tun werden. An Gage gewandt sage ich: »Verrätst du ihnen bitte, was du feierst?«

»Genau genommen sind es drei Dinge«, erklärt er. »Erstens habe ich diese Woche meine Firma verkauft.«

Das wird mit verblüfftem Schweigen quittiert.

»Ich dachte, du liebst den Laden«, erwidert Joy.

»Nicht so sehr wie früher, und außerdem bin ich reif für eine Veränderung. Zweitens haben wir eine Einigung mit dem Typen erreicht, der meine Familie auf dem Gewissen hat. Wir haben zwar nicht alles bekommen, was wir wollten, aber genug, und so müssen wir nicht vor Gericht.«

»Ach, Gage«, meint Derek. »Das ist eine große Sache.«

»Ja, und es fühlt sich gut an, dass das endlich hinter uns liegt, auch wenn es nichts ändert, weißt du?«

»Nur zu gut«, antwortet Derek, und Roni nickt zustimmend.

Ihre Ehepartner sind beide ermordet worden.

»Und drittens«, fährt Gage fort und richtet seinen Blick auf mich, »hat mich die absolut bezaubernde Iris hier neben mir davon überzeugt, dass ich mit ihr in einer Beziehung sein muss, daher habe ich beschlossen, mich ihr auszuliefern.«

Wieder brandet Gelächter auf, und mein Gesicht wird vor Verlegenheit ganz rot. »Das wirst du mir später büßen.«

»Ich kann es kaum erwarten.«

Plötzlich steht Wynter auf und verlässt wortlos den Tisch.

»Was ist denn mit ihr los?«, frage ich Lexi, die direkt neben ihr gesessen hat.

»Keine Ahnung. Ich geh ihr mal nach.«

»Lass mich. Wenn es etwas war, was ich gesagt habe, sollte ich mich auch darum kümmern.«

»Es war nichts, was du gesagt hast«, versichert mir Gage.

»Trotzdem werde ich mit ihr reden. Bestell mir bitte eine Margarita.« Ich gehe in die Richtung, in die Wynter verschwunden ist, schaue in der Damentoilette nach, ob sie dort ist. Ich spähe unter die Kabinentüren, und als ich die Glitzersneaker, die sie immer trägt, nirgends entdecken kann, suche ich draußen weiter. Schließlich finde ich sie neben dem Eingang, wo sie zitternd in der kühlen Herbstluft steht und raucht.

»Wynter.«

Sie schreckt zusammen, als ich sie anspreche. »Was denn?«

»Was ist los?«

»Nichts. Geh bitte wieder rein. Wenn ich die hier zu Ende geraucht habe, komme ich auch.« Sie schwingt die Zigarette, um ihre Äußerung zu unterstreichen.

»Seit wann rauchst du?«

»Seit ich fünfzehn war. Und halt mir bitte keine Vorträge darüber, dass ich davon Krebs kriegen kann oder dass ich es eigentlich besser wissen müsste. Das habe ich alles schon gehört.«

»Keine Sorge, von mir gibt es keine Vorträge.«

»Sie haben recht, weißt du?«

»Wer genau?«

»Die Leute, die sagen, ich müsste es besser wissen. Nachdem ich aus nächster Nähe mitgekriegt habe, was Jaden bei seiner Krebstherapie durchgemacht hat, würde ich das niemandem wünschen. Also warum rauche ich, obwohl das Krebs verursachen kann? Ich hab keine Ahnung.«

»Was ist passiert?«

»Außer dass ich meinen zwanzigjährigen Ehemann an Krebs verloren habe?«

Obwohl ich friere, lehne ich mich mit dem Rücken gegen einen Betonpflanzkasten mit bunten Chrysanthemen. »Ja, außer dem.«

»Es ist nichts. Du solltest wieder reingehen, du frierst.«

»Ist nicht weiter schlimm. Rede mit mir, Wynter. Sag mir, was nicht stimmt.«

»Nichts stimmt. Keine einzige verdammte Sache. Ich hasse es, Witwe zu sein, und ich hasse es, Teil dieser Gruppe zu sein, obwohl ich euch alle unglaublich gernhab. Ich hasse es, dass ich die Wilden Witwen brauche und dass sich die Leute um mich herum verlieben, was dafür sorgt, dass es mir so unfassbar fehlt, mich so zu fühlen. Und ganz besonders hasse ich es, so eine neidische Mistzicke zu sein, die sich nicht für ihre Freunde freuen kann, die es auf jeden Fall verdienen, glücklich zu sein. Und, bist du froh, dass du gefragt hast?«

Bevor ich mir darüber klar werden kann, ob es eine gute Idee ist, umarme ich sie.

Sie erstarrt. »Was tust du da?«

Statt zu antworten, drücke ich sie fester an mich, obwohl sie sich aus meinen Armen zu befreien versucht. Ich halte sie, bis sie aufhört, sich zu wehren, und aller Kampfgeist aus ihr weicht. Sie lässt sich mit der Art von Erschöpfung gegen mich sinken, die nur verstehen kann, wer sie ebenfalls erlebt hat. »Du bist damit nicht allein, Wynter.«

»Trotzdem, wer von uns beiden wird heute Abend ohne Begleitung nach Hause fahren?«

»Du bist eine wunderbare junge Frau, und vor dir liegt noch so viel Leben. Ich weiß, das ist alles nichts, was du jetzt hören möchtest, trotzdem ist es wahr. Was dir und Jaden zugestoßen ist, war furchtbar und falsch und so ein Scheißdreck, dass einem die Worte fehlen.«

Bei ihrem leisen Lachen muss ich grinsen. »Ich liebe es, wenn du ohne deine Kinder da bist«, erklärt sie.

»Scheiße, Scheiße, Scheiße.«

Sie lacht wieder.

Ich lasse meine Arme sinken und wische ihr die Tränen von den Wangen.

»Ich bin eine blöde Kuh, dass ich mich wegen dir und Gage so anstelle. Das ergibt keinen Sinn. Ich liebe euch beide, und natürlich freue ich mich für euch.«

»Ich weiß, und er tut das auch. Und PS, wir haben dich auch lieb.«

»Ich hasse es, so eine elende Zicke zu sein.«

»Bist du ja gar nicht.«

»Doch, bin ich. Wenn Adrian nicht will, dass ich mich um Xavier kümmere, kann ich ihm wirklich keinen Vorwurf machen.«

»Warte mal, hat er das gesagt?«

»Nein, aber er hat auch nicht gerade mit beiden Händen

zugegriffen, als ich mich als Nanny angeboten habe. Höchstwahrscheinlich, weil ich so kaputt bin.«

»Das stimmt ja gar nicht.« Als sie zum Protest ansetzt, hebe ich einen Finger, um sie aufzuhalten. »Du bist nicht kaputt. Du trauerst, und das ist nun mal nicht schön. Doch du musst dir selbst gegenüber nachsichtiger sein.«

»Ich will mein altes Leben zurück.«

»Ich weiß, Süße. Ich weiß.«

»Tut mir leid, dass ich euch runterziehe.«

»Es ist alles gut. Machst du bitte die Zigarette aus und kommst mit mir rein? Ich bin schon halb erfroren.«

Sie zieht noch einmal und tritt den Stummel aus.

Es freut mich, als sie sich bückt, um die Kippe aufzuheben und in den Mülleimer zu werfen, ehe sie mir ins Restaurant folgt.

»Hey, Iris?«

»Ja?«

»Du bist ziemlich cool für jemanden in deinem Alter.«

Ich versetze ihr mit dem Ellbogen einen Stoß in die Rippen. »Pass auf, was du sagst, Kleines.«

»Nein, ernsthaft. Danke.«

»Jederzeit gern.«

»Okay, wenden wir uns dem wirklich Wichtigen zu: Ist Gage eigentlich überall so groß?«

»Wynter!«

»Erzähl es mir. Ich weiß, du willst es.«

»Gar nicht wahr.«

»Liegt es daran, dass er riesig ist?«

Am liebsten würde ich mich in Luft auflösen. Sie ist einfach unmöglich.

»Ist er, oder? Ich wusste es. Er hat ja auch große Hände und Füße. Das ist gewöhnlich ein sicheres Zeichen.«

»Woher weißt du so was eigentlich? Bist du überhaupt schon zwanzig?«

»Sogar einundzwanzig, und ich weiß solche Dinge eben.«

Ich gebe ihr einen leichten Schubs in Richtung ihres Platzes und steuere auf meinen eigenen neben Gage zu.

»Alles in Ordnung?«, erkundigt er sich.

»Jetzt schon. Sie ist wieder ganz die Alte.«

»Ist das der Grund dafür, dass dein Gesicht so rot ist?«

»Ja, außerdem ist es draußen eiskalt.«

Ich nehme einen Schluck von der Margarita, die auf mich wartet, und versuche, die Melancholie abzuschütteln, die es mit sich gebracht hat, Wynter sagen zu hören, sie wolle ihr altes Leben zurück. Noch vor gut zwei Wochen hätte ich mich ihrem Wunsch uneingeschränkt angeschlossen, aber jetzt hat sich alles geändert, meine Gefühle für meinen verstorbenen Ehemann inklusive.

Unter dem Tisch fasse ich nach Gages Hand und bin dankbar für ihn und das zwischen uns, das mir durch diese schwierige Zeit geholfen hat.

## 20

### Iris

Wir essen, wir trinken, und wir lachen – viel.

Ich schaue zu Christy hinüber, und sie hebt das Glas zu einem stillen Toast auf das hier, das wir zusammen aufgebaut haben. Wir staunen selbst immer wieder, was daraus geworden ist und wie wichtig es für uns alle ist.

»Wie läuft es bei dir?«, frage ich sie.

»Die Woche war gut. Bei den Kindern gab es keine Katastrophen, also für mich auch nicht.« Christy hat zwei junge Teenager, die eine schwierige Zeit hatten, seit ihr Vater Wes vor über drei Jahren an einem Riss der Aorta gestorben ist.

»Freut mich zu hören. Wie steht es mit dem neuen Typen?«

»Äh, ich glaube nicht, dass daraus was wird.«

»Wirklich? Ich dachte, du hast ihn richtig gern.«

»Hab ich auch. Aber er ist sich nicht sicher, ob er sich jeden Tag mit Teenagern auseinandersetzen will.«

»Hat er das gesagt?«

»Ziemlich wörtlich, und na ja, ich kann es ihm nicht übel nehmen. Ich würde sie an den meisten Tagen auch am liebsten an den Zirkus verkaufen.«

»Das tut mir so leid. Ich hatte so große Hoffnungen für

euch beide, obwohl ich ihn ja noch gar nicht kennengelernt hab.«

»Mir tut es auch leid, trotzdem legen wir jetzt erst mal eine Pause ein, bevor es sich irgendwie weiterentwickelt. Er hat gemeint, er müsse darüber nachdenken, und ich lasse ihm den Raum dafür. Ich meine, er war bisher noch nie verheiratet und hat auch keine Kinder, also sind wir schon eine ziemliche Umstellung für ihn.«

»Du bist toll, und er kann sich glücklich schätzen, wenn du ihn willst.«

»Ich weiß das, und du weißt das. Jetzt müssen wir nur noch ihn davon überzeugen.«

»Gib dir nicht zu viel Mühe, ihn von etwas zu überzeugen, was direkt vor seiner Nase ist und was er eigentlich selbst erkennen müsste, okay?«

»Mach ich nicht. Aber genug von mir. Wie sieht's bei dir aus?«

»In Anbetracht der Umstände erstaunlich gut.«

Sie deutet mit dem Kinn zu Gage, der sich gerade mit Derek unterhält. »Ich bin mir sicher, er ist eine große Hilfe.«

»Du hörst dich schon wie Wynter an«, sage ich lachend.

Wynters Augen funkeln übermütig. »Große Hände, große Füße, großer …«

Christy legt ihr schnell eine Hand auf den Mund, bevor sie weitersprechen kann.

»Ich mein ja bloß«, dringen Wynters Worte gedämpft unter Christys Fingern hervor.

Ich schüttele den Kopf und lache nur noch heftiger. »Sie ist unverbesserlich.«

»Es geht doch nichts über eine schöne Latte, um alles besser zu machen«, stellt Wynter fest.

»Ich kann nicht glauben, dass sie das wirklich gesagt hat«, erwidere ich seufzend, während sich Christy vor Lachen ausschüttet.

»Was hat sie denn gesagt?«, erkundigt sich Gage, der den letzten Satz mitbekommen hat.

»Frag nicht. Das willst du gar nicht wissen.«

Wynter drückt ihre Zunge von innen gegen ihre Wange, woraufhin Christy erneut losprustet.

»Lach nicht! Das ermutigt sie nur.«

»Ich kann nicht anders«, japst Christy und wischt sich die Tränen aus den Augen. »Sie bringt mich um.«

Ich werfe Wynter einen warnenden Blick zu. »*Ich* bring *sie* um, wenn sie damit nicht aufhört.«

»Manchmal tut die Wahrheit weh, was?«, fragt Wynter.

»Gage, ich glaube, wir müssen nach Hause«, erkläre ich.

»Sie ist wuschig.«

»Wynter!«

Auch wenn mir ihre Bemerkungen superpeinlich sind, freue ich mich, dass sie über ihre eigenen Witze am lautesten lacht.

»Was ist da drüben bei euch los?«, ruft uns Roni zu.

»Nichts Gutes«, antworte ich.

»Im Gegenteil: ausschließlich Gutes«, widerspricht Wynter.

»Ich muss los«, verkündet Roni. »Meine Brüste explodieren gleich.«

»Das können wir natürlich nicht zulassen«, meint Derek. »Dann bringen wir dich besser schnell zu dem kleinen Kerl.«

Gage hat mit Derek abgesprochen, dass er uns bei mir zu Hause absetzt, also verabschieden wir uns ebenfalls.

»Was ist mit Wynter los?«, erkundigt sich Roni. »Ist bei ihr alles in Ordnung?«

»Sogar mehr als in Ordnung. Sie hat nur teuflischen Spaß daran, mich aufzuziehen, weil ich mit Gage zusammen bin. Davor war es für sie schwierig, denn sie hatte Probleme damit, dass andere aus unserer Gruppe mit ihrem Leben weitermachen, während bei ihr alles eine solche Katastrophe ist. Ich habe ihr versichert, dass das nicht stimmt, aber ich kann nicht sagen, ob sie mir glaubt. Sie würde sich wirklich gern um Xavier kümmern. Adrian hat sich allerdings noch nicht entschieden, ob er ihr den Job tatsächlich geben will.«

»Wo war er heute Abend eigentlich?«, wendet sich Gage an mich.

»Keine Ahnung. Ich schicke ihm mal eine Nachricht, um mich zu vergewissern, dass nichts Schlimmes passiert ist.« Ich schreibe ihm, während wir darauf warten, dass der Parkservice Dereks SUV vorfährt. »Okay, Xavier ist heute etwas schwierig, daher ist Adrian lieber zu Hause geblieben.«

»Was ist mit Hallie?«, fragt Roni. »Wollte sie nicht ebenfalls kommen?«

»Moment, das haben wir auch gleich.« Ich tippe eine SMS an sie, dass wir sie heute Abend vermisst haben und hoffen, dass alles in Ordnung ist. »Sie hat geantwortet, dass sie länger arbeiten musste und außerdem kein Benzin mehr im Tank hat. Wir sehen sie bei der ALS-Spendenaktion nächste Woche.«

Unsere Freundin Lexi hat ihren Ehemann an diese schreckliche Krankheit verloren, und seine Arztrechnungen haben sie in einer finanziell katastrophalen Lage zurückgelassen. Kinsley, deren Ehemann Rory an Bauchspeicheldrüsenkrebs gestorben ist, und Naomi, deren Verlobter David Lymphdrüsenkrebs hatte, haben das Event organisiert. Die Hälfte der Spendengelder ist für die ALS-Forschung bestimmt, die andere Hälfte erhält Lexi.

»Ich bin so froh, dass Lexi einverstanden war, dass die beiden so was für sie organisieren«, erklärt Roni. »Ich kann mir nicht vorstellen, wie es ist, wenn man einen solchen Verlust erleidet und dann auch noch auf einem Haufen unbezahlten Krankenhausrechnungen sitzt. Der Verlust an sich ist ja schon schlimm genug.«

»Aber echt«, pflichtet ihr Gage bei.

»Hat jemand was von Aurora gehört?«, meldet sich Derek zu Wort, während er uns zu mir nach Hause fährt.

»Nicht in letzter Zeit«, erwidere ich.

»Ich habe den Prozess ihres Ehemanns verfolgt«, sagt Gage. »Sie haben ihn wegen Vergewaltigung verurteilt.«

Wir haben dafür gestimmt, Aurora in die Gruppe aufzunehmen, nachdem ihr Ehemann der Vergewaltigung angeklagt worden war, weil wir uns einig waren, dass sie das Leben verloren hat, das sie geplant hatte, genau wie es uns anderen beim Tod unserer Partner ergangen ist. Sie hat aufgehört, zu den Treffen zu kommen, nachdem Derek und Roni ein Paar geworden sind. Wir vermuten, dass sie selbst an Derek interessiert war.

»Ich hab versucht, Derek dazu zu bewegen, bei ihr anzurufen und mal nachzufragen, wie es ihr geht«, berichtet Roni.

»Auf gar keinen Fall«, brummt Derek.

Gage und ich müssen über die beiden grinsen.

»Sie tut mir so leid«, fügt Roni hinzu. »Es ist wirklich furchtbar. Ich an ihrer Stelle würde wahrscheinlich das Land verlassen, bis der Prozess vorbei ist.«

»Vielleicht hat sie das ja getan«, mutmaße ich. »Ich schreib ihr rasch eine Nachricht, damit sie weiß, dass wir an sie denken und uns freuen würden, wenn sie zur Gruppe zurückfindet.« Ich schicke die Nachricht ab, bevor ich es mir anders überlegen kann.

»Gib Bescheid, falls sie antwortet«, bittet mich Roni.

»Na klar. Sie tut mir leid, auch wenn ich sie nicht besonders gemocht habe.«

Derek nickt. »Geht mir genauso. Trotzdem verdient niemand das, was sie durchmacht.«

»Niemand von uns verdient den ganzen Mist, mit dem wir uns herumschlagen müssen«, wirft Gage ein.

»Stimmt«, meint Roni. »Seit dem ersten Jahrestag von Patricks Tod ist es echt schwierig für mich. Ich träume immer wieder, dass er plötzlich wieder da ist und ich mich zwischen ihm und Derek entscheiden muss.«

Mein Herz bricht für sie. »Oh, das ist ja schrecklich, Süße.«

»Es ist ziemlich schlimm«, räumt Roni ein. »Aber Derek ist ein Heiliger.«

»Ich habe nichts für dich getan, was du nicht auch für mich tun würdest«, widerspricht er, während er auf meiner Auffahrt anhält.

Ich lehne mich vor, um Roni die Schulter zu drücken. »Ruf mich an, falls du reden möchtest. Ich bin immer für dich da.«

»Danke gleichfalls«, erwidert sie.

»Schaff deine Milchbar nach Hause zu Dylan«, rufe ich ihr beim Aussteigen zu.

Sie lacht, während ich die Tür schließe und die Hand

nehme, die Gage mir reicht. Ich kann es gar nicht erwarten, diese Nacht mit ihm zu verbringen.

### Roni

»Sie sind ein tolles Paar«, sage ich in der Sekunde, in der sich die Tür hinter Iris schließt.

»Seh ich genauso.«

»Gage hat noch nie so viel gelächelt wie heute. Dank Iris und dem Verkauf seiner Firma wirkt er wie ein neuer Mensch.«

»Genau das habe ich auch gedacht.«

»Es ist schön, mitzuerleben, dass Leute zusammenfinden, die eine zweite Chance verdienen.«

»Wie wir.«

»Exakt wie wir.«

Entsetzt merke ich, dass sich meine Augen mit Tränen füllen. Das passiert mir im Moment dauernd, egal, was ich tue. Eigentlich sollte ich im siebten Himmel schweben, nachdem ich mit Derek verlobt bin und während des Wochenendes am Strand endlich zugelassen habe, dass wir uns auch körperlich näherkommen. Alles ist super, doch die Trauer um Patrick ist allgegenwärtig. Ich habe versucht, es vor Derek zu verbergen, aber er ist viel zu aufmerksam.

Ich wische mir die Tränen weg, hoffe, dass sie versiegen, bevor wir bei ihm sind, wo unsere wundervolle Nanny Dylan und Maeve betreut.

»Ich sehe sehr wohl, was da drüben bei dir los ist«, sagt er leise.

»Ich wünschte, es würde aufhören.«

»Es wird niemals aufhören, Roni. Du wirst Patrick für den Rest deines Lebens vermissen und um ihn trauern.«

»Aber muss es ausgerechnet in der Woche, nachdem ich deinen Heiratsantrag angenommen habe, so heftig sein?«

»Vielleicht ist genau das der Grund dafür. Hast du darüber mal nachgedacht?«

»Ich will nicht, dass es so ist.«

»Falls du einen Weg findest, Trauer nach einem festgelegten Zeitplan abzuhandeln, hoffe ich wirklich, dass du mir dein Geheimnis verrätst.«

»Ich weiß, es ist unrealistisch, steuern zu wollen, wann sie ihr hässliches Haupt erhebt, aber warum gerade jetzt, wo die Dinge so gut für mich laufen?«

»Falls ich raten sollte, würde ich denken, es liegt daran, dass du Schritte unternimmst, um dein Leben mit mir weiterzuführen, obwohl du nach Patricks Tod am liebsten gar nicht weitermachen wolltest.«

»Warum passiert dir das nicht auch? Du wolltest nach Victoria ebenfalls nicht weitermachen.«

»Ich hatte schon etwas mehr Zeit als du, um ihren Verlust zu verarbeiten.«

Ich denke darüber nach und versuche herauszufinden, was ich dabei empfinde. Meine Gefühle spielen verrückt, seit ich vor zwei Nächten den ersten Traum hatte. Ich habe mich so bemüht, meinen Kummer für mich zu behalten, doch das hat Derek nicht zugelassen.

»Es ist okay, wenn wir alles etwas langsamer angehen lassen, Roni. Das weißt du, oder?«

»Ich möchte es nicht langsamer angehen lassen. Ich hatte ein Jahr lang Zeit, um zu akzeptieren, dass Patrick nie wieder zurückkommen wird. In dieser Zeit bist du mein bester Freund geworden, meine neue Liebe. Habe ich erwartet, dass so was zwischen uns passiert? Nein, überhaupt nicht. Wenn du mich vor einem Jahr gefragt hättest, ob ich zum jetzigen Zeitpunkt verlobt sein würde, hätte ich das weit von mir gewiesen. Aber wir wissen beide, wie es passiert ist und warum es passiert ist und was für ein Glück wir haben.«

»Das bedeutet trotzdem nicht, dass das alles gleich geschehen muss. Wir haben schließlich den Rest unseres Lebens dafür, den Punkt zu erreichen, an den wir wollen.«

Es ist kein Wunder, dass ich diesen Mann so sehr liebe. War es meine Absicht, so schnell nachdem ich meinen Ehemann verloren habe, einen neuen zu finden? Absolut nicht, doch unsere Beziehung hat sich ganz natürlich ergeben und ist aus einer tiefen, dauerhaften Freundschaft erwachsen, die entscheidend dazu beigetragen hat, dass ich dieses letzte Jahr überlebt habe. Wenn ich irgendwas gelernt habe, seit ich Patrick verloren habe, dann dass das Leben eine Art hat, einem grinsend einen Strich durch die Rechnung zu machen, wenn man denkt, man hätte alles im Griff.

»Ich hoffe, dir ist klar, wie froh ich bin, dich zu haben.«

»Ist es, Roni, und umgekehrt geht es mir mit dir genauso. Wir stecken in dieser Sache gemeinsam drin, und es ist für immer. Bitte setz dich nicht unter Druck, weil du denkst, du müsstest irgendwelche Erwartungen von mir erfüllen. Die einzige Erwartung, die ich in Bezug auf dich und uns habe, ist, dass wir einander und unsere Kinder lieben. Der Rest wird sich finden.«

»Ich hasse es, mich so zu fühlen.«

»Das ist alles Teil des Prozesses. Das Gute, das Schlechte und das Hässliche. Wir müssen es irgendwie durchstehen. Allerdings gibt es auch gute Neuigkeiten.«

»Und was?«, frage ich und wische mir wieder übers Gesicht.

»Wir haben gemerkt, dass es neben der Verzweiflung immer noch Freude und Liebe und großes Glück geben kann.«

»In letzter Zeit scheint die Verzweiflung zu gewinnen.«

»Sie gewinnt vielleicht mal ein Scharmützel, aber am Ende werden Freude und Glück den Sieg davontragen. Es wird möglicherweise eine Weile dauern, doch du wirst dorthin kommen. Versprochen.«

»Wie kann es sein, dass du immer genau weißt, was du sagen musst, damit ich mich besser fühle?«

»Weil ich davon überzeugt bin, dass die Dinge irgendwann besser werden, selbst wenn alles den Bach runtergegangen ist.«

»Manchmal frage ich mich, ob ich Patricks Verlust überlebt hätte, wenn du mir nicht genau dann über den Weg gelaufen wärst, als du es getan hast.«

»Natürlich hättest du überlebt.«

»Da bin ich mir nicht so sicher.«

»Aber ich. Du bist tougher, als du denkst, Roni.«

»Vor Patricks Tod hätte ich mich selbst niemals als tough

bezeichnet, auch wenn mein Dad immer sagt, ich wäre das toughste Kind gewesen, das er kennt.«

»Das glaube ich. Vorher war es nicht nötig, doch du hattest es immer in dir. Es hat nur darauf gewartet, dich da durchzubringen, wenn du es brauchst.«

»Trotzdem … Danke, dass du da bist und mir den Weg zeigst.«

»Hier bei dir zu sein ist mein größtes Vergnügen, Süße.«


## Iris


ICH WACHE auf und frage mich, warum die Kinder mich nicht geweckt haben, ehe mir wieder einfällt, dass sie bei meiner Mutter sind und ich die Gelegenheit genutzt habe, um die ganze Nacht Sex mit Gage zu haben. Die Erinnerungen sorgen dafür, dass ich meinen Tag mit einem Lächeln beginne, das allerdings verschwindet, als ich an die Textnachrichten denke, die Eleanor und ich uns geschrieben haben. Die andere Frau im Leben meines Ehemannes. Und dann kommt mir ein weiterer Gedanke.

»Mein Gott.«

»Danke, aber Gage reicht völlig.«

»Ich muss mich auf Geschlechtskrankheiten untersuchen lassen.«

»Äh … Wie bitte?«

»Was, wenn Mike irgendwas angeschleppt hat?«

»Meine Güte, Iris.«

Ich drehe mich um und setze mich auf, stopfe mir die Decke unter die Achseln, damit meine Brüste bedeckt sind. »Und jetzt habe ich dich dem ebenfalls ausgesetzt.«

»Bist du, seit Mike gestorben ist, nicht mehr beim Arzt gewesen?«

»Doch, aber weil mein Ehemann tot ist, hat meine Frauenärztin mich garantiert nicht auf Geschlechtskrankheiten getestet.«

»Ich würde wetten, dass sie es getan hat und du das nur nicht weißt. Hast du online auf deine Akte Zugriff?«

»Ja.«

»Dann check das erst mal, bevor du in Panik ausbrichst.«

Ich nehme mein Handy vom Nachttisch, rufe meine Akte auf und scrolle durch die letzten Einträge. »Sie hat mich auf alles getestet.« Ich atme erleichtert auf. »Sorry für den Schreck am Morgen.«

»Ist schon okay.«

»Nichts davon ist okay.« Mein Kinn zittert, während ich versuche, meine Gefühle unter Kontrolle zu kriegen, die sich zu gleichen Teilen aus Verlegenheit und Wut zusammensetzen. Wie konnte Mike es wagen, mir das anzutun?

»Komm her.«

Ich schmiege mich an Gage und mache es mir in seinen Armen gemütlich. »Tut mir leid. Ziemlich übel, jemanden am Morgen mit so was zu überfallen, nachdem man Sex mit ihm hatte.«

»Schon vergessen.« Er streicht mir mit langsamen, zärtlichen Bewegungen über den Rücken, und ich entspanne mich.

»Ich bin so unfassbar sauer auf ihn.«

»Zu Recht.«

»Als er gestorben ist, war ich so verzweifelt, doch jetzt hat sich das alles in eine umfassende Wut verwandelt.«

»Es würde mich überraschen, wenn es anders wäre.«

»Wie konnte er mir das antun? Seinen Kindern?«

»Ich wünschte, ich wüsste es. Jeder, der dich an seiner Seite hat, hat alles.«

»Findest du wirklich?«

»Absolut.«

Ich habe gerade angefangen, mich ein bisschen besser zu fühlen, als mein Handy klingelt. Ich löse mich von Gage, um danach zu greifen, und setze mich auf, als ich den Namen meiner Schwiegermutter auf dem Display entdecke. »Da muss ich ran.«

»Nur zu.«

»Hallo, Kathy.«

»Iris ... Liebes, ich musste die ganze Woche ununterbrochen an dich denken, seit das mit dem Bericht der NTSB bekannt geworden ist, und dann natürlich wegen dieser anderen Sache.«

»Danke.« Mikes zweite Familie als »diese andere Sache« zu bezeichnen spricht auf makabre Art und Weise meinen Sinn für Humor an.

»Lou und ich ... Wir wissen nicht, was wir sagen sollen.«

»Da gibt es nichts zu sagen. Es ist passiert, und jetzt müssen wir irgendwie damit umgehen.«

»Und du hattest keine Ahnung?«

»Nicht die geringste.«

»Wo hat sie die ganze Zeit gesteckt?«

»Das weiß ich auch nicht.«

»Es tut mir so leid. Was in aller Welt hat er sich dabei gedacht?«

»Da bin ich genauso ratlos wie du.«

»Hast du ... Hast du mit ihr gesprochen?«

»Bisher haben wir lediglich über Textnachrichten Kontakt.«

»Wir sind hin- und hergerissen zwischen unserer Entrüstung und dem Wunsch, dieses andere Kind zu sehen, aber wir haben das Gefühl, es sei dir gegenüber illoyal, wenn wir den Jungen kennenlernen wollen.«

»Natürlich wollt ihr ihn kennenlernen. Er ist euer Enkel. Mach dir um mich keine Gedanken. Tut, was immer ihr tun müsst.«

»Iris, wir sind am Boden zerstört. Du warst eine wunderbare, liebevolle Ehefrau, und auch wenn es am Anfang nicht ganz leicht war zwischen uns, lieben wir dich. Ich hoffe, du weißt das.«

»Tu ich. Danke.«

»Wenn du mit ihr redest, könntest du sie vielleicht fragen, ob sie sich bei uns melden möchte?«

»Das werde ich tun.«

»Und das mit der NTSB ... Wie könnte der Absturz Mikes Schuld gewesen sein?«

»Es wäre vorstellbar, dass er wegen seines Doppellebens abgelenkt war.«

»Glaubst du wirklich, das ist möglich?«

»Wahrscheinlich werden wir nie erfahren, was passiert ist, doch möglich ist es definitiv.«

»Vermutlich schon«, erwidert sie und seufzt. »Wie geht es den Kindern? Wir müssen bald mal wieder zu Besuch kommen.«

Es ist Monate her, dass die Kinder von Mikes Familie irgendjemanden außer Rob gesehen haben. »Es geht ihnen gut. Wachsen wie Unkraut.«

»Wir besprechen noch, wann es günstig wäre.«

»Das wäre nett.«

»Pass auf dich auch, Iris.«

»Du auch auf dich.« Ich lege auf, aber die steife, leicht unangenehme Unterhaltung hängt wie eine dunkle Wolke über mir.

»Ich vermute mal, das war Mikes Mutter«, sagt Gage.

»Richtig.«

»Und dass du sie nicht ausstehen kannst.«

»Das ist es nicht. Sie war ... wie soll ich das ausdrücken ... nicht wirklich begeistert darüber, dass die Frau, die ihr kostbarer Sohn geheiratet hat, eine schwarze Mutter hat, und sie war, noch lange nachdem wir längst ein Paar waren und bis in unsere Ehe hinein, mir gegenüber ziemlich unterkühlt.«

»Igitt.«

»Genau.«

»Ich hasse Rassisten, vor allem die, die keusch ihre Gebetbücher umklammern, während sie aktiv Leute hassen, einfach weil sie mit einer anderen Hautfarbe oder Nationalität oder Religion oder sexuellen Orientierung geboren worden sind als sie selbst. Das ist ekelhaft.«

Wenn ich nicht schon wie wahnsinnig in diesen Mann verliebt wäre, würde diese Äußerung garantiert dafür sorgen. »Genau. Ich habe das natürlich schon vorher erlebt, allerdings nie bei jemandem, der mir so nahegestanden hat wie seine Eltern. Sie haben sich über die Jahre an mich gewöhnt, aber ich hab nicht mehr viel mit ihnen zu tun. Das war immer ein strittiger Punkt zwischen mir und Mike, der von mir mehr Verständnis für sie verlangt hat.«

»Ich hoffe, du hast da nicht nachgegeben.«

»Natürlich nicht, daher der Streit.«

»Es war ziemlich heftig von ihm, von dir Verständnis für ihren Rassismus einzufordern.«

»Ganz deiner Meinung, und das habe ich ihm auch gesagt. Wobei ich durchaus Mitgefühl mit ihm hatte. Es sind seine Eltern, und insofern war er in einer schwierigen Position.«

»Nein, war er nicht. Du warst seine Frau. Er hat dich ausgewählt und in seine Familie gebracht, obwohl er wusste, wie sie tickten. Er hätte sich ohne Wenn und Aber auf deine Seite stellen müssen.«

»Du sammelst heute früh viele Punkte, mein Freund.«

»Ich hasse Rassisten. Ich habe mal einen Mitarbeiter entlassen, weil er im Büro einen rassistischen Witz gerissen hat. Er musste gehen.«

»Du machst mich ganz heiß.«

»Hör auf«, erwidert er und lacht.

»Nein, im Ernst. Das tust du.«

»Ach, tatsächlich?«

»Mhm.«

Keine Sekunde später liegt er auf mir und betrachtet mich mit diesen intensiven Augen, die mich so deutlich sehen.

»Es gefällt mir, so mit dir aufzuwachen«, sagt er rau, während er mich auf den Hals küsst und zum dritten Mal – oder ist es das vierte? – seit unserer Ankunft gestern Nacht in mich eindringt.

Ich gönne Wynter die Genugtuung nicht, sie wissen zu lassen, dass die Größe von Gages Händen und Füßen tatsächlich als Hinweis auf seine Ausmaße an anderen Stellen taugt, aber als er ein weiteres Mal in mich kommt, kann ich nicht anders, als an ihre Bemerkung zu denken, und muss kichern.

»Was ist denn so lustig?«

»Wynter wollte mich dazu bringen, zuzugeben, dass du überall groß bist. Hab ich natürlich nicht gemacht. Das ist mir nur gerade wieder eingefallen.«

Gage stößt sich tiefer in mich, und ich keuche auf. »Ach wirklich?«

»Mhm.«

»Beschwerst du dich?«

»Überhaupt nicht.«

Er wendet den Blick nicht ab, während er mich leidenschaftlich liebt.

Ich glaube, ich blinzele nicht ein einziges Mal, während er mir in die Augen schaut, und es scheint fast so, als wären wir in Körper und Seele vereint. Mein Herz schmerzt vor Liebe zu ihm, einer Liebe, die schon so tief ist, dass es mich zerstören würde, wenn ich ihn verliere.

Das darf nicht passieren.

Wir sind auf jede Art und Weise perfekt zusammen, und vor allem auf diesem Gebiet, was er mir mit nicht einem, sondern gleich zwei Orgasmen innerhalb von fünf Minuten beweist.

»Geht's dir besser?«, erkundigt er sich hinterher.

»Hab ich mich schlecht gefühlt? Das muss ewig her sein.«

Sein Lachen ist genau das, was ich hören wollte. »Lass uns die Kinder abholen und uns einen Herbstmarkt mit Kürbissen und Kinderschminken und Apfeltauchen suchen.«

Ich sehe ihn an. »Willst du das wirklich?«

»Absolut.«

## 21

### Iris

*N*ach dem Abendessen in einer Pizzeria, die die Kinder lieben, fährt uns Gage in meinem Minivan nach Hause, unterhält sich mit den Kindern, so wie er es schon den ganzen Tag über getan hat. Sie hatten einen Riesenspaß beim Kürbisschnitzen, Kinderschminken und Ponyreiten. Das Apfeltauchen haben wir nicht mehr geschafft, was nach dem Schminken jedoch vermutlich sogar besser war.

Gage hat darauf bestanden, für alles zu bezahlen, und hat sich die ganze Zeit an allem beteiligt. Wir haben sogar ein gemeinsames Foto gemacht, das erste von uns fünf zusammen. Eine Weile lang hat es sich angefühlt, als seien wir eine ganz normale Familie, die an einem Herbstsamstag ganz normale Dinge miteinander unternimmt.

Im Austausch für das Abendessen in ihrem Lieblingsrestaurant hat Gage mit den dreien ausgehandelt, dass sie sofort, wenn wir zu Hause sind, ins Bad verschwinden und sich ihre Schlafanzüge anziehen.

Er kann super mit ihnen umgehen, und sie mögen ihn, was mich sehr erleichtert.

»Mr Gage?«, fragt Tyler, als wir beinah zu Hause sind.

»Ja, was ist?«

»Wirst du unser neuer Daddy?«

»Tyler!«

»Wirst du es, Mr Gage?«, will jetzt auch Sophia wissen.

»Tut mir leid«, flüstere ich ihm zu.

»Das weiß ich noch nicht«, antwortet Gage. »Aber wir hatten heute viel Spaß zusammen, oder?«

»So viel«, erklärt Tyler. »Darum möchte ich ja, dass du unser neuer Daddy wirst. Und du kannst auch toll Modelle bauen.«

»Es ist sehr lieb von dir, dass du das sagst, Kumpel, doch wir wollen lieber nicht zu weit vorausgreifen.«

»Was heißt das? Vorausgreifen?«

»Deine Mom und ich sind noch nicht bereit, so eine Unterhaltung zu führen.«

»Wann wird das denn sein?«

»Ach herrje«, entfährt es mir.

Gage drückt meinen Oberschenkel. »Das weiß ich nicht, es wird aber vermutlich noch eine Weile dauern.«

»Warum?«

»Das reicht, Ty. Wir müssen Gage dankbar sein für diesen tollen Tag, statt mehr daraus zu machen, als es war.«

»Sollten wir nicht mitentscheiden können, wer unser neuer Daddy wird?«

Ich weiß nicht, ob ich lachen oder weinen soll. Ich drehe mich auf meinem Sitz um, um meinen Sohn anzuschauen, der einen trotzigen Ausdruck im Gesicht hat. »Jetzt ist Schluss.« Er hat diesen Tonfall oft genug gehört, um zu wissen, dass das Limit erreicht ist.

Als wir in der Garage anhalten, erinnert Gage die drei an die Abmachung. Sie laufen los, um zu tun, was sie versprochen haben, während ich zurückbleibe, um mich bei Gage zu entschuldigen.

»Es ist keinerlei Entschuldigung nötig. Sie sind einfach nur zuckersüß und lieb. Sie sind verwirrt und wissen nicht genau, was ich hier tue.«

»Und du? Bist du verwirrt darüber, was du hier tust?«

»Nein, eigentlich nicht. Es fühlt sich gut an, den Tag mit

euch zu verbringen und den Minivan zu fahren und mit den Kindern Deals auszuhandeln.«

»Hast du das mit deinen oft getan?«

»Die ganze Zeit. Nat hat mich im Spaß immer Monty Hall genannt, das war der Moderator der Sendung *Let's Make a Deal*, als sie das immer mit ihren Großeltern gesehen hat, falls du ihn nicht kennst.«

Ich lache. »Das ist klasse.«

»So haben wir sie dazu gekriegt, zu tun, was sie tun sollten, ohne dauernd schimpfen und laut werden zu müssen. Das hasse ich nämlich. Meine Eltern haben beide immer rumgeschrien, als wir Kinder waren.«

»Ich hab dir ja schon von meiner Lehrerin erzählt, die pausenlos rumgeschimpft hat, sodass ich davon Bauchschmerzen bekommen habe.«

»Solange ich das Sagen habe, wird nicht geschrien. Dafür viel verhandelt.«

»Das funktioniert für mich.«

Er legt seinen Arm um mich. »Es ist zu viel und zu schnell. Das weiß ich, und du auch, doch der Tag heute hat mir wirklich gut gefallen. Vielleicht machen wir das häufiger und schauen einfach mal, wie es so läuft für uns alle, okay?«

Ich blicke zu ihm hoch und nicke. »Deal, Mr Hall.«

———

HEUTE VORMITTAG STEHT mein Telefonat mit Eleanor an, und ich bin nervöser als je zuvor in meinem Leben. Gage hat mir angeboten, bei mir zu bleiben, wenn ich mit ihr rede, aber er trifft sich heute mit den Käufern seiner Firma und hat den ganzen Tag Termine. Obwohl ich mir gewünscht hätte, dass er hier ist, habe ich ihm versichert, dass ich das allein schaffe.

Ich hoffe bloß, das stimmt. Ich habe Angst davor, was sie mir vielleicht erzählt und wie es diese schreckliche Situation weiter verschlimmern könnte.

Wir haben vereinbart, dass sie anruft, nachdem sie ihren Sohn zur Schule gebracht hat.

Ich hätte fragen sollen, wann das ungefähr sein wird, und während ich warte, starre ich auf das Telefon, als sei es eine Bombe, die jede Sekunde explodieren könnte.

Als es schließlich um halb zehn klingelt, bin ich mit den Nerven am Ende. Ich lasse das Telefon beinah fallen, als ich es ans Ohr hebe. »Ja?«

»Hi, hier ist Eleanor.«

»Hallo«, erwidere ich, als sei es keine große Sache, dass ich mit der Frau spreche, die ein Kind von meinem verstorbenen Mann hat.

Für einen langen Augenblick sind wir beide stumm, dann fangen wir gleichzeitig an zu reden. Ich weiß nicht, was ich sage, und ich hab nicht verstanden, was sie gesagt hat.

Wir müssen lachen.

»Wie peinlich ist das eigentlich?«, meint sie.

»Irre peinlich, wie meine Nichten es ausdrücken würden.«

»Bei meinen heißt das ›todpeinlich‹.«

»Das ist ja noch besser.« Ich möchte sie nicht mögen, doch so schrecklich scheint sie gar nicht zu sein.

»Ich habe nicht gewusst, dass er verheiratet war, Iris, bis ich ihm das mit dem Baby mitgeteilt habe.«

»Aber er hatte doch einen Ehering.«

»Als ich ihn getroffen habe, hat er keinen getragen.«

Ich schließe die Augen, während ich diese Information verarbeite. Er hat seinen Ehering abgenommen und ist losgezogen, um jemanden kennenzulernen.

»Ich möchte mir gar nicht ausmalen, wie schmerzlich das für Sie sein muss. Mike ... Er hat mir versichert, für unseren Sohn Carter sei in seinem Testament Vorsorge getroffen worden, falls ihm je etwas zustoßen sollte. Er hat behauptet, er hätte sich darum gekümmert. Ich hab also gewartet, bevor ich mich gemeldet habe. Meine Schwester sagt, eine Testamentsvollstreckung kann bis zu achtzehn Monate dauern, daher habe ich es erst mal auf sich beruhen lassen und gehofft, jemand würde mit mir Kontakt aufnehmen. Als ich gelesen habe, dass man ihn für den Absturz verantwortlich macht, habe ich mich schließlich an Steve gewandt, um zu erfahren, was eigentlich los ist.«

»Woher haben Sie gewusst, dass Mike gestorben ist?«

»Von Ihren Posts in den Social Media.«

»Sie folgen mir?« Das schockiert mich.

»Damit habe ich angefangen, nachdem ich herausgefunden hatte, dass er eine Frau und Kinder hatte. Ich wollte mehr über sein Leben erfahren, da alles, was er mir erzählt hatte, offenbar gelogen war.«

Während ich ihr zuhöre, wird mir klar, dass wir beide seine Opfer waren. »Gibt es noch weitere außer Ihnen?«

»Nicht dass ich wüsste. Aber andererseits wusste ich ja auch nicht, dass er eine Frau und drei Kinder in Virginia hatte.«

»Was hat er Ihnen denn erzählt?«

»Dass er geschieden sei und gerade neu anfange.«

Verdammt, das tut weh. Ich kämpfe den Drang nieder, zu schreien. »Nachdem Sie von uns erfahren hatten, haben Sie ihn da gefragt, warum? Weil ich mir einfach nicht vorstellen kann, warum er das mir und unseren Kindern antun sollte.«

»Ich hab ihn das gefragt, doch er hatte keine Antwort darauf. Im Nachhinein denke ich, es war vielleicht die Aufregung des Neuen. Ein seit Jahren verheirateter Typ erhält die Chance, auf den Putz zu hauen, ohne dass je irgendwer davon erfahren wird, also warum nicht? Das ist jedenfalls meine Arbeitshypothese.«

»Wenn es Ihnen nichts ausmacht, wüsste ich gerne, ob die Schwangerschaft von Ihnen geplant war.«

»Himmel, nein. Das war der größte Schock meines Lebens. Ich benutze ein Langzeitverhütungsmittel, das in dem Fall leider versagt hat. Allerdings würde ich nichts ändern. Ich liebe meinen Sohn so sehr. Mir war nicht klar, dass es möglich ist, irgendwen so sehr zu lieben.«

»Er ist der Halbbruder meiner Kinder.«

»Ja.«

»Was unternehmen wir deswegen?«

»Es wäre schön, wenn sie einander an irgendeinem Punkt kennenlernen könnten. Ich bin nicht sicher, wie gut das realisierbar ist, aber ich fände es wunderbar, wenn er seine Geschwister kennen würde, weil er keine anderen bekommen wird.«

»Mike hat den Namen Carter immer gemocht. Er wollte unseren Sohn so nennen, doch ich hab auf Tyler bestanden.«

»Der Name war sein Vorschlag, aber ich habe ihn sofort geliebt.«

»Hat er Mikes Nachnamen?«

»In einem Doppelnamen, zusammen mit meinem.«

Das wird seine Eltern freuen. »Haben Sie ihn geliebt? Also Mike?«

»Anfangs schon, bis ich festgestellt habe, dass er mich die ganze Zeit belogen hat. Steve hat mir gesagt, die Testamentsvollstreckung sei abgeschlossen, also hat er auch in dem Punkt gelogen, dass unser Sohn versorgt sei.«

»Das tut mir leid.«

»Nichts davon ist Ihre Schuld, Iris. Er hat uns beide betrogen.«

»Er hatte mir das vorher schon mal angetan, doch ich habe gedacht, wir hätten das hinter uns gelassen. Ich war so stolz darauf, wie wir unsere Ehe gerettet hatten.«

»Ich fühle mich schrecklich deswegen. Ich hätte ihn keines zweiten Blickes gewürdigt, hätte ich geahnt, dass er verheiratet war. Nachdem das rausgekommen ist, war mir wochenlang schlecht, und zwar zusätzlich zu der Schwangerschaftsübelkeit.«

»Das muss auf jeden Fall ein schlimmer Schock gewesen sein.«

»Es war schrecklich. Ich war angewidert von ihm und mir selbst. Ich hab ihn danach nur noch ein einziges Mal gesehen. Das war gleich nach Carters Geburt, als er ins Krankenhaus gekommen ist. Ich hab ihm gesagt, er könne ihn einmal im Jahr besuchen, aber sonst wollten wir nichts mit ihm zu tun haben. Er hat sich entschuldigt, war zerknirscht, all das. Wie auch immer, ich war fertig mit ihm.«

»Ich weiß, es geht mich nichts an ...«

»Sie können fragen, was immer Sie interessiert.«

»Wie lange ist die Sache zwischen Ihnen beiden gelaufen, bevor Sie von uns erfahren haben?«

»Mit Unterbrechungen ungefähr ein halbes Jahr lang.«

Die Antwort versetzt mir einen weiteren Hieb in die Magengrube. Es war eine richtige Affäre, kein One-Night-Stand.

»Es war so romantisch, wissen Sie? Der Pilot, der immer mal wieder für einen Tag in der Stadt war, und dann mussten wir das Beste aus unserer gemeinsamen Zeit machen. Die Erkenntnis, dass es für ihn nur Sex war, war schmerzhaft.«

»Tut mir leid, dass er Ihnen das angetan hat.«

»*Mir* tut leid, dass er *Ihnen* das angetan hat. Es ist furchtbar.«

»Steve hat erwähnt, Sie planen, mich auf Kindesunterhalt zu verklagen.«

»Ich würde gerne darauf verzichten, doch ich nehme an, dass es irgendwelche Vermögenswerte gab, eine Lebensversicherung oder so. Ein Kind großzuziehen ist sehr teuer. Wenn von dem Geld noch irgendwas da ist, kann ich es mir nicht leisten, das abzulehnen.«

»Es gab eine Lebensversicherung. Von dem Geld bestreite ich im Moment unseren Lebensunterhalt. Es ist ausreichend, dass ich erst wieder arbeiten muss, wenn meine Jüngste in die Schule kommt.«

»Verstehe.«

»Ich werde auf jeden Fall mit meinem Finanzberater sprechen und schauen, was wir tun können.«

»Das ist sehr freundlich.«

»Nur verklagen Sie mich bitte nicht. Ich habe nicht die mentale Kraft, mich damit auseinanderzusetzen.«

»Das verstehe ich, und ich möchte es nicht so weit treiben, aber er hat mir ein Versprechen gegeben.«

»Ich weiß.« Das hat er bei mir auch getan, hat mir Treue geschworen, würde ich sie am liebsten erinnern, doch sie trägt ja schließlich keine Schuld an alldem. »Lassen Sie mich mit dem Berater reden, dann melde ich mich wieder bei Ihnen.«

»Danke.«

»Mikes Eltern würden Carter gerne kennenlernen. Wäre es okay, wenn ich ihnen Ihre Nummer gebe?«

»Ja, das wäre mir recht. Wie sind sie so?«

»Schon okay. Sie kann ein bisschen schwierig sein, aber dann ignoriere ich sie einfach. Er ist harmlos, und Mikes Bruder Rob ist einfach nur großartig.«

»Gut zu wissen. Danke.«

»Ich melde mich nach dem Gespräch mit meinem Finanzberater wieder.«

»Einverstanden. Ich möchte, dass Sie wissen … Es tut mir so furchtbar leid, dass ich Ihrer Trauer und Ihren Problemen weitere hinzufüge.«

»Es ist lieb, dass Sie das sagen, doch Sie sind ja gar nicht die Schuldige. Und in gewisser Hinsicht ist herauszufinden, dass er nicht der war, für den ich ihn gehalten habe, durchaus hilfreich dabei, seinen Verlust zu verwinden. Ich rufe in den nächsten Tagen wieder an.«

»In Ordnung. Bis dann.«

Ich beende das Telefonat und bin angewidert, wütend, unglücklich … und überrascht davon, wie nett sie zu sein scheint. Ich bin mir nicht sicher, was ich erwartet hatte, aber ich bin dankbar, dass sie so sympathisch und anständig ist.

Wie ich es versprochen habe, schicke ich Gage eine Textnachricht, um ihm mitzuteilen, dass ich es hinter mich gebracht habe.

Er ruft mich an.

»Hey.«

»Wie ist es gelaufen?«

Ich berichte es ihm in so wenig Worten wie möglich.

»Himmel, das tut mir so leid, Iris. Das war nicht das, was du hören wolltest.«

»Ich wollte überhaupt nichts davon hören, doch zu erfahren, dass er seinen Ehering abgenommen hat und auf der Suche nach einem Abenteuer war, war schon ein ganz schöner Brocken zum Schlucken. Und er hat ihr erzählt, er sei geschieden.«

»Das ist schlimm.«

»Ich hab sie gefragt, wo sie die ganze Zeit gewesen ist, und sie hat erklärt, sie habe darauf gewartet, von irgendjemandem wegen einer finanziellen Regelung für ihren Sohn kontaktiert zu werden. Als das nicht passiert ist, hat sie sich über Mikes Firma bei Steve gemeldet, und du weißt ja, was der dann getan hat. Nachdem der Bericht der Flugsicherheit veröffentlicht wurde, hat sie Steve um ein Update gebeten, und da ist er dann zu mir gekommen.« Ich seufze tief. »Ich hasse es, Teil von etwas so Abgeschmacktem zu sein, aber ich führe mir immer wieder vor Augen, dass da ein unschuldiges Kind mit drinhängt, das sich das so nicht ausgesucht hat.«

»Wie bist du mit ihr verblieben?«

»Sie sagt, sie werde mich nicht auf Kindesunterhalt verklagen, wenn wir irgendeine Abmachung treffen können, die ihrem Sohn einen Teil des Geldes von der Lebensversicherung zuspricht.«

»Kannst du dir das leisten?«

»Ich werde versuchen, ihr zu helfen. Schließlich ist es nicht ihre Schuld, dass Mike ein Lügner war.«

»Stimmt. Wenn ich irgendwie helfen kann, hoffe ich, du lässt es mich wissen.«

»Ich werde kein Geld von dir annehmen, Gage.«

»Wenn du es brauchst, ich habe es, und ich werde bald noch viel, viel mehr haben. Bitte leide nicht schweigend, Iris. Wenn ich helfen kann, sag es mir.«

»Du bist total süß, doch das ist schon in Ordnung. Vielleicht sollte ich eins von den Sponsoren-Angeboten annehmen, die ich zu meinem TikTok-Account bekomme. Nach dem, was man so hört, kann man damit durchaus Geld verdienen. Ich habe bisher darauf verzichtet, weil es mein Hobby in ein Geschäft verwandeln würde, das deutlich mehr Energie verlangt, als ich im Moment dafür habe, aber es ist gut zu wissen, dass das eine Option wäre.«

»Es ist immer gut, Optionen zu haben, genauso wie Freunde, die bereit und fähig sind, dir mit allem auszuhelfen, was du brauchst.«

»Hör auf, so nett zu sein. Das nervt.«

Wie erhofft lacht er. Ich liebe es, wenn er lacht. Ich kann

mir die herrlichen Grübchen vorstellen, die immer erscheinen, wenn er aufrichtig amüsiert ist. »Ich kann es gar nicht erwarten, dich nach der Arbeit weiterzunerven.«

»Darf ich dich was fragen?«

»Alles.«

»Ich habe viel über das nachgedacht, was Tyler am Samstagabend gesagt hat, und ich kann erkennen, wie sie an dir hängen. Es ist schlicht zu wichtig für mich, dass sie nicht noch mehr verletzt werden, als das bereits geschehen ist.«

»Das würde ich nie zulassen. Darauf hast du mein Wort.«

»Du könntest ihnen wehtun, indem du beschließt, dass die fertige Familie doch nicht das ist, was du wirklich brauchst und willst.«

»Das wird nicht passieren. Ich liebe es, mit ihnen zusammen zu sein, und das habe ich schon getan, lange bevor sich alles zwischen uns geändert hat. Es sind großartige Kids, und es geht nicht nur darum, dass ich für sie da bin. Sie füllen auch die gähnende Leere in mir, die meine Mädchen hinterlassen haben. Ich liebe ihr belangloses Geschwätz, ihre Aufregung über die einfachsten Dinge und wie lustig es am Samstag war. Das hat mir mehr gefehlt, als mir bewusst war. Ich weiß nicht, ob ich das verständlich erklärt habe.«

»Keine Sorge, das hast du«, erwidere ich leise. »Und das ist schön, aber vor ein paar Tagen hast du noch gesagt, dass du dir nicht sicher seist, ob du überhaupt in einer Beziehung sein möchtest.«

»Ich weiß, und ich habe auch weiter Bedenken, doch die haben nichts mit dir oder den Kids zu tun. Sie drehen sich vielmehr um meine Angst davor, dass euch irgendwas zustößt und ich diesen Albtraum erneut durchleben muss.«

»Wir gehen nirgendwohin.«

»Darauf zähle ich.«

## 22

## Gage

*I*ris und ich finden eine Routine, zu der gemeinsame Abendessen und Wochenenden mit den Kindern gehören, Ausflüge mit unseren Freunden von den Wilden Witwen und dank Iris' Eltern gelegentlich eine Nacht für uns allein. Ich schleiche mich jeden Tag um fünf Uhr morgens aus ihrem Bett und dem Haus, bevor die Kinder aufwachen, damit wir sie nicht damit verwirren, wie die Dinge zwischen uns stehen, bevor wir für den nächsten Schritt bereit sind.

Dieser Schritt ist nicht mehr weit entfernt. Das spüre ich, und ich weiß, sie tut das auch.

Nachdem sie sich mit ihrem Finanzberater und ihrer Anwältin besprochen hat, hat Iris eine Zahlung an Eleanor geleistet, wofür die im Gegenzug schriftlich zugesichert hat, dass ihr das reicht und sie nicht mehr verlangen wird. Sie haben sich darauf geeinigt, in ein paar Wochen wieder miteinander zu telefonieren, eventuell auch die Kinder zusammenzubringen. Iris ist so erleichtert, dass das erledigt ist und sie sich nicht weiter damit herumschlagen muss.

Ebenso erleichtert ist sie darüber, dass Rob nach einem Monat, in dem er sich kaum hat blicken lassen, wieder begonnen hat, vorbeizuschauen. Die Kinder waren überglücklich, ihren geliebten Onkel wiederzusehen, und Iris freut sich ebenfalls darüber, ihn zurückzuhaben.

In letzter Zeit wirkt sie weniger gestresst und insgesamt positiver, was auch mir guttut. Ich kann nicht sagen, wann genau es passiert ist, aber ihr Glück – und das der Kinder – ist für mich so wichtig geworden wie mein eigenes. In der Vorweihnachtszeit beschließe ich, sie alle zu einem Kurzurlaub in Florida einzuladen. Doch ehe ich das tue, muss ich mit Mimi und Stan über Iris und die Kinder reden.

Das schiebe ich jetzt schon seit Wochen vor mir her, aber wenn ich mit ihnen dorthin will, bleibt mir nichts anderes übrig, als erst mit Nats Eltern zu sprechen.

Es ist mein letzter Tag in der Firma, bevor der Verkauf abgeschlossen ist. Meine persönlichen Gegenstände sind in mehrere Kisten gepackt, bereit, mit nach Hause genommen zu werden, und es fühlt sich an, als sei ich schon fort. Im vergangenen Monat habe ich mich zurückgelehnt und zugeschaut, wie alle ohne mich weitergemacht haben, während die neuen Besitzer Meetings abgehalten und Pläne geschmiedet haben, bei denen ich keine Rolle mehr spiele.

Ich warte darauf, dass Bedauern einsetzt, allerdings ist alles, was ich bislang empfinde, Erleichterung. Ich bin bereit, weiterzuziehen und rauszufinden, was dort draußen meiner harrt.

Um zwei Uhr geben meine Mitarbeiter eine Abschiedsparty für mich, doch vorher muss ich dieses Gespräch hinter mich bringen. Ich nehme das Telefon von meinem Schreibtisch und wähle auswendig Mimis Handynummer.

»Hi«, begrüßt sie mich, als sie rangeht. »Ich hab gerade zu Stan gesagt, dass ich dich anrufen muss, um dich zu fragen, was du für die Feiertage geplant hast.«

»Das ist zufällig genau der Grund, weshalb ich mich bei dir melde.«

»Willst du herkommen?«

»Das würde ich gerne, wenn es euch recht ist.«

»Gage, mein Lieber, unser Zuhause ist dein Zuhause. Das weißt du doch.«

»Ich weiß, aber es gibt da einen Haken.«

»Was für einen Haken denn?«

»Einer, der damit zu tun hat, dass ich eine Frau mit drei kleinen Kindern kennengelernt habe, die ich gerne mitbringen würde.« Ich verspüre leichte Schuldgefühle, weil ich Iris und ihre drei Kids als »Haken« bezeichne und unsere Beziehung mit »kennengelernt habe« runterspiele, dabei schlafe ich seit Monaten in ihrem Bett.

Mimi schweigt lange genug, dass ich beginne, mich unbehaglich zu fühlen. »Bist du noch da?«, frage ich.

»Ja, Süßer«, erwidert sie leise. »Ich wusste, dass das irgendwann passieren würde, und ich freue mich so für dich.«

»Und es bricht dir das Herz. Ich kenne das Gefühl.«

»Ja, natürlich. Trotzdem würde ich sie sehr gern kennenlernen. Bitte bring sie mit. Es wird wunderbar sein, wieder so viel Leben im Haus zu haben.«

»Auf jeden Fall, du wirst Iris lieben, und die Kinder sind toll. Sie sind gut erzogen und außerdem lustig.«

»Wann wollt ihr kommen?«

»Vielleicht am Abend des Fünfundzwanzigsten, nachdem wir mit meiner Familie und der von Iris gefeiert haben?«

»Das wäre perfekt. Bitte schreib mir, wie alt und wie groß sie sind und so, damit ich alles vorbereiten und einiges für sie besorgen kann.«

Ihre Herzlichkeit rührt mich beinahe zu Tränen. »Das musst du nicht, Mimi.«

»Doch, und ich möchte es auch. Also versuch nicht, mich davon abzuhalten.«

Ihre Geschenke für die Mädchen waren stets das, was meine Töchter am meisten geliebt haben. Nat und ich haben immer gescherzt, dass Mimi Santa regelmäßig in den Schatten gestellt hat. »Du bist die Beste. Habe ich dir das in letzter Zeit mal gesagt?«

»Eine Weile lang nicht mehr«, antwortet sie lachend.

»Das muss im neuen Jahr besser werden.«

»Nein, nicht nötig. Du bist perfekt, genau so, wie du bist, und sosehr mir Nat und die Mädchen fehlen – das werden sie für den Rest meines Lebens –, bin ich glücklich darüber, dass du die Scherben aufliest und einen Neuanfang wagst. Stan und ich haben uns genau das für dich erhofft.«

»Ich war mir nicht sicher, wie ihr es aufnehmen würdet.«

»Wir sind im Team Gage. Da sind wir schon immer gewesen, und dort werden wir immer sein. Du hast unsere Tochter sehr, sehr glücklich gemacht, und du warst ein wunderbarer Vater für unsere Enkelkinder. Wir möchten, dass du glücklich bist, weil du das verdienst.«

Verdammt, damit bringt sie mich erneut fast zum Weinen. »Du bist der beste Mensch, den ich kenne, und ohne deine Liebe und Unterstützung hätte ich nie den Punkt erreicht, an dem ich jetzt bin.«

»Doch, natürlich. Du hast einen ausgeprägten Überlebensinstinkt.«

»Das hab ich mir bei euch abgeschaut.«

»Ach je«, erwidert sie mit einem Lachen. »Das glaub ich eher nicht.«

»Es stimmt aber.«

»Zusammen schaffen wir das. Irgendwie. Und jetzt müssen wir nur noch die Urteilsverkündung im neuen Jahr überstehen, dann können wir mit dem Teil endlich abschließen.«

»Wie ich gesagt habe: Ich bin bereit, das für euch zu übernehmen, wenn es euch lieber wäre.«

»Das wird nicht geschehen, mein Freund. Wir stecken da auf Gedeih und Verderb gemeinsam drin, und daher werden wir es auch gemeinsam zu Ende bringen.«

»Ich kann es gar nicht erwarten, euch zu sehen und neue Erinnerungen zu schaffen.«

»Gleichfalls. Halt mich auf dem Laufenden in Bezug auf deine Pläne, und schick mir die Information über die Kinder. Ich freue mich schon aufs Geschenkekaufen. Es ist so lange her.«

»Mach ich. Ich hab dich lieb, Mimi.«

»Ebenfalls. Für immer und ewig.«

Nachdem wir beide aufgelegt haben, gönne ich mir eine Minute, um die Liebe und den Zuspruch, die ich immer von ihr erhalte, in mich aufzunehmen, und dann weiß ich plötzlich, dass ich darüber was schreiben möchte. Es ist noch eine halbe Stunde bis zu meiner Abschiedsparty, daher öffne ich den Laptop und beginne, einen Instagram-Post über meine wunderbare Schwiegermutter zu verfassen und darüber, wie sehr sie mir in meiner Trauer geholfen hat.

*Die meisten Männer mögen ihre Schwiegermutter nicht, und sie machen sich gern über sie lustig. Oft genug liefern die betreffenden Schwiegermütter dafür gute Gründe, indem sie sich in Sachen einmischen, die sie nichts angehen, oder indem sie die Erziehung ihrer Enkel kritisieren. Meine eigene Schwiegermutter hingegen war, seit ich sie kenne, nie irgendetwas anderes als ein Quell der Freude. Sie war eine Freundin und Vertraute für mich, schon lange bevor wir den schlimmsten Verlust unseres Lebens verkraften mussten. Zum großen Teil ist es Mimi zu verdanken, dass mein Leben nicht komplett zerbrochen ist, als Nat und die Mädchen gestorben sind. Sie war für mich der Fels in der Brandung, schon vor diesem schrecklichen Tag, und seither ist sie stets für mich da gewesen. Heute habe ich ihr etwas Wichtiges mitgeteilt: Ich habe eine neue Beziehung begonnen. Wie immer hat sie darauf mit Liebe und Zuspruch reagiert. Mimi, ich liebe dich. Für immer und ewig.*

Ich finde ein paar Fotos mit ihr, Nat und den Mädchen und eins von Mimi und mir zusammen, die ich beide für den Post benutze. Nachdem ich die üblichen Hashtags hinzugefügt habe, klicke ich auf den Button, um alles zu veröffentlichen. Für meine Follower wird es eine Riesensache sein, zu hören, dass es eine neue Frau in meinem Leben gibt, und ich rechne fest mit einer ganzen Flut von Kommentaren dazu. Vielleicht hätte ich Iris vorwarnen sollen.

Ich ruf sie rasch an.

»Hey«, sagt sie und klingt atemlos.

»Wobei hab ich dich gestört?«

»Ich hab Yoga gemacht.«

»Oh, gut, das ist besser, als zu hören, dass dein Hausfreund da ist.«

»Haha, sehr komisch. Was ist los?«

»Ich muss dir was beichten.«

»Was denn?«

»Ich hab Nats Mutter von dir und den Kindern erzählt.«

»Oh. Wow. Das ist natürlich riesig. Wie ist es gelaufen?«

»Sie freut sich für mich und möchte euch dringend kennenlernen.«

»Das ist großartig, Gage. Ich bin froh, dass sie dich unterstützt. Was hat dich dazu veranlasst?«

»Ich hab ihr gesagt, ich würde euch gerne zu meinem Weihnachtsbesuch bei ihnen mitbringen, während die Kinder Ferien haben. Natürlich nur, wenn du einverstanden bist.«

»Urlaub im Winter in Florida. Hm. Das muss ich mir erst mal gründlich überlegen. Hm … Okay, ich bin dabei.«

»Ha, das hab ich mir fast gedacht.«

»Bist du dir denn sicher? Wir sind ziemlich viele …«

»Sie kann es gar nicht erwarten, dich zu treffen, und außerdem möchte sie mehr über die Kinder wissen, damit sie für sie shoppen kann.«

»Das ist doch nicht nötig.«

»Genau das habe ich auch gesagt, aber wenn du Mimi erst mal kennengelernt hast, wirst du verstehen, dass sie nicht aufzuhalten ist. Sie behauptet, es würde ihr Riesenspaß machen, wieder Weihnachtsgeschenke für Kinder zu besorgen.«

»Das ist so lieb von ihr.«

»Sie ist der beste Mensch, den ich kenne – nach dir natürlich.«

»Das musst du nicht nachschieben. Ich weiß, wie viel sie und ihr Ehemann dir bedeuten.«

»Ich stehe ihnen so nah wie meinen eigenen Eltern.«

»Witzig, wie so was passiert.«

»Ja, ist es. Außerdem kann es sein, dass ich bei meinem Post über meine Schwiegermutter auch erwähnt habe, dass ich mit jemandem zusammen bin.«

»Oh, das ist eine große Sache. Bist du bereit für die Reaktionen auf diese Bekanntmachung?«

»Das werde ich herausfinden müssen. Also, darf ich Flugtickets nach Florida für den Abend des Fünfundzwanzigsten buchen? Auf diese Weise können wir Heiligabend mit meiner

Familie verbringen und den ersten Weihnachtstag mit deiner und Mikes.«

»Das wäre prima. Danke, dass du uns mitnehmen willst.«

»Ich kann es gar nicht erwarten. Mimi und Stan haben einen tollen Pool, und ihr Haus liegt gleich am Strand. Vielleicht können wir sogar mit den Kindern nach Disneyland.«

»Immer schön langsam, Cowboy. Disney muss man heutzutage monatelang im Voraus planen, also sollten wir das erst mal außen vor lassen. Die Kinder werden mit Pool und Strand überglücklich sein.«

»Dann machen wir Disney wann anders.«

»Gage …«

»Ja, Iris?«

»Das hier fühlt sich immer mehr nach einer Beziehung an.«

Ich lache, wie ich es jedes Mal tue, wenn sie das sagt. Mit ihr lache ich mehr als seit Jahren. »Darüber sollten wir vermutlich auch irgendwann dieser Tage reden, was?«

»Wäre wahrscheinlich nicht verkehrt.«

»Ich freue mich schon total darauf, die Kinder mit dem Kurzurlaub zu überraschen.«

»Sie werden ausflippen. Seit Mikes Tod sind wir nicht mehr weg gewesen. Laney hat überhaupt keine Erinnerung ans Fliegen.«

»Es wird toll werden.«

»Wann ist deine Verabschiedung in der Firma?«

»Gegen zwei.«

»Magst du danach herkommen?«

»Ich fahre danach sofort zu dir.«

## Iris

Die Zeit vor Weihnachten vergeht im gewohnten Trubel – einkaufen, Geschenke einpacken, kochen und das Haus schmücken. Dieses Jahr kommt auch noch Kofferpacken für einen Urlaub dazu, von dem meine Kinder weiter nichts ahnen. Es ist das erste Mal seit Mikes Tod, dass wir wieder einen großen

Baum im Wohnzimmer stehen haben. Und ja, ich weiß, ich habe Kinder und bin ihnen zauberhafte Weihnachten schuldig. Die hab ich ihnen auch ohne Baum bereitet. Ich konnte mich einfach nicht dazu durchringen, das ohne Mike in Angriff zu nehmen, der immer alles Schwere geschleppt hat.

Dieses Jahr hat sich Gage darum gekümmert, und daher hat es sich nur richtig angefühlt, dass er dabei ist und den Baum mit uns schmückt.

Am Freitag vor Weihnachten gebe ich für die Wilden Witwen ein Essen, zu dem jeder etwas beisteuert. Außerdem wollen wir wichteln. Wir alle haben einen Namen gezogen, um herauszufinden, für wen wir ein Geschenk besorgen sollen, und ich hab Joy erwischt. Ich habe ihr einen wunderschönen Kaschmirpullover und einen Schal in leuchtendem Pink gekauft. Ich glaube, der wird ihr gefallen, denn alles an ihr ist lebhaft. Nachdem Gage keine Ahnung hatte, was er Roni schenken sollte, habe ich ihm schließlich geholfen, ein Paar schaffellgefütterte Stiefel auszusuchen. Derek hat mir die richtige Größe verraten, und dann habe ich sie für Gage auch noch hübsch verpackt. Das ist das Mindeste, was ich für ihn tun konnte, nachdem er einen über zwei Meter großen Tannenbaum hertransportiert, ihn aufgestellt und die Lichterketten angebracht hat.

In allen Punkten, die zählen, haben wir eine Beziehung.

Er versucht es nicht einmal mehr abzustreiten, und wenn ich das selbst so sagen darf, er wirkt glücklich.

Meine Kinder lieben ihn. Sie haben keine Scheu vor ihm, klettern auf ihm herum, wie sie es bei Mike getan haben. Sie sehnen sich nach seiner Aufmerksamkeit, seinem Lob, seinem Lachen und seiner Liebe, die er ihnen frei und ohne Einschränkungen schenkt.

Ich liebe ihn, bin bis über beide Ohren in ihn verliebt. Und irgendwann bald muss ich ihm das sagen.

Ich habe Tage damit verbracht, dieses Treffen der Wilden Witwen vorzubereiten, habe erlesene Vorspeisen und extravagante Cocktails da. Während dieser Weihnachtszeit habe ich noch keinen von den Freunden gesehen, die mir so wichtig waren, ehe ich Mike verloren habe. Sie sind irgendwo dort draußen, weiter Teil meines Lebens, doch sie sind nicht mehr unentbehrlich für mich, nicht so, wie meine Wilden Witwen es sind.

Gage kommt früher als die anderen, hat mehrere Beutel mit Eiswürfeln, um die ich ihn gebeten hatte, mitgebracht. Die Kids sind über Nacht bei meiner Mutter, und bei der Gelegenheit ist ein Besuch bei Santa in dem Country Club geplant, in dem Mom und mein Stiefvater Mitglied sind. Meine drei waren total aufgeregt bei der Aussicht, den Weihnachtsmann zu treffen, und konnten es gar nicht erwarten, dass meine Mom sie abholen kommt. Und ich warte schon ungeduldig auf die ungestörte Nacht mit Gage, die wir nach der Feier haben können. Es gab so viel zu tun, dass ein paar Wochen vergangen sind, seit wir kinderfrei hatten.

Er leert die Beutel mit dem Eis in den Kühler, den ich ihm hingestellt habe, dann kommt er zu mir und schlingt seine kalten Arme um mich, sodass mich ein Schauer überläuft, wobei das ebenso seinen Lippen an meinem Hals zuzuschreiben ist. »Du riechst gut genug, um dich aufzufressen.«

»Ich rieche nach Knoblauch.«

»Nein, das stimmt nicht.« Seine Hände gleiten besitzergreifend über mich, was mich erregt. »Du duftest wie meine Iris.«

Ich muss mich sehr zusammenreißen, um nicht hier an Ort und Stelle in der Küche dahinzuschmelzen, obwohl jeden Moment unsere Freunde kommen können. »Gage.«

»Hm?«

»Ich möchte dir sagen …«

Er lehnt sich zurück, um mich anzuschauen. »Was möchtest du mir sagen, Süße?«

Ich hatte gehofft, dass er es vielleicht als Erster ausspricht, was natürlich dumm ist. Wen interessiert das schon? Das Dasein als Witwe hat mich gelehrt, es den Leuten, die ich liebe, so oft zu sagen, wie es nur geht. Er muss wissen, was ich empfinde. Die Worte brennen mir auf der Zunge, wo sie schon seit Wochen hocken, darauf warten, endlich zum Einsatz zu kommen. »Ich will dir sagen …«

Es klingelt an der Tür, und der Moment ist vorbei.

Er küsst mich. »Später. Ich will hören, was du zu sagen hast.«

Während er die Tür öffnet, atme ich ein paarmal tief durch, um mich zu sammeln, dann setze ich eine unbekümmerte Miene auf, um diesen Abend mit meinen ganz besonderen Freunden zu genießen.

Aber ich kann gar nicht erwarten, was passiert, wenn sie alle wieder weg sind.

## 23

## Gage

Heute sind alle bester Laune, was wirklich schön ist. Die Weihnachtstage können für Leute in Trauer kompliziert sein, und ich bin mir sicher, jeder von uns wird in den kommenden Tagen so seine Schwierigkeiten haben. Aber heute Abend können wir die gemeinsame Zeit genießen, einander beschenken, uns das köstliche Essen schmecken lassen, zu dem jeder etwas beigesteuert hat, und feiern, dass wir ein weiteres Jahr überstanden haben. Wir sind immer noch hier, immer noch fähig zu Freude und Liebe und Glück, was mich überrascht.

Nach dem Tod von Nat und den Mädchen habe ich geglaubt, dass ich diese Dinge für immer verloren hätte. Doch mit der Zeit und dank den Menschen in diesem Raum, meiner Familie, Nats Familie, langjährigen Freunden und Kollegen und vor allem dank Iris und ihren Kindern habe ich herausgefunden, dass ich immer noch Liebe und Freude und Glück erleben kann.

Mit diesem Gedanken klopfe ich mit der Gabel gegen mein Champagnerglas, um die Aufmerksamkeit der Anwesenden auf mich zu lenken. »Bitte alle mal herhören.«

Sie unterbrechen, was sie gerade tun, und wenden sich zu mir um.

»Ich wollte mich kurz bei Iris bedanken, unserer wunderbaren Gastgeberin, weil sie uns heute bei sich aufgenommen hat, genau wie zu so vielen anderen Gelegenheiten in diesem Jahr. Iris, du hast *dein* Zuhause zu *unserem* Zuhause gemacht, und wir sind dir und unserer ganzen Gruppe dankbar, die uns alle zusammengehalten hat – in guten wie in schlechten Tagen.«

»Ein Toast auf Iris«, ruft Roni, während die anderen pfeifen und johlen und Iris ganz verlegen aussieht.

»Ich liebe euch alle«, sagt sie und wirft eine Kusshand in die Runde.

Glück steht ihr gut.

Ich fahre mit meiner kleinen Ansprache fort. »Wir haben alle auf die harte Tour gelernt, dass das Leben echt fies sein kann, aber dieser Freundeskreis schenkt mir jeden Tag so viel Hoffnung, und ich wollte euch dafür danken, dass ihr Teil meines Lebens seid. Ich habe dieses Jahr einige große Fortschritte gemacht, und ihr habt einen entscheidenden Anteil daran gehabt, dass ich dazu bereit war. Also danke.« Ich proste ihnen mit meinem Glas zu. »Cheers.«

Der Reihe nach umarmen die anderen mich oder küssen mich oder geben mir einen Fistbump.

Wir essen, wir trinken, wir lachen, und als Iris von Weihnachtsmusik zu etwas Schnellerem umschaltet, wird wild getanzt. Die Party geht bis nach Mitternacht, als die Uber eintreffen, um die Wilden Witwen nach Hause zu bringen.

Wir räumen das, was verderben kann, in den Kühlschrank und hinterlassen ansonsten ein Chaos in der Küche, um das wir uns am Morgen kümmern werden.

Joy ist auf dem Sofa im Wohnzimmer eingeschlafen, daher breiten wir eine Decke über sie, bevor nur abschließen, das Licht ausschalten und nach oben gehen.

»So viel dann zu unserem kinderfreien Abend«, sage ich.

»Aber echt.«

»Das hat Spaß gemacht.«

»Sehr viel Spaß sogar.«

»Kann du bitte noch mal dieses ›Walk Through Fire‹ spielen, das vorhin gelaufen ist?«

»Jetzt?«

»Genau jetzt.«

Sie greift nach ihrem Handy und sucht den Song raus.

Ich strecke meine Arme nach ihr aus. »Tanz mit mir.« Ich liebe die Art, wie sie in meine Umarmung schmilzt, ihren Körper gegen meinen presst, während wir uns zur Musik bewegen. Der Songtext hat etwas in mir berührt, als ich ihn vorhin zum ersten Mal gehört habe. Wir beide sind zusammen durchs Feuer gegangen und sind auf der anderen Seite stärker und weiser wieder herausgekommen.

»Ich finde es erstaunlich, wie aus dem absolut Schlimmsten so viele gute Dinge erwachsen konnten«, flüstere ich und küsse sie auf den Hals.

»Das muss ich auch dauernd denken.«

»Ich muss dauernd an dich denken. Hast du das gewusst?«

Sie löst sich ein Stück von mir, um mich anzuschauen, wirkt genauso überwältigt, wie ich mich fühle. »Ehrlich?«

»Die *ganze* Zeit.« Ich küsse sie, und dann lehne ich meine Stirn gegen ihre, während wir tanzen.

»Erinnerst du dich noch, dass ich dir vorhin etwas erzählen wollte?«

»Mhm. Ist das das Gleiche, was ich dir sagen möchte?«

»Ich weiß es nicht. Ist es das?«

»Ich glaube, das könnte sein, wenn es sich in etwa so anhört: Ich liebe dich, Iris. Ich bin in dich verliebt. Ich möchte die ganze Zeit mit dir und den Kindern zusammen sein, und ich liebe dieses Leben, das wir in den letzten zwei Monaten miteinander geführt haben.«

»Geht mir genauso. Und ich liebe dich auch. So, so sehr, und meine Kinder tun das ebenfalls. Von der Minute an, in der sie mit der Schule fertig sind, fragen sie, wann Mr Gage kommt.«

»Nach den Weihnachtsferien werde ich keinen Job mehr haben. Dann kann ich das Abholen übernehmen.«

»Das würden ihnen bestimmt gefallen.«

»So muss es sich anfühlen, wenn man sich aus der Asche erhebt und entdeckt, dass da immer noch so viel ist, was das Leben einem zu bieten hat.« Ich schlucke den großen Kloß in meiner Kehle herunter. »Ich hätte das niemals mit jemand anders als mit dir haben können. Ich hoffe, das weißt du.«

»Ich erinnere mich, dass ich an dem Tag, an dem wir uns kennengelernt haben, gedacht habe, dass du ein ganz besonderer Mensch bist«, sagt sie. »Und mein erster Eindruck von dir hat sich nicht geändert.«

»Genau das hab ich von dir auch gedacht, Süße. Ich habe sofort erkannt, dass du eine echte Kämpferin bist, und wusste irgendwie, dass du für mich unverzichtbar dabei sein würdest, etwas zu überstehen, was mich eigentlich hätte umbringen müssen.«

»Was hältst du von der Idee, bei uns zu wohnen, oder wäre das zu beziehungsmäßig für dich?«

Das trägt ihr einen leichten Klaps auf den Hintern ein, woraufhin sie lachen muss. »Wie lange wirst du mir das noch unter die Nase reiben?«

»Bis in alle Ewigkeit.« Sie küsst mich aufs Kinn. »Aber zurück zu meiner Frage …«

»Da ich ohnehin jede Nacht hier verbringe, könnte man mich vielleicht davon überzeugen, es offiziell zu machen. Allerdings müssen wir zuerst mit den Kindern reden. Das ist ihr Zuhause.«

»Wir könnten uns gemeinsam ein anderes Haus suchen«, schlägt sie vor. »Und neu anfangen.«

»Ich glaub, es ist besser, wenn wir den Kindern keinen Umzug zumuten. Sie hatten schon genug Unruhe in ihrem Leben.«

»Oh, Gott sei Dank. Das Letzte, was ich im Moment will, ist ein Umzug.«

»Das verstehe ich, Babe. Das wäre echt zu viel. Und es ist mit viel weniger Aufwand verbunden, wenn ich einfach mein Zeug zusammenpacke und herschaffe.«

»Was empfindest du bei der Vorstellung, dein Zuhause aufzugeben?«

»Das ist für mich kein Problem, schließlich bin ich erst nach dem Unfall dahin gezogen. Ich konnte nicht da wohnen bleiben, wo wir als Familie gelebt hatten, also hab ich keine besonders enge Bindung an das Haus. Ich könnte es vermieten.«

»Du solltest einen Plan B haben, falls wir dich in den Wahnsinn treiben.«

»Ich brauche keinen Plan B«, versichere ich ihr mit einem Lächeln. »Was uns fünf betrifft, habe ich ein echt gutes Gefühl. Wir kriegen das hin.«

»Glaubst du wirklich?«

»Absolut.« Und dann zeige ich ihr, wie komplett sie mich umgarnt hat. Kurz nach Nats Tod schien es mir unmöglich, je wieder so was zu erleben. Zwar hab ich schon gedacht, dass ich wohl irgendwann wieder Sex haben würde, doch eine so innige Verbundenheit wie die mit Iris hätte ich nie erwartet.

»Das fühlt sich so gut an«, flüstere ich an ihren Lippen.

»So gut«, bestätigt sie.

Wir bewegen uns gemeinsam, als würden wir das hier schon ewig tun, in perfekter Harmonie. Jedes Mal, wenn ich auf diese Art mit ihr zusammen bin, habe ich das Gefühl, als würde ich heimkehren. Sie ist mein Zuhause. Es gibt Häuser, die bieten ein Dach über dem Kopf, und dann gibt es Häuser, die ein Heim sind. Letzteres trifft auf dieses hier zu, und das schon bevor Iris und ich unsere Beziehung – denn das ist es, was wir haben – aufs Körperliche ausgedehnt haben.

Sie streicht mir mit der Hand über den Rücken und zieht mich enger an sich, als sie kommt.

Gott möge mir helfen, aber ich bin machtlos, ihr zu widerstehen, nicht dass ich das wollte. Nicht nachdem ich gesehen habe, was möglich ist, als ich mich dem Unausweichlichen ergeben habe. Ich will länger durchhalten, um ihr einen weiteren Orgasmus zu schenken, doch ich kann nicht länger warten.

Hinterher schmiegen wir uns aneinander, ihr Kopf ruht auf meiner Brust.

»Möchtest du weitere Kinder?«, fragt sie und überrascht mich mit dieser Frage.

»Möchtest du das denn?«

»Nicht dringend, aber für dich würde ich es mir noch mal überlegen.«

»Ich glaube, deine drei genügen mir, wenn sie mich denn haben wollen.«

»Das werden sie, Gage. Sie lieben dich so sehr.«

»Genau wie ich sie.«

»Ich kann nicht glauben, dass wir wirklich darüber reden«, meint sie.

»Ich weiß. Es ist noch gar nicht lange her, da war es für mich unvorstellbar, so mit dir zusammen zu sein. Ich denke, das ist es, was die Leute meinen, wenn sie sagen, dass es mit der Zeit besser wird, auch wenn man es gar nicht merkt. Nicht dass ich je komplett darüber hinweg sein werde, doch wenigstens bin ich zu mehr fähig als zu abgrundtiefem Elend.«

»Du bist zu sehr viel mehr fähig, genau wie ich. Machst du dir Sorgen, dass wir die Dinge überstürzen? Unser Tempo hätte mir früher Angst eingejagt. Ich habe Mike vier Jahre lang gedatet, bevor wir uns verlobt haben, und wir haben vor der Hochzeit nicht zusammengelebt.«

»Ich war sechs Jahre mit Nat zusammen, bevor wir geheiratet haben, drei davon haben wir zusammengewohnt.«

»Und hier sind wir jetzt und reden darüber, zusammenzuziehen, gerade mal zwei Monate nachdem wir uns auf dieses Terrain vorgewagt haben.« Sie deutet auf das Bett.

»Allerdings sind wir schon sehr viel länger Freunde, und diese Zeit zählt auch. Außerdem, wenn das Dasein als Witwe und Witwer uns eins gelehrt hat, dann dass man beim Glück zugreifen muss, solange es geht, und sich keine Gedanken darüber machen darf, was andere Leute denken.«

»Es ist mir völlig egal, was andere denken, außer meinen Kindern, und ich weiß, was sie für dich empfinden.«

»Lass uns mal sehen, wie der Urlaub in Florida wird. Danach können wir mit ihnen reden, wenn du den Zeitpunkt für geeignet hältst.«

»Das erscheint mir sinnvoll. Ich muss mir immer noch überlegen, wie ich mit Eleanor und Carter umgehen soll.«

»Ich dachte, das hätte sich geklärt.«

»Die finanzielle Seite schon. Doch sie hat gefragt, ob ich es gut fände, wenn die Kinder sich in den nächsten Monaten mal kennenlernen.«

»Ah, das hattest du mir noch gar nicht erzählt. Was hältst du davon?«

»Ich weiß es nicht. Zuerst dachte ich, wir sollten warten, bis sie älter sind, aber als ich mit meiner Mutter darüber gesprochen habe, meinte die, dass es vermutlich einfacher ist, es jetzt über die Bühne zu bringen, solange sie zu jung sind, um zu verstehen, warum genau sie einen Halbbruder haben. Wenn sie älter sind, ist es vielleicht schwieriger für sie.«

»Ich glaube, da hat deine Mutter nicht unrecht.«

»Das Verrückte ist, dass ich weiter dieses Bedürfnis habe, ihre Erinnerung an Mike zu schützen. Ich möchte nicht, dass sie deswegen geringer von ihm denken.«

»Was mehr ist, als er verdient.«

»Ich versuche, diese Dinge getrennt voneinander zu betrachten. Für ihre Beziehung zu ihm gelten andere Maßstäbe.«

»Das ist sehr großmütig von dir, Iris.«

»In so jungen Jahren den Vater zu verlieren wird ihr ganzes Leben prägen. Wenn sie negative Gefühle für ihn entwickeln, macht das alles nur schlimmer. Ich will ja nicht, dass sie ihn hassen. Wenn sie alt genug sind, um es zu verstehen, erkläre ich ihnen, dass Daddy einen Fehler begangen hat, der mich tief verletzt hat, doch das sollte nicht beeinflussen, was sie für ihn oder Carter empfinden.«

»Es ist alles so verdammt kompliziert, aber ich pflichte dir bei, dass es besser ist, wenn sie Carter jetzt treffen. Später ist er dann einfach Carter, ihr Halbbruder. Keine große Sache.«

»Du hast recht. Mom hat recht. Es ist nur die Vorstellung, sie mit dem Jungen zusammen zu sehen, den sie mit meinem Ehemann hatte, die mir Probleme bereitet.«

»Ich begleite dich. Was immer passiert, wir machen das gemeinsam.«

»Das würdest du tun?«

»Ich würde niemals wollen, dass du das ohne mich an deiner Seite durchstehst.«

»Danke. Im Februar sind noch einmal Ferien, vielleicht können wir das in der Zeit einplanen.« Sie seufzt. »Füg das zu der Liste von Dingen hinzu, von denen ich nie dachte, dass ich sie mal würde tun müssen.«

»Es ist wirklich furchtbar, dass du dich mit so was auseinandersetzen musst.«

»Mehr als alles andere stört mich, dass es meine Gefühle für Mike so massiv verändert hat. Ich hab ihn so geliebt, bedingungslos, und jetzt kommt es mir vor, als sei das nur eine Illusion gewesen. Mir fallen so viele Dinge ein, die seinerzeit keinen Sinn ergeben haben, und ich frage mich, ob ich verpasst habe, was direkt vor meiner Nase passiert ist.«

»Du warst damit beschäftigt, Kinder zu kriegen und dich um deine Familie zu kümmern.«

»War ich zu sehr mit unseren Kindern beschäftigt, sodass ich ihm nicht geben konnte, was er offenbar gebraucht hat?«

»Bitte quäl dich nicht mit diesen Fragen. Du gibst allen in deinem Leben so viel, dass das ausgeschlossen ist, sogar mit drei kleinen Kindern.«

»Es ist nett, dass du das sagst, aber nach Tylers Geburt hat sich unsere Beziehung geändert. Wir waren beide völlig ausgelaugt und hatten wochenlang keinen Sex. Wir hatten niemals Zeit für uns, obwohl meine Eltern in der Nähe wohnen und geholfen haben, wo sie nur konnten. Wir haben praktisch aufgehört, als Paar zu existieren.«

»Nachdem sie die Zwillinge auf die Welt gebracht hatte, hatten Nat und ich fast ein Jahr lang keinen Sex. Wir hatten so viel mit den beiden Babys zu tun und haben gleichzeitig gearbeitet, sodass wir nur noch funktioniert haben. Ich hätte niemals auch nur daran gedacht, mir irgendwo anders Sex zu suchen.«

»Ich wette, Eleanor war nicht die Einzige.«

»Warum glaubst du das?«

»Weil, wie du ganz richtig festgestellt hast, Männer entweder untreu sind oder eben nicht.«

»Das wirst du vermutlich nie abschließend erfahren, und es macht keinen Sinn, dich mit solchen Mutmaßungen zu quälen.«

»Vermutlich schon. Es tut mir leid, dass ich darüber rede, während ich mit dir im Bett bin.«

»Muss es nicht. Er hat nichts mit mir oder uns zu tun.«

Sie überrascht mich, indem sie sich über mich schiebt, mich voller Liebe anschaut. »Du hast keine Ahnung, wie sehr ich mich darauf verlasse, mit dir über alles zu sprechen, was mich beschäftigt, und das schon bevor wir zusammen im Bett gelandet sind.«

»Du meinst, bevor du nackt in mein Bett gekrochen bist.«

»Das war ein Versehen.«

Ich pike sie mit dem Zeigefinger in die Seite, sodass sie zusammenzuckt und dann lacht. »Schwindlerin.«

Während sie sich an meinem Bauch hinunterküsst, bin ich unglaublich dankbar dafür, dass sie in mein Bett gekommen ist und unser beider Leben zum Besseren verwandelt hat.

## 24

### Iris

Weihnachten ist wie immer eine Mischung aus Chaos und Wahnsinn, doch die Kinder finden es toll, was das Einzige ist, was zählt. Dieses Jahr ist alles anders, weil Gage am ersten Weihnachtstag bei uns ist. Wir wollten eigentlich Heiligabend bei seiner Familie verbringen, aber seine Eltern haben sich irgendwo einen Infekt geholt, daher haben wir den Besuch vertagt. Er hat sie per Video-Call angerufen und ihnen mich und die Kinder vorgestellt.

Die beiden scheinen sehr nett zu sein, und ich freue mich darauf, sie kennenzulernen. Wenn ich ein kleines bisschen erleichtert bin, dass ich nicht innerhalb von vierundzwanzig Stunden alle wichtigen Eltern in Gages Leben treffen muss, verrate ich das niemandem.

»Leute, Mr Gage hat eine besondere Überraschung für euch«, eröffne ich den Kindern nach dem Frühstück.

Laney hüpft aufgeregt in ihrem Hochstuhl auf und ab. »Überraschung!«

»Richtig, Krümel«, sage ich. »Tyler und Sophia, setzt euch wieder hin, damit er euch sein Geschenk geben kann.«

Als die beiden Älteren an den Tisch zurückgekehrt sind, steht Gage auf, um die Rucksäcke zu holen, die er für sie gekauft hat und auf denen ihre Namen aufgestickt sind. Er überreicht sie den Kindern.

»Auf meinem steht ›Laney‹! Auf deinem auch?«

»Natürlich nicht«, erwidert Tyler. »Auf meinem steht ›Tyler‹ und auf Sophias ›Sophia‹.«

»Sie sind wirklich schön, Mr Gage«, erklärt Sophia. »Vielen Dank.«

»Schaut mal rein«, meint er mit einem Lächeln.

Wir haben den Kindern gesagt, dass er im Gästezimmer übernachtet hat, damit er den Weihnachtsmorgen mit uns verbringen kann. Er trägt ein marineblaues T-Shirt und Pyjamahosen aus Flanell und sieht so aus, als würde er genau hier in diese Küche gehören.

Die Kinder machen die Rucksäcke auf und ziehen Sonnenhüte, Sonnenmilch, aufblasbare Schwimmtiere, Flipflops und Badekleidung heraus, die Gage in Absprache mit mir für sie besorgt hat.

Tyler findet als Erster das gefaltete Stück Papier, auf dem das Flugticket aufgedruckt ist. »Wir fliegen nach Florida?«, will er mit großen Augen wissen.

»Ganz genau«, bestätigt Gage.

»Wann?«

»Heute Abend.«

Tyler stößt einen Jubelschrei aus und wirft sich Gage in die Arme. Glücklicherweise hat der das geahnt und fängt ihn auf. »Leute!«, verkündet Tyler seinen Schwestern. »Wir fliegen heute Abend nach Florida!«

Laney ist so aufgeregt, dass sie fast aus ihrem Sitz fällt. Ich greife nach ihr und schnalle sie ab. Sie läuft sofort zu Gage, um ihn ebenfalls zu umarmen, und Sophia folgt ihr auf dem Fuße. Es freut mich, dass seine Überraschung so gelungen ist.

»Ihr wisst, dass meine Frau und meine kleinen Mädchen bei einem Unfall gestorben sind, richtig?«, erkundigt sich Gage.

Sophia nickt für sie alle.

»Wir fliegen zu meinen Freunden Mimi und Stan, den Eltern meiner Frau und den Großeltern meiner Töchter. Sie freuen sich ganz doll darauf, euch kennenzulernen. Mimi hat lauter Sachen für euch geplant: im Pool schwimmen und an den Strand fahren. Wir werden viel Spaß haben.«

Die Kinder sind so aufgeregt, dass sie ihren neuen Spielsachen kaum einen Blick gönnen, während wir die letzten Vorbereitungen für die Abreise treffen. Meine Eltern, die uns im Minivan zum Flughafen bringen, sollten um vier eintreffen.

»Bereit?«, frage ich Gage, nachdem er geduscht und sich Shorts und ein langärmliges T-Shirt angezogen hat. Er hat mir erzählt, dass er immer Shorts trägt, wenn er nach Florida fliegt, egal, welche Temperaturen in Virginia herrschen.

»Ich denke schon.«

»Die Reise mit ihnen wird wahrscheinlich ziemlich anstrengend.«

»Das wird alles super klappen. Ich kümmere mich um Tyler und Sophia, du konzentrierst dich auf Laney.«

Ich drücke ihn rasch noch mal fest an mich, solange wir ungestört sind. »Vielen Dank dafür. Das ist genau das, was ich jetzt brauche.«

»Ich will immer genau das sein, was du brauchst.«

»Bisher gelingt dir das wunderbar.«

»Hab ich eigentlich erwähnt, dass Mimi mich gefragt hat, ob wir ein Schlafzimmer möchten oder zwei?«

»Was hast du ihr geantwortet?«

»Dass eins völlig reicht.«

Ich verziehe das Gesicht. »Vielleicht sollten wir lieber getrennt schlafen, solange wir bei ihnen sind. Schließlich sind sie Nats Eltern.«

»Das ist schon okay, das wirst du gleich merken. Mimi ist die Beste. Du wirst sie lieben.«

»Das ist ein weiteres dieser verrückten Witwendinge, auf die einen niemand vorbereiten kann, oder? Dass man die Eltern der verstorbenen Frau seines Freundes besucht.«

»Das Leben ist verrückt, befremdlich, grauenhaft und wundervoll, alles zur selben Zeit.«

»Das stimmt wohl.«

»Mimi und Stan werden immer Familie für mich sein, und

ich verspreche dir, dass sie dich und die Kinder lieben werden, einfach weil ich das tue. Mehr interessiert sie nicht.«

In dem Punkt verlasse ich mich auf sein Wort, denn ich wünsche mir so sehr, dass diese Reise ein Erfolg wird, seinetwegen. So lange am Stück war er noch nie mit meinen Kindern zusammen, und außerdem sind wir bei Nats Eltern. Ich versuche, mich davon nicht stressen zu lassen, weil Gage mir versichert hat, dass ich sie auf Anhieb mögen werde, genau wie sie mich. Hoffentlich stimmt das, denn anderenfalls wird das eine sehr lange Woche werden.

Drei Stunden später haben wir die Kinder auf ihren Plätzen im Flugzeug angeschnallt. Ich sitze zwischen den Mädchen, und Gage ist mit Tyler auf der anderen Seite des Gangs. Er zeigt mir einen gehobenen Daumen und das breite Grinsen, bei dem seine Grübchen zu sehen sind, die ich so sehr liebe. Er wirkt so unbeschwert und glücklich, dass sich mir die Veränderung in ihm, die in den letzten Monaten stattgefunden hat, geradezu aufdrängt. Als ich ihn kennengelernt habe, hat er kaum mal gelächelt, und jetzt tut er das praktisch dauernd. Es gefällt mir, dass ich etwas damit zu tun hatte.

Es ist so lange her, dass wir eine Reise unternommen haben, dass sich die Kinder gar nicht mehr daran erinnern können. Dabei waren wir mit Tyler und Sophia früher ein paarmal in Arizona, wo Mikes Eltern seit Jahren den Winter verbringen. Während des Flugs haben die drei jede Menge Fragen und auch ein klein wenig Angst, als es Turbulenzen gibt. Gage erklärt geduldig, dass es genauso ist, als würde man auf der Straße über ein Schlagloch fahren.

»Aber wir sind in der Luft«, gibt Tyler zu bedenken. »Wenn was passiert, können wir nicht am Straßenrand anhalten.«

Gage lacht. »Da hast du natürlich recht. Das Flugzeug ist allerdings so konstruiert, dass es sehr viel mehr aushält als so ein kleines Holpern, also kein Grund zur Sorge.«

Der Direktflug nach Fort Lauderdale dauert etwas über zwei Stunden, und wir landen um neunzehn Uhr, was perfekt ist, denn so können wir die Kinder gleich abfüttern und dann zu einer vernünftigen Zeit ins Bett stecken, da wir heute Morgen in aller Herrgottsfrühe aufgestanden sind.

Nats Eltern warten an der Gepäckausgabe auf uns. Mimi ist klein, mit kurzem grauen Haar und blauen Augen, während Stan groß und dünn ist, mit weißem Haar und einem gebräunten Gesicht. Sie lächeln breit, während sie uns willkommen heißen. Nachdem beide Gage umarmt haben, begrüßen sie mich und die Kinder, als würden wir uns schon ewig kennen.

Mimi schließt mich fest in die Arme. »Wir sind überglücklich, dass ihr uns besucht, und darüber, dass Gage wieder so lächelt wie früher.«

»Vielen Dank für die Einladung.«

»Wir konnten es gar nicht erwarten, euch endlich zu treffen.«

Gage stellt uns alle vor, und Mimi sagt den Kindern, dass sie sie Mimi und ihren Mann einfach Stan nennen sollen.

Sie schauen fragend zu mir, ob das okay ist, und ich nicke.

Mimi nimmt Laney an der Hand, während Stan Gage mit dem Gepäck hilft. Im Nullkommanichts haben sie uns und unsere Sache in ihren silberfarbenen Cadillac Escalade geladen, und nach einer halbstündigen Fahrt halten wir vor ihrem Haus in Boca Raton. Die Kinder lieben die Palmen, die festlich mit Lichterketten geschmückt sind.

»Heutzutage lassen sie die Beleuchtung das ganze Jahr über dran«, erklärt ihnen Mimi.

»Ich liebe Palmen!«, ruft Laney.

»Ich auch, Süße«, meint Mimi. »Palmen bedeuten für mich Urlaub, selbst wenn ich sie jeden Tag sehe.«

»Das hat Nat auch immer gesagt. Erinnerst du dich?«, erkundigt sich Gage.

»Natürlich. Sie hat sie ebenfalls geliebt.«

Mimis und Stans Bungalow ist großzügig geschnitten, gemütlich und einladend. Mimi führt uns zu zwei Gästezimmern, eins für mich und Gage und das andere für die Kinder. »Tyler, ich dachte, du möchtest vielleicht auf der Luftmatratze schlafen und überlässt deinen Schwestern das Bett. Wäre das okay?«

»Klar, danke.« Er lässt seinen Rucksack neben der Luftmatratze auf den Boden fallen. »Wann können wir schwimmen gehen?«

»Morgen«, erwidere ich.

»Warum nicht jetzt?«, beschwert sich Tyler. »Wir sind schließlich in Florida, Mom.«

Mimi schaut mich an, um zu signalisieren, dass es für sie in Ordnung wäre, wenn ich zustimme.

»Okay, meinetwegen. Aber zieht euch schnell um.«

Aufgeregt stürzen sich die drei auf ihre Koffer und wühlen darin nach ihren Badesachen.

»Tut mir leid«, sagt Mimi mit einem breiten Lächeln, während sich die Kinder umziehen. »Ich hoffe, du erlaubst mir, sie nach Strich und Faden zu verwöhnen.«

»Ich habe nichts dagegen. Du wirst ohnehin ihre beste Freundin sein, weil du sie heute Abend noch schwimmen lässt.«

»Ich fände es wunderbar, ihre beste Freundin zu sein.«

Sie ist so nett und freundlich, dass ich nicht anders kann: Ich muss sie umarmen. »Dein Verlust tut mir so, so leid.«

»Mir deiner auch, aber ich bin wirklich froh, dass du und Gage zueinandergefunden habt.«

»Ich auch. Vor Kurzem hab ich bei meinen Freunden gesagt, dass ich befürchte, ein mehrtägiger Besuch bei den Eltern seiner verstorbenen Frau könnte vielleicht unangenehm werden, doch Gage hat mir versichert, es würde ganz unkompliziert sein. Ich hätte auf ihn hören sollen.«

Sie lacht und erklärt: »Fühl dich bitte ganz wie zu Hause bei uns.«

Die Kinder planschen unter Gages Aufsicht eine Stunde lang im Pool, während ich Mimi und Stan helfe, Burger zu grillen und einen Salat zu machen. Ich weiß jetzt schon, dass Mimi nach dieser Woche auch meine Freundin sein wird. Sie ist entzückend, lieb, lustig und wundervoll mit den Kindern, die sie genauso zu mögen scheinen wie meine Mom und Mikes.

»Alles gut bei dir?«, will Gage wissen, als wir einen Moment für uns haben, während Mimi und Stan sich am Tisch um die Kinder kümmern. Das ältere Paar ist offensichtlich begeistert, wieder kleine Kinder im Haus zu haben. Auf einem Beistelltisch im Wohnzimmer steht ein Foto von Nat und den Mädchen, aber das ist das einzige, das ich bisher von ihnen entdeckt habe. Mir blutet das Herz für Nats wunderbare Eltern, die so einen tragischen Verlust erlitten haben.

»Sie sind unglaublich«, erwidere ich. »Genau, wie du gesagt hast.«

»Die Kinder haben gerade ein neues Paar Großeltern bekommen.«

»Das ist ein Riesenglück für sie.« Ich schaue zu ihm. »Wir alle haben Riesenglück.«

Er küsst und umarmt mich, und in diesem Moment verspüre ich zum ersten Mal seit fast drei Jahren so was wie inneren Frieden. Dass solche Freude in der Trauer sein kann, überrascht mich immer wieder.

Als Nachtisch gibt es Eis, und danach erscheint Stan mit einer großen Tüte mit Weihnachtsgeschenken für jedes der Kinder.

»Ach du meine Güte, Leute! Was sagt ihr zu Mimi und Stan?«

»Vielen, vielen Dank«, antwortet Sophia für sie alle und starrt mit großen Augen auf die Geschenkestapel, die Mimi vor ihnen aufgebaut hat.

»Na dann los, ihr Süßen«, ruft Mimi und klatscht fröhlich in die Hände, woraufhin es für die Kinder kein Halten mehr gibt und sie begeistert Spielzeug, Bücher, Spiele und Kleidung auspacken.

Ich kämpfe mit den Tränen, weil sie mit so viel Liebe bedacht werden von einer Frau, die sie heute zum ersten Mal getroffen hat und sie nie kennengelernt hätte, wenn sich nicht mehrere Tragödien ereignet hätten.

»Das ist toll«, sage ich zu ihr. »Lieben Dank.«

»Für sie einzukaufen hat mir so viel Spaß gemacht wie seit Jahren nichts mehr«, entgegnet sie leise.

## Gage

MITZUERLEBEN, wie gut Iris und die Kinder sich mit Mimi und Stan verstehen, sorgt dafür, dass ich den gesamten ersten Abend über mit meinen Gefühlen kämpfe. Es ist alles so vertraut und gleichzeitig auch nicht. Nat und die Mädchen waren niemals in diesem Haus, doch es fühlt sich dennoch merkwürdig ein, ohne Nat und ohne unsere Töchter bei ihren Eltern zu sein.

Ich wusste, Iris und Mimi würden gut miteinander auskommen und binnen Stunden Freundinnen werden. Sie sind sich sehr ähnlich, denn sie geben beide alles, was sie haben, den Menschen, die sie lieben. Aber zuzusehen, wie sie lachen und sich unterhalten und ein paar Tränen verdrücken, sorgt dafür, dass mein Herz Kapriolen schlägt.

Das Leben ist kaputt und verrückt und wundervoll und schrecklich, alles zur selben Zeit.

Mein Blick wandert im Wohnzimmer zu dem Foto von Nat und den Mädchen. Ich habe dieses Bild auf einem Trip nach Kalifornien geschossen, und es war eins von Nats Lieblingsfotos von ihr und den Zwillingen. In meinem Kopf schreibe ich schon darüber, meine neue Freundin und ihre Kinder meinen geliebten Schwiegereltern vorzustellen. Ich weigere mich, sie »ehemalige« Schwiegereltern zu nennen. Das werden sie niemals sein.

Zu irgendeinem Zeitpunkt in dieser Woche werde ich über dieses seltsame, wundervolle Treffen schreiben. So viele meiner verwitweten Follower können nachvollziehen, was es bedeutet, nach dem Tod ihrer Liebsten weiterzumachen, ihnen Gerechtigkeit zu verschaffen, während wir jede Minute, die wir haben, mit den Menschen auskosten, die noch hier sind.

Ich helfe Iris dabei, die aufgedrehten Kinder abzuduschen und in ihre Pyjamas zu stecken. Ich übernehme Tyler, während sie sich um die Mädels kümmert.

»Wie gefallen dir meine Freunde Mimi und Stan?«, frage ich ihn und reiche ihm seinen Schlafanzug.

»Sie sind toll!«

»Ja, stimmt.«

»Woher kennst du sie noch mal?«

»Sie sind die Eltern meiner Frau und die Großeltern meiner Töchter.«

»Oh. Richtig. Du musst sehr traurig gewesen sein, als sie gestorben sind.«

»Sehr, sehr traurig.«

»Ich werde nicht demnächst sterben, oder?«

»O nein, Kumpel. Nicht bevor du ein alter Mann bist.«

»Woher willst du das wissen? Deine kleinen Mädchen sind auch gestorben.«

»Das war ein tragischer Unfall. Du musst dir wirklich keine Sorgen machen, dass dir das Gleiche zustößt.«

»Mein Daddy ist ebenfalls tot.«

»Ich weiß.«

»Darüber bin ich immer noch traurig.«

»Das wirst du vermutlich auch immer sein«, antworte ich.

»Meine Mom wird auch nicht so bald sterben, oder?«, erkundigt er sich.

»Nein, Tyler, das wird sie sicher nicht.«

»Okay.«

Er hüpft unbekümmert ins Bett, als hätte er keine Sorge auf der Welt, obwohl er mir eben fast das Herz gebrochen hat. Der arme Kleine hatte schon viel zu viel Kontakt mit Tod und Sterben. Die Kinder nach dem aufregenden Tag zur Ruhe zu bringen ist keine leichte Aufgabe, zumal sie alle im selben Zimmer schlafen, was laut Sophia eine »Pyjamaparty« ist. Glücklicherweise halten sie nicht allzu lange durch, und die Müdigkeit gewinnt die Oberhand.

»Puh«, stöhnt Iris, nachdem wir die Tür hinter uns geschlossen haben und rüber in unser Zimmer gehen. »Ich hatte schon befürchtet, dass das länger dauert.«

Mimi und Stan haben uns eine gute Nacht gewünscht und sich in ihre Räume auf der anderen Seite des Hauses zurückgezogen, mit der Anweisung, uns per Textnachricht zu melden, falls wir irgendwas brauchen.

»Als ich das letzte Mal hier war, habe ich allein in diesem

Zimmer geschlafen.« Ich lege ihr einen Arm um die Taille und ziehe sie für einen Kuss an mich. »So gefällt es mir entschieden besser.«

»Es war ein wunderbarer Abend. Ich liebe deine Schwiegereltern jetzt schon.«

»Ich wusste, dass du das tun würdest – genau wie umgekehrt. Ich habe sie seit dem Unfall nicht mehr so lächeln und lachen sehen.«

»Ich hab die ganze Zeit daran gedacht, wie verrückt das alles ist. Dass wir sie ohne die beiden Tragödien niemals kennengelernt hätten.«

»Während ich ganz bestimmt niemandem etwas so Furchtbares wünsche wie das, was uns passiert ist, tun mir die Leute manchmal leid, die gar nicht wissen, was für ein Glück sie in jeder Minute eines jeden Tages haben, dass sie mit den Menschen zusammen sein können, die sie lieben.«

»Stimmt«, erwidert sie. »Ich würde gerne denken, dass ich auch schon, bevor Mike mit dem Flugzeug abgestürzt ist, für all die schönen Dinge in meinem Leben dankbar war, doch jetzt ist meine Dankbarkeit anders, irgendwie unmittelbarer und direkter. Schon während es passiert, nehme ich es als wundervoll wahr und merke das nicht erst im Nachhinein, wenn es längst vorbei ist.«

»Ja, das trifft es sehr gut.«

»Was für ein Glück, dass wir uns in all diesem Wahnsinn gefunden haben.«

Ich ziehe ihr die geblümte Bluse über den Kopf und greife um sie herum, um ihr den BH zu öffnen. »Unglaubliches Glück.«

»Ich muss duschen«, erklärt sie.

»Lass uns das gemeinsam tun.«

»Ist das hier auch okay? Wäre es für dich in Ordnung?«

»Gerade vorhin habe ich gedacht, dass Nat und die Kinder niemals hier waren. Das war keiner unserer Orte, selbst wenn Mimi und Stan unsere Familie sind. Ergibt das Sinn?«

»Tut es. Nats Eltern leben hier, aber Nat und die Mädchen nicht.«

»Genau.«

»Du lässt es mich wissen, wenn es sich irgendwie komisch für dich anfühlt, oder?«

»Mach ich. Großes Ehrenwort.«

»Es ist mir ein echtes Anliegen, ihrem Andenken und dem der Mädchen gegenüber respektvoll zu sein, vor allem wenn wir bei ihren Eltern sind.«

»Du bist sogar *sehr* respektvoll. Ich möchte, dass du dich entspannst und jede Minute unseres Urlaubs hier genießt.«

»Das kann ich«, sagt sie mit dem sexy Lächeln, das ich liebe. Sie dreht sich um und führt mich in unser Badezimmer, in dem es eine große gekachelte Dusche gibt. »Das Haus ist wirklich toll.«

»Das stimmt. Sie wollten jede Menge Platz für Freunde und Familie, damit alle sie jederzeit besuchen können.«

»Ich möchte wieder mit dir herkommen. Oft.«

»Darüber würden sie sich sehr freuen.«

Wir stellen uns unter den warmen Wasserstrahl, halten uns aneinander fest und an diesem neuen Leben, das wir einen Schritt nach dem anderen für uns und ihre Kinder schaffen. Der heutige Tag war ein großer Schritt, und ich bin froh, dass alles so gut geklappt hat.

»Danke, dass du mich Menschen in deinem Leben vorgestellt hast, die dir so viel bedeuten.«

»Danke, dass du mitgekommen bist. Schon als ich es dir vorgeschlagen hab, wusste ich, es ist keine Kleinigkeit, dass du mich begleitest und Nats Eltern kennenlernst.«

»Sie haben es mir leicht gemacht.«

Sie seift mir den Rücken ein, und dann erwidere ich den Gefallen. Meine Hände gleiten über ihre Haut, bis sie unter der Berührung erschauert.

»Es ist schön, dich so glücklich zu sehen«, meint sie.

»Heute war ein guter Tag, selbst wenn das hier ein wirklich merkwürdiges Szenario ist.«

»Ich weiß. Doch das ist jetzt das Nachher, wo das Leben zwar nicht mehr dasselbe ist, aber auf viele neue Weisen immer noch schön.«

Ich schlinge meine Arme um sie, drücke sie mit dem Rücken gegen die gekachelte Wand. »Es ist schön dank dir«, erkläre ich und küsse sie, während ich in sie gleite.

»Ah, das ist so gut«, flüstert sie. »So, so gut.«

Ich bin komplett überwältigt von meiner Liebe zu dieser wunderschönen Frau, während ich sie auf einen wilden Ritt mitnehme, der mit einem Aufkeuchen endet und einer Lust, die so überwältigend ist, dass es uns Tränen in die Augen treibt. Sie klammert sich an mich, während ich in ihr komme, und das Nachbeben erschüttert uns beide.

»Wow«, flüstere ich an ihrem Hals.

»Mmm, der Urlaubs-Gage ist noch heißer als der Alltags-Gage.«

Ich lache und küsse sie ein weiteres Mal, bevor ich mich aus ihr zurückziehe und sie vorsichtig wieder auf die Füße stelle. »Alles gut bei dir?«

»Großartig. Und bei dir?«

»Besser ging's mir schon sehr lange nicht mehr.« Ich küsse sie wieder. »Ich liebe dich.«

»Ich liebe dich auch.«

Nach ein paar stressigen Monaten für uns beide bin ich mehr als bereit, mich zu entspannen und die Zeit hier mit ihr und den Kindern zu genießen.

## 25

**Iris**

Am nächsten Nachmittag fährt Gage mit Stan zum Golfen, während Mimi und ich auf die Kinder aufpassen, die im Pool sind. Wir sitzen am flachen Ende auf den Stufen, und die Kinder planschen wild und spielen mit den Luftmatratzen und Schwimmnudeln, die Mimi für sie gekauft hat.

»Sie können schon richtig gut schwimmen«, stellt sie fest.

»Ihr Vater hat darauf bestanden, dass sie das früh lernen.« Laney trägt als Einzige noch Schwimmflügel, das ist aber eine reine Vorsichtsmaßnahme. Nächstes Jahr um diese Zeit wird sie die nicht mehr brauchen.

»Das ist wirklich wichtig. Nat hat die Mädchen zum Schwimmunterricht angemeldet, als sie zwei waren. Wir haben das für zu jung gehalten, doch sie hat sich nicht beirren lassen.«

»Ich hab gelesen, dass man sogar Kindern, die erst ein halbes Jahr alt sind, so viel beibringen kann, dass sie sich über Wasser halten können, falls sie irgendwo reinfallen.«

»Wow.«

»Ich bin neulich auf ein Video gestoßen, in dem sich ein Baby im Wasser umdreht und dann an der Oberfläche auf dem

Rücken treiben lässt. Das war echt erstaunlich. Wenn ich noch mal Babys hätte, würde ich ganz früh einen Kurs buchen.«

»Möchtest du denn mehr Kinder?«, erkundigt sich Mimi.

»Na ja, nicht unbedingt. Schließlich habe ich schon mit den dreien hier alle Hände voll zu tun.«

»Ich frag mich, ob Gage wohl noch mal Vater werden möchte, falls er die richtige Frau findet.«

»Mir hat er versichert, meine drei würden ihm vollauf genügen.«

»Es ist so schön, zu erleben, dass er wieder lacht und glücklich ist. Es hat eine Zeit gegeben, in der ich befürchtet habe, er würde nie darüber hinwegkommen. Nicht dass man so etwas je wirklich hinter sich lassen könnte, aber du weißt, was ich meine.«

»Ja, und diese Veränderung ist mir ebenfalls aufgefallen. Wir sind sehr glücklich miteinander.«

»Das ist nicht zu übersehen.«

»Ist es schwierig für dich? Ich könnte es verstehen, wenn das so wäre.«

»Es ist nicht so schlimm wie befürchtet, doch das liegt vor allem an dir und den Kindern. Ich kann erkennen, wie perfekt ihr vier für ihn seid. Er war fest entschlossen, sich auf keinen Fall noch einmal zu verlieben oder mehr zu riskieren, als zu verlieren er ertragen könnte.«

»Ich weiß.«

»Ich fand es furchtbar, dass er sich das vorgenommen hatte, und seine Familie auch. Seine Schwester Heather und ich haben uns x-mal darüber unterhalten, dass wir uns wünschten, er würde seine Meinung dazu ändern. Und dann stellt sich heraus, alles, was nötig war, warst du.«

»Es ist total lieb von dir, dass du das sagst.«

»Es ist die Wahrheit, Iris. Ich kenne Gage so gut, wie ich meine Tochter gekannt habe, und ich glaube nicht, dass er es noch einmal gewagt hätte, wenn es nicht dich und deine Kinder gäbe.«

Zwar bin ich nicht davon überzeugt, dass das stimmt, aber sie kann das vermutlich besser beurteilen als ich. Schließlich hat sie schon den Gage davor gekannt, während ich nur den Gage danach kenne. »Er ist uns allen ans Herz gewachsen.«

»Ich liebe es, ihn mit den Kindern zu beobachten. Wie er ihnen das Essen klein schneidet und all ihre Fragen beantwortet. So war er auch bei den Mädchen. Aufmerksam und liebevoll.«

»Er bedauert es, so viel Zeit in seiner Firma verbracht zu haben, als sie noch am Leben waren.«

»Ich weiß, und das tut mir total leid für ihn. Denn da hat er seine Firma aufgebaut, was es wiederum Nat erlaubt hat, nur in Teilzeit zu arbeiten, als die Mädchen noch klein waren. Sie würde nicht wollen, dass er sich deswegen schuldig fühlt. Die Mädchen haben ihn abgöttisch geliebt.«

»Was ihm zugestoßen ist, euch allen, ist grausam. Ich versuche, ihn dazu zu bewegen, alles nicht noch schlimmer zu machen, indem er sich mit Vorwürfen quält. Wir alle geben jeden Tag unser Bestes, und ich hab keinen Zweifel daran, dass Gage ein ganz wunderbarer Ehemann und Vater gewesen ist.«

»Das stimmt auch. Wir haben ihn sofort ins Herz geschlossen, als Natasha ihn mit nach Hause gebracht hat.«

»Er hat gesagt, es sei so was wie spontane Freundschaft zwischen euch gewesen.«

»Genau, und das hat uns in unserer Trauer enorm geholfen.«

»Es ist für uns was ganz Besonderes, hier bei dir und Stan zu sein.«

»Wir freuen uns, dass ihr hier seid, Süße.«


### Gage


DIE WOCHE in Florida ist einfach herrlich. Wir verbringen lange Tage am Strand, gehen mit den Kindern Eis essen, schauen uns an Silvester das wunderbare Feuerwerk an und feiern den Verkauf meiner Firma, schwimmen im Pool, auch noch lange nach der üblichen Schlafenszeit der Kinder, und sitzen, wenn sie endlich im Bett liegen, stundenlang mit Mimi und Stan an der Feuerschale.

Ich wusste, sie würden Iris lieben, und Iris sie umgekehrt auch. Trotzdem ist es schön, zu erleben, wie sie nach der gemeinsam verbrachten Woche lachen und reden, als wären sie alte Freunde. Mimi hat mehrere Fotos von uns fünf zusammen gemacht, die wir der Sammlung hinzufügen können, die wir beim Herbstmarkt begonnen haben.

»Ich kann gar nicht glauben, wie schnell die Woche verflogen ist«, sagt Stan an unserem letzten Abend, als wir mit Drinks in der Hand an der Feuerschale sitzen. Die Kinder schlafen schon. »Ihr müsst uns unbedingt bald wieder besuchen.«

»Sehr gerne«, erwidere ich.

»Vielleicht könnt ihr euch ja auch mal revanchieren«, erklärt Iris. »Ich habe ein wunderschönes Gästezimmer in meinem Haus, in dem ihr jederzeit willkommen seid.«

»Das ist wirklich nett von dir«, meint Mimi. »Das werden wir liebend gern tun.«

»Ich glaube, ich sollte erwähnen, dass Iris und ich darüber reden, zusammenzuziehen.«

»Das ist wunderbar«, antwortet Mimi, und in ihren Augen schimmern Tränen. »Wir freuen uns so für euch beide. Wollt ihr dann in Iris' Haus wohnen?«

»Wir dachten, für die Kinder wäre das einfacher, als wenn sie irgendwo anders von vorn beginnen müssen – in einer neuen Schule und mit neuen Freunden.«

»Stimmt«, gibt Mimi mir recht. »Mit dem Verlust ihres Vaters hatten sie bereits genug Aufruhr in ihrem Leben.«

»Genau«, pflichtet ihr Iris bei.

»Ich bin ohnehin so oft dort, dass es bereits beinahe so ist, als würde ich dort leben«, füge ich hinzu. »Ihr Zuhause hat sich schon wie ein Zuhause für mich angefühlt, lange bevor aus unserer Freundschaft mehr geworden ist.«

Iris lächelt mich an und drückt meine Hand.

»Das Leben geht weiter«, bemerkt Stan. »Selbst wenn man glaubt, das könne es unmöglich tun.«

»Ja.« Ich muss daran denken, dass ich zwar eine neue Beziehung beginnen kann, sie jedoch nie eine neue Tochter kriegen können. »Aber es ist uns wichtig, die Vergangenheit in Ehren zu halten, während wir die Zukunft planen. Ich hoffe, ihr wisst das.«

»Das tun wir«, entgegnet Mimi. »Natürlich tun wir das.« Sie steht auf und beugt sich vor, um mich zu umarmen.

»Lass uns zu Bett gehen, Stan, damit die beiden jungen Leute etwas Zeit für sich haben.«

»Gute Nacht«, sagt Iris. »Und noch mal danke für die wunderschöne Woche.«

»Es war uns ein Vergnügen, meine Süße«, antwortet Mimi. »Wir sehen uns dann morgen früh.«

»Ich mach das Feuer aus«, lasse ich Stan wissen.

»Danke. Gute Nacht.«

»Ebenfalls«, erwidert Iris.

»Endlich allein«, flüstere ich und ziehe an ihrer Hand, damit sie von ihrem Stuhl auf meinen Schoß kommt. »Ich muss mich den ganzen Tag lang ermahnen, dir nicht den Hintern zu tätscheln, während die Kinder zuschauen, oder mich zu sonst irgendwas hinreißen zu lassen, das einen Skandal auslösen würde.«

Sie lacht. »Sie gewöhnen sich langsam daran, dass wir Händchen halten und anderes ekliges Zeug tun, wie Tyler es ausdrückt.«

»Es ist komisch, in dieser neuen Beziehung zu sein und die ganze Zeit unter Beobachtung durch die drei zu stehen.«

»Ich weiß! Und PS, du hast das B-Wort benutzt.«

»Nein, hab ich nicht.«

»Doch.« In einem Singsang wiederholt sie mehrmals hintereinander: »Gage ist in einer Beziehung.«

Ich küsse sie, um sie zum Schweigen zu bringen. »Bloß weil du es mir unmöglich gemacht hast, dir zu widerstehen.«

Sie zuckt die Achseln. »Was kann ich sagen? Ich bin eben unwiderstehlich.«

»Das bist du auf jeden Fall. Lass mich das Feuer löschen, dann können wir reingehen. Ich sehne mich schon den ganzen Tag lang nach dir.«

»Hey, du hattest mich erst heute früh.«

»Das ist ewig her.« Ich hatte dieses berauschende Gefühl ganz vergessen, das das Verliebtsein mit sich bringt, und das Wissen, dass man jemanden gefunden hat, mit dem man glücklich ist und der in einem den Wunsch weckt, so oft wie möglich mit ihm zusammen allein zu sein. Gerade Letzteres ist nicht so leicht, wenn man ständig drei kleine Kinder um sich hat. In ein paar Nächten haben wir nur wenig Schlaf gefunden, wofür wir am nächsten Tag bitter bezahlen mussten. Aber ich verzichte gerne auf Schlaf, wenn ich dafür mit ihr zusammen sein kann.

Nachdem das Feuer aus ist und die Türen abgesperrt sind, begeben wir uns in unser Zimmer, lachen leise, während wir uns bereits die Kleider abstreifen. Wir sind beide so erregt, dass wir zusammen aufs Bett fallen und ich binnen Sekunden in ihr bin. »Ja«, flüstere ich. »Das ist es, was ich mir seit dem letzten Mal jede Sekunde gewünscht habe.«

»Ich auch«, sagt sie. »Jede Sekunde.«

Wir stürzen uns aufeinander, als hätten wir es seit Jahren nicht mehr getan, obwohl es allein in dieser Woche öfter war, als ich zählen kann. Zärtlich reibe ich mit dem Daumen über eine Brustspitze. Moment. Was war das? Ich berühre die Stelle erneut, und plötzlich ist mir eiskalt, als ich begreife, dass da ein Knoten unter ihrer Haut ist.

»Gage?«

»Was ist das?«

»Was ist was?«

»Das hier.« Ich lege ihre Hand auf die Stelle und zeige ihr, was ich meine. »Spürst du das?«

»Manchmal kriege ich um meine Periode herum solche komischen Klumpen im Busen. Die verschwinden hinterher wieder. Mehr ist das wahrscheinlich nicht.«

»Bist du dir sicher?«

»Na ja, nein. Nur können wir im Augenblick sowieso nichts unternehmen, also denk nicht weiter dran.«

Da der Moment ohnehin ruiniert ist, ziehe ich mich aus ihr zurück und verharre auf die Arme gestützt über ihr, starre auf die Stelle an ihrer Brust.

»Gage ... Es ist nichts. Ich bin mir sicher.«

»Okay.« Ich stehe auf und gehe ins Bad, spritze mir Wasser ins Gesicht und versuche, die erstickende Sorge abzuschütteln, die von jeder Faser meines Körpers Besitz ergriffen hat. Ich hätte wissen müssen, dass so etwas passieren würde. Sie meint, es sei nichts, aber was, wenn das nicht stimmt? Und wie lange werden wir warten müssen, um es rauszufinden?

Das ertrage ich nicht.

## Iris

ER IST VÖLLIG ANDERS, seit er gestern Nacht den Knoten in meiner Brust entdeckt hat – still, in sich gekehrt und ernst, so wie er war, als ich ihn kennengelernt hab. Ich habe mich sofort bei meiner Frauenärztin gemeldet und für morgen einen Termin ausgemacht.

*Ich glaub nicht, dass Grund zur Sorge besteht*, hat meine wunderbare Ärztin erklärt, *aber wir sollten uns das trotzdem anschauen, nur um auf Nummer sicher zu gehen.*

Ich schreibe meiner Mutter eine Textnachricht und frage, ob sie morgen früh eine Stunde lang auf die Kinder aufpassen kann, und sie antwortet, das würde sie liebend gern tun, weil sie ihr so gefehlt hätten. Dankenswerterweise haben sie noch einen Tag frei, bevor die Schule wieder beginnt.

Ich habe zyklusbedingt häufiger so komische klumpige Stellen in den Brüsten, doch das hier fühlt sich anders an. Nicht dass ich das Gage sagen würde. Er ist bereits völlig durch den Wind – und gerade als ich ihn davon überzeugt hatte, dass es sicher sei, sich auf das mit uns und mit mir einzulassen. Das ist jedenfalls das Letzte, was wir gebrauchen können.

Mimi und Stan fahren uns zum Flughafen und setzen uns mitsamt all unserem Gepäck vor dem Abflugterminal ab, umarmen jeden Einzelnen von uns herzlich.

»Was sagt ihr zu Mimi und Stan?«, frage ich die Kinder.

»Danke!«, ertönt es im Chor.

»Das haben wir gern gemacht. Kommt bald wieder, okay?«

»Mom, wann können wir wieder her?«, will Tyler sofort wissen.

»Wir schauen mal, was sich einrichten lässt.«

»Das heißt Ja«, verrät Tyler Mimi, die lacht und ihn erneut umarmt.

Gage ist so still, dass in mir die Sorge reift, ich könnte diese wunderbaren Menschen womöglich nie wiedersehen. »Vielen lieben Dank für alles«, sage ich zu Mimi, als ich sie ein zweites Mal an mich ziehe. »Es war eine besonders schöne Woche.«

»Für uns auch, Süße. Bitte besucht uns bald wieder. Jederzeit.«

»In Ordnung.«

»Ich hab ja gesagt, das heißt Ja«, ruft Tyler.

Wir winken lächelnd, ehe wir Gage in den Flughafen folgen. Er schiebt einen riesigen Gepäckwagen mit all unseren Taschen darauf. Dass er meinem Blick seit der Entdeckung gestern Nacht ausweicht, liegt nur daran, dass er solche Angst hat. Zumindest versuche ich mir das einzureden, denn ich ertrage den Gedanken nicht, dass diese Erinnerung daran, wie schnell sich die Dinge dramatisch ändern können, vielleicht alles zwischen uns ruiniert hat.

Mein Magen ist vor Stress völlig verkrampft, während wir einchecken, mit den Kindern die Sicherheitskontrolle hinter uns bringen und dann zu dem Gate laufen, an dem unser Flieger startet. Die Kinder sind müde und quengelig, und das macht es für mich nicht leichter. Fünf lange Stunden später fährt Gage den Minivan zu Hause in die Garage und hilft mir, Kinder und Koffer auszuladen. Ehe er die Worte ausspricht, weiß ich, was jetzt kommt.

»Ich muss erst mal nach Hause und ein paar Dinge erledigen.«

Da die Kinder schon oben sind, sage ich, was ich wirklich sagen will, statt seine Erklärung einfach nur mit einem Nicken zur Kenntnis zu nehmen. »Ist es das, oder läufst du vor dem weg, was gestern Nacht war?«

»Ich laufe nicht weg.«

»Ach, nicht? Wenn sich der Knoten als etwas Schlimmes

herausstellt, ist es dann aus zwischen uns? War es das dann mit uns?«

»Nein. Ich brauche bloß eine kleine Auszeit. Das ist alles.«

»Eine Auszeit. Verstehe. Nun, dann nimm deine Auszeit.« Ich drehe mich um, um nach oben zu gehen, angewidert von ihm und mir selbst, weil ich mich am liebsten gleich hier und jetzt einem Nervenzusammenbruch hingeben würde.

»Iris.«

Ich bleibe stehen, drehe mich aber nicht um und schaue ihn auch nicht an. »Was?«

»Es tut mir leid. Ich brauch eine Pause, um in Ruhe nachzudenken.«

»Tu, was du tun musst.« Ich gehe, solange ich das noch kann, obwohl mir Tränen über die Wangen strömen. Ich wische sie weg, entschlossen, mich zusammenzureißen, damit die Kinder nichts merken. Das abendliche Waschen und Zubettbringen dauert länger als je zuvor, und ich bin so dankbar für den zusätzlichen freien Tag, bevor die Schule wieder beginnt. Ich werde die Zeit brauchen, um die ganze Wäsche zu waschen, einzukaufen und alles wieder in die Spur zu bringen – nicht zu vergessen, dass ich mich einer Brustuntersuchung unterziehen muss, während mir das Herz bricht.

Ich bin enttäuscht von Gage, selbst wenn ich verstehe, weshalb er sich so verhält. Das hier ist genau das, wovor er solche Angst hat – dass mir oder den Kindern was passiert, nachdem er sich auf uns eingelassen und sein Herz an uns verloren hat. Ich hab es nur nie für möglich gehalten, dass er, falls tatsächlich etwas passiert, einfach das Weite suchen würde.

Ich hätte es vorhersehen müssen, und mir ist fast körperlich übel, weil ich das nicht getan habe.

Ich stecke Tyler ins Bett und gebe ihm einen Gutenachtkuss.

»Was war heute mit Mr Gage los?«, will er wissen, für sein Alter viel feinfühliger, als gut für ihn ist – und für mich.

»Ich glaube, er war vor allen Dingen müde nach dem ganzen Trubel der letzten Woche.«

»Er hat sich komisch benommen.«

»Ich bin überzeugt, das wird wieder. Jetzt brauchen wir alle erst mal eine Runde Schlaf.«

»Wird er unser neuer Daddy?«

Lieber Gott, immer her mit den Tiefschlägen, wo es mir ohnehin schon dreckig geht. »Ich weiß nicht, Süßer, aber er liebt dich und deine Schwestern wirklich sehr.«

»Ich ihn auch. Ich will, dass er mein neuer Daddy wird.«

Im Moment ist mir das alles zu viel. Ich geb meinem Sohn noch einen Kuss und stecke die Decke um seinen kleinen Körper fest. »Jetzt schlaf schön, mein Kleiner. Hab dich lieb.«

»Ich dich auch. Danke für den tollen Urlaub.«

Ich möchte ihm sagen, dass er sich bei Gage bedanken muss, doch plötzlich bin ich mir gar nicht mehr sicher, ob wir ihn überhaupt je wiedersehen werden. »Gern.«

Ich begebe mich in mein eigenes Zimmer, schließe die Tür und rutsche mit dem Rücken an der Wand nach unten, während Schluchzer mich zu schütteln beginnen. Das alles hier erinnert mich viel zu sehr an die ersten Tage nach Mikes Tod. Ich verabscheue Gage auch dafür. Wie kann er mir das antun? Und sich selbst und den Kindern? Alles wegen etwas, das sich am Ende als nichts Ernstes herausstellen wird.

Aber was, wenn es das doch ist? Er hat sich nicht dazu verpflichtet, mich durch eine ernsthafte Krankheit zu begleiten, nachdem er bereits nach dem Tod seiner Frau und seiner Töchter in der Hölle gelandet ist.

Ich bin am Boden zerstört und völlig verängstigt. Als alleinerziehende Mutter empfinde ich jede Gefahr für meine Gesundheit als eine Riesensache.

Ich ziehe mein Handy aus meiner Hosentasche und schicke Christy eine Textnachricht. *Hast du Zeit zum Reden?*

Mein Telefon klingelt, und sie ist dran. »Hi.«

»Was ist los? Ich dachte, ihr wärt in Florida?«

»Wir sind gerade zurück.«

»Wie war es? Ich hab die ganze Woche an euch gedacht.«

»Wunderbar. Nats Eltern sind toll. Wir hatten einen Riesenspaß.«

»Was stimmt denn dann nicht?«

»In der letzten Nacht dort haben Gage und ich, na ja, du weißt schon, und da hat er einen Knoten in meiner Brust entdeckt.«

»Oh, Iris. Meine Güte.«

»Er hat uns nach Hause gebracht und ist dann gleich zu sich weitergefahren. Er hat gesagt, er brauche eine Auszeit, damit er nachdenken kann.«

»O nein.«

»Er ist deswegen in eine Abwärtsspirale geraten, und dabei ist es ja gut möglich, dass es gar nichts ist.«

»Er hat Angst, Iris. Mehr ist das nicht.«

»Aber er ist gegangen! Wie konnte er einfach gehen? Denkt er denn, ich hätte keine Angst? Ich bin alleinerziehend und hab drei kleine Kinder. Ist es das, was jetzt jedes Mal geschieht, wenn irgendetwas Beängstigendes passiert?«

»Das kann sein«, antwortet sie leise. »Er befürchtet, die Vergangenheit könnte sich wiederholen.«

»Mal ehrlich, wie stehen die Chancen dafür?«

»Sie sind astronomisch gering, doch das kannst du ihm nicht sagen, da er ja selbst erlebt hat, wie brutal das Schicksal sein kann.«

»Haben wir das nicht alle?«

»Ich möchte nicht gerne die Trauer von Menschen miteinander vergleichen, aber ich bin nicht sicher, dass ich den Verlust von Wes *und* meinen Kindern verkraftet hätte. Was Gage durchgemacht hat, war noch mal schlimmer als das, was du und ich zu schlucken hatten.«

»Ich weiß«, erwidere ich mit einem Seufzen. »Und ich gebe dir ja recht. Bloß waren wir gerade dabei, das hier echt gut hinzukriegen. Wir sind wie eine richtige Familie in den Urlaub gefahren. Ich hab die Eltern seiner verstorbenen Frau kennengelernt, und ich fand es so toll. Zählt das denn gar nicht?«

»Es zählt nicht, wenn es gegen seine Angst davor, dass es sich wiederholt, abgewogen wird.«

»Ich weiß nicht, was ich tun soll.«

»Lass ihm den Raum, um den er gebeten hat. Das ist alles,

was du tun kannst. Wenn er zu dir und den Kindern zurückkommt, muss es seine Entscheidung sein.«

»Ich kann nicht glauben, dass wir diese Unterhaltung führen. Alles zwischen uns war perfekt … bis gestern Nacht.«

»Du musstest damit rechnen, dass es auf dem Weg Stolpersteine geben würde.«

»Ja, klar. Aber ich hab gedacht, wir würden sie gemeinsam überwinden.«

»Es ist wichtig, dass du deine Erwartungen im Griff hast, was ihn betrifft. Er hat darauf beharrt, dass er nie wieder mit irgendjemandem zusammen sein will. Das war ihm deutlich lieber, als sich je wieder davor ängstigen zu müssen, dass er jemanden verliert, den er liebt. Du bist die Ausnahme von seiner Regel. Und die bist du immer noch.«

»Nicht, wenn ich Brustkrebs habe.«

»Sprich das nicht mal aus.«

»Warum nicht? Es ist schließlich möglich. Ich meine, *alles* ist möglich. Ich könnte morgen, wenn ich rausgehe, um meine Post zu holen, vom Bus überfahren werden. Dauernd Angst vor dem zu haben, was vielleicht passieren könnte, ist keine Option für ein gutes Leben.«

»Ich geb dir ja recht, trotzdem verhindert das nicht, dass wir Angst haben. Am liebsten würde ich jeden Mann, mit dem ich mich verabrede, fragen, wann er seine letzte Herzvorsorgeuntersuchung hatte, doch das kann ich nicht wirklich tun, ohne dass sie glauben, ich hätte einen an der Waffel.«

Darüber muss ich zum ersten Mal an diesem Tag lachen.

»Es ist nicht leicht, sich zurückzukämpfen von dem, was wir erlebt haben, und es ist nicht leicht, der Liebe eine zweite Chance zu geben. Ich hab euch beide zusammen gesehen, und ich bin mir sicher, er liebt dich genauso sehr wie du ihn.«

»Also was soll ich tun, während er versucht, zu entscheiden, ob er mit der Möglichkeit klarkommen kann, dass er auch mich verliert?«

»Du wartest jetzt ab und bist geduldig und zeigst ihm genau die innere Stärke, die du von anderen erwarten würdest, wenn du mit so etwas zu kämpfen hättest.«

»Wie ist der Knoten in meiner Brust zu was geworden, bei dem es um ihn geht?«

»Es geht um euch alle, oder?«

»Ja, vermutlich schon. Himmel, Christy, was soll ich nur tun, wenn es tatsächlich Krebs ist?«

»Immer schön einen Schritt nach dem andern. Wann hast du deinen Arzttermin?«

»Morgen.«

»Dann atme tief durch, und halte Kurs, bis du tatsächlich einen Grund hast, dich zu sorgen. Es kann sich immer noch als nichts herausstellen.«

»Aber was, wenn es was ist? Meine Kinder ...«

»Atmen, Iris. Atmest du?«

»Ich versuche es, doch es ist nicht leicht.«

»Es bringt niemandem was, sich mit einem Worst-Case-Szenario verrückt zu machen, bevor man mehr weiß.«

»Was würdest du tun, wenn du einen Knoten in deiner Brust finden würdest?«

»Ich würde verdammt noch mal durchdrehen, so wie du jetzt, und zwar aus exakt den gleichen Gründen. Wir sind alleinerziehende Mütter. Wir haben keine Zeit für Krankheiten. Aber ich glaube immer noch, dass du versuchen solltest, Ruhe zu bewahren, bis du mehr weißt. Dich deswegen mit Sorgen aufzureiben wird am Ergebnis nichts ändern.«

»Du hast recht. Es ist nur so schwierig, sich nicht gleich das Schlimmste auszumalen, wo ich das doch seit beinahe drei Jahren lebe.«

»Glaub mir, ich verstehe das. Jetzt ist es leicht für mich, ruhig zu bleiben, aber ich wäre genauso durcheinander wie du, wenn es mich treffen würde. Soll ich rüberkommen?«

»Nein, auch wenn es lieb von dir ist. Ich schaff das schon. Morgen weiß ich mehr.«

»Hältst du mich auf dem Laufenden?«

»Ja, klar. Danke, dass du ein offenes Ohr für mich und meine Nöte hattest.«

»Dafür bin ich ja da. Und mach dir keine Sorgen wegen

Gage. Er wird ebenfalls für dich da sein, wenn du ihn brauchst. Das weißt du.«

Ich weiß überhaupt nichts, doch das behalte ich für mich. »Danke, Christy. Hab dich lieb.«

»Ich dich auch. Ruf mich morgen an.«

»Okay.«

---

## 26

**Iris**

Nachdem ich das Telefonat beendet habe, ziehe ich mich aus und gehe unter die Dusche. Als ich unter dem warmen Wasser stehe, taste ich meine Brust noch mal ab, um zu gucken, ob der Knoten weiter da ist. Ist er. Ich gerate an den Rand der Panik, wenn ich darüber nachdenke, was das sein könnte. Ich hab solche Angst, dass ich kaum ein Auge zumache, und stehe auf, bevor mein Wecker klingelt. Die Kids schlafen noch, als ich runterlaufe, um Kaffee für mich und meine Mom zu kochen.

Sie kommt um kurz nach acht durch die Tür der Garage und umarmt mich. »Ich bin so froh, dass ihr wieder zu Hause seid. Wir haben euch so vermisst.«

»Ging uns genauso.« Ich schenke ihr eine Tasse Kaffee ein und gebe einen halben Teelöffel Zucker hinzu.

»Danke, Liebes. Also, wie war es? Die Fotos sahen ja toll aus.«

»Es war herrlich. Gages Schwiegereltern sind wunderbare Menschen. Sie haben sich wirklich gefreut, dass wir sie besucht haben.«

»War es unangenehm?«

»Nein, überhaupt nicht. Sie unterstützen ihn total und

freuen sich, dass es ihm so viel besser geht und er ein neues Kapitel aufschlägt.«

»Trotzdem … Ich kann mir kaum vorstellen, wie schwer das für sie sein muss.«

»Alles ist schwer nach so einer Tragödie, aber sie machen das Beste daraus. Sie waren so lieb zu den Kindern. Mimi hatte Tüten voller Geschenke für jedes von ihnen. Und sie hat mir erzählt, sie habe es genossen, mal wieder für Kinder einzukaufen.«

»Das ist wirklich lieb. Von einer Großmutter zur anderen hat sie mein aufrichtiges Mitgefühl.«

Ich blicke auf die Uhr. »Ich muss mich für meinen Termin anziehen. Die Kinder dürfen heute ausschlafen, sie waren gestern nach der Reise völlig kaputt.«

»Geh nur. Ich schau inzwischen die *Today*-Show.«

Als ich fertig bin, taucht Laney in meinem Zimmer auf, und ich hebe sie auf den Arm und trage sie runter, übergebe sie meiner Mutter, die das Frühstück beaufsichtigen wird. »Es sollte nicht lange dauern, Mom.«

»Lass dir Zeit«, sagt sie und kuschelt mit Laney. »Uns geht es prima.«

Ich fahre die kurze Strecke zur Praxis meiner Ärztin, versuche, nicht zu sehr zu grübeln und die Sorgen beiseitezuschieben, die mich fast die ganze Nacht wach gehalten haben. Ich hatte gehofft, ich würde heute Morgen vielleicht von Gage hören, doch bisher herrscht Funkstille, was mich traurig und sauer macht. Wie kann er mich so behandeln? Und sich selbst auch? Das zwischen uns war so gut, und jetzt ist er einfach abgetaucht? Alles nur wegen eines Knotens, der sich vermutlich als komplett harmlos herausstellt?

Ich finde es schwer, das zu begreifen.

Die Ärztin ist spät dran, und ich muss beinah eine halbe Stunde in einem dieser albernen Hemdchen allein im Untersuchungszimmer sitzen.

Es klopft kurz an der Tür, und sie tritt ein. Sie ist hübsch, hat hellbraunes Haar, braune Augen und makellose Haut. »Es tut mir furchtbar leid, dass Sie warten mussten.« Sie wäscht sich die Hände. »Um sechs Uhr heute Morgen habe ich geholfen, ein Baby auf die Welt zu holen, womit der Kleine meinen ganzen Terminplan auf den Kopf gestellt hat.«

»Kein Problem.« Was sind schon dreißig Minuten zusätzlich, wenn man darauf wartet, zu hören, ob man eine schreckliche Krankheit hat?

»Dann wollen wir mal sehen, was los ist.«

Ich lege mich hin und entblöße meinen Oberkörper. Sie tastet erst die eine und dann die andere Brust gründlich ab, und ihre Miene verrät nichts, bis sie zur ersten zurückkehrt und noch mal die Stelle untersucht, wo der Knoten ist.

»Da ist jedenfalls was, was da nicht hingehört.«

Mein Innerstes fällt in sich zusammen, ein Kartenturm aus Furcht und Panik.

»Das heißt nicht unbedingt, dass es etwas Schlimmes sein muss, also noch kein Grund, sich aufzuregen. Ich werde Sie zur Mammografie schicken und, falls das notwendig ist, auch zum Ultraschall.«

»Ich geb mir Mühe, keine ausgewachsene Panikattacke zu kriegen.«

»Panik wäre völlig fehl am Platze. Die nützt ohnehin nichts.« Sie tippt die Überweisung für die weiteren Untersuchungen in den Computer ein und erklärt mir, wo ich hinmuss. »Man erwartet Sie bereits.«

Ich versuche, nicht zu viel in ihre Formulierung hineinzulesen, dass ich dort »erwartet« werde, aber das ist schwer. Hat sie irgendwelche Kürzel auf dem Überweisungsschein notiert, die so was wie »dringend/möglicherweise Brustkrebs« oder so bedeuten? Ich bin derart verängstigt und durcheinander, dass ich mir in der Umkleidekabine vor der Mammografie kaum die Bluse aufknöpfen kann, daher streife ich sie mir kurzerhand über den Kopf. Ich ziehe mir den Kittel an und trete zu der Röntgenassistentin in das eiskalte Zimmer, wo sie sich ihren Lebensunterhalt damit verdient, anderen Frauen die Brüste einzuquetschen.

Da dies meine erste Mammografie ist, erläutert sie mir, was passieren wird, dass es unangenehm sein kann, jedoch nur wenige Minuten dauert und dass ich Bescheid sagen soll, falls es zu schmerzhaft wird.

Wunderbar. Jetzt bin ich noch gestresster als vorher.

Sie positioniert mich so, wie sie es braucht, wobei sie meine Brust behandelt, als sei es ein Stück Fleisch. Ich vermute, das macht sie hundert Mal am Tag und eine Brust ist so gut wie die andere für sie. Und es tut weh, nicht zu knapp. Ich habe Tränen in den Augen, als sie fertig ist, nur um dann zu erfahren, dass sie auch noch eine Seitenansicht haben möchte.

Wir wiederholen die ganze Prozedur auf der anderen Seite, und dann bittet sie mich, kurz zu warten, bis sie sich davon überzeugt hat, dass sie alle Aufnahmen hat, die sie benötigt. Ich warte gefühlt ewig, zittere vor Kälte beinah so sehr wie vor Angst. Werden diese Aufnahmen mein Leben für immer verändern?

Solche Angst wie jetzt hatte ich noch nie, selbst in den dunkelsten Tagen nach Mikes Tod nicht. Irgendwie wusste ich da, ich würde es schaffen, unsere Kinder allein großzuziehen, wenn es sein musste, aber das hier … Das schaffe ich nicht.

Sie kehrt mit einer anderen Frau zurück, die mich auf eine Art anlächelt, die mich nur weiter beunruhigt. »Bitte begleiten Sie mich, damit wir die Ultraschalluntersuchung durchführen können.«

Das heißt, dass sie etwas Besorgniserregendes entdeckt haben.

»Ich … äh …« Ich bin wie gelähmt. Ich könnte mich nicht rühren, selbst wenn mein Leben davon abhinge.

»Lassen Sie uns die Untersuchung abschließen, anstatt irgendwelche voreiligen Schlüsse zu ziehen, okay?«, sagt die zweite Frau in beruhigendem Tonfall.

Ich nicke, und es gelingt mir, aufzustehen und ihr in einen weiteren eiskalten Raum zu folgen. »Warum ist es hier eigentlich so kalt?«, erkundige ich mich, als sie mich auf dem Untersuchungstisch zurechtlegt.

»Wegen der Geräte.«

»Die Patienten erfrieren, doch die Geräte halten länger? Okay, ich verstehe.«

Sie lacht. »Wir sind Klagen gewohnt.« Sie zaubert eine Decke hervor, die sie über mich breitet, wofür ich ihr aufrichtig dankbar bin.

Die Ultraschalluntersuchung ist schmerzlos, dauert aber ewig, während beide Brüste Zentimeter für Zentimeter betrachtet werden. Als sie schließlich fertig ist, sagt sie: »Ich sehe zwei Bereiche, die mir nicht so recht gefallen. In jeder Brust einen.«

Lieber Gott, gerade als ich dachte, das hier könnte nicht schlimmer werden. »Was heißt das?«

»Ich würde empfehlen, dass wir an beiden Stellen eine Biopsie durchführen.«

»Ist … Heißt das … Ist es Krebs?«

»Ohne das Ergebnis der Biopsie können wir das nicht mit Sicherheit sagen. Geben Sie uns Ihre Einwilligung zur Gewebeentnahme?«

Ich möchte Nein sagen. Nein, verdammt noch mal. Ich bin mit überhaupt nichts einverstanden. Ich bin alleinerziehende Mutter von drei kleinen Kindern. Es ist einfach ausgeschlossen, dass ich Krebs habe. Das Schicksal kann unmöglich so grausam sein, oder?

»Iris?«

»Ja, ich gebe meine Einwilligung.«

Sie ruft weitere Mitarbeiter ins Zimmer, und sie beginnen sofort, mich für den Eingriff vorzubereiten.

»Wir setzen eine lokale Betäubung, sodass Sie praktisch nichts spüren werden, höchstens ein kleines Ziehen oder so, in Ordnung?«

»Äh, okay.« Ich zittere so heftig, dass ich mich frage, ob sie überhaupt imstande sein werden, irgendwas zu tun, ohne mich an der Liege zu fixieren.

Alle sind sehr geschäftsmäßig und effizient, als sei das keine große Sache, doch für mich ist es ein Riesending. Mein ganzes Leben hängt vom Ergebnis dieser Untersuchung ab, und ich kann mich kaum zusammenreißen, während sie die Proben entnehmen. Das »Ziehen« ist zwar nicht direkt schmerzhaft, aber definitiv unangenehm.

»Wir sind fertig«, erklärt die Verantwortliche aus dem Team, nachdem sie an beiden Seiten Gewebe entnommen haben. »Wir haben Marker gesetzt, um die Stellen sofort finden zu können, falls es nötig wird.«

»Wann erfahre ich das Ergebnis?«

»In ein paar Tagen.«

»Argh.« Wie soll ich das so lange aushalten? Wie soll ich funktionieren? Meinen Eltern kann ich es unmöglich erzählen, weil ich sie nicht unnötig beunruhigen will. Während ich mir den BH und die Bluse wieder anziehe, versuche ich, meine innere Ruhe zu finden, doch die ist nirgends zu erspüren. Vermutlich bleibt sie verschwunden, bis die Ergebnisse da sind.

Ich bin vor Angst und Verzweiflung wie betäubt, und ohne Gage, der mir versichert, dass alles gut wird, fühle ich mich elend und allein.

## Gage

NACH DEM UNFALL konnte ich nicht aufhören zu weinen, tagelang, bis meine Augen so geschmerzt haben wie mein Herz. In dieser ersten dunklen Zeit gab es Momente, in denen ich mich gefragt habe, ob ich wohl je wieder damit aufhören könnte. Schließlich sind die Tränen versiegt, und mir wurde klar, dass ich noch eine Menge Leben ohne meine Mädchen vor mir hatte.

Seit ich gestern von Iris weggefahren bin, sind die Tränen zurück, in der gleichen Intensität wie direkt nach der Tragödie. Mir fehlt Iris so sehr, dass es fast körperlich wehtut, was albern ist, schließlich bin ich aus eigenem Antrieb gegangen. Und ich fühle mich wie der größte Mistkerl, weil ich sie alleingelassen habe, während sie Angst davor hat, was der Knoten sein mag.

Was zur Hölle ist nur los mit mir? Gerade als ich mein Leben wieder auf die Spur bekommen habe und sich das mit Iris und den Kindern in eine so gute Richtung entwickelt hat, verliere ich die Nerven wegen eines Knotens in ihrer Brust? Ich hasse es, dass ich abgehauen bin. Ich hasse es, dass der dumme

Knoten so einen Rückschlag ausgelöst hat. Ich hasse es, dass ich so starr vor Angst davor bin, sie zu verlieren, dass ich lieber weggelaufen bin. Ich hasse alles an der Trauer und der Art und Weise, wie sie einen überfällt, gerade wenn es einem beinah gelungen ist, sich von einem Schicksalsschlag zu erholen.

Ich hasse alles daran, aber am allerallermeisten mich selbst, weil ich sie alleingelassen habe, als sie mich so sehr gebraucht hat.

Mein Handy klingelt, und auf dem Display erscheint Christys Nummer. Ich starre darauf, restlos verunsichert, doch dann reiße ich mich zusammen und nehme den Anruf an.

»Hey.«

»Selber hey.«

Schon an diesen beiden Worten kann ich erkennen, dass sie mit Iris gesprochen hat und genau weiß, was für ein verdammter Feigling ich bin.

»Alles in Ordnung?«, fragt sie.

»Nein.«

»Wie kann ich helfen?«

»Indem du mir erklärst, dass es Iris gut geht und sie mir vergeben wird, obwohl ich verschwunden bin, als sie mich am meisten gebraucht hat.«

»Das kann ich beides nicht. Jedenfalls nicht jetzt.«

»Hast du heute schon was von ihr gehört?«

»Nein, aber sie hatte heute Morgen ihren Arzttermin. Ich bin sicher, wir werden bald mehr erfahren.«

»Ich nicht. Wahrscheinlich ist sie fertig mit mir.«

»Nein, ist sie nicht.«

»Ich könnte es ihr nicht verübeln. Alles, woran ich während des gesamten Flugs nach Hause denken konnte, war, wie ich es überleben soll, sie ebenfalls zu verlieren.«

»War es leichter, sang- und klanglos zu verschwinden, als sich dem zu stellen, was auch immer ihr bevorsteht?«

»Zu der Zeit ja. Jetzt nein, bestimmt nicht.«

»Nichts, was du getan hast, kann nicht wiedergutgemacht werden, Gage.«

»Ich weiß nicht, ob ich das kann. Ich dachte, ich könnte es.

Iris hat mich glauben lassen, dass es möglich wäre, doch der Vorfall jetzt hat ja deutlich gezeigt, wie hoffnungslos vermurkst ich bin. Es wäre nicht fair, das ihr oder den Kindern zuzumuten.«

»Du bist nicht hoffnungslos vermurkst. Du bist vermutlich zu dicht dran, um den Fortschritt zu erkennen, aber ich sehe ihn. Als ich dich kennengelernt habe, warst du ganz anders als jetzt. Du hast kaum ein Wort gesagt. Deine Traurigkeit war das Erste, was alle wahrgenommen haben, wenn sie dich getroffen haben. Doch mit der Zeit hast du dich so toll entwickelt. In den letzten Wochen hast du gelacht, gelächelt, geliebt, Posts verfasst, dich eingebracht und andere Witwer und Witwen bei der Bewältigung ihrer Probleme unterstützt. Du bist unglaublich unfair meinem Freund Gage gegenüber, wenn du behauptest, du seist noch zu vermurkst, um das mit Iris hinzukriegen.«

Sie wird nie wissen, was mir diese Worte bedeuten. »Was verrät es über mich, dass ich in der Sekunde, in der sich eine mögliche Krise abzeichnet, alles hinschmeiße und einfach abhaue?«

»Das verrät über dich, dass du ihretwegen besorgt bist und um deinetwillen. Es verrät, dass du ein Mensch bist. Es verrät, dass nach dem, was du durchgemacht hast, dein erster Instinkt ist, dich vor allem zu verstecken, was dich erneut so verletzen könnte. Es heißt, dass du Iris so lieb gewonnen hast, dass der Gedanke, ihr könnte etwas passieren, dich auf deiner Trauerreise weit zurückwerfen kann. Es verrät all das und so viel mehr.«

»Sie ist mir so unglaublich wichtig. Ich liebe sie. Und die Kinder auch.«

»Das weiß ich, und das ist der Grund dafür, dass dich die Sorge um ihre Gesundheit so aus der Bahn geworfen hat.«

»Ich schaffe das nicht, Christie, aber ich schaffe es auch nicht, sie zu verlieren.«

»Du wirst dich entscheiden müssen, was schwerer wiegt: die Möglichkeit, dass sie tödlich erkrankt oder durch etwas anderes stirbt, oder der Verzicht auf die Chance, sie und die Kids zu lieben und dir ein Leben mit ihnen aufzubauen. Für mich sieht es so aus, als hättest du dich dafür entschieden, sie vorzeitig verloren zu geben, weil dir das leichter erscheint, als sie zu lieben.«

Ihre direkten Worte lassen die ganze Situation verblüffend klar werden. Ich kann entweder solche Angst davor haben, Iris an irgendeine Tragödie zu verlieren, dass ich sie ohnehin verliere, oder ich kann sie lieben und mir ein gemeinsames Leben mit ihr und den Kindern schaffen. Christy hat recht. Beides gleichzeitig kann ich nicht haben.

»Du hast mir sehr geholfen. Danke.«

»Gerne. Darf ich noch eine Sache hinzufügen?«

»Sicher.«

»Mir hat gefallen, wie gut dir Glück steht. Das schenkt mir die Hoffnung, dass ich vielleicht eines Tages auch das finden werde, was du mit Iris hast. Es wäre schrecklich, wenn du sie verlieren würdest und damit gleichzeitig den hart errungenen Fortschritt, der es überhaupt erst ermöglicht hat, dass du dich in sie verliebt hast.«

»Das empfinde ich genauso.«

»Wir müssen alle irgendwann sterben, Gage. Manche von uns früher, als wir sollten. Wir konnten aus nächster Nähe miterleben, wie das ist, und es ist nur natürlich, dass wir eine Wiederholung davon unter allen Umständen vermeiden wollen. Trotzdem darf man nicht solche Angst vor Verlust haben, dass man vergisst, den Rest Leben, der einem noch bleibt, zu genießen, weißt du?«

»Ja. Und du hast recht. Wenn ich mich entscheiden muss, dann wähle ich sie, jeden Tag, egal was ist.«

»Dann musst du ihr das sagen und ihr erklären, dass du nur deswegen weggelaufen bist, weil du sie zu sehr liebst, um den Gedanken zu ertragen, dass ihr etwas zustoßen könnte. Das wird sie verstehen. Wie auch nicht? Schließlich hat sie es ja selbst erlebt. Sie weiß es.«

»Okay, das mach ich. Vielen Dank. Das war genau das, was ich hören musste.« An irgendeinem Punkt während des Gesprächs mit Christy sind meine Tränen versiegt, und ich spüre neue Entschlossenheit. Ich brauche Iris und ihre Kinder in meinem Leben. Ich brauche die Hoffnung, die Freude und das

Glück, die sie mir geschenkt haben, um das durchzustehen, was auch immer als Nächstes kommt, selbst wenn das der Kampf um Iris' Gesundheit, um ihr Leben ist. Ich werde für sie da sein, und das muss ich ihr sagen.

So bald wie möglich.

## 27

**Iris**

*I*ch bin mir nicht ganz sicher, wie es mir gelungen ist, mich nach meiner Rückkehr mit meiner Mutter zu unterhalten, ohne mir etwas anmerken zu lassen, oder den Rest dieses sehr langen Tages mit den Kindern durchzustehen. Jede Minute fühlt sich wie eine Stunde an.

Als die drei endlich im Bett sind, gieße ich mir ein großes Glas Wein ein, das ich in einem Zug leere, ehe ich mir sofort nachschenke. Ich wünschte, ich hätte etwas Stärkeres im Haus, aber das ganze gute Zeug haben wir bei der Weihnachtsparty der Wilden Witwen ausgetrunken. Also bleibt mir nur der Weißwein. Ich stehe an der Kücheninsel, starre in den dunklen Garten und nippe an meinem Wein, während ich versuche, an nichts anderes zu denken als daran, diese Minute und die jeweils nächste hinter mich zu bringen, bis ich von meiner Ärztin höre.

Falls ich länger als einen oder zwei Tage warten muss, werde ich definitiv verrückt.

Glücklicherweise gehen die Kinder morgen wieder in die Schule. Dann kann ich mich irgendwo zusammenrollen, bis ich den Anruf erhalte.

Meine Gedanken wandern zu Kinsley und ihrem Ehemann Rory, der mit achtunddreißig an Bauchspeicheldrüsenkrebs gestorben ist, zu Naomi, die ihren Verlobten David nach zwei brutalen Jahren an Lymphdrüsenkrebs verloren hat, und zu Wynter, deren junger Ehemann Jaden Knochenkrebs hatte. Sie alle standen einmal an genau dem Punkt, an dem ich mich jetzt befinde, haben darauf gewartet, Untersuchungsergebnisse zu erfahren, die ihr Leben vielleicht für immer verändern würden. Ich könnte mich an jede von ihnen wenden, sie fragen, wie man mit der quälenden Wartezeit am besten umgeht, doch es kommt mir egoistisch vor, von ihnen zu verlangen, ihr Trauma um meinetwillen erneut zu durchleben.

Jede von ihnen würde das für mich tun, da bin ich mir sicher. Aber ich bringe es nicht über mich, sie darum zu bitten. Es ist erschütternd, wenn man sich klarmacht, dass jeden Tag Tausende Leute rund um die Welt darauf warten, zu erfahren, ob sie Krebs oder irgendeine andere schreckliche Krankheit haben.

*Wie ist es heute gelaufen?*, erkundigt sich Christy in einer Textnachricht.

*Mammografie, Ultraschall, Biopsie an zwei Stellen, eine auf jeder Seite. Jetzt warte ich.*

*O Mann, das Warten ist das Schlimmste. Ich werde dich nicht mit abgedroschenen Phrasen abspeisen oder dir sagen, dass schon alles gut wird. Ich sage dir nur, dass ich dich liebe und darum bete, dass du möglichst schnell die Nachrichten erhältst, die du hören willst.*

*Danke. Vermutlich werde ich verrückt, bevor ich irgendwas erfahre.*

*Ich weiß, wie schwierig es ist, sich nicht das Schlimmste auszumalen, doch versuch das nicht zu tun, bis es nicht mehr anders geht, was vielleicht nie der Fall sein wird.*

*Ich versuch's. Das ist leider schwerer, als man denken sollte.*

*Möchtest du, dass ich rüberkomme?*

*Nein, ist schon in Ordnung. Aber danke, dass du es anbietest. Ich hab dich lieb.*

*Gleichfalls. Ruf mich an, wenn du irgendwas brauchst, auch mitten in der Nacht.*

*Xoxo.*

Ich will mein Handy gerade zur Seite legen und mich wieder zusammenrollen, als es summt. Adrian hat eine Gruppen-Nachricht an mich, Gage, Roni, Derek, Christy und Joy geschickt.

*Ich wende mich an einen kleinen Sektor der kollektiven Intelligenz, weil ich entscheiden muss, ob ich Wynter auf Xavier aufpassen lassen soll, wenn ich wieder arbeite. Sie möchte es gerne, und ihr wisst, dass ich sie wirklich gernhabe. Das tun wir alle – und sie geht großartig mit ihm um. Trotzdem ist da etwas, das mich zögern lässt, wobei ich nicht genau sagen kann, was eigentlich. Daher möchte ich eure Meinung hören, denn ihr seid die klügsten Leute, die ich kenne. Außerdem befürchte ich, dass es sie emotional zurückwerfen wird, wenn ich ihr Angebot ablehne, und ich hasse den Gedanken, der Grund dafür zu sein. Hilfe! Was soll ich tun?*

Joy reagiert als Erste. *Dazu habe ich mehrere Dinge zu sagen. Erst mal bist du nicht für ihre emotionale Stabilität verantwortlich, also vergiss das ganz schnell wieder. Deine einzige Überlegung sollte sein, was das Beste für deinen Sohn ist. Nachdem ich das losgeworden bin: Ich habe sie mit ihm beobachtet und bin ganz deiner Meinung, dass sie ihn liebt, gut mit ihm umgehen kann, und er liebt sie auch. Dein Zögern ist vermutlich dem Umstand geschuldet, dass Wynters Verhalten manchmal ein wenig unvorhersehbar ist, aber ich habe nicht den geringsten Zweifel, dass Xavier bei ihr bestens aufgehoben ist. Ich hoffe, das hilft ein wenig.*

Als Nächstes meldet sich Derek. *Ich stimme Joy in allen Punkten zu. Vielleicht könntest du es erst mal mit einer Probezeit von ein oder zwei Monaten versuchen, sodass du die Möglichkeit hast, es zu beenden, wenn es nicht funktioniert? Ich würde auch vorschlagen, dass ihr irgendeine Art von schriftlichem Vertrag aufsetzt, in dem die Erwartungen auf beiden Seiten möglichst genau festgehalten sind. Dann sollte eure Freundschaft das überstehen, falls es mit ihr als Nanny nicht klappt.*

*Von Rechts wegen hätte das die Anwältin vorschlagen müssen,* schreibt Joy. *Ich bin da ganz bei Derek.*

*Es ist eine wichtige Entscheidung, wem man sein Kind anvertraut,* schaltet sich Roni ein. *Du solltest tun, was immer sich richtig für Xavier und für dich anfühlt, und dich nicht mit*

*Grübeleien darüber aufhalten, ob du jemandes Gefühle verletzt. Damit als Vorrede: Ich liebe Wynter und glaube, sie wäre eine tolle Nanny für Xavier. Aber es zählt allein, was du dabei empfindest.*

Ich lese all ihre Antworten mehrmals durch, bevor ich meine tippe. *Ich bin mir nicht sicher, was ich den guten Vorschlägen noch hinzufügen soll, außer dass du Xavier ein wundervoller Vater bist, Adrian. Schon dass du uns nach unserer Meinung fragst, beweist, wie sorgfältig und umsichtig du bei allem bist, was ihn betrifft. Schließlich könntest du ja eine professionelle Nanny anheuern, die vermutlich alles Wichtige über Babys und ihre Entwicklungsphasen usw. weiß. Doch diese Nanny würde Xavier nicht so lieben, wie Wynter das jetzt schon tut. Nur um das auch noch mal zu bedenken zu geben …*

Ich warte und hoffe darauf, dass Gage sich ebenfalls zu Wort meldet, aber das tut er nicht.

*Ich wusste, dass ihr mir wichtige Einsichten liefern würdet,* schreibt Adrian. *Mir gefällt die Idee einer Probezeit und eines schriftlichen Vertrags, und ihr habt recht – Wynter liebt ihn schon jetzt, was absolut für sie spricht. Das ist alles so schwierig! Ihr Eltern da draußen, bitte versichert mir, dass es einfacher wird!*

Christy antwortet mit: *Haha. Ob du es glaubst oder nicht, wenn sie noch so klein sind, ist es am einfachsten, also genieß es, bevor es wirklich heftig wird.*

*Was sie gesagt hat,* erwidere ich und benutze das »Pfeil nach oben«-Symbol, um auf Christys Worte zu zeigen.

*Verdammt, das ist nicht das, was ich hören wollte,* erklärt Adrian. *LOL. Danke für die Warnung.*

*Es wird auch leichter,* füge ich hinzu, nur damit er nicht total durchdreht. *Wenn sie erst allein essen und duschen können, sich selbst anziehen usw. Natürlich sprechen sie zu dem Zeitpunkt dann schon, was ganz neue Herausforderungen mit sich bringt. Haha.*

*LOL,* schreibt Adrian. *Gut zu wissen. Ich bin echt dankbar, dass ich euch in meinem Leben habe, sodass ihr mir bei diesem ganzen Zeug helfen könnt. Sadie müsste nicht lange nachdenken, was das Richtige ist, aber ich bin schockstarr wie ein Reh im Scheinwerferlicht, während ich das zu entscheiden versuche.*

*Kein Grund zur Sorge, du kriegst das super hin*, beruhigt ihn Derek. *Mach einfach so weiter wie bisher. Das wird schon.*

*Danke noch mal, Leute. Ich werde Wynter fragen, ob sie sich morgen mit mir auf einen Kaffee treffen kann. Ich halte euch auf dem Laufenden.*

*Ich drück euch die Daumen*, schreibt Joy.

*Danke*, meint Adrian. *Ihr hört von mir.*

Über meiner Unterhaltung mit Christy und dem Gruppen-Chat mit Adrian habe ich eine Stunde rumgebracht, in der ich mich sonst vermutlich verrückt gemacht hätte. Wieder einmal haben mich die Wilden Witwen gerettet. Da ich mich ohnehin schon sehr verletzlich fühle und verzweifelt etwas brauche, was mir hilft, die Nacht zu überstehen, die endlos zu werden droht, beschließe ich, mich ins Mikes Büro zu wagen und damit anzufangen, es auszuräumen, damit ich den Raum in Zukunft wieder nutzen kann.

Seine Kleidung ist schon länger gespendet, wobei wir für jedes der Kinder ein besonderes Stück zurückbehalten haben, doch von diesem Zimmer habe ich mich mehr oder weniger ferngehalten, weil ich wusste, dass das das Schwierigste sein würde. Er hat es immer seine »Bürohöhle« genannt und dort alles aufbewahrt, was ihm wichtig war. Von den Flugzeugmodellen auf den Regalen über die gerahmten Zertifikate an den Wänden, die seine Karriere als Pilot dokumentieren, bis hin zu dem schwachen Geruch des Aftershaves, das er sein gesamtes Erwachsenenleben lang benutzt hat, scheint Mike hier sehr präsent zu sein, was der Grund ist, weshalb ich den Raum bisher gemieden habe.

Bereits seit einiger Zeit hab ich begonnen, Kisten hier reinzustellen, weil ich wusste, dass ich mich irgendwann damit würde befassen müssen. Heute Abend fühlt es sich richtig an, weil ich im Moment dringend Ablenkung brauche. Ich fange mit dem Aktenschrank an und fülle Müllsäcke mit Tonnen von Unterlagen, die geschreddert werden müssen. Warum hat er jede einzelne Rechnung aufbewahrt, die er je bezahlt hat? Ich werfe nur einen flüchtigen Blick drauf, ehe ich alles in den Sack stopfe. Ich entsorge Notizbücher aus dem College und vom

Pilotentraining, alte Lehrbücher und überholte Vorschriften der Luftfahrtbehörde.

Als ich mit dem Aktenschrank fertig bin, wende ich mich dem Schreibtisch zu, gehe jede Schublade durch, sortiere die Dinge, die ich behalten will, zu Stapeln, während ich weitere Müllsäcke fülle. Mike war ein Messie. Das wusste ich zwar schon vorher, doch sein Büro legt noch mal beredt Zeugnis davon ab.

Da entdecke ich eine Karte mit einer Blume darauf und öffne sie.

*Mike, ich werde Dir nie angemessen sagen können, wie viel mir unsere gemeinsame Zeit bedeutet hat. Es tut mir leid, dass es enden muss, aber ich verstehe das. Wenn Du jemals zurück nach Boise kommst, weißt Du, wo Du mich findest. Ich liebe Dich. Kelly.*

Was zur Hölle? Wer ist Kelly? Eigentlich kenne ich die Namen all seiner Ex-Freundinnen, und da gab es keine Kelly. Wenn ich einen Beweis wollte, dass die Affäre mit Eleanor nicht die einzige war, die er hatte, dann halte ich ihn jetzt in den Händen.

»Wie konntest du mir das antun?«, frage ich laut. »Du widerlicher Mistkerl.« Ich zerreiße die Karte in lauter Schnipsel und werfe sie in den Müll.

Ganz am Anfang, nachdem ich ihn verloren hatte, hätte ich mir niemals vorstellen können, dass es mal einen Tag geben würde, an dem ich ihn aufrichtig hasse. Doch nun ist er da. Er war ein Lügner, ein mieser Schuft, der die Rolle des liebevollen Ehemanns und Vaters gespielt hat, wenn er zu Hause war. In der Minute, in der er das Haus verlassen hat, hat er sich in jemand ganz anderen verwandelt.

Ich starre auf das gerahmte Foto von uns fünf, das auf der Ecke des Schreibtischs steht, sage ihm, was ich wirklich denke. »Ich hasse dich. Ich hasse dich für das Chaos, das du hinterlassen hast, und dafür, dass ich unseren Kindern eines Tages erklären muss, warum du einen weiteren Sohn hast. Du verlogenes, treuloses Schwein.«

Hey, wenigstens weine ich mir nicht die Augen aus über das Ende meiner sogenannten Beziehung mit Gage oder weil ich möglicherweise Brustkrebs habe. Darüber muss ich lachen, bis mir die Tränen kommen.

Mein Telefon meldet sich mit einer Nachricht von Gage. *Ich stehe vor der Tür. Können wir reden?*

Am liebsten würde ich ihm sagen, er solle verschwinden und mich in Ruhe lassen, aber mir ist bewusst, dass ich gerade dabei bin, meine Wut und meinen Hass auf Mike auf Gage zu übertragen, was nicht fair ist.

*Komm rein. Ich bin im Büro.*

Den Code für das Nummernpad an meiner Haustür habe ich ihm schon vor Wochen gegeben, als ich dachte, wir steuerten auf etwas Dauerhaftes zu. Jetzt habe ich keine Ahnung, was das mit uns beiden ist. Alles, was ich weiß, ist: Als es hart auf hart kam, ist er einfach verschwunden, und das darf nicht wieder passieren. Vor allem wenn ich wirklich Krebs habe.

Wenige Augenblicke später steht er in der Tür und mustert das Chaos, das ich in dem früher so ordentlich aufgeräumten Raum angerichtet habe.

»Es war an der Zeit«, erkläre ich und zucke die Achseln, als wäre es keine große Sache, auch wenn das nicht stimmt. Im Moment ist alles eine große Sache, und ich wünsche mir die Zeit zurück, als die wichtigste Frage meines Tages war, was es zum Abendessen geben sollte. Wie seltsam mir das jetzt erscheint. »Ich habe den Beweis für eine weitere Affäre gefunden. Wie es aussieht, war mein lieber Ehemann sehr beschäftigt.«

»Solltest du das gerade jetzt tun?«

»Es ist besser, als zusammengerollt in der Ecke zu liegen und auf die Ergebnisse der Biopsie zu warten.«

»Du hattest eine Biopsie?«

»Zwei. Auf jeder Seite eine.« Während ich ihm antworte, sortiere ich einen weiteren Haufen Papiere.

Gage kommt durch den Raum zu mir und bleibt ungelenk neben dem Schreibtisch stehen. »Konnten sie dir schon irgendwas sagen?«

»Nein. Die Ergebnisse werden in ein paar Tagen da sein, die sich allerdings wie eine Ewigkeit anfühlen. Darum das Büroprojekt. Das ist etwas, womit ich die Zeit totschlagen kann.« Ich weigere mich, ihn anzusehen, aus Angst, dass ich dann den letzten Rest meiner Fassung verliere.

»Denkst du, du könntest eine Pause einlegen, damit wir uns unterhalten können?«

»Wenn ich eine Pause einlege, fang ich an zu denken, und das will ich auf keinen Fall.« Die große unterste Schublade ist vollgestopft mit weiteren Papieren. Ich ziehe einen Stapel davon heraus und lege ihn auf den Schreibtisch.

»Bitte, Iris. Ich muss mit dir reden.«

»Tja, Pech für dich.« Ich blicke zum ersten Mal zu ihm hoch, und ich bin mir sicher, dass meine Augen vor Wut blitzen. »Ich wollte gestern Abend mit dir reden, doch du bist einfach abgehauen, und heute musste ich die angsteinflößendste Sache in meinem Leben ganz allein durchstehen. Also tut mir leid, dass mir jetzt gerade nicht nach Reden ist. Ich muss das hier machen, damit ich nicht komplett durchdrehe, während mich innerlich die Sorge zerreißt, was aus meinen Kindern wird, falls ich an Krebs sterbe.«

»Um deine Kinder kümmere ich mich.«

Das entlockt mir ein bitter klingendes Lachen. »Das sagst du jetzt. Nur kann ich mich wirklich darauf verlassen, dass du für sie und für mich da sein wirst, wenn es hart auf hart kommt? Das weiß ich nämlich nicht mehr.«

»Ich hatte einen Panikanfall. Meine Reaktion tut mir ehrlich leid, aber inzwischen hab ich das überwunden.«

»Gut, super, fantastisch. Das freut mich für dich.«

»Ich bereue zutiefst, dass ich meinem ersten Impuls gefolgt und gegangen bin. Das hätte ich nicht tun dürfen.«

»Nein, bestimmt nicht. Was, wenn wir einen Knoten in einem deiner Hoden gefunden hätten? Wo, glaubst du, wäre ich gewesen, während du das hättest untersuchen lassen? Und PS: Ich habe meinen Ehemann verloren, also erzähl mir nicht, dass ich die Angst nicht verstehe.«

»Du hast hundertprozentig recht, und ich habe Riesenmist gebaut. Das gebe ich zu, und es tut mir so leid, dass ich in der Stunde der Not abgehauen bin. Ich hasse mich selbst dafür.«

»Ich hasse dich genug für uns beide.«

»Autsch.«

»Was hast du denn gedacht, wie ich reagiere? ›Oh, ich bin dir so dankbar, dass du zurückgekommen bist, Gage. Das macht mich ja so glücklich.‹ Hast du gedacht, so läuft das? Lass dir eines klipp und klar sagen, was ich in meiner Zeit als Witwe gelernt habe: Ich habe absolut keine Toleranz mehr für Bullshit.«

»Das verstehe ich, und ich verdiene deine Wut, deine Vorwürfe und mehr. Fünf Minuten nachdem ich von hier weggefahren war, habe ich es schon bereut.«

»Und doch hat es über vierundzwanzig Stunden gedauert, während derer ich die Hölle durchgemacht habe, bis du wieder hergefunden hast? Es fällt mir schwer, Mitleid mit dir zu haben.«

»Ich will dich nicht verlieren. Ich liebe dich.«

»Das weiß ich. Ich weiß auch, dass die Angst um mich bei dir Panik auslöst. Bloß gibt dir das alles nicht das Recht, dich einfach zu verdrücken, wenn ich dich am meisten brauche.«

»Ich pflichte dir in allen Punkten bei. Und ich habe keine Entschuldigung für mein Verhalten, außer meinen schlimmen Erfahrungen in der Vergangenheit.«

Ich kann nicht anders: Dass er zugibt, kompletten Mist gebaut zu haben, stimmt mich etwas milder ihm gegenüber.

Er kommt um den Schreibtisch herum, lehnt sich gegen die Tischkante und schaut mich an.

»Du siehst furchtbar aus.«

»Ich hab seit Florida nicht mehr geschlafen.« Er streckt mir eine Hand hin.

Ich starre sie einen Moment lang an, bevor ich sie ergreife. Ich kann nicht abstreiten, dass mich ein enormes Gefühl der Erleichterung durchströmt, weil ich wieder mit ihm zusammen bin.

»Ich will für dich da sein und für die Kinder, egal, was passiert.«

»Ich muss wissen, dass ich mich auf dich verlassen kann.

Wenn das zu viel verlangt ist, geh bitte, und komm nicht wieder.«

»Das ist nicht zu viel verlangt.«

Ich blicke wieder zu ihm, dieses Mal mit Tränen in den Augen. »Ich habe Angst.«

Er fasst nach mir, und ich stehe auf, sodass er seine starken Arme um mich legen kann. »Ich auch.«

Ich bin ihm dankbar, dass er mir nicht mit irgendwelchen Plattitüden kommt, obwohl ich vorher geglaubt habe, das würde mir helfen. Mir ist es lieber, dass er genauso viel Angst hat wie ich.

»Was fange ich nur an, wenn es wirklich Krebs ist?«

Er drückt mich fester. »Wir werden es mit allen uns zur Verfügung stehenden Mitteln bekämpfen, bis du wieder ganz gesund bist.«

»*Wir* werden kämpfen?«

»Ja, das werden wir – du und ich.«

»Was, wenn es trotzdem nicht gut ausgeht?«

»Ich werde immer für dich da sein, egal was ist. Und falls das Schlimmste eintritt, werde ich deine Kinder großziehen. Das verspreche ich dir.«

»Wenn du mir dieses Versprechen gibst, Gage, und wenn ich dich wieder in mein Leben lasse, musst du es auch halten.«

»Absolut. Das schwöre ich bei Gott und beim Gedenken an Nat und meine Mädchen. Ich werde für dich und die Kinder da sein.«

Weil das alles ist, was ich erwarten kann, beschließe ich, ihm zu glauben.

---

GAGE HÄLT mich die ganze Nacht im Arm, was der einzige Grund ist, warum ich überhaupt ein Auge zumache. Ich wache vor dem Wecker auf und winde mich aus seiner Umarmung, um zu duschen, bevor die Kinder aufstehen. Ich stehe unter dem warmen Wasser, als Gage mit einem Becher Kaffee für mich auftaucht. Als ich mich zur Glastür wende, um einen

Schluck Kaffee zu nehmen, wandert sein Blick zu den blauen Flecken auf meinen Brüsten.

»Tut es weh?«

»Nein.«

»Hat es wehgetan, als es gemacht wurde?«

»Ein bisschen. War aber nicht schlimm.« Ich nehme einen Schluck aus dem Becher und reiche ihn zurück. »Danke.«

»Hättest du gern etwas Gesellschaft da drin?«

»Unbedingt.«

Als er in die Dusche tritt und die Arme von hinten um mich legt, muss ich an Florida denken, wo wir das letzte Mal zusammen geduscht haben. Das scheint ewig her zu sein. Nichts an letzter Nacht oder an diesem Morgen ist irgendwie sexuell aufgeladen. Es hat allein mit Trost zu tun, den ich mehr als alles andere brauche, während ich auf die alles entscheidende Nachricht warte.

Ich habe mich an das Leben als alleinerziehende Witwe gewöhnt. Ich weiß, was jeden Tag von mir erwartet wird. Ich komme damit klar, dass ich der einzige Elternteil für meine Kinder bin, und ich weiß, wie ich ihren Bedürfnissen einigermaßen gerecht werde. Am Anfang war das das Schwierigste: ganz allein für drei kleine Menschen verantwortlich zu sein. Wobei ich nie ganz allein war, weil meine Eltern in der Nähe wohnen und ich ein dicht geknüpftes Netzwerk von Freunden habe, die stets gerne bereit waren, mir nach Kräften zu helfen.

Ich hab das alles auf die Reihe gekriegt, aber würde ich zusätzlich zu alldem auch noch den Kampf gegen Krebs schaffen? Ich weiß es nicht. Vermutlich werde ich wie bei der Verwitwung keine Wahl haben, als mich dem zu stellen, was immer das Schicksal für mich bereithält, obwohl ich wirklich sehr hoffe, dass es nicht so weit kommt.

»Wie fühlst du dich heute Morgen?«

»Nervös, panisch, gestresst. Ansonsten gut.«

Ich kann spüren, wie sich seine Lippen an meinem Nacken zu einem Lächeln verziehen. »Du bist die toughste Person, die ich kenne, Iris. Was auch immer geschehen mag, wenn irgendjemand das durchstehen kann, dann du.«

»Ich wünschte, ich wäre mir da ebenfalls so sicher.«

»Wann immer dich Zweifel quälen, wende dich an mich. Ich werde dich daran erinnern, dass du mit allem fertigwirst, egal um was es sich handelt.«

»Bist du tatsächlich für immer hier?«

»Wenn du mich haben willst.«

Ich drücke seine Hand, die er auf meinen Bauch gelegt hat. »Will ich.«

»Mom! Zeit, aufzustehen!« Tyler kommt ins Badezimmer gestürmt und bleibt schlitternd stehen, als uns in der Dusche entdeckt.

»Verdammt«, murmelt Gage.

»Beeilt euch«, ruft Tyler, dreht sich um und rennt aus dem Raum, vermutlich um die Bilder aus seinem Kopf zu löschen, zur Not gewaltsam.

»Wenigstens hatten wir keinen Sex«, sage ich, und Gage lacht.

»Wird er das problemlos verkraften?«

»Bestimmt. Schließlich sind sie inzwischen an deine Anwesenheit hier gewöhnt, aber ich glaube, es ist an der Zeit, ihnen zu erzählen, dass du bei uns einziehen willst, und mal zu hören, was sie davon halten. Das willst du immer noch, oder?«

»Auf jeden Fall.«

»Also gut. Dann lass uns mal mit den Kindern sprechen.«

## 28

### Gage

Weil ich nicht weiß, was die Kinder davon halten werden, bin ich nervös, vor allem jetzt, da Tyler uns in der Dusche erwischt hat. Als ich angezogen bin, gehe ich zu ihm. Er ist schon für die Schule fertig und sitzt in seinem Zimmer auf dem Boden zwischen seinen Lieblings-Lkws und - Autos.

»Hey, Kumpel, bist du bereit fürs Frühstück?«

Er nickt, sieht mich aber nicht an. Ich hocke mich zu ihm. »Ich möchte, dass du weißt, ich liebe eure Mom sehr, genau wie dich und deine Schwestern.« Ich habe lange darüber nachgedacht, was ich ihm sagen soll, und hab entschieden, dass das das Wichtigste ist.

»Wirst du meine Mom heiraten?«

»Vielleicht eines Tages. Darüber sprechen wir noch nicht, doch wir reden darüber, dass wir fünf eine Familie sein wollen. Wie fändest du das?«

Er denkt eine Weile darüber nach, und ich kann an seiner Miene ablesen, dass er das nicht leichtnimmt. »Das wäre schon cool«, erklärt er nach ungefähr einer Minute. »Würdest du bei meiner Mom im Zimmer schlafen?«

»Ja, das würde ich.«

»Da hat mein Vater auch immer geschlafen.«

»Ja, und ich will, dass du weißt, ich werde nie versuchen, seinen Platz bei dir oder deinen Schwestern einzunehmen. Er ist dein Dad. Aber ich wäre liebend gern dein Freund, wenn du das möchtest.«

»Das bist du schon. Schon ganz lange.«

»Und *du* bist *mein* Freund.« Ich halte ihm meine Hand hin. »Schlag ein.«

Er lächelt, ergreift meine Hand und schüttelt sie.

»Du solltest immer Blickkontakt mit demjenigen aufnehmen, dem du gerade die Hand gibst. Auf diese Weise merken die andern, dass es dir ernst ist.«

Er schaut mir in die Augen, und mein Herz vollführt einen kleinen Salto, als ich die Liebe und das Vertrauen darin sehe. »Bitte verletz meine Mommy nicht. Sie ist die beste Mommy der Welt.«

»Das würde ich nie tun, Kumpel. Ich verspreche, ich werde mich so gut wie nur irgend möglich um sie und um euch kümmern.«

»Okay. Ich hätte gern Pancakes.«

Er steht auf und läuft voraus, lässt mich aufgewühlt von seiner Unschuld und Ernsthaftigkeit und dem Staunen über alles zurück. Sein Vater, meine Frau und die Mädchen mussten sterben, um das zwischen uns zu ermöglichen. Diese Beziehung und diese Momente des Glücks unter der ganzen Trauer sind einfach erstaunlich.

Ich folge ihm die Treppe runter in die Küche, wo das Frühstück in vollem Gange ist.

Iris sieht mich an, als wolle sie fragen, wie es mit Tyler gelaufen ist.

Ich hebe den Daumen.

In ihrem Lächeln spiegelt sich ihre Erleichterung wider.

»Also, Leute«, verkündet sie, »wie fändet ihr es, wenn Mr Gage hier bei uns leben würde?«

»Ja!« Laney unterstreicht ihren Ausruf mit einer gereckten Faust.

»Das wäre schön«, erklärt Sophia mit einem kleinen Lächeln für mich.

»Finde ich cool«, meint Tyler.

»Danke, Leute«, erwidere ich, und mir ist die Kehle ganz eng von den Gefühlen, die in mir aufwallen. »Ich liebe es wirklich, hier bei euch zu sein.«

»Wirst du unser neuer Daddy?«, will Sophia wissen.

Ihre schüchterne Frage trifft mich direkt ins Herz. »Ich kann euren Dad nicht ersetzen, Süße, aber ich möchte für euch da sein, für alles, wofür ihr mich gerne hättet.«

»Okay.«

Ich sehe, dass sich Iris eine Träne aus dem Augenwinkel wischt.

Jedes der Kinder umarmt mich, bevor sie mit ihrer Mom zur Schule aufbrechen. Ich bin erleichtert darüber, wie gut es gelaufen ist, und Iris geht es vermutlich ähnlich. Ich beginne, das Chaos in der Küche zu beseitigen und den Abwasch vom Frühstück zu erledigen. Als sie zurückkommt, ist überall klar Schiff, außerdem habe ich frischen Kaffee gekocht.

»Oh, wow«, bemerkt sie, während sie die blitzblank aufgeräumte Küche betrachtet. »Kann man dich anheuern?«

»Im Moment bin ich ohnehin arbeitslos, daher biete mir was an.«

»Ich bin mir nicht sicher, ob ich mir deine Dienste leisten kann.«

»Es gibt mehr als eine Möglichkeit, wie du mich entlohnen kannst.«

»Reden wir über Geld?«

»Nein.« Ich winke sie mit einem Zeigefinger zu mir. »Komm her.«

Als sie direkt vor mir steht, hebe ich ihr Kinn für einen Kuss an. »So. Das ist die Bezahlung für den Abwasch.« Ich küsse sie erneut. »Das deckt das Abwischen der Arbeitsflächen und des Tisches ab.« Nach einem weiteren Kuss sage ich: »Und das reicht für das Aufräumen der Legosteine im Wohnzimmer.«

»Du bist ein günstiges Zimmermädchen.«

»Die großen Dinge sind deutlich teurer. Schneeschippen

zum Beispiel kostet einen Blowjob. Da gibt es keinen Verhandlungsspielraum.«

Darüber lacht sie wie in unserem Urlaub, als alles unbeschwert und lustig war.

»Gut zu wissen. Dann halte ich mich mal für die Schneetage bereit.«

»Poolpflege hat den gleichen Preis, wohingegen Staubsaugen mit einem Kuss ausreichend vergolten ist.«

»Gibt es eine Preisliste, damit ich das bei Bedarf nachlesen kann?«, fragt sie.

»Ich mach dir eine Exceltabelle.«

»Wage es nicht, das irgendwo schriftlich festzuhalten.« Ihre Augen funkeln fröhlich, doch das ist jäh vorbei, als das Telefon klingelt. »O Gott, das ist meine Ärztin.«

»Dann geh schnell ran. Finde heraus, womit du es zu tun hast, dann sehen wir weiter. Und vergiss nicht: Ich liebe dich.«

Sie nickt und lässt das Handy fast fallen, als sie auf den grünen Button drückt und das Gespräch gleich laut stellt. »Hallo?«

»Hallo, Iris, hier ist Dr. Jenkins.«

Es jagt mir eine Heidenangst ein, dass die Ärztin persönlich anruft, aber das behalte ich für mich.

»Ich habe Ihre Ergebnisse, und es gibt gute Neuigkeiten, allerdings auch ein bisschen was nicht so Gutes. Wir haben auf der rechten Seite eine kleine Stelle entdeckt, die eine Vorstufe von Krebs ist. Es ist im frühesten Stadium festgestellt worden, was der günstigste Zeitpunkt ist. Die zweite Biopsie war negativ, was großartig ist.«

»Also ... Okay. Was muss wegen der Krebsvorstufe unternommen werden?«

»Die Onkologin wird vermutlich eine Lumpektomie vorschlagen, gefolgt von einer kurzen Bestrahlungstherapie, um das Risiko zu verringern, dass es später noch einmal auftritt. Danach werden Sie regelmäßig und engmaschig zur Mammografie und zur Ultraschalluntersuchung kommen müssen. Dass der Knoten jetzt schon gefunden wurde, hat Sie aller Wahrscheinlichkeit nach vor Schlimmerem bewahrt.«

Die Ärztin teilt ihr mit, dass ein Termin mit der Onkologin in zwei Tagen vereinbart ist und wir danach mehr wissen werden.

»Mir ist klar, es ist nicht leicht, das zu verarbeiten, Iris, aber es besteht wirklich kein Grund zur Panik. Versuchen Sie es so zu betrachten wie die Entfernung eines verdächtigen Muttermals, ehe was Bösartiges daraus wird. Und die anschließende Therapie soll dafür sorgen, dass so was nicht noch mal auftritt.«

»Danke«, sagt Iris unter Tränen. »Es ist schön, dass Sie sich die Zeit genommen haben, mich gleich anzurufen und mir alles persönlich zu erklären.«

»Ich bin für Sie da. Wir werden Ihnen da durchhelfen. Und wir sprechen uns nach Ihrem Termin bei der Onkologin.«

»Okay. Noch mal danke.«

»Keine Ursache, das ist mein Job.«

Ich nehme Iris das Telefon ab, lege es auf die Arbeitsfläche und umfasse ihre Schultern. »Wenn es schon etwas sein muss, dann klingt das doch nach dem bestmöglichen Ausgang, oder?«

Sie nickt. »Ich denke schon.«

»Wir machen das einfach Schritt für Schritt. Am Donnerstag bist du bei der Onkologin, da erfahren wir, was sie empfiehlt. Und dann tun wir alles, um das Ding aus dir rauszuholen, damit du endlich aufatmen kannst.«

»Du hast mir das Leben gerettet, indem du den Knoten gefunden hast. Ich bin oft so beschäftigt und achte nicht groß auf mich. Wer kann schon sagen, wie lange es gedauert hätte, bis ich ihn selbst entdeckt hätte?«

»Dein Leben ist mir sehr wichtig. Ich bin froh, dass das so früh gefunden wurde.« Ich merke, dass sie zittert, und schließe sie in die Arme. »Alles wird gut.«

Ich werde tun, was immer nötig ist, um das wahr werden zu lassen.

**Iris**

Wie erwartet hat die Onkologin eine Lumpektomie empfohlen und im Anschluss die vorsorgliche fünfwöchige Bestrahlungstherapie mit täglichen Behandlungen. Zwei Wochen nach meinem ersten Termin mit ihr breche ich im Morgengrauen zum Krankenhaus auf. Gage ist bei mir, und meine Eltern haben bei uns zu Hause übernachtet, damit sie die Kinder für die Schule fertig machen können. Meinen Eltern und meinen Freunden mitzuteilen, was los ist, war echt schwierig, denn ich möchte nicht, dass sie sich meinetwegen aufregen.

Meine Mom war zwei Tage lang völlig am Boden zerstört, doch dann habe ich ihr gesagt, sie müsse sich bitte zusammenreißen, weil ich nicht uns beiden Mut zusprechen könne. Man muss ihr zugutehalten, dass sie genau das getan hat und sich tatsächlich beruhigt hat. Wie ich ihr erklärt habe, ist jeder Arzt, mit dem ich darüber gesprochen habe, davon überzeugt, dass die Operation das Problem lösen wird, und es ist in höchstem Maße unwahrscheinlich, dass nach der Bestrahlung noch eine weitere Behandlung notwendig sein wird. An diese Versicherungen habe ich mich geklammert, während ich die Tage bis heute gezählt habe.

Gage und ich haben beschlossen, den Kindern nichts von der Operation zu sagen, weil es sie nur unnötig ängstigen würde. Nachher werden wir ihnen erzählen, dass ich ein Aua habe und sie vorsichtig mit mir umgehen müssen. Das war Gages Idee, und ich war sofort überzeugt. Ich ertrage es nicht, dass sie sich mit Befürchtungen rumschlagen müssen, auch noch mich zu verlieren. Tyler und Sophia haben Freunde, deren Eltern Krebs hatten, daher wissen sie, dass es etwas ist, wovor man Angst haben muss.

Da ich hoffe, dass wir das Kapitel in sieben Wochen schließen können, ist es ganz unnötig, sie zu beunruhigen, vor allem da sie noch am Verlust ihres Vaters zu knabbern haben.

Als Mimi und Stan gehört haben, was los ist, haben sie angeboten, herzukommen und bei den Kindern zu bleiben, falls ich mich nach der OP ein paar Tage bei Gage erholen wolle. Sosehr mich das freundliche Angebot in Versuchung geführt hat, ich habe Mimi gedankt, aber erwidert, dass ich nach dem Eingriff lieber schnell wieder zu meinen Kindern möchte.

Ich will sie so wenig wie möglich belasten, und wenn ich zu Hause bin, selbst wenn ich im Bett liege und mich nicht wie sonst um sie kümmern kann, ist das das Beste für sie.

Gage ist in all dieser Zeit einfach großartig gewesen. Er ist mir praktisch nicht von der Seite gewichen, höchstens mal, um nach Hause zu fahren und sich mehr Kleidung zu holen oder einzukaufen. Er hat die Wäsche und mehr als seinen Anteil an der Hausarbeit, am Aufräumen und an der Aufsicht beim abendlichen Waschen übernommen. Sein Talent dafür, zu erkennen, was gebraucht wird, hat mir geholfen, meine Sorgen beiseitezuschieben, genau wie seine verlässliche Gegenwart und seine regelmäßigen Versicherungen, dass alles gut werden wird.

Er steht auch an meinem Bett, als der Anästhesist kommt, um mir zu erklären, was mich erwartet. »Sie haben bereits einen intravenösen Zugang, daher werden Sie im Operationssaal kaum etwas mitkriegen. Das nächste Mal sehen wir uns danach, und dann werden Sie schon im Aufwachraum sein. Hatten Sie schon mal eine Vollnarkose?«

»Einmal, als mir der Blinddarm entfernt wurde.«

»War Ihnen hinterher schlecht?«

»Ja, ich musste mich übergeben.«

Er holt ein kleines Pflaster hervor, das er hinter meinem Ohr anbringt. »Das verhindert die Übelkeit nach der Narkose. Bis gleich im OP.«

Roni schickt mir noch eine Textnachricht. *Derek und ich sind in Gedanken bei dir und beten für die schnellste, leichteste Operation, die es je gegeben hat, und dafür, dass du das alles binnen kürzester Zeit überwunden hast. Alles, alles Liebe!*

Es folgen gute Wünsche von allen Wilden Witwen, was vermutlich bedeutet, dass jemand eine Erinnerung in die Gruppe gepostet hat, dass ich heute operiert werde.

Über Wynters Nachricht muss ich lachen. *Reiß dich zusammen, und mach daraus kein großes Drama, denn wenn du das tust, werde ich es dir nie verzeihen. Alles Liebe.*

»Auf Wynter ist auf jeden Fall Verlass«, meint Gage lächelnd.

»Sie ist die Beste überhaupt.« Sie passt jetzt bereits die zweite Woche auf Xavier auf, und Adrian ist voll des Lobes. Wir sind so froh, dass es für sie gut läuft.

Die Krankenschwester kommt zurück. »Im OP ist alles für Sie bereit«, sagt sie.

Gage beugt sich zu mir herunter und küsst mich. »Du schaffst das, verstanden?«

»In Ordnung.«

»Ich liebe dich.«

»Ich dich auch.«

»Ich bin hier und warte auf dich.«

Ich nicke, weil sich meine Kehle zu eng zugeschnürt hat, als dass ich reden könnte. Während ich in den Operationssaal geschoben werde, spreche ich jedes Gebet, an das ich mich aus meiner Kindheit erinnere, dafür, dass das hier rasch und einfach läuft und nicht der Beginn irgendeiner furchtbaren Geschichte wird.

## Gage

Iris' Krankenschwester schickt mich in den Warteraum für Angehörige, wo der Arzt nach mir suchen wird, wenn alles vorüber ist. Iris hat die Papiere unterschrieben, die mich zu der Person erklären, die über alles informiert werden soll. Ich habe die Nummern von allen, die danach benachrichtigt werden sollen. Eigentlich wollte auch ihre Mutter hier sein, doch Iris hat sie gebeten, bei den Kindern zu bleiben, damit es so normal wie möglich für sie abläuft.

Ich musste versprechen, sie als Allererstes anzurufen, und zwar unverzüglich nachdem ich mit dem Arzt geredet hab.

Also richte ich mich mit meinem iPad ein, um die morgendlichen Schlagzeilen zu lesen, als plötzlich Roni und Derek mit Kaffee und einer weißen Bäckertüte auftauchen.

»Wir haben Seelenfutter dabei«, verkündet sie, nachdem sie rechts und links von mir Platz genommen haben.

»Was macht ihr denn hier? Schließlich ist heute ein ganz normaler Arbeitstag, und das Weiße Haus ist ohne euch gar nicht funktionsfähig.«

»Wir haben uns einen Tag freigenommen, um bei dir sein und überall helfen zu können, wo es nötig ist«, antwortet Derek.

»Ihr seid echt …«

»Wir konnten dich hier nicht allein warten lassen, Gage.« Roni legt mir eine Hand auf den Arm. »Und jetzt trink deinen Kaffee, und iss ein Scone.«

»Ihr habt Scones mitgebracht?«

»Hey, wir wissen, was du liebst.«

»Ich hab vor allem euch lieb.« Ihre Freundlichkeit ist beinahe zu viel für mich. Meine Fassung hängt schon den ganzen Morgen am seidenen Faden, während ich mich bemüht habe, mir nicht anmerken zu lassen, wie besorgt ich in Wahrheit um Iris bin. »Ich hoffe, ihr wisst das.«

»Tun wir. Und wir lieben dich und Iris genauso. Darum sind wir hier.«

»Und jetzt iss«, verlangt Derek. »Das wird alles besser machen.«

Kaum hat er ausgeredet, kommt auch schon Joy um die Ecke, mit einem weiteren Träger mit Kaffeebechern und einer weiteren weißen Tüte.

»Verdammt, ihr hattet die gleiche Idee«, ruft sie, als sie Roni und Derek entdeckt. »Lasst mich raten. Scones?«

»Du weißt Bescheid«, bemerkt Roni. »Unser Freund ist in der Hinsicht ziemlich durchschaubar.«

»Danke, dass du da bist, Joy.«

»Wo sollte ich sonst sein, wenn Iris operiert wird?«

Sie setzt sich zu uns, und ich lasse mir ein zweites Scone schmecken, weil ich dem Gebäck einfach nicht widerstehen kann, außerdem gibt es mir etwas zu tun.

Als Nächster kreuzt Adrian auf, gefolgt von Lexi und Brielle und dann Kinsley und Naomi, die offenbar zusammen hergefahren sind. Es überrascht mich nicht wirklich, als ein paar Minuten später Christy eintrifft, ausgestattet mit mehr Scones. Es wird Iris freuen, wenn sie hört, dass sie sich alle freigenommen haben, um für sie da zu sein – und für mich.

»Nur für den Fall, dass ich es zu erwähnen vergesse: Die Wilden Witwen sind die Besten.«

»Wissen wir«, erwidert Joy. »Durch dick und dünn, oder?«

»Ja.« Meine Kehle schnürt sich schon wieder zu. »Absolut.«

Man hat mir vorher erklärt, die Operation werde ungefähr eine Stunde dauern, daher fange ich an, mir Sorgen zu machen, als der Zeitpunkt überschritten wird, ohne dass jemand erscheint. Ehe ich mich aufregen kann, betritt Wynter den Warteraum. Sie hat sich Xavier in einer Trage vor die Brust geschnallt.

»Ich dachte, du hättest gesagt, du würdest nicht kommen?«, erkundigt sich Adrian.

»Ich hab gelogen.«

»Es gibt echt nichts Besseres als eine Nanny, die offen einräumt, dass sie lügt«, stellt er fest, was uns andere zum Lachen bringt.

»Wenn ich ehrlich sein soll, war ich mir nicht sicher, ob ich es ertrage, hier zu sein«, meint Wynter. »Der Geruch bringt alles zurück.«

»Kleines …« Kinsley nickt wissend. »Dieser verdammte Geruch.«

»Ich hasse ihn mehr als den von vollen Babywindeln«, gesteht Wynter, und wieder lachen wir. Das gelingt ihr immer mühelos.

Als der Chirurg endlich kommt, wirkt er überrascht von der Versammlung. »Habe ich eine Party versäumt?«

»Die gehören alle zu Iris«, teile ich ihm mit. »Bitte erzählen Sie uns, wie es gelaufen ist.« Ich hab keine Zweifel daran, dass Iris das wollen würde.

»Okay. Also, es ist super gelaufen. Es war ein reiner Routineeingriff, so wie wir es erwartet haben. Wir haben sicherheitshalber eine Sentinel-Lymphknotenbiopsie durchgeführt, um ausschließen zu können, dass doch irgendwas gestreut hat, und die Ergebnisse müssten in etwa einer Woche vorliegen. Sie wird noch eine Stunde oder anderthalb im Aufwachraum bleiben müssen, bevor Sie sie mit nach Hause nehmen können. Eine Krankenschwester wird Ihnen Bescheid geben, wenn Sie zu ihr können.«

»Danke, Doktor.« Ich bin überwältigt vor Dankbarkeit, dass es vorbei ist und dass sie es gut überstanden hat. Nicht, dass ich irgendeinen Zweifel daran gehabt hätte. Meine Iris ist nicht kleinzukriegen.

»Nun, das ist eine verdammte Erleichterung«, stellt Wynter fest und bringt es mal wieder perfekt auf den Punkt.

Das ist es nämlich wirklich.

## 29

## Iris

*I*ch bin noch leicht benommen von der Narkose, doch außer einem leichten Schmerz in der Brust geht es mir nach der OP erstaunlich gut. Vor allem bin ich erleichtert, als man mir versichert, dass alles super gelaufen ist. Ich habe vorher ein bisschen im Internet recherchiert und mich in Foren zu Brustkrebs informiert, und soweit ich es beurteilen kann, ist die Strahlentherapie schlimmer als die OP. Ich freue mich wirklich nicht darauf, doch es sind noch zwei Wochen, bis ich damit beginnen muss, und ich bin entschlossen, mich deswegen nicht aufzuregen.

Die Kinder sind unten und erledigen unter der Aufsicht meiner Eltern ihre Hausaufgaben. Sie haben mich vorsichtig umarmt und mir Küsschen auf die Wangen gegeben, als ich heimgekommen bin. Sie hatten außerdem jede Menge Fragen zu meinem Aua, die ich so vage wie möglich beantwortet habe.

Ich konnte es nicht glauben, als Gage mir erzählt hat, dass die Wilden Witwen ihm alle im Wartezimmer Gesellschaft geleistet haben. Sie haben sich außerdem erkundigt, ob sie was zu essen vorbeibringen dürfen, was wir dankbar angenommen haben.

Ich bin in meinem Schlafzimmer und versuche, ein bisschen

zu schlafen, bevor sie eintreffen, aber meine Gedanken überschlagen sich, und alle möglichen Empfindungen stürmen auf mich ein. Vor allem ist da unglaubliche Dankbarkeit.

Gage schleicht auf Zehenspitzen herein, um nach mir zu sehen, und als er merkt, dass ich wach bin, setzt er sich auf die Bettkante. »Warum schläfst du nicht?«

»Mein Verstand will einfach keine Ruhe geben.« Ich halte ihm eine Hand hin. »Komm, leg dich zu mir.«

Ohne meine Hand loszulassen, streckt er sich vorsichtig neben mir auf dem Bett aus. »Was denkst du denn?«

»Wie komisch das Leben sein kann.«

»Inwiefern?«

»Wenn ich nicht nackt zu dir ins Bett gekrochen wäre – natürlich total unabsichtlich …«

»Natürlich«, pflichtet er mir mit einem leisen Lachen bei.

»Dann wäre der Knoten niemals rechtzeitig gefunden worden. Ich würde gern behaupten, dass ich es mit der Selbstuntersuchung der Brüste sehr genau nehme, doch bei einer alleinerziehenden Mutter von drei Kindern fällt manchmal was hinten runter. Und das gewissenhafte Abtasten der Brüste gehört definitiv dazu.«

»Ich bin nur dankbar, dass er früh genug entdeckt wurde.«

»Ich bin *dir* dankbar, dass du ihn entdeckt hast.«

»Und *ich* bin *dir* dankbar, dass du unabsichtlich nackt in mein Bett gekrochen bist.«

»Das mit dem Nacktsein war schon Absicht.«

»Was immer du sagst, Liebste. Ich bin für all das dankbar.«

»Und die Wilden Witwen sind plötzlich in Mannschaftsstärke aufgekreuzt?«

»Ja, und sie behaupten steif und fest, es sei nicht abgesprochen gewesen.«

»Sie sind die besten Freunde, die ich je hatte.«

»Genau, das gilt auch für mich.«

»Sie wissen, wie zerbrechlich das Leben sein kann, daher sind sie für die Leute da, die ihnen wichtig sind. Sie tauchen auf und bringen die Liebe und den Trost, die man benötigt, um all das zu schaffen.«

»Und die Scones. Ich hab wirklich nicht schlecht gestaunt, als sie da einer nach dem anderen reinkamen, als sei es keine große Sache, Termine zu verschieben und alles umzuorganisieren, nur um uns beizustehen.«

»Am Anfang, kurz nachdem Mike gestorben war, konnte ich bloß die Dunkelheit sehen. Die Jahre haben sich wie eine endlose Wüste vor mir erstreckt. Damals konnte ich mir nicht vorstellen, dass irgendetwas Gutes aus all dem Schlimmen erwachsen könnte.«

»Ging mir genauso. Um nichts in der Welt hätte ich mir gewünscht, dass Nat oder die Mädchen aus meinem Leben verschwinden, aber es hat mich überrascht, dass mir die Bewältigung des Verlusts und der Trauer durchaus Gutes gebracht hat – und unglaubliche Freunde, die mich in den schweren Zeiten unterstützen und in den guten mit mir lachen.«

»Das Leben geht weiter.«

»Ich bin sehr dankbar, dass mein neues Leben dich einschließt«, erklärt er und beugt sich vor, um mir einen Kuss zu geben.

»Gleichfalls.« Ich schließe meine Hand um seine. »Wann ziehst du hier offiziell ein?«

»Das liegt ganz bei dir.«

»Heute wäre gut.«

»Dann soll es so sein.«

***

Heute hab ich den letzten Bestrahlungstermin, und hoffentlich ist es auch das letzte Mal in meinem Leben, dass ich mich überhaupt irgendeiner Behandlung von Brustkrebs unterziehen muss. Die Bestrahlung ist tatsächlich so schlimm, wie man sich erzählt. Ich habe Brandblasen auf der Haut. Gage und ich haben im Scherz meine bestrahlte Brust mit gekochtem Hühnchen verglichen. Wenn man nicht drüber lacht, muss man weinen. Wir haben uns fürs Lachen entschieden.

Er wartet auf mich, als ich aus dem Behandlungsbereich

komme, bewaffnet mit meiner Bescheinigung darüber, dass es abgeschlossen ist. »Zeig mal.«

Ich reiche ihm das Blatt.

»Das werden wir rahmen und aufhängen.«

»Ich würde es lieber verbrennen und nie wieder daran denken müssen.«

»Das geht natürlich auch.«

Nachdem ich mich von allen verabschiedet habe, die ich hier in den letzten fünf Wochen täglich getroffen habe, und ihnen alles Gute gewünscht habe, legt Gage einen Arm um mich und führt mich zum letzten Mal hinaus.

»Dem Himmel sei Dank«, sage ich, als wir gemeinsam in die kalte Winterluft treten. »Ich und meine gekochte Hühnerbrust haben von alldem gründlich die Nase voll.«

Gage hält mir die Tür auf der Beifahrerseite seines SUV auf und beugt sich vor, um mir vorsichtig den Gurt anzulegen.

In letzter Zeit waren die Sicherheitsgurte im Auto ein schwieriges Thema.

Er küsst mich auf den Mund. »Das hier ist eine waschechte Entführung, mein Liebling.«

»Was?«

»Für den Rest des Tages, heute Nacht und morgen, bis es Zeit ist, die Kinder abzuholen.«

»Ernsthaft?«

»Ja. Es ist alles arrangiert. Deine Eltern bleiben bei ihnen, während wir das Ende der Behandlung feiern und den ersten Tag vom Rest unseres Lebens.«

Ich antworte mit einem Lachen. »Habe ich dir heute schon gesagt, dass du der Beste überhaupt bist?«

»Ich glaub nicht.«

»Nun, das bist du, und ich liebe dich so, so sehr.«

»Ich dich auch.«

»Moment, ich habe überhaupt nichts dabei!«

»Keine Sorge, ich hab für dich gepackt.«

Ich werfe ihm einen skeptischen Blick zu. »*Du* hast für mich gepackt?«

»Ja, und ich rechne fest damit, dass ich alles falsch gemacht habe, aber das warten wir einfach ab.«

»Ach, wen kümmert's? Alles, was ich zum Glücklichsein brauche, sind du und ein Bett.«

»Darauf habe ich beim Packen gebaut.«

»Ich merke schon, heute ist ein großartiger Tag.«

»Und es wird nur besser, bevor er vorbei ist.« Er küsst mich ein letztes Mal, dann schließt er meine Tür und joggt um den Wagen herum zur Fahrerseite.

»Wohin bringst du mich?«

»Das wirst du schon sehen.«

Ich liebe es, wenn er so ist, geheimnisvoll und voller Eifer. Es ist schon erstaunlich, wie sehr er sich geändert hat, seit er beschlossen hat, sich voll und ganz auf mich und die Kinder einzulassen und nichts zurückzuhalten. Er ist toll gewesen während meiner Behandlung, die mich total erschöpft hat, bei der mir nachher alles wehtat und ich einfach schlecht drauf war. Er war da, hat bei den Kindern genau das getan, was gut und richtig war, und hat den Haushalt geschmissen, während ich mich aufs Gesundwerden konzentriert habe.

Die Kinder lieben ihn. Letzte Woche hat Tyler ihm erklärt, er würde ihn gern Daddy Gage nennen statt Mr Gage, und gefragt, ob ihm das recht sei.

Gage musste ein paar Tränen wegblinzeln, ehe er meinem Sohn geantwortet hat, er fühle sich geehrt, wenn er für ihn Daddy Gage sein könne.

»Ich möchte dich auch so nennen«, hat Sophia prompt verkündet. »Und Laney auch.«

»Ihr könnt mich so nennen, wie ihr wollt«, hat Gage erwidert, während er mich mit seinen schönen Augen überwältigt angeschaut hat.

»Warum bist du so still da drüben?«, erkundigt er sich, während er in Richtung Pentagon City auf die Autobahn fährt.

»Ich musste daran denken, wie die Kinder dich gefragt haben, ob sie dich Daddy Gage nennen dürfen.«

»Einer der besten Momente meines Lebens.«

»Du hast es dir verdient, weißt du?«

»Ich liebe sie.«

»Und sie lieben dich.«

»Wir werden tatsächlich eine richtige Familie.« Er blickt zu mir. »Ich hätte nie gedacht, dass ich das noch mal haben könnte, daher danke, dass du deine Kinder mit mir teilst.«

»Meine Kinder und ich sind froh und glücklich, dich bei uns zu haben. *Über*glücklich.«

»Und du wirst mich haben, ganz bestimmt.«

Lachend entgegne ich: »Danke für die Warnung, du Hengst.«

Ein paar Minuten später hält er vor dem Ritz-Carlton in Pentagon City. »Angekommen.«

»Meine Güte. Das Ritz!«

»Nur das Beste für meine Süße.«

Ich kann mich nur an wenige Male in meinem Leben erinnern, als ich mich so gefühlt habe wie gerade jetzt, mit der gefürchteten Behandlung hinter mir und vierundzwanzig Stunden vor mir, die ich ungestört und allein mit meinem Geliebten verbringen kann. Ich öffne den Sicherheitsgurt und verziehe das Gesicht, als ich mit der Schnalle meine Brust streife. Aber noch nicht mal das kann mir die heutige Freude verderben.

Gage hat zwei Reisetaschen über seiner Schulter, als er an die Tür tritt, um mir beim Aussteigen zu helfen. Er weiß, dass manche Bewegungen schmerzhaft sein können, daher ist er immer da, um es mir so leicht wie möglich zu machen.

Ich bin überrascht, als wir direkt zum Fahrstuhl abbiegen. »Müssen wir nicht einchecken?«

»Darum habe ich mich schon vorher gekümmert. Ich wollte keine Minute unserer kostbaren Zeit allein verschwenden.«

»Du hast wirklich an alles gedacht. Vielen Dank dafür.«

»Dieser Tag hat nach einer Feier verlangt.«

»Es gibt Feiern, und dann gibt es das Ritz!«

Als wir den obersten Stock erreichen und zu unserer Suite gehen, stelle ich fest, dass die Überraschungen gerade erst begonnen haben. Es gibt gekühlten Champagner, und der Zimmerkellner serviert uns Lunch, kaum dass wir fünf Minuten da sind. Ich bin halb verhungert, daher lasse ich mir den Caesar Chicken Wrap schmecken, von dem Gage genau weiß, wie sehr ich ihn liebe. Dazu klaue ich mir ein paar Pommes von ihm, die er zu seinem Burger bekommen hat.

»Als Nächstes musst du dir den Bademantel aus dem Schrank anziehen«, verlangt er.

»Wieso?«

»Das wirst du schon sehen.«

»Das wird noch mein Lieblingssatz, gleich nach ›Ich liebe dich‹.«

Sein Gesicht strahlt auf, als er lächelt. »Du ahnst ja nicht, was dir noch bevorsteht.«

Weil er sich hiermit solche Mühe gegeben hat, frage ich nicht weiter, sondern schlüpfe schnell in den Bademantel. Er streift sich ebenfalls einen über. Eine Minute später klopft es an der Tür. Gage öffnet zwei Frauen, die zusammengeklappte Massageliegen dabeihaben.

Ich kreische erfreut auf, was ihm ein Lachen entlockt. »Ist die Überraschung gelungen?«

»Total.«

»Sie haben eine besondere Vorrichtung dabei, die für Leute gedacht ist, die eine Behandlung wie du hatten, damit du auf dem Bauch liegen kannst.«

Seine Umsicht treibt mir beinahe die Tränen in die Augen. »Ich kann nicht glauben, dass du an alles gedacht hast.«

»Wir können schließlich nicht zulassen, dass das gekochte Hühnchen eine wunderbare Massage ruiniert.«

»Nein«, entgegne ich lachend. »Das wollen wir auf keinen Fall.« Ich blicke um ihn herum zu den beiden jungen Frauen, die die Massageliegen nebeneinander aufbauen. »Du solltest das Gefühl ihrer Hände auf deinem Körper besser nicht genießen.«

»Ich werde extra für dich jede Minute davon hassen.«

»Ausgezeichnet.«

Die Massage ist himmlisch, und ich bin entspannter als seit Jahren. Die gesundheitlichen Probleme der jüngsten Zeit haben mir nochmals deutlich vor Augen geführt, wie kostbar das

Leben ist, und ich bin fest entschlossen, jede Minute, die mir geblieben ist, bis zur Neige auszukosten.

Das ist mein letzter Gedanke, bevor die Physiotherapeutin mich mit einem sanften Rütteln an der Schulter weckt. Ich kann nicht glauben, dass ich tatsächlich eingeschlafen bin.

»Wow, Sie sind eine wahre Zauberin«, sage ich zu ihr. Jede Faser meines Körpers fühlt sich gelockert und geschmeidig an. Zum ersten Mal seit Wochen ist die Verspannung verschwunden, die die ganze Zeit in meinem Nacken gesessen hat. »Vielen Dank.«

»Keine Ursache.«

Gage gibt ihnen Trinkgeld und bringt sie zur Tür, bedankt sich ebenfalls.

»Der Mantel steht dir und lässt dich unglaublich sexy aussehen«, erkläre ich mit einem Kichern.

»Nicht so sexy wie dein Bademantel dich.«

Ich hake einen Finger unter den Gürtel von seinem und ziehe ihn daran zu mir. »Das war herrlich. Vielen Dank.«

»Gern geschehen. Ich wollte, dass du schön entspannt bist für die nächste Phase unseres Programms.«

»Was für eine Phase ist das?«

»Die nackte.«

»Oh, die mag ich.«

Die Masseurinnen hatten die Vorhänge der Suite geschlossen, aber es dringt gerade noch genug Sonnenschein hindurch, um den Raum in warmes Dämmerlicht zu tauchen. Gage dirigiert mich rückwärts ins Schlafzimmer.

»Sollten wir nicht lieber erst duschen, um uns das Öl abzuwaschen, damit wir dem Ritz nicht am Ende neue Laken bezahlen müssen?«

»Wir lassen einfach die Bademäntel unter uns liegen.«

»Oh, guter Plan.«

Er bindet meinen Gürtel auf, streift mir den weichen Stoff von den Schultern und breitet ihn hinter mir aus. »Setz dich doch, Liebste«, sagt er und kniet sich vor mich.

Mir gefällt, in welche Richtung sich das hier entwickelt, vor allem als er sich meine Beine über die Schultern legt und sich vorbeugt. Meine Güte, der Mann hat wirklich Talent für oralen Sex. Verdammt, er ist in jeder Beziehung talentiert. Ich bin so entspannt von der Massage, dass er mich rasch zu einem machtvollen Orgasmus bringt.

»Hast du noch einen für mich?«

Ich strecke die Arme nach ihm aus. »Nur wenn du auch kommst.«

Er steht auf und schlüpft aus dem Mantel.

Ich bewundere das Spiel seiner Muskeln, als er sich auf mich legt.

»Hallo.« Er lächelt mich an, während er sich über mir abstützt, sodass er meine wunde Brust nicht berührt.

»Wie geht es dir?«

»Viel besser als in den letzten sieben Wochen, als meine Süße mit jeder Menge Mist fertigwerden musste. Aber jetzt hat sie es erst mal geschafft, und das ist das Einzige, was zählt.«

»Nicht das Einzige ...«

»Dann eben das Wichtigste, denn ich liebe sie so sehr, und ich kann es nicht ertragen, sie leiden zu sehen.«

Ich hebe die Arme, umfasse sein attraktives Gesicht und ziehe ihn für einen Kuss zu mir.

Wie schon die ganze Zeit während meiner Rekonvaleszenz und Behandlung ist er behutsam und sanft mit mir und berührt mich nur ganz vorsichtig. »Danke, dass du für mich der Fels in der Brandung warst.«

Nachdem er anfangs kurz die Nerven verloren hatte, hat er in seiner Liebe und Fürsorge für mich und die Kinder nie nachgelassen.

»Ich möchte nirgendwo anders sein als da, wo du bist – und deine Kinder.«

»Da haben wir ja ein Riesenglück.«

»Nein, *ich* bin es, der Glück hat.«

»Dann eben wir alle, und wir achten darauf, dass es so bleibt.«

Während er mich hingebungsvoll liebt, verspüre ich unglaubliche Zufriedenheit, und die Zukunft erstreckt sich voller Hoffnung, Liebe und Freude vor uns, lauter Dinge, die für uns beide knapp waren, seit wir unsere Liebsten auf so tragische Weise verloren haben.

Wir erreichen gemeinsam den Höhepunkt, versuchen jedes bisschen Lust herauszukitzeln und den Augenblick auszukosten, so lange es geht. Hinterher liegen wir nebeneinander, haben nichts zu tun und müssen nirgends sein.

Gage löst sich von mir, schiebt seine Arme unter mich und holt die Decke unter mir hervor, um mich damit zuzudecken. Er streckt sich neben mir aus und zieht mich an seinen warmen Körper. »Wie fühlst du dich?«

»Müde, wund, wunderbar, entspannt, glücklich, voller Zuversicht.« Ich drehe den Kopf und schaue ihn an. »Bis über beide Ohren verliebt.«

»Das Letzte gefällt mir besonders.«

»Das habe ich mir schon gedacht.«

»Ich mag es so, weil es mir mit dir genauso geht, Süße. Du und deine wunderbaren Kinder habt mir eine zweite Chance gegeben, von der ich nicht mal zu träumen gewagt habe, bis du in mein Bett gekommen bist – in voller Absicht, wie ich ein weiteres Mal betonen möchte – und mir gezeigt hast, wie viel Leben noch vor mir liegt.«

»Bezichtigst du mich etwa der Lüge?«

»Ja, genau das tue ich. Du bist eine dreiste Lügnerin.«

»Das stimmt überhaupt nicht.«

Darüber werden wir bis ans Ende unserer Tage streiten, und darauf freue ich mich. Ich freue mich auf all das.

»Ich hab noch was anderes«, erklärt er mit ernster Miene.

»Was denn?«

»Wenn du das auch so siehst, hätte ich nichts gegen ein oder zwei weitere Kinder einzuwenden.«

»Wirklich? Du hast doch gesagt, das Kapitel sei für dich abgeschlossen.«

»Das war auch so, aber in letzter Zeit muss ich immer häufiger denken, was für wunderbare ältere Geschwister Tyler, Sophia und Laney wären. Daher würde ich mich über mehr Kinder freuen.«

»Wow.«

»Allerdings nur, wenn du das ebenfalls möchtest.«

»Ich muss darüber erst mit meinen Ärzten reden, weil es bestimmte Brustkrebsarten gibt, bei denen eine Schwangerschaft problematisch sein kann.«

»Wenn da auch nur die geringste Gefahr besteht, lassen wir es.«

»Wir warten ab, was sie dazu zu sagen haben, und schauen dann weiter, doch ich bin nicht dagegen.« Ich lache auf. »Vor einem Jahr noch wäre die Vorstellung von mehr Kindern völlig ausgeschlossen gewesen, aber jetzt … jetzt scheint irgendwie alles möglich zu sein, oder?«

»Absolut alles.«

»Ich möchte, dass du das Buch schreibst, von dem du gesprochen hast.«

»Ich hab schon angefangen.«

»Echt? Wann kann ich es lesen?«

»Bald.«

»Kommen wir darin vor?«

»Ja. Ist das in Ordnung?«

»Klar, kein Problem.«

»Mach dir keine Sorgen. Ich werde nicht erwähnen, wie schamlos du mich zu diesem neuen Leben verführt hast.«

Ich gebe ihm einen Klaps auf die Schulter. »Es war nicht schamlos, und du liebst dein neues Leben.«

»Ja«, stimmt er mir mit einem Seufzen zu. »Das tue ich tatsächlich.«

### Gage

»Ich heiße Gage Collier, und meine Ehefrau Natasha ist zusammen mit meinen beiden achtjährigen Zwillingstöchtern Ivy und Hazel gestorben, als Mr Previn sich hinters Steuer gesetzt hat, nachdem er, wie er selbst eingeräumt hat, ›den ganzen Tag‹ getrunken hatte.« Diesen Termin fürchte ich seit Wochen, doch jetzt, wo er da ist, verspüre ich nur Entschlossenheit, ihn durchzustehen und für Natasha, Ivy und Hazel zu sprechen.

»Seine Freunde haben sich bemüht, ihn aufzuhalten, aber er ließ es sich einfach nicht ausreden, ein eineinhalb Tonnen schweres Auto zu fahren, obwohl er eindeutig nicht fahrtüchtig war. Ein paar Wochen vorher hatte Mr Previns Frau ihn nach zwölf Jahren Ehe verlassen und die Kinder mitgenommen, weil, wie sie es ausgedrückt hat, ›sein Alkoholkonsum außer Kontrolle geraten‹ war. Das habe ich in einem Post in den sozialen Medien gelesen, den sie nach dem Unfall veröffentlicht hat und in dem sie darüber sprach, wie verzweifelt sie ihn davon zu überzeugen versucht hat, sich Hilfe zu holen, eine Entziehungskur zu machen und sein Leben wieder in den Griff zu kriegen, bevor es zu spät wäre. Mr Previn ist derjenige in diesem Szenario, der Glück gehabt hat. Seine Ehefrau und seine Kinder waren imstande, ihn zu verlassen, bevor seine Alkoholsucht sie alles gekostet hat.

Meine Ehefrau und meine Töchter hatten kein solches Glück. Sie waren auf dem Heimweg von der Kostümprobe für eine für Weihnachten geplante Ballettaufführung. Die Mädchen waren total aufgedreht und aufgeregt wegen des großen Auftritts am nächsten Tag. Meine Frau Natasha hat mir Fotos und Videos von dieser letzten Probe geschickt, und ich hatte keine Ahnung, dass es die letzten Fotos oder Videos von meinen wunderschönen, talentierten, süßen und liebevollen Töchtern sein würden, die ich jemals bekommen würde. Ich habe sie seit jener entsetzlichen Nacht immer wieder angeschaut, in der die Polizei an meiner Haustür geklingelt hat, um mir mitzuteilen, dass meine Frau und meine Kinder bei einem Frontalzusammenstoß mit einem Geisterfahrer getötet worden seien.

Es ist schwer in Worte zu fassen, was in einem vorgeht, wenn man eine solche Nachricht erhält. Am besten lässt es sich vielleicht so beschreiben, dass alles jäh zum Stillstand kommt. Alles erstarrt. Das Leben, wie man es kannte, ist für immer vorbei. Nichts wird je wieder so sein wie vorher. Die wichtigsten Leute im Leben sind fort, und sie werden nie wiederkommen.«

Hinter mir höre ich Mimi leise schluchzen, und ich muss darum kämpfen, nicht selbst in Tränen auszubrechen. Ich bin entschlossen, das hier gefasst hinter mich zu bringen.

»Ivy war einfach nur brillant. Sie konnte schon mit knapp vier Jahren lesen, und mit sechs beherrschte sie das Einmaleins bis zwölf. Sie hat Bücher geliebt und unendlich viele Fragen gestellt, sodass wir sie ›Schwamm‹ genannt haben. Sie hat ständig Neues hinzugelernt. Hazel hingegen war unsere Künstlerin. Sie konnte alles malen oder zeichnen und ist oft genug in ihrer eigenen Welt versunken, während sie ihr jüngstes Meisterwerk geschaffen hat. Sie hatte eine wunderschöne Singstimme und war gebeten worden, an Heiligabend in der Kirche im Chor zu singen. Sie hat so oft ›Stille Nacht, heilige Nacht‹ geübt, dass Nat und ich es im Traum hörten. Beide Mädchen waren ausgezeichnete Tänzerinnen und hatten schon die Aufmerksamkeit von Talentscouts auf sich gezogen. Wer weiß, wie weit ihre vielfältigen Begabungen sie gebracht hätten?«

Zu meiner Befriedigung bemerke ich, dass sich der Angeklagte Tränen wegwischen muss. Das ist nur richtig so.

»Natasha war eine hingebungsvolle Krankenschwester, eine liebevolle Ehefrau, Mutter und Tochter, das einzige Kind ihrer Eltern. Sie war mit unzähligen Menschen befreundet, mehr, als viele von uns im Leben überhaupt kennenlernen. Noch nach Jahren meldeten sich immer wieder ehemalige Patienten bei ihr, um sie wissen zu lassen, dass es ihnen gut ging. Nach ihrem Tod habe ich zweitausend Beileidskarten von solchen ehemaligen Patienten erhalten, von denen ich die Namen oft genug noch nie gehört hatte. Doch sie waren alle als Kontakte in ihrem Telefon gespeichert, und dazu war notiert, was sie mit ihnen verband. Das war meine Nat, das Mädchen meiner Träume, das eine begnadete Krankenschwester und eine wunderbare Mutter geworden ist. Unsere Zwillinge haben sie geliebt. Sie war die Sonne, um die wir alle unsere Bahnen zogen, während sie sich um alle in ihrem Leben kümmerte.«

Ich drehe mich um und sehe Previn direkt an. »Das sind die Menschen, die Sie mir genommen haben, meiner Familie, Natashas Familie, ihren Freunden, Kollegen und den anderen Mitgliedern der Tanzgruppe. Die Weihnachtsaufführung wurde abgesagt, weil die anderen Mädchen zu verstört und traurig waren, um ohne Hazel und Ivy aufzutreten. Mit Ihrer Tat, Mr Previn, haben Sie viele Herzen gebrochen.

Natashas Eltern und ich haben stundenlang darüber gesprochen, was für eine Strafe in unseren Augen angemessen wäre. Wir haben darüber gesprochen, was für eine Anklage ausreichen würde, und viele Monate lang haben wir auf Mord im Straßenverkehr gehofft, weil wir das Gefühl hatten, dass das Ihrem Verbrechen am ehesten gerecht werden würde. Sie haben sich hinters Steuer gesetzt, obwohl Sie genau wussten, dass Sie auf keinen Fall fahren sollten. Infolgedessen sind Sie in der falschen Richtung auf der Autobahn unterwegs gewesen und mit hoher Geschwindigkeit frontal mit dem Auto meiner Frau zusammengestoßen. Dabei haben Sie sie sofort getötet, ebenso wie unsere

Töchter. Wenn das nicht die Beschreibung für Mord im Straßenverkehr ist, weiß ich nicht, was das sonst sein soll.

Wir haben uns auf den Vergleich eingelassen, bei dem Sie sich zu der weniger schwerwiegenden Anklage von Totschlag im Straßenverkehr schuldig bekennen, aber bitte vergessen Sie nie, das haben wir nur getan, um eine Gerichtsverhandlung zu vermeiden, nicht weil wir glaubten, Sie seien nicht des Mordes schuldig. Sie haben meine Familie umgebracht, und ich hoffe, Sie denken in jeder Sekunde Ihres restlichen Lebens an sie und daran, was Sie mir und allen geraubt haben, die sie geliebt haben.

Danke, Euer Ehren, für die Gelegenheit, diese Erklärung vor Gericht abzugeben.«

»Danke, Mr Collier, und bitte nehmen Sie die Beileidsbekundung des Gerichts an.«

Ich verlasse den Zeugenstand und kehre zur Bank zurück, setze mich zwischen Iris und Mimi und ergreife ihre Hände, während der Richter das Urteil verkündet und Previn danach von den Hilfssheriffs abführen lässt.

»Ich hatte eigentlich gedacht, ich würde jetzt irgendwie das Gefühl haben, dass es abgeschlossen ist«, sage ich, nachdem er den Gerichtssaal verlassen hat.

»Ist das denn überhaupt möglich?«, fragt Mimi.

»Deine Worte waren beeindruckend, Gage, und deine Mädchen wären stolz auf dich«, bemerkt Iris.

»Ich vermute, das ist es, worauf es ankommt, oder?«

»Das ist alles, worauf es ankommt«, erwidert Mimi. »Darauf zu achten, dass sie jeden Tag stolz auf uns sein können.«

»Ich habe keinen Zweifel daran, dass sie das sind«, meint Iris. »Nicht den geringsten.«


### Iris


»KANNST DU GLAUBEN, dass wir wirklich dahin fahren?«, wende ich mich am Sonntag nach seiner Aussage an Gage. Seitdem ist er still und in sich gekehrt gewesen, und ich hoffe, dass ihm der heutige Tag hilft, an etwas anderes zu denken. Ich selbst leide immer noch unter der Erschöpfung, die eine Nebenwirkung der Strahlentherapie ist, aber diesen Ausflug hätte ich um nichts in der Welt verpassen wollen.

»Es ist schon irgendwie komisch, Freunde zu haben, die im Weißen Haus arbeiten«, sagt er. »Und dass ihre Freundin, die First Lady, uns zum Tee eingeladen hat.«

»Ich bin so aufgeregt wegen der Besichtigung des Weißen Hauses und dem Treffen mit ihr. Ich finde, sie ist die coolste Frau überhaupt. Und dass sie weiter bei der Mordkommission arbeitet, ist bewundernswert.«

»Sie scheint ziemlich gut zu sein.«

Meine Eltern haben die Kinder mit ins Kino genommen und werden danach noch irgendwo mit ihnen zu Abend essen, sodass meine Kleinen ebenfalls einen schönen Tag haben, während ich die Präsidentengattin kennenlerne. »Ich frag mich, ob der Präsident ebenfalls da sein wird.«

»Roni hat uns nur sie versprochen, daher schraub deine Hoffnungen nicht zu hoch.«

»Ich geb mir Mühe.«

»Und bring mich nicht in Verlegenheit, solltest du ihn tatsächlich zu Gesicht kriegen.«

Während ich lache, verspüre ich Erleichterung, weil er wieder zu Witzen aufgelegt ist. Ich hab mir in den letzten paar Tagen solche Sorgen um ihn gemacht. »Ich werde versuchen, den Anstand zu wahren, allerdings könnte es schwierig werden. Unser Präsident sieht aus wie ein Filmstar.«

»Wie auch immer«, erwidert Gage und verdreht dabei die Augen, wie er und die anderen Männer es jedes Mal getan haben, wenn die Wilden Witwen davon geschwärmt haben, den unglaublich sexy Präsidenten persönlich zu treffen.

»Wann war das letzte Mal jemand Präsident der Vereinigten Staaten, der auch nur annähernd in unserem Alter war?«, frage ich ihn.

»Vermutlich in den Sechzigerjahren?«

»Genau. Also lass uns unseren Spaß.«

»Vergiss nur nicht, dass seine Frau eine Waffe trägt und es

vermutlich nicht begrüßt, wenn eine Truppe Wilder Witwen ihren Mann beglotzt.«

»Stimmt. Sie ist in Bezug auf ihn ziemlich besitzergreifend.«

»Und woher weißt du das?«

»Ich bin schon seit Jahren ihr Fan. An ihrem Hochzeitstag hab ich eine Party für all meine Freundinnen unter den anderen Müttern veranstaltet. Wir haben das Event aufgeregter verfolgt als eine königliche Hochzeit.«

»Ist das dein Ernst?«

»Absolut. Meine Freundinnen und ich lieben die beiden. Als er dann Präsident geworden ist … sind wir völlig durchgedreht. Wir sind restlos begeistert von den beiden.«

»Wow. Davon hatte ich ja gar keine Ahnung.«

»Das ist schon witzig, weil ich nämlich den Kontakt zu meinen Mütterfreundinnen eine Weile lang verloren hatte, als das mit dem Absturz passiert war, doch dass Nick Cappuano Präsident geworden ist, hat uns alle wieder zusammengebracht. Die Drähte in unseren Handys haben tagelang geglüht, nachdem Nelson gestorben war.«

»Ihr seid wie eine Horde Teenager.«

Das lässt sich nicht bestreiten, daher versuche ich es gar nicht erst. »Ja, das stimmt wohl.«

»Jetzt habe ich Angst davor, mit dir zum Weißen Haus zu fahren.«

»Ha! Ich verspreche, ich reiße mich nach Kräften zusammen, falls ich ihn sehe, aber wir lieben *sie* beinahe genauso sehr. Ein paar meiner Mütterfreundinnen haben gesagt, für sie würden sie sogar in Erwägung ziehen, das Team zu wechseln.«

»Da denkt man, man würde ein Mädchen kennen, und dann …«

»… musst du herausfinden, dass sie insgeheim in den Präsidenten verknallt ist.«

»Ja. Das ist verstörend.«

»Ach, Baby, du weißt ja, dass ich dich am allermeistesten liebe.«

»Ach, wirklich?«

»Ja!« Ich liebe es, zu lachen und mit ihm rumzualbern, und

es erleichtert mich, das nach ein paar stillen Tagen wieder zu tun. »Natürlich liebe ich dich am meisten, sogar mehr als den Präsidenten. Ich hoffe, du fühlst dich geehrt.«

»Ich fühle mich *total* geehrt.« Seine Stimme trieft nur so vor Sarkasmus.

»Das solltest du auch.«

Roni und Derek erwarten uns am Tor, als wir am Weißen Haus ankommen. Dem echten Weißen Haus. Meine Mütterfreundinnen sind so neidisch auf mich, dass sie womöglich kein Wort mehr mit mir wechseln werden. Ich hab ihnen erklärt, Witwenschaft hätte auch Vorteile, was nur selten stimmt. Heute jedoch ist es absolut wahr.

Nachdem wir geparkt und uns zu den anderen gesellt haben, die vor dem Eingang warten, bis alle da sind, statten uns Roni und Derek mit Besucherpässen aus. Sie bringen uns in den Empfangsbereich, wo wir von der First Lady und dem Chief Usher Gideon Lawson in Empfang genommen werden.

Samantha Holland Cappuano steht in schwarzer Hose, Stiefeln und einem pflaumenfarbenen Pulli mit Turtleneck-Ausschnitt da und schüttelt uns die Hände, während Roni uns vorstellt. Die First Lady ist unglaublich nett und freundlich, sodass wir uns gleich wohlfühlen. Trotzdem kann ich es kaum fassen, dass uns nur ein Meter trennt und sie in echt noch hübscher aussieht als vor den Kameras. »Bitte nennen Sie mich alle Sam«, sagt sie.

»Atmen«, flüstert mir Gage ins Ohr, und ich muss mir ein Kichern verkneifen.

»Gideon ist ein so viel besserer Fremdenführer als ich«, erklärt Sam. »Daher schlage ich vor, dass wir ihm folgen, und er zeigt Ihnen alle öffentlichen Räumlichkeiten, bevor wir uns nach oben in die Wohnräume begeben.«

Wir besichtigen so viele Zimmer, dass ich mir die einzelnen Namen gar nicht merken kann – China, Vermeil, Roosevelt, East, State, Map. Wir schauen auch kurz in den Büros im East Wing vorbei, die den Stab der First Lady beherbergen, ehe wir in die entgegengesetzte Richtung zum West Wing und zum Oval Office weitergehen.

Sam klopft an die Tür des Arbeitszimmers und steckt den Kopf rein. »Zeit für Besuch?« Sie bedeutet uns, hinter ihr einzutreten. Der Präsident erhebt sich von seinem Schreibtisch und kommt uns entgegen, um uns zu begrüßen.

Ich muss mich zusammenreißen, um nicht vor Begeisterung zu quietschen.

»Denk an deinen Vorsatz, mich nicht in Verlegenheit zu stürzen.«

Ich sterbe. Er ist genau hier, und mein Gott, sieht er gut aus in dem dunkelblauen Pullover und den Jeans. Als er mir die Hand schüttelt, werde ich beinahe ohnmächtig.

Das Präsidentenpaar posiert mit uns allen, während der offizielle Fotograf des Weißen Hauses Bilder macht.

»Das ist einfach unglaublich«, meint Joy. »Vielen Dank, dass wir herkommen durften.«

»Alle Freunde von Derek und Roni sind unsere Freunde«, antwortet der Präsident.

Unvorstellbar, ich zähle zu den Freunden des Präsidenten und der First Lady.

Sie zeigen uns den Rosengarten, während wir durch die Westkolonnade zum Wohnbereich gehen. Es ist irgendwie unwirklich, dass ich Dinge sehe, die ich nur aus dem Fernsehen kenne. Wir steigen gerade eine Treppe zum ersten Stock hoch, die mit rotem Teppich ausgelegt ist, als von hinten ein Hund mit hellem Fell angerannt kommt und uns überholt, dabei beinahe Lexi umstößt.

»Scotty!« Die Stimme des Präsidenten hallt durch das Treppenhaus. »Hol Skippy!«

»Tut mir leid.« Der attraktive dunkelhaarige Sohn des Paares heftet sich dem Hund an die Fersen. »Leider ist sie völlig außer Kontrolle.«

Wir sind begeistert davon, den First Dog zu treffen und den First Son. Im Wintergarten, der, wie wir erfahren, der Lieblingsraum der Präsidentenfamilie im Weißen Haus ist, steht ein Tisch mit Erfrischungen für uns bereit.

»Bitte bedienen Sie sich«, sagt die First Lady. »Die Bäckerei des Weißen Hauses ist ausgezeichnet, und ich habe schon zwei Kilo mehr auf den Hüften, die davon Zeugnis ablegen.«

Ich liebe es, dass sie so unverstellt und natürlich ist.

Nachdem wir uns etwas von den kleinen Sandwiches und dem Gebäck genommen haben, sitzen wir auf den Sofas und den Stühlen, die zusätzlich gebracht wurden, damit alle einen Platz haben. Das Personal des Weißen Hauses nimmt unsere Getränkebestellungen entgegen.

»Ich bin so froh, dass Sie alle heute zu Besuch kommen konnten«, beginnt Sam. »Roni hat mir von Ihrer Gruppe erzählt, und ich finde es einfach großartig, wie Sie einander unterstützen.«

»Iris und Christy waren die Gründerinnen, zusammen mit einer weiteren Frau, aber die beiden halten alles am Laufen«, erläutert Gage. »Wir sind ihnen zu großem Dank verpflichtet.«

»Sehr gut, meine Damen«, bemerkt der Präsident lächelnd.

Ich muss mich echt am Riemen reißen, um nicht unter der Wucht dieses Lächelns, das mir gilt, dahinzuschmelzen.

»Wir würden gerne mehr über Ihre verschiedenen Schicksale hören«, fügt Sam hinzu. »Selbstverständlich nur, wenn Sie darüber reden möchten.«

»Darin sind wir sogar richtig gut«, meint Joy in ihrer unverblümten Art.

Jeder von uns umreißt kurz das Ereignis, das ihn zu der Gruppe geführt hat. Das Mitgefühl und Einfühlungsvermögen des Präsidentenpaares rührt mich dabei immer wieder beinahe zu Tränen. Eine Stunde vergeht wie im Flug, während wir mit ihnen wie mit alten Freunden reden und lachen. Scotty kommt mit Alden und Aubrey vorbei, den Zwillingen, die die Cappuanos letzten Herbst bei sich aufgenommen haben, und mir wird bewusst, dass auch sie eine unglaubliche Tragödie erlebt haben, denn sie haben ihre Eltern bei einem schrecklichen Verbrechen in ihrem eigenen Zuhause verloren.

Während wir nach dem Ende des Treffens die Treppe hinabsteigen, ist meine Bewunderung für das Präsidentenpaar ins Unermessliche gewachsen. »Wie soll ich meinen Freundinnen diese Erfahrung angemessen beschreiben?«, frage ich Gage, als wir auf der Heimfahrt wieder im Auto sitzen.

»Sie waren toll«, sagt er. »Ich habe das Gefühl, als könnte ich mit den beiden befreundet sein.«

»Ja, genau. Ich mochte sie sogar noch lieber, als ich gedacht hatte. Besonders gefällt mir, dass sie sich so normal verhalten haben und nicht irgendwie abgehoben.«

»Sie sind ganz gewöhnliche Leute, die ein außergewöhnliches Leben führen.«

»Genau. Es war ein perfekter Tag, den ich nie vergessen werde.«

---

ALS EINE DER GRÖSSTEN ÜBERRASCHUNGEN, die sich aus meinen jüngsten Gesundheitsproblemen ergeben haben, hat sich die Freundschaft mit Eleanor entpuppt, der Mutter von Mikes Sohn Carter. Nach meiner Operation hat sie sich täglich nach meinem Befinden erkundigt und mir einen Präsentkorb geschickt, in dem auch Süßigkeiten für die Kinder waren. Bei unseren vielen Gesprächen sind wir echte Freundinnen geworden.

Gerade als ich dachte, das Leben könnte nicht merkwürdiger werden.

Heute kommen Eleanor und Carter zu Besuch, und sie werden bei uns wohnen.

Bevor sie eintreffen, muss ich mit den Kindern reden und ihnen erklären, wer Carter ist. Ich habe mit dieser Entscheidung gerungen, habe lange mit ihrer Therapeutin gesprochen und mit jeder Freundin, die kleine Kinder hat. Ich bin zu dem Schluss gelangt, dass ich ihnen besser jetzt beibringe, wer Carter ist, denn das ist vermutlich weniger belastend für sie, als wenn sie im Nachhinein erfahren, dass er ihr Halbbruder ist.

Die ganze Zeit, während ich darüber gegrübelt habe, ist mein Zorn auf Mike gewachsen. Wie konnte er es wagen, es mir zu überlassen, diesen Mist für ihn aufzuräumen? Obwohl ich zugeben muss, je mehr ich Eleanor und Carter, der übrigens ein süßer kleiner Kerl ist, kennenlerne, desto weniger geht es dabei um Mike und seinen Mist. Vielmehr rücken nun ich, meine Kinder und die neuen Familienmitglieder in den Mittelpunkt.

Bizarr, oder? Manchmal muss ich lachen, denn das alles hätte ich mir nicht ausdenken können, selbst wenn ich es versucht hätte – dass ich mich mit der Geliebten meines verstorbenen Ehemannes anfreunde, während wir den dornigen Pfad beschreiten, unsere Kinder einander näherzubringen.

Eleanor ist ein wunderbarer Mensch. Ihr Sohn, den ich bislang nur über Fotos und Videos und ab und zu mal einen FaceTime-Anruf kenne, ist zauberhaft. Es ist in keiner Beziehung ein Nachteil, dass sie jetzt eine Rolle in unserem Leben spielen. Daher habe ich sie eingeladen, uns zu besuchen und bei uns zu übernachten, damit unsere Kinder eine Chance erhalten, miteinander vertraut zu werden.

»Na, bist du bereit?«, fragt Gage, als er sich mit seiner Kaffeetasse zu mir an den Küchentisch setzt.

Es wird nicht mehr lange dauern, bis die Kinder aufwachen, und ich habe Gage erklärt, ich würde eine Koffeingrundlage benötigen, um mich diesem Gespräch stellen zu können. Wir haben beschlossen, es morgens zu machen, wenn alle ausgeschlafen sind. Normalerweise verschlechtert sich die Laune meiner Kinder mit dem Fortschreiten des Tages, was sie wohl von mir haben. Jedenfalls halte ich es für die günstigste Gelegenheit, bevor Eleanor und Carter am Nachmittag ankommen.

Tyler erscheint als Erster in der Küche, aber schon wenige Minuten später trudeln auch seine Schwestern ein. Ich serviere ihnen Pancakes, die ich bereits vorbereitet hatte, dann nehme ich mit Gage zusammen am Frühstückstisch Platz.

»Also, Leute, ich muss euch etwas Aufregendes erzählen.«

»Was denn?«, erkundigt sich Tyler mit vollem Mund.

»Es hat sich herausgestellt, dass ihr einen weiteren Bruder habt, der Carter heißt.« Ich mache eine Pause, damit sie das verarbeiten können.

»Wir haben einen weiteren Bruder?«, fragt Sophia, blickt dabei zu Tyler, wie sie es oft tut, um seine Reaktion abzuschätzen.

»Wo kommt der her?«, will Tyler wissen.

»Er ist Daddys Sohn, daher ist er euer Halbbruder.«

»Warum hatte Daddy noch einen weiteren Sohn?«, fragt Tyler mit bebendem Kinn. »Er hatte ja mich.«

»Ach, Süßer, das hat doch nichts mit dir zu tun. Manchmal passieren solche Sachen einfach, aber Daddy hatte dich ganz doll lieb, und du warst sein ganzer Stolz und seine Freude.« Ich wünschte, ich könnte Mike einen Dolch ins Herz rammen, weil er uns das angetan hat. In den letzten Monaten ist es mir gelungen, das, was Mike angerichtet hat, gesondert von Eleanor und Carter zu betrachten. Schließlich trifft sie keine Schuld an seinen Fehlern.

»Wo ist unser Bruder?«, fragt Sophia.

»Er ist bereits auf dem Weg hierher. Er und seine Mom Eleanor kommen uns für ein paar Tage besuchen, damit ihr euch kennenlernen könnt.«

»Ich will ihn nicht kennenlernen«, verkündet Tyler, dessen Kinn immer noch bebt.

»Du solltest ihm eine Chance geben«, schaltet sich Gage ein. »Es ist gut möglich, dass er dein bester Freund wird.«

»Das wird er nicht«, entgegnet Tyler. »Ich will keinen Bruder.«

»Ich schon«, wirft Laney ein. »Wird er mit mir spielen?«

»Ganz bestimmt«, versichere ich ihr, dankbar für ihre Unschuld. »Ich weiß, es ist schwer zu verstehen, doch ihr müsst nur wissen, dass ihr und Carter den gleichen Daddy habt und dass er ein sehr netter Junge ist. Ich glaube, ihr werdet ihn mögen.«

»Hast du ihn schon getroffen?«, erkundigt sich Sophia.

»Bloß über FaceTime, und seine Mutter hat mir Fotos geschickt. Er ist total süß und lustig, und er spielt furchtbar gern Baseball, so wie du auch, Ty.«

Tyler hebt den Kopf ein wenig. Ich hoffe, dass er Carter, wenn der eintrifft, als jemanden betrachtet, mit dem er spielen kann, statt als potenziellen Rivalen.

Die Mädchen essen ihr Frühstück auf, räumen ihre Teller in die Spülmaschine und laufen ins Wohnzimmer, um *Dora* im

Fernsehen zu schauen. Tyler bleibt sitzen und starrt aus dem Fenster, macht dabei den Eindruck, als trüge er die Last der Welt auf seinen schmalen Schultern.

»Ich möchte wissen, wie es kommt, dass Daddy einen weiteren Sohn hat«, erklärt er und richtet seinen Blick auf mich. »Mommys und Daddys sollten miteinander Kinder haben, nicht mit irgendwelchen anderen Leuten.«

»Da hast du recht«, antworte ich und befolge den Rat des Therapeuten, immer nur so viele Informationen zu geben, wie gerade notwendig sind. »Das ist so.«

»Bist du sauer auf Daddy, weil er noch einen Sohn mit jemand anders hatte?«

»Natürlich, aber nachdem ich Eleanor und Carter kennengelernt habe, habe ich festgestellt, dass ich ihnen unmöglich die Schuld an Daddys Fehlverhalten geben kann. Und du solltest es auch nicht tun.«

»War Daddy ein schlechter Mann?«

»Nein, Süßer. Er war ein Mensch, und Menschen unterlaufen Fehler. Manchmal sind es große Fehler, die andere verletzen, doch Daddy hat dich und deine Schwestern geliebt, und er hat auch Carter geliebt. Er würde sich wünschen, dass ihr Freunde werdet.«

»Wirklich?«

»Ja, davon bin ich überzeugt. Vielleicht könntest du versuchen, dich mit Carter anzufreunden?«

Er zuckt die Achseln. »Ja, vermutlich schon.« Er steht auf und bringt seinen Teller zur Spüle, bevor er aus dem Raum läuft.

Ich lasse meinen Kopf in die Hände sinken.

Gage tritt hinter mich und massiert mir die Schultern. »Das hast du gut gemacht.«

»Warum fühlt es sich dann an, als wäre mein Innerstes zerfetzt?«

»Weil Tyler alt genug ist, um zu begreifen, was diese Neuigkeiten bedeuten, und es schmerzt ihn, herauszufinden, dass sein Daddy nicht perfekt war.«

»Gut möglich.« Ich lege meine Hand über seine. »Danke, dass du da bist.«

»Ich wünschte nur, es gäbe mehr, was ich tun kann.«

»Dich einfach nur hierzuhaben hilft schon.«

»Es gibt keinen Ort, an dem ich lieber wäre.«

———

STUNDEN SPÄTER BEAUFSICHTIGEN GAGE, Eleanor und ich die Kinder, die herumlaufen und an dem riesigen Klettergerüst spielen, das Mike und Rob hier vor Jahren aufgebaut haben. Nach anfänglichem Zögern hat sich Tyler Mühe gegeben, zu seinem Bruder freundlich zu sein.

»Das ist ein wunderschöner Garten«, bemerkt Eleanor. »Es muss toll sein, wenn es warm genug für den Pool ist.«

»Ja, die Kinder lieben es, zu schwimmen.«

»Carter auch. Das ist praktisch seine Lieblingsbeschäftigung.«

Sie ist groß, blond und gertenschlank – alles, was ich nicht bin. Sie ist genau die Sorte Frau, die man liebend gern hassen würde, wenn sie nicht so verdammt nett wäre. Bei ihrer Ankunft hat sie mich mit einer herzlichen Umarmung begrüßt und erklärt, es sei so schön, mich endlich persönlich zu treffen. Von Anfang an hat sie sich wie eine alte Freundin angefühlt, die nach Jahren zu Besuch gekommen ist.

Nach dem Abendessen zündet Gage ein Feuer in der großen Schale auf der Terrasse an, und obwohl es draußen kalt ist, rösten wir Marshmallows für die Kinder, ehe wir sie ins Haus schicken, damit sie duschen und sich bettfertig machen.

»Ich zeig dir, wo alles ist«, sagt Tyler zu Carter, der ihm schon den ganzen Tag lang folgt, fasziniert und mit etwas, das an Heldenverehrung grenzt.

»Ich werde das mal überwachen«, verkündet Gage und folgt ihnen ins Haus.

»Tyler und die Mädchen waren toll zu Carter«, meint Eleanor, als wir allein am Feuer zurückbleiben. »Ich war nicht ganz sicher, was uns erwartet, aber der heutige Tag war wunderschön. Vielen Dank, dass wir kommen durften.«

»Danke, dass ihr uns besucht und dafür sorgt, dass etwas, das sehr leicht einer der unangenehmsten Momente meines Lebens hätte werden können, so unproblematisch abgelaufen ist.«

»Es ist nicht unsere Schuld, dass wir zusammen in diesem Boot sitzen. Wir können uns nur bemühen, das Beste daraus zu machen. Das wenigstens rät mir meine Therapeutin.«

»Meine mir auch«, erwidere ich, und wir lachen zusammen. »Das Leben ist so eine verworrene Mischung aus Schrecklichem, Wunderbarem, Tragischem und großer Freude. Und manchmal fühle ich das alles gleichzeitig.«

»Genau, allerdings kann ich mir kaum vorstellen, wie es gewesen sein muss, deinen Ehemann und den Vater deiner Kinder zu verlieren und dann erfahren zu müssen, dass er hinter deinem Rücken ein Doppelleben geführt hat. Das tut mir furchtbar leid.«

»Ich finde das auch furchtbar, für mich, doch noch viel mehr für meine Kinder, die eines Tages aufwachen und begreifen werden, wie es dazu gekommen sein muss, dass Carter Teil ihres Lebens ist. Das Witwendasein hat mich gelehrt, dass uns nur eins übrig bleibt, nämlich mit den Karten zu spielen, die das Schicksal uns ausgeteilt hat. Genau das versuche ich zu tun.«

»Du machst das großartig. Dein Gage ist ein wunderbarer Mann. Ich freue mich für euch beide.«

»Danke. Er ist der Beste, und wir genießen unser zweites Kapitel.«

»Zweites Kapitel, das gefällt mir.«

»Das ist ein in Witwenkreisen gebräuchlicher Ausdruck für die zweite Chance mit der Liebe.«

»Das ist toll, und ich könnte nicht glücklicher für euch sein.«

»Und was ist mit dir? Gibt es jemanden in deinem Leben?«

»Nicht wirklich. Wie du dir vielleicht vorstellen kannst, habe ich, seit das mit Mike passiert ist, Probleme, Männern zu vertrauen. Irgendwie kommt es mir so vor, als ob jeder Typ, den ich kennenlerne, irgendwas vor mir verbirgt oder einfach doof ist. Da bleib ich lieber allein, als mir das zuzumuten.«

»Tut mir leid, dass Mike dir das angetan hat.«

»Mir tut leid, was er *dir* angetan hat.«

»Ach, zur Hölle mit ihm«, antworte ich lachend, und sie lacht auch.

»Aber echt. Trotzdem wollen wir dankbar sein für die wunderbaren Kinder, die er uns hinterlassen hat.«

»Darauf stoßen wir an.«

Sie berührt mein Glas mit ihrem. »Auf großartige Kinder.«


## Gage

NACH DEM AUFREGENDEN Tag sind die Kinder total aufgedreht, doch sie schaffen es, sich zu waschen und in ihre Schlafanzüge zu schlüpfen. Carter schläft auf der Gästematratze, die wir unter Tylers Bett hervorgezogen haben, und Tyler macht das ganz prima, zeigt ihm alles, und er fragt ihn sogar, ob er noch ein weiteres Kissen braucht.

Nach der anfänglichen Ablehnung gegenüber seinem Halbbruder hat er binnen Stunden eine Kehrtwende vollzogen und kümmert sich vorbildlich um ihn, was mich nicht überrascht. Tyler hat ein großes Herz, und ich hatte schon damit gerechnet, dass er seinem Bruder nicht die kalte Schulter zeigen würde, wenn er ihn erst mal getroffen hat. Obwohl ich nicht so tun kann, als wüsste ich, wie es ist, im Alter von sieben Jahren herauszufinden, dass man einen Halbbruder hat, der eineinhalb Jahre jünger ist als man selbst.

Iris hatte recht, es war richtig, das Ganze jetzt zu erledigen, solange die Kinder klein genug sind, um nicht zu viele Fragen zu stellen. Ich hege nicht den geringsten Zweifel, dass diese Fragen später irgendwann kommen werden, aber für den Augenblick ist Carter erst mal jemand Neues, den sie ins Herz schließen können, und die drei haben mich heute sehr stolz gemacht.

Mein Handy klingelt, es ist Adrian. Da die Kinder alle in ihren Zimmern sind, nehme ich den Anruf an. »Hey, was ist los?«

»Gage … Ich kann Wynter und Xavier nicht finden. Ich bin vor einer Stunde heimgekommen, doch sie waren nicht hier, und Wynter geht nicht an ihr Handy. Ich hab auf dem Spielplatz nachgeschaut und an allen Stellen, wo sie sonst so sind. Ich weiß nicht, was ich tun soll. Wenn ich die Polizei rufe, wird es eine Riesensache, und ich weiß einfach nicht …«

Er klingt hysterisch. »Versuch, ruhig zu bleiben. Ich bin sofort da.«

»Danke.«

Vielen Dank, dass Sie die Wilde-Witwen-Geschichte von Iris und Gage gelesen haben! Es hat mir solchen Spaß gemacht, über diese wunderbare Gruppe von Menschen zu schreiben. Und ich bin sehr gespannt darauf, wie es weitergeht. Halten Sie also Ausschau nach Adrians Geschichte, die im Original 2023 veröffentlicht werden wird und in der vielleicht Wynter vorkommt, vielleicht aber auch nicht. Schauen wir mal.

In der Zwischenzeit sind Sie herzlich eingeladen, der englischsprachigen »Someone to hold«-Lesergruppe unter www.facebook.com/groups/someonetohold/ und der Gruppe »Wild Widows Series« unter www.facebook.com/groups/thewild widowsseries/ beizutreten. Nach dem Erscheinen von Ronis und Dereks Geschichte »Someone like you« im Jahr 2022 war schnell klar, dass wir auch einen virtuellen Treffpunkt brauchten, an dem Leser ihre eigene Trauerbewältigung mit anderen teilen können. Diese Gruppe finden Sie unter www.facebook.-com/groups/wwsupportgroup1. Jeder ist willkommen, sich zu beteiligen, unabhängig davon, mit welcher Art von Verlust Sie zurechtkommen müssen. Vielen Dank an alle, die mir seit der Veröffentlichung von »Someone like you« von ihren Erfahrungen als Witwe geschrieben haben. Es bedeutet mir sehr viel, dass Sie mir Ihre persönlichen Geschichten anvertrauen.

Wie bei jedem Buch geht ein großes Lob an mein Team, das

alles möglich macht: Julie Cupp, Lisa Cafferty, Jean Mello, Nikki Haley und Ashley Lopez. Danke an Dani Sanchez und Wildfire Marketing, meine Lektorinnen Linda Ingmanson und Joyce Lamb sowie meine Beta-Leserinnen Anne Woodall, Kara Conrad und Tracey Suppo und meine Continuity-Assistentin Gwen Neff.

Vielen Dank an die Wild-Widows-Beta-Leserinnen Jennifer, Mona, Jennifer und Gina.

Und schließlich bedanke ich mich bei allen Leserinnen und Lesern, die mich begleiten, wohin die Muse mich auch führt, und die diese neue Serie mit offenen Armen und großzügigem Herzen aufgenommen haben. Ich liebe Sie alle!

XOXO

Marie

# WEITERE TITEL VON MARIE FORCE

**Wild Widows**

Someone like you – Neues Glück mit dir (Wild Widows 1)

Someone to hold – Nur mit deiner Liebe (Wild Widows 2)

**Die Fatal Serie**

One Night With You – Wie alles begann (Fatal Serie Novelle)

Fatal Affair – Nur mit dir (Fatal Serie 1)

Fatal Justice – Wenn du mich liebst (Fatal Serie 2)

Fatal Consequences – Halt mich fest (Fatal Serie 3)

Fatal Destiny – Die Liebe in uns (Fatal Serie 3.5)

Fatal Flaw – Für immer die Deine (Fatal Serie 4)

Fatal Deception – Verlasse mich nicht (Fatal Serie 5)

Fatal Mistake – Dein und mein Herz (Fatal Serie 6)

Fatal Jeopardy – Lass mich nicht los (Fatal Serie 7)

Fatal Scandal – Du an meiner Seite (Fatal Serie 8)

Fatal Frenzy – Liebe mich jetzt (Fatal Serie 9)

Fatal Identity – Nichts kann uns trennen (Fatal Serie 10)

Fatal Threat – Ich glaub an dich (Fatal Serie 11)

Fatal Chaos – Allein unsere Liebe (Fatal Series 12)

Fatal Invasion – Wir gehören zusammen (Fatal Serie 13)

Fatal Reckoning – Solange wir uns lieben (Fatal Serie 14)

Fatal Accusation – Mein Glück bist du (Fatal Serie 15)

Fatal Fraud – Nur in deinen Armen (Fatal Serie 16)

Fatal Serie Bände 1-6

Fatal Serie Bände 7-11

**First Family**

State of Affairs – Liebe in Gefahr, Band 1

State of Grace – Für alle Ewigkeit, Band 2

State of the Union – Du und ich gemeinsam, Band 3

**Miami Nights**

Bis du mich küsst

Bis du mich berührst

Bis du mich liebst

Bis du mich verzauberst

**Die McCarthys**

Liebe auf Gansett Island (Die McCarthys 1)

*Mac & Maddie*

Sehnsucht auf Gansett Island (Die McCarthys 2)

*Joe & Janey*

Hoffnung auf Gansett Island (Die McCarthys 3)

*Luke & Sydney*

Glück auf Gansett Island (Die McCarthys 4)

*Grant & Stephanie*

Träume auf Gansett Island (Die McCarthys 5)

*Evan & Grace*

Küsse auf Gansett Island (Die McCarthys 6)

*Owen & Laura*

Herzklopfen auf Gansett Island (Die McCarthys 7)

*Blaine & Tiffany*

Rückkehr nach Gansett Island (Die McCarthys 8)

*Adam & Abby*

Zärtlichkeit auf Gansett Island (Die McCarthys 9)

*David & Daisy*

Für immer und ewig du (Neuengland-Reihe 5)

**Die Quantum Serie**

Tugendhaft (Quantum-Serie 1)

Furchtlos (Quantum-Serie 2)

Vereint (Quantum-Serie 3)

Befreit (Quantum-Serie 4)

Verlockend (Quantum-Serie 5)

Überwältigend (Quantum-Serie 6)

Unfassbar (Quantum-Serie 7)

Berühmt (Quantum-Serie 8)

**Andere Bücher**

Sex Machine – Blake und Honey

Sex God – Garrett und Lauren

Five Years Gone – Ein Traum von Liebe

One Year Home – Ein Traum von Glück

Mein Herz für dich

Nicht nur für eine Nacht

Take-off ins Glück

The Fall – Du und keine andere

Dieses Mal für immer

Helden küsst man nicht

Küsse für den Quarterback

**Gilded Serie**

Die getäuschte Herzogin

Eine betörende Braut

# ÜBER DIE AUTORIN

Marie Force ist New-York-Times-Bestseller-Autorin von zeitgenössischen Liebesromanen und Romantic Suspense. Zu ihren Büchern gehören unter anderem die beliebten Reihen „Fatal", „First Family", „Gansett Island", „Butler Vermont", „Neuengland", „Miami Nights" und „Wild Widows" sowie die erotische „Quantum"-Serie. Ihre Bücher haben sich weltweit bislang mehr als zehn Millionen Mal verkauft, wurden in ein Dutzend Sprachen übersetzt und standen über dreißigmal auf der New-York-Times-Bestseller-Liste. Außerdem ist sie USA-Today- und #1-Wall-Street-Journal-Bestseller-Autorin und in Deutschland Spiegel-Bestseller-Autorin.

Ihre Ziele im Leben sind einfach: Bücher zu schreiben, solange sie kann, ihre beiden Kinder weiter dabei zu unterstützen, glückliche, gesunde und produktive junge Erwachsene zu werden, und niemals in einem Flugzeug zu sitzen, das Schlagzeilen macht.

Tragen Sie sich in Maries Mailingliste ein, um alles Wichtige über neue Bücher und Veranstaltungen zu erfahren. Folgen Sie ihr auf Facebook und auf Instagram.